走进格律诗殿堂
——格律诗创作与吟咏

陈江风 刘秋瑞 编著

中原出版传媒集团
大地传媒

大象出版社

图书在版编目(CIP)数据

走进格律诗殿堂：格律诗创作与吟咏／陈江风，刘秋瑞编著.— 郑州：大象出版社，2014.9
　　ISBN 978-7-5347-8080-6

Ⅰ.①走…　Ⅱ.①陈…　②刘…　Ⅲ.①格律诗—诗歌史—中国—古代　Ⅳ.①I207.209

中国版本图书馆 CIP 数据核字(2014)第 179334 号

走进格律诗殿堂
——格律诗创作与吟诵

陈江风　刘秋瑞　编著

出 版 人	王刘纯
策划编辑	孙　波
责任编辑	谢景和
责任校对	安德华　裴红燕　牛志远
封面设计	王莉娟

出版发行　大象出版社(郑州市开元路16号　邮政编码450044)
　　　　　　发行科　0371-63863551　总编室　0371-65597936
网　　址　www.daxiang.cn
印　　刷　河南新华印刷集团有限公司
经　　销　全国新华书店
开　　本　787mm×1092mm　1/16
印　　张　21.75
字　　数　403 千字
版　　次　2014 年 10 月第 1 版　2014 年 10 月第 1 次印刷
定　　价　55.00 元
若发现印、装质量问题，影响阅读，请与承印厂联系调换。
印厂地址　郑州市经五路 12 号
邮政编码　450002　　　电话　0371-65957860-351

序

江风教授是我最钦佩的老同学之一。我曾戏言，教授分为四个等级是极合理的：一等是又红又专，学术研究和行政工作都做得非常好的；二等是一心搞学术，学术研究做得非常精的；三等是没有当官，学术研究虽然一般，但是经济上搞得不错，发了一笔小财的；四等就是普通像我这样的。江风教授毫无疑问属于第一等的教授。

我与江风教授都是1978年考入河南大学中文系的，我在二班，他在三班，都在一个教室上课。毕业后同时留校工作，我研究先秦文学，他主攻汉魏六朝文学，同时被评为副教授。之后，我一直在先秦文学中徘徊，江风教授则以极快的速度在天文、民俗、汉画等领域扩展自己的学术视野，发表了许多学术论文，出版了多种学术专著，可谓著作等身。与此同时，在行政职务上，从中文系的副主任到校教务处长、南阳师院副院长、郑州轻院副院长。可以毫不夸张地说，这么多年，江风教授的工作和学术研究两不误，实在难得。就私人关系来说，他无论是在系里任职，还是担任校一级的领导，我们的关系都十分好，尤其是2011年我筹备成立河南省吟诵学会时，江风教授不仅大力支持，还欣然出任吟诵学会的常务副会长，令我十分感动。所以江风教授希望我给他的新作写几句话时，我自然也欣然从命。

关于格律诗如何写作的问题，产生久矣，古人的诗话多是评点格律诗的优长及作法。民国以来由于许多学人倡导写新诗，格律诗渐渐淡出人们的视野，即使有人研究格律诗的写作方法，也是想通过研究、解析格律诗写作的方法来解决格律诗的写作，但始终没有找到问题的症结之所在。20世纪40年代朱自清先生发现，现在的年轻人不会写诗是因为他们不会吟诵诗，但是在那个时代要想提倡诗词的吟诵，无异于天方夜谭。改革开放以来，又有一批专家学者出版了许多如何写作古典诗词方面的书籍，这些著作对推动格律诗的普及起了很大的作用，但是都没有把格律诗的写作与吟诵结合起来，而能够把这二者结合起来的，就是江风教授的《走进格律诗的殿堂》一书。

《走进格律诗的殿堂》一书的突出特点有三点：

首先，这是一本从教学实践中总结出来的学术专著。我们看过许多谈格律诗写作的学术专著，有些专家学者都是具有深厚学养的诗人，他们既有多年的诗词创作的经验，对诗词创作有着切身的体会；有些也从事诗词创作的教学工作，但时间不长，体会不是很深。江风教授则不同，他是直接在教学第一线上亲自上课，与学生讨论，一首首地批改学生的作品，由此总结出应该如何写作格律诗的经验和体会。他为了帮助学生牢记格律诗写作的规律，绞尽脑汁编写了许多适合青年学生学习的歌谣，使学生能学得快，记得牢，用得上。这个功夫不是一般人能做到的。教学实践证明，江风教授的这套教学方法，很受学生欢迎。由于这本书是从教学实践中总结出来的，所以，青年朋友如果想学习格律诗的写作，这本书将是一本最为理想的教材。

其次，这是第一本把学习格律诗的写作与格律诗的吟诵结合起来的学术专著。吟诵是我国传统的读书方法，通过吟诵可以把握平仄四声，可以把握诗文的感情脉络，进而对诗文产生深入的理解。对于格律诗的创作来说，吟诵的意义尤其重要，因为吟诵就是调平仄的重要手段。所以，杜甫才说"新诗改罢自长吟"。我们认为，学习古典文学，必须用传统的学习古典文学的方式去学习，创作古诗文也必须用传统的方法去创作、修改。这个道理前人早就知道。1905年清政府废除私塾之后，许多教育家很快就发现没有吟诵，就不会读诗；不会读诗，就不会写诗；不会写诗，文脉就难以传承。很快就又专门颁布一个"大清光绪皇帝新法令"，要求中小学必须开设吟诵课，以求继承传统的文脉。江风教授在这本书中，辟出专章谈吟诵与格律诗写作的关系，在林林总总论述介绍格律诗写作的著作中，江风教授的专著可谓独树一帜。江风教授就是希望通过吟诵，加强格律诗的写作实践；通过格律诗的写作，使传统的文脉得以传承下去，他对传统文化的热爱，对古典文学的热爱，可见一斑。

又次，本书的结构完整，语言通俗流畅，易读，易懂，好记。全书从《诗经》《楚辞》论起，详细介绍了我国古典诗歌发展的脉络，让每一个读者都能从中了解格律诗产生的基础。江风教授把格律诗视为我国古典文学发展的巅峰之作，是极有道理的。有人说，一代有一代之文学，此言固然有一定道理，但是自从格律诗闪亮登场之后，没有任何一种文学能与之抗衡，至今孩童们张口就能读的，不是《诗经》《楚辞》，不是汉乐府，也不是宋词元曲，恰恰都是优秀的格律诗。正如马凯同志所说："格律诗最讲究声调和押韵。声韵，是格律诗的'乐谱'，它使节奏美插上了音乐的翅膀。正是借助了有规律的韵脚，使全诗的联句之间相互照应，在全诗中发挥着整体性、稳健性的作用；正是借助了有规律的韵脚，看似参差无序的音节'贯穿成一个完整的曲调'，同一韵的声音间隔出现，使人听起来悦耳动听，产生一种和谐回环的美感；正是借助了有规律的韵脚，使人读起来朗朗上口,比其他任何诗作更便于人们吟诵和记忆。"[1]

  为了继承中华民族优秀的传统文化,青少年应该了解格律诗,在可能的情况下学习写作格律诗已经成为大势所趋,江风教授此书的出版可谓恰逢其时;而且由于他具有丰富的诗词创作的经验,又深谙吟诵之理,对吟诵与创作的关系论述得十分到位,故而极具实用性。我相信,青少年朋友一定会喜欢江风教授的新作。我为此书写序,亦深感荣幸。

华　锋

2014 年 6 月于开封探微庐

---

[1] 马凯:《再谈格律诗的"求正容变"》,2011 年 1 月 19 日《光明日报》。

自 序

1982年我从河南大学中文系毕业,命运之神非常偶然地引导我走进了古代文学的殿堂。俗语说,"到什么山上唱什么歌"。于是就随遇而安地开始了我漫长的古代文学教学生涯。

一切都是从零做起。最初是比葫芦画瓢地模仿师长们用心教学,后来学着老师们的样子,尝试摸索所谓科研的门径。那时的我,偏偏傻乐天,乐呵呵吟唱着"筚路蓝缕,以启山林"的古诗,开始了学术拓荒的行程。经年回头看,在自己感兴趣的学术领域里竟也长出了星星点点的小花,其中就有格律诗研究这块小小的"自留地"。自1985年到1988年,我和老同学于进海教授合作,先后在《中国语文通讯》和《中国语文天地》等刊物上发表了《首句第二字与近体诗平仄格式》等一组文章,引起同行和老先生们的关注和提携,从此燃点起对格律诗研究的"心火"。在教学之海中拾贝,在研究之林中撷英,这一点点积累起来的心火,竟慢慢演变成为一种试图薪火相传的愿望。

格律诗是中华国粹。夸张一点说,至明清时代,其普及程度已经到了凡是文人几乎都能作诗的程度。"熟读唐诗三百首,不会作诗也会吟。"吟诵诗文更是每个读书人都能掌握的基本读书方法。吟诵和写诗不仅成为文人的标志,也成为官员们教化百姓以及某地文化普及的标志。一句话,格律诗曾是华夏国人的骄傲。冯友兰先生在《三松堂自叙》中回忆,当年他到省会开封去考学,在留宿的小店里看到父亲参加科举考试途中随手题写在房间墙壁上的律诗,让他感到莫名的骄傲,久久不能忘怀。冯先生终生作诗讽咏不断,九十高龄尚乐此不疲,一日不吟诗,便觉口中乏味。像冯先生这样的老知识分子,当年中国可谓多矣。

然而,这个中国文人和中国文化的重要标志,在当今已经逊色得如此苍白,罕有问津者了。在人文科学广受漠视的背景下,中文系毕业的学士、硕士、博士对此照样不乏擀面杖吹火——一窍不通之人。与非物质文化遗产继承保护较好的日本、韩国和我国台湾地区相比,我们的确存在不小的差距。我们在教育与民族文化传承上存在着的明显问题,应该引起认真的反思了。

"诗家总爱西昆好,独恨无人作郑笺。"格律诗高远、遥深,普及格律诗常识在当代中国也实属不易。这种典雅的文学形式遭遇传统断裂的时代,失去了赖以依托的社会基础与文化土壤,被边缘化乃至被主流文化遗忘在所难免。打比方说,如果没有良师的引导和对正确学习方法的把握,格律诗的学习已然像学习外语一样朦胧、隔膜。尽管如此,作为中华国粹的格律诗,在研究高深学问的大学一定要有它的一席之地,哪怕就是为了留住我们的根,也一定要努力坚守!类似的教学不仅不应减弱,反而应该尽全力加强。这种理念支持着我们为了明天而坚守。面对学生学习中的困难,我在教学中一直进行着改革的尝试,目的就是让学生听得懂,记得住,用得上。功夫不负有心人,实践中我逐步摸索出一套较有针对性的教学法。在近年的教学中,为进一步方便学习和记忆,本人还将自己的教书心得和格律诗创作规范系统地编成了一套歌诀,使教学有了一条贯穿始终的红线。这套歌诀既囊括了相关知识点,又介绍了一套记忆的方法,既便于学习、复习,又便于记忆与应用。

我在以"走进格律诗殿堂"命名的选修课上进行了教学实验。课程贯彻"以教师为主导,以学生为主体"的理念,教师是课堂的组织者,实行"教师精讲,学生参与,讲研结合,注重体验"的师生共建课堂的研究性教学方法。课时安排如下:教师讲授 16 课时。师生共同讨论 4 次,8 课时。学生习作后上课堂讲授 3 次,6 课时(含格律诗吟诵专题练习学时),合计教学时数 30 课时。每次开课前有一次摸底问卷调查,结果相似,学生每每不具备格律诗相关知识。摸底调查中有学生提交诗作,也很少发现符合格律的作品。从这样的基点上开始学习,一学期下来,期末考试中在"创作格律诗一首"的题目下,学生大多竟基本掌握!而关于格律诗创作歌诀的考核题目,效果尤其好,90%的学生能默写出所考歌诀的原文,差的学生也能部分背出歌诀原文。

教学实践给了我极大的鼓舞。我们有幸赶上了中华民族伟大复兴的年代,民族的复兴首先是文化的复兴,而文化的复兴,诗歌和诗教更是其中的应有之义。自古以来,学校一直是文化创新、文化教育、文化传播的策源地,在经济快速发展、综合实力迅速增强的今天,文化的大发展、大繁荣已成为不可阻挡之势,高等学校在这样一场文化复兴的变革中,应该肩负起自己的历史责任。作为个人,也应不揣拙陋,不遗余力,贡献出自己绵薄的力量。

在大象出版社王刘纯社长鼓励与支持下,带着一直给我助课的刘秋瑞老师,在原有讲稿基础上进行了半年多的加工整理,今天终于要交出版社付梓印行了。此时此刻,真的还想说几句并不多余的话。本教材的编写遵循了"守正出新"的原则。所谓"守正",

既包括对千百年来前代圣贤对于格律诗制定的各种规范的遵循,努力反映其发生、发展的历史原貌,又包括对现当代有成就学者学术成果的吸纳、借鉴与推介。也只有这样,才能实现"辨章学术,考镜源流,继往开来,不断发展"的目的。因此,本书在编写过程中较多借鉴了著名学者王力、华锺彦、林正三、徐青、刘坡公、华锋、徐建顺、卫绍生等人的学术成果,在此一并表示感谢。也希望通过这样的形式,使各位名家的学术生命在大学的殿堂上持久延续。至于教材的内容"出新",当然也包含了我几十年教学生涯的苦心,尤其是教材主体部分的讲授方法,多有创新。这种产生于一线教学的教材对课堂及其氛围的依赖性很强。比如,按照自编歌诀讲授的方式,课堂效果尽管不错,但转成书面文字后,不仅增加了很多困难,而且歌诀本身的声音优势完全丧失,读者读起来的感受和课堂上会有很大差别。尽管在写作过程中做了最大努力,是得是失,最终还要靠读者的阅读实践来检验。恳请专家和读者多提宝贵意见,以便再版时订正、完善。

陈江风

2014 年 4 月 25 日

目 录

序 ·· 华 锋 1

自 序 ·· 1

绪 论 ·· 1
    第一节 古典诗歌类型和格律诗的特征 ·································· 1
    第二节 古典诗词进校园的当代价值 ···································· 8
    第三节 本教材的课堂使用方法 ······································ 15

第一篇　诗歌格律简史 ·· 17

第一章　诗史滥觞：《诗经》《楚辞》时代的韵式 ···························· 19
    第一节 韵及相关概念 ·· 19
    第二节 《诗经》(含《楚辞》)的主要韵式 ···························· 21
    第三节 声调在韵中的应用 ·· 25

第二章　二四异声：汉代诗律的探索 ······································ 28
    第一节 汉代五言声律的探索 ·· 28
    第二节 韵式的简化和对仗的应用 ···································· 31

第三章　量的积累：魏晋时代的诗律沉淀 ·································· 34
    第一节 创作实践和理论探索的代表人物 ······························ 34

第四章 质的跨越：南北朝诗律的贡献 …… 41

第一节 诗律兴起的原因 …… 41
第二节 齐梁诗律理论 …… 43
第三节 齐梁体诗律概述 …… 48
第四节 粘式律 …… 52
第五节 对式律 …… 60
第六节 齐梁体格律诗的用韵和对仗 …… 68

第五章 诗律的成熟：唐代诗律的特征 …… 75

第一节 唐代近体诗的形成和发展 …… 75
第二节 近体绝句 …… 83
第三节 近体律诗 …… 89
第四节 近体长律及相关问题 …… 93
第五节 诗律的流变 …… 97

第二篇 格律诗的创作规范 …… 107

第一章 格律诗要素 …… 109

第一节 格律诗产生的文化生态环境 …… 109
第二节 格律诗的主要要素 …… 113

第二章 认识古体诗与近体诗 …… 117

第一节 歌诀一：古体与近体基本特征 …… 117
第二节 汉语构成与用韵特征 …… 118
第三节 古体诗与近体诗的异同 …… 120

第三章 近体诗的创作规范（上） …… 130

第一节 歌诀二：格律诗基础知识 …… 130
第二节 近体诗与齐梁体 …… 131

第四章　近体诗的创作规范（下） …………………………………… 134

第一节　歌诀三：五言格律 …………………………………… 134
第二节　五言律谱记忆法 ……………………………………… 135
第三节　歌诀四：七言格律 …………………………………… 141
第四节　七言律谱记忆法 ……………………………………… 142

第五章　拗救与格律变通 …………………………………………… 146

第一节　拗救 …………………………………………………… 146
第二节　格律诗的变通 ………………………………………… 150

第六章　相关音韵学知识（上） ……………………………………… 154

第一节　歌诀五：音韵（上） …………………………………… 154
第二节　早期注音方式及反切的起源 ………………………… 155
第三节　悉昙与永明新体 ……………………………………… 157
第四节　隶事与韵书 …………………………………………… 161
第五节　三十六字母 …………………………………………… 163
第六节　《广韵》和《平水韵》 …………………………………… 165

第七章　相关音韵学知识（下） ……………………………………… 172

第一节　歌诀六：音韵（下） …………………………………… 172
第二节　《中原音韵》 …………………………………………… 173

第八章　格律诗创作的其它技巧 …………………………………… 178

第一节　格律诗的炼字技巧 …………………………………… 178
第二节　格律诗的修辞 ………………………………………… 186
第三节　格律诗的用典 ………………………………………… 192
第四节　格律诗的章法结构 …………………………………… 199

第三篇 格律诗的吟诵 207

第一章 吟诵的概念与作用 209

第一节 吟诵的概念 209
第二节 学习古典诗歌的门槛 210
第三节 吟诵与礼乐文化的关系 213

第二章 吟诵的基本技术 218

第一节 吟诵的节奏 218
第二节 四声与吟诵的关系 224
第三节 吟诵必须注重诗词的思想内容 234
第四节 吟诵应该充分发挥音乐手段 236

第三章 格律诗的吟诵 245

第一节 格律诗的分类 245
第二节 格律诗的吟诵 247
第三节 学习格律诗吟诵的意义 265

附录一 平水韵常用字表 275

附录二 中华新韵（十四韵） 304

附录三 学生习作 320

绪　论

传说掌管诗歌和艺术的女神缪斯是美的化身,在奥林匹斯山上,凡是有缪斯身影出现的地方,春风和煦、阳光灿烂、颂诗嘹亮,众神会在优美的诗章中得到精神境界的升华。因此,诗歌被赋予了文学最高形式的美誉,具有永久而神奇的审美价值。诗歌以美的形式表现个体生命心灵深处的超越性追求,是人性本质特征的优雅显现。而本教材的主角格律诗,就是中华诗歌百花园中一朵最为绮丽的奇葩。

第一节　古典诗歌类型和格律诗的特征

一、诗歌的定义

从古至今,诗歌研究者创造了关于诗歌的多种定义。最著名的有"诗言志"说、有"诗缘情而绮靡"说,还有想象说、感觉说、表现说等等,这些定义从不同角度概括诗歌的本质特征,各有其道理。目前,学界多以这种表述形成概念:诗歌是一种直接表现创作主体内心境界,注重节奏抑扬、词语蕴藉、音响和谐等优雅语言形式的文学体裁,该定义称为"表现说"。这一界定,从根本上来讲,是要突出表现人即创作主体的能动本质,而不仅仅把眼光停留在"文学是社会生活的反映"那种一般性观照之上。

诗歌是一种具有特殊功能、尤其注重运用和谐与审美功能的文学语言的创作形式,具有抒情性,接近音乐性,凝练概括,境界高远,形式优美,耐人咀嚼。既长于状物写景,又精于表现个性的心理感受与精神追求。其具体特征有:

1. 多义性　诗的语言突出地具有含蓄性特征。好诗一定既有表层意义,又有深层含义。多采用象征手法形成意象。无论菊梅兰竹、箜篌琴瑟,还是春风秋雨、观涛听松,都有耐人寻味的文化含义。还有暗示婉转、谐音双关、言此意彼的意趣,无不迂曲委婉,鲜活含蓄,留不尽之意于言外,令人反复玩味。

2. 跳跃性 此指诗歌语言在结构上的不拘一格所形成的跳跃。诗歌本身具有建筑美的特征,既讲究整齐的美,又讲究起伏的美。格律诗创作尤其注重在整齐外观下的跳跃美,讲究炼字、炼句,夺人眼目,反对平直无奇,循规蹈矩。如"鸡声茅店月,人迹板桥霜"(温庭筠《商山早行》),"枯藤老树昏鸦,小桥流水人家"(马致远《天净沙·秋思》),不讲语法,不讲主谓宾定状补等语言规范,只凭几个偏正结构和名词的跳跃性堆砌,便勾勒出感人至深的生活画面,平添了许多社会、人生的深深感悟。不仅如此,诗歌还可以实现时间和空间的交错,巧妙地利用如梦似幻的逻辑朦胧,形成特殊的艺术效果。

3. 可感性 指诗歌要有色彩感、立体感和具体感,即形象地化抽象为具象的艺术特征。这种特性往往要借助于特殊的艺术思维方式——形象思维来实现。毛泽东在《给陈毅同志谈诗的一封信》中强调诗歌特征时曾明确指出"诗要用形象思维",指的是人们在进行艺术创作时,用直观形象的表象进行艺术创作和艺术表现的思维方法。也就是说,艺术家在创作过程中始终伴随着艺术化的形象、情感、联想和想象。这种方法,往往通过事物的个别特征形象地表现一般规律。常常是一句诗能传神道尽人生哲理,一句诗能使人坐观宇宙而如身置画中,行到水穷处,坐看云起时,欣欣然如饮甘泉芳脂。这方面历来不乏唐代诗人王维式的大师,而苏轼夸赞王维的精辟话语"味摩诘之诗,诗中有画;观摩诘之画,画中有诗"(苏轼《东坡题跋·书摩诘〈蓝关烟雨图〉》)也就成为中国历代评判诗歌可感性特征的正宗理论。

4. 音乐性 指诗既有内在音乐性即情绪的律动,又有外在音乐性即声音的回环、起伏与谐和(押韵、节奏和声调)。这种诗性的音乐是对原始感情的节制、整理与超越。其中,节奏是起决定作用的因素,不仅是事物的节奏和人的生理节律——呼吸的调节及运动感觉的反映,也是人的心理节律抽象的变奏,由此形成音组和停顿的有规律的安排。汉字一字一音节,方块形体,有独立意义,便于编织组合,单音节、双音节或多音节灵活多变,构成多种音组,形成不同体制,无论格律诗的整齐体制还是古体的体式多样,同样可以发挥汉字本身乐感突出、字义含蓄、音声多变的艺术特点,形成鲜明的音乐感觉。诗的音乐性可以表现为两种,外在音乐性主要表现在物质性的声音的回环、起伏与谐和上,可以说是一种数的比例关系。内在音乐性更是内心情绪的律动,亦有高低起伏、迂曲顿挫、长短快慢等。

最早的诗多与祭祀和劳动生活相关,都可以唱,诗歌不分。学界主流观点认为,原始民族的抒情诗,主要的性质是音乐。一直到南朝文豪沈约整理出《四声谱》以后,诗与歌才开始分化,以永明体为代表的新体格律诗正式登上历史舞台,开创了中国格律诗时代的新纪元。尽管有了分化,诗与音乐还是有异曲同工之妙。诗词吟诵强烈的音乐性一天也没有离开过古风和近体格律诗;唐诗、宋词在当时文人口中可以娴熟演唱。诗歌的音乐性对原始、粗硬、强烈的感情起节制和协调作用,这种特性的发挥,使诗歌转化成为一种有规律、多变化的和谐运动,突出了诗性,加深了诗味,最终实现唤起读者审美愉悦的艺术效果。

二、古典诗歌的分类

古典诗歌的分类很多,是一个仁者见仁、智者见智的问题。清代蘅塘退士孙洙编写的家喻户晓的读本《唐诗三百首》把诗分为古诗、律诗、绝句三类,又在这三类中都附有乐府一类;古诗、律诗、绝句又各分为五言、七言。这是一种分法。稍早于《唐诗三百首》的《唐诗别裁》,清代著名学者沈德潜所编,他的分类没有把乐府独立出来,但是分列了五言长律一类。南宋郭知达博采九家集注的善本书《杜工部诗集注》最简洁明了,把诗分为古诗和近体诗两类,这种分类从诗歌的基本特征入手,进行格律和非格律的区别,分野明晰,更适合诗歌的归类论述。

因此,我们倾向于这种从格律上入手,把诗分为古体诗和近体诗的分类法。古体不讲格律,又称古诗或古风;讲格律的近体诗,又称今体诗。从字数上看,古体诗有四言、五言、六言、七言,还有一部分杂言。四言就是四个字一句,六言就是六个字一句,篇幅长短不限。五言古诗简称五古,七言古诗简称七古。近体格律诗以五言、七言为基本形式。唐代近体格律确定以后,格律诗的基本体式分为律诗、绝句和长律。

古体诗依照古代诗歌的创作规范创作,其特点是形式比较自由。在唐人看来,从《诗经》到南北朝的"永明新体诗"问世之前,凡是不受诗歌格律束缚的,都是古体诗。乐府诗产生于汉代,是一种感于哀乐、缘事而发的现实主义色彩浓重的古体诗歌样式,在中国文学史上很有影响。乐府本来是配音乐的诗体,因在乐府官署演奏、演唱,所以称为"乐府"或"乐府诗"。这种品类的诗常以"曲""辞""歌""行"为题,所以又称"歌行体"。到了唐代以后,文人模拟这种诗体而写成的古体诗,也叫"乐府",白居易提倡的所谓"新乐府运动",写的就是这种体裁的诗,但是已经不再配音乐了。从隋到唐,国力强盛,丝绸之路的开通,带来深入的经济、文化交流,其中,来自西域的乐曲以它清新明快的异域情调在社会上广为流行,逐渐与大唐固有的民间音乐融合形成了一种新音乐。有音乐就需要有歌词,配合新音乐演唱的歌词,后来叫作"词"。词大概产生于盛唐,成熟于宋代。这种词已不是像乐府那样的古体形式,而是讲究字声平仄、讲究格律的歌词,其形式是一种长短错落的格律化诗歌,是格律诗的一种变体。词的产生是伴随新乐而兴起的,唐代新乐兴起之初,与之相配的"词"不够多,给新乐曲配歌词时往往也采用近体格律诗。像王维、李白等填写的歌词,很多都是近体诗的形式。

近体诗包括律诗、绝句和长律,以律诗为代表。律诗在用韵、平仄、对仗等形式上都有许多讲究。先说律诗。在近体格律诸体裁中,律诗规范最多,要求严格,中规中矩,所以称为律诗。律诗至少有以下四个特点:

①每首限定八句,分首、颔、颈、尾四联,构成起、承、转、合结构关系;
②押平声韵,一韵到底,中间不能出韵;
③每句的平仄都有规定;
④每篇必须有对仗,对仗的位置也有规定。

中晚唐以后,近体格律完全成熟。通押平声韵到格律诗成熟后成为规范,此后仄声韵逐渐退出历史舞台。为了区别平韵式与仄韵式,学界有人将押仄声韵的格律诗称为"古律""古绝"。

超过八句的格律诗,称为长律。长律自然也是近体诗。初期的长律五言居多,最少十句,长短自便,兴尽而止。写长律通常习惯在题目上标明韵数,如杜甫《风疾舟中伏枕三十六韵》。所谓一韵即一个诗联,由两句十个字组成,三十六韵就是三百六十字;白居易《代书诗一百韵寄微之》,就是一千字。有的长律则直接标明诗的字数,人们根据字数可以知道诗的韵数。如杜甫的名句"朱门酒肉臭,路有冻死骨",就出自这一类诗,题目叫作《自京赴奉先咏怀五百字》。这种长律也是要讲究对仗的,全诗除了尾联,或除了首、尾两联以外,中间各联一律要对仗。这种诗体,形式上排列整齐,对仗工稳,所以又叫"排律"。

绝句比律诗的字数少一半。五言绝句只有二十字,七言绝句只有二十八字。绝句早在柏梁体的古远年代已经产生,南朝徐陵主编的《玉台新咏》就已把"古绝句"归为一类,以区别永明体之后的格律诗概念的绝句。绝句短小,每首只有两联,对仗要求也较律诗灵活,容易写出精湛的作品,所以很受文人欢迎,大量绝句精品至今仍在社会上流传。绝句实际上可以分为古绝、律绝两类。古绝创作可以用仄声韵,也可以用平声韵。押平声韵的古绝,其律式和近体绝句的平仄规则以及所用律式并不完全相同,容后详述。

总结格律诗诸体的特点,诚如马凯同志所说,其"正体"至少有五个要素:一是篇有定句,二是句有定字,三是字有定声,四是韵有定位,五是律有定对(对仗的要求)。五大要素构成了格律诗质的规定性,成为区别于其他诗体的显著特征。[1]

---

[1] 马凯:《再谈格律诗的"求正容变"》,2011年1月19日《光明日报》。

三、文人诗歌交往及格律诗的特征

1.文人诗歌唱和的几种形式　　中国是一个文明古国,礼仪之邦。中国文人有自己一套优雅的生活方式。无论是处江湖之远,还是居庙堂之高,琴棋书画,诗酒纵横,既听雨赏月,啸吟山林,又为民请命,心忧天下;既有以文会友,同道为谋,效忠国家社稷的忠心赤胆,又时不时会有烹茶鼓瑟,红袖添香,南窗高卧的浪漫情怀。儒家的乐感文化和耻感文化教育,深深浸润滋养着中国文士的心灵气质,创造了中国士人外柔内刚、外圆内方的性格特征,形成了中国传统社会一道独特、亮丽的人文文化风景线。中国文人生活的娴雅从容、诗意超越,本身就是一首歌。置身于文教立国、教化为先的文化生态中,诗的发展自然是蓬勃繁茂,士人的交往更创生了许多诗歌交往的文化现象。

"唱和"是诗歌交流的一种酬唱方式,是诗人之间情感交流,切磋诗艺,互相学习,增进友谊的有效方法。诗人将自己的想法用诗的形式表述出来,向诗友公开征求"和诗";诗友可以以来诗为参考,创作和诗回赠。唱和诗内容大多是诗人人生感怀和个人畅叙友谊之作。唱和诗的关键在于一个情字。

唱和是文人生活的重要组成部分。唱和的形式多种多样,以下介绍几个古代与唱和有关的专用词。

①联句　由二人以上合作写诗,按事先约定,每人作一句、二句或四句凑成一首,这种诗歌创作方法称为联句。相传最早的联句是汉武帝时的《柏梁台诗》,又叫《柏梁台联句》,该诗为七言体,有争议,分别由二十六人各出一句,连接而成,每句用韵,后人称这种体裁的诗为"柏梁体",是文人雅会的常用形式之一。

②集句　中国文人有附会风雅的传统,他们尊重传统,展示学问,作诗的时候喜欢征引、化用古人名句。这其中,全篇集古人的诗句为一首诗的现象叫集句。

③口占　文人聚会,诗兴大发,自己或别人提议,未经起草随口吟成诗章的现象叫"口占"。

④唱和　此处指狭义的唱和,又叫酬唱。唱和原本是指唱歌时此方唱彼方和。后来,唱和用作彼此诗词赠答现象的总的代名词。狭义的唱和基本与酬唱同义,有两种不同表现方式:一种是甲方赠乙方诗词,乙方根据甲方所赠诗词的原韵写诗词来回答。另一种是乙方回答甲方所赠的诗词,只根据原作的意思自己另选诗韵作诗词回答。"酬"是"回报"的意思。对方赠诗,自己写来回报,对方写的是"唱",自己答的称"酬"。

⑤次韵　根据别人诗篇所用的韵,并且在彼此唱和中依原韵你来我往写出的诗,叫作"次韵"。次韵既有用于回答对方赠诗的,也有根据前人诗的韵写的。

⑥步韵　意思同"次韵"。步是步伐相随之意。关于"次韵"与"步韵"的起始时间,

学界说法不一。据证,北朝杨衒之《洛阳伽蓝记》曾记载当时民间诗歌交往中已有次韵现象存在。到唐代大历十才子中的卢纶、李益之间便有次韵相酬之作。到白居易、元稹创"元和体",堪称文坛领袖,影响很大。元稹写了《酬乐天馀思不尽加为六韵之作》,自注解说:"乐天曾寄予千字律诗数首,予皆次用本韵酬和,后来遂以成风耳。"于是,后人多附会此说,将次韵首创归功于元、白二人。

⑦用韵　指用他人诗篇的原韵写诗,但不必依照原韵的先后次序,可以改变。这就是与次韵不同的地方。用韵也不局限于酬答对方,有时是用前人某一首诗的韵,甚至用自己写的某首诗的韵再写一首或是几首。

⑧依韵　也是根据他人诗所用的韵目而写诗,但具体韵字只要求和原诗同属一个韵部,不必与原诗韵字相同。

⑨追和　一般为表示敬意,或出于某种具体需要,根据前人所写某首诗词的原韵或诗意写成的诗词,叫作追和。如唐人李贺写有《追和何谢〈铜雀妓〉》,李之仪有《追和李白〈忆秦娥〉》。

唱和在中国传统社会是一种普遍的文化现象,具体表现形式不一而足。根据习惯,以上的"和""酬""次韵""步韵""依韵""用韵"以及"追和"等用词,都必须出现在诗的题目中。

2. 格律诗的声律特征　格律诗讲究声律,即讲究分辨字句的声调平仄是否符合格律诗既定律式的要求。声律和谐是格律诗的重要特征。毛泽东在《给陈毅同志谈诗的一封信》中有一句广为传颂的话:"律诗要讲平仄,不讲平仄,即非律诗",可见分辨平仄对于学习、欣赏、创作格律诗的重要性。因此可知,平仄的问题实质是声调问题。

过去写旧体诗用的是古代汉语,为实现声韵和谐,保持格律诗的音乐性,古人把古汉语平、上、去、入四声,区分为"平"和"仄(上、去、入)"二类相反相成的声调,依此制订了一套彼此搭配具有鲜明音声和谐效果的规范,写格律诗的人必须参照这些规范来创作。这些对古人不存在太大问题,而对于当代人来说,现代汉语语音和声调都发生了变化,在讲究平仄这个声调分类问题上势必存在相应困难。比如,现代汉语普通话将声调分为阴平、阳平、上声、去声,已没有发入声声调的字;古代汉语平、上、去、入四声中的入声字,现在已分别归进现代汉语四声之内,不容易区分,而这一现象是学习格律诗不可回避的问题。

现在辨别古诗字音的平仄所要做的事,就是如何用现在的语音去辨别每个字的读音属于古代的平声还是仄声,这是一项专门的学问,因此学习格律诗就需要专门的学习和训练。因为,只有诗中平、仄声搭配得当,才能显现抑扬顿挫、高低跌宕的艺术感,才能更好地继承这份历史文化遗产,写好格律诗。

明人谢榛《四溟诗话》中说，诗法"妙在平仄四声而有清浊抑扬之分，试以东、董、冻、笃四声调之。东字平声直起，气舒且长，且声扬也。董字上转气咽，促然易尽，其声抑也。冻字去而悠远，气振愈高，其声扬也。笃字下入而疾，气收斩然，其声抑也"。这段话传神地描述了平长仄短的古汉语声调特征。而《康熙字典》序言中的那首《四声歌》则以诗的语言表述出古汉语四声高低长短的变化："平声平起莫低昂，上声高呼猛烈强。去声分明哀远道，入声短促急收藏。"掌握了这些特征，对于区分平仄、分辨入声字是有帮助的。

3.格律诗的用韵特征 格律诗讲究用韵。为了实现音韵和谐的优美效果，格律诗规定必须押韵。古人把所有的韵字编写成韵书，创作时严格地依照韵书的韵部来押韵。在诗歌创作之前，翻检韵书，把诗歌内容所需用的韵字确定下来，围绕主题诗韵进行创作。韵书的历史，后面专题叙述。清代一般人通常查阅根据《平水韵》系统编成的《诗韵集成》《诗韵合璧》等韵书。这些书不但可以解决清代律诗的押韵，而且可以说明唐、宋律诗的用韵。诗韵共有106个韵：平声30韵，上声29韵，去声30韵，入声17韵。近体诗的律式只用平声韵，所以我们在这里只谈平声韵；至于仄声韵，留待后文专题讨论。

在韵书里，平声分为上平声、下平声。平声字多，所以分为两卷，上平声、下平声就等于说平声上卷、平声下卷，没有别的意思。

上平声15韵

一东　二冬　三江　四支　五微　六鱼　七虞　八齐

九佳　十灰　十一真　十二文　十三元　十四寒　十五删

下平声15韵

一先　二萧　三肴　四豪　五歌　六麻　七阳　八庚

九青　十蒸　十一尤　十二侵　十三覃　十四盐　十五咸

命名韵部的这些字，如，"东""冬"等字都只是某一韵的代表字，它们只表示区别本韵部与其他韵部的不同。至于"东""冬"这两个字的韵母在读音上有什么分别，现在我们不需要追究它，只须知道它们，以及韵书上与它们相类似的其他同音的韵部，在最初的时候是有区别、可区分的，后来混而为一了。但是，古代诗人们依照韵书，在写律诗时还不能把它们混用。因为在科举应试时试卷需要统一标准，不能不遵守它；教学为考试服务，课堂上就必须维护、沿袭这一标准。长此以往，后来就成为风气，写格律诗的人一直到现在都遵守它的规范。

在《红楼梦》里，有这样一段故事：林黛玉叫香菱写一首咏月的律诗，指定用"十四寒"韵。香菱正在挖心搜胆、耳不旁听、目不别视的时候，探春隔窗笑着说："菱姑娘，你闲闲吧。"沉浸在诗歌创作的香菱以为探春在提示她，怔怔答道："闲字是十五删的，错了错了。"在现代汉语中，上平声十四寒的韵母是 an，十五删的韵母也是 an，没有区别，古人却恪守格律诗同一韵部不能出韵的原则。香菱的故事传神记录了古时近体诗用韵在民间的状态。

格律诗用韵的这些规定并不难。难的是古代韵书中的韵部分类与当今汉语拼音的韵母划分不同。其中的专门知识必须经过学习才能掌握。

除了讲究声律、用韵的形式特征，格律诗还有五言、七言形式不同的外在特征，讲究对仗工稳的形式特征等，这些比较具体的问题放在后面有关章节讲述。以上所谈，涉及格律诗内在要素的结构和外在的各种表现方式，都是格律诗的形式问题。格律诗以形式见长，艺术上达到中国诗歌的巅峰状态，但是，中国诗歌的传统一向是内容、形式并举，即除了重视形式的优美，更注重内容的充实和社会问题的关注。我们一直将这种传统称为现实主义优良传统。

中国社会的这种文学传统，赋予以《诗经》为代表的诗歌极高的地位，包括格律诗在内的作品统统被纳入这一评价标准的观照之中。《诗大序》说："正得失，动天地，感鬼神，莫近于诗。先王以是经夫妇，成孝敬，厚人伦，美教化，移风俗。"这段论述，把诗歌教育的普及上升到感天地、动鬼神、厚人伦、移风俗的高度，可见把诗教和政教风化、教育感化、文化氛围营造及影响等有形与无形的手段综合运用起来，既向人们正面灌输做人的道理，又注意以百姓喜闻乐见的形式，结合日常活动使人明伦达事、潜移默化。这种灵活的诗教传统随风入夜、润物无声，其社会效果要比单纯的政治教育更深刻而有效果。置身于文化大发展、大繁荣时代，这种传统在今天仍具有现实意义。

第二节　古典诗词进校园的当代价值

格律诗是中华古典诗词百花园中的奇葩。改革开放以来，尤其是近年来，以格律诗为代表的中华古典诗词加快了走进校园的步伐，取得累累硕果，但是从普及的程度来看，仍可谓任重道远。从实现中华文化伟大复兴的角度看问题，只有深刻认识积极传承古典诗词在文化建设中的重要意义，才能更好地彰显其在大学校园传播的当代价值，进而推进诗词在大学校园中的普及。

一、盛世兴诗教的必然趋势

当代把以近体格律诗为代表的中国古代诗歌称为"中华诗词";把古代传统的诗词教育及其社会化活动的传统过程,称为"中华诗教"。在文化大发展、大繁荣的今天,社会积极主动恢复中华诗教传统,的确是恰逢其时。因为,两千多年来诗教对中国社会教化与文明发展起过重要作用,堪称历史遗产的文化传统。

1.什么是诗教　"诗教"这一概念,追根溯源,是由儒家学说奠基人孔子最早提出的。他亲自编辑删定的《诗三百》,成为我国第一部诗歌总集。同时,他还提出了诗学思想和"诗教"概念。孔子说:"不学诗无以言。"[①]"小子何莫学夫诗?诗可以兴,可以观,可以群,可以怨。"[②]"入其国,其教可知也。其为人也,温柔敦厚,诗教也。"[③]可见,"诗教"概念的本义是"以诗教人"。用诗中蕴含的道德、意志、情感等大众易于接受的美学方式,教化人心,提高素质,是诗的教化功能的本质体现。因此,诗教从宏观意义上讲,是诗学的源头,而且已经有了两千多年的实践。诗词教育、诗词创作都是诗教这一总体概念内涵与外延的表现形式。诗教的本来意义是以诗的教化义项为主;经过两千多年的发展嬗变,当今诗教的概念越来越凸显出其"诗词教育"的微观意义。

从中华诗词"以诗教人"的宏观意义上讲,当代中华诗教的总体框架可能是:着眼基础教育的诗教——着手高校校园诗教——着手社会诗教。即把国人传承诗教精粹,提高国民修养,作为基本着眼点;而诗教工作付诸实施的突破口,就是从娃娃抓起,让中华诗词走进小学、中学、大学校园,即从包括格律诗在内的校园诗歌教育入手,在普及校园诗歌教育的基础上,逐步实现文化传承、诗的教化和提高国民素质与人文修养的目标。

2.诗教复兴是历史的必然趋势　中华民族的伟大复兴,首先要表现在经济和文化的复兴。既然古典诗词是传统文化的精粹,随着经济发展与国力强盛,其复兴是历史必然的趋势。纵观历史,我们发现,重视诗教尤其是盛世兴诗教是我国自古以来一种重要的文化传统。"诗教"一词出现在汉代人作的《礼记·经解》,其中有一段相传是孔子的话说:"入其国,其教可知也。其为人也,温柔敦厚,诗教也。"这是"诗教"概念文献上的最早出处,它的原意是以《诗经》为教材施教可以增加人的修养,人系统接受了《诗经》的教育,就会变得为人文雅忠厚。

《诗经》本名原就一个字:《诗》。到了汉代,正式将《诗》奉为经典,才有了《诗经》一

---

① 《论语·季氏》。
② 《论语·阳货》。
③ 《礼记·经解》。

名。周王朝重视人文教化，开始在民间采诗观风，以便了解政治得失。当时的政治家们认为，诗歌是用来表达人的心态的。人们有感于生活的疾苦和幸福，就会用诗的方式把自己的真实感受唱出来，客观上可以折射政治的状况。所以，采诗观风，编纂《诗》集，其中有一个重要目的，就是便于统治阶层用它来了解政治状况，教育人民。由于孔子以及后来儒家学者的重视和倡导，《诗经》成为国人道德修养的教科书，外交词令的宝典。其开创的风、雅、颂、赋、比、兴六义，也成为我国古代诗文的典范和创作手法。

诗教是我国古代教育的重要内容和优良传统。我国历代重视诗教，只有程度变化，没有本质不同。中国历来有盛世兴诗教的说法，最为典型的当然要数经济发达、文化兴盛的唐代和经济文化繁荣的宋代。唐代兴科举，作诗，格律诗尤其是其中的一项重要内容。那种"春风得意马蹄疾，一日看尽长安花"（孟郊《登科后》）的心理和氛围客观上促进了唐诗的高度繁荣。读诗写诗，成为文人士子出仕和进入上流社会的重要手段之一。骆宾王七岁写《咏鹅》诗，王勃、李贺等一批才子很早因作诗而闻名。唐朝的近体诗开拓了一个崭新的诗的时代，除了在诗歌格律方面突出的成就以外，众多的诗人如璀璨的群星闪耀在时代的星空中，其中以诗仙李白、诗圣杜甫为杰出代表，他们用自己的饱满笔触为我们留下了那个朝代由盛而衰的整部诗史。这个时期所涌现出来的"边塞诗派""田园诗派""韦（应物）刘（长卿）诗派""韩孟诗派"等均从各个不同的角度，反映了唐代社会生活的风貌。《唐诗三百首》是民间影响深远的唐诗选本。

在中国古代文学批评史上居于重要地位的唐代诗教理论，其主要特点表现为，在思想内容方面重视对儒家"温柔敦厚"的诗教理论的继承；在艺术标准方面尊崇魏晋风骨与"兴寄"表达，注重对诗歌中雄深雅健的情感力量的呼唤；在审美倾向上，分为自然与奇崛的两大主要派别，展现为情景交融、兴象玲珑的美学风格。唐代诗教的兴盛，不但直接影响了当时繁荣昌茂、鼎盛一时的诗坛创作风貌，而且开启了后世长达近千年的"宗唐"诗风，可谓影响深远。

宋代诗词，尤其是词则是继唐诗之后的又一个诗歌发展的重要里程碑。在这个时期，出现了不同于以往的格律诗体制整齐的长短句词体，但更重要的是以苏轼、辛弃疾为代表的豪放词派，革新诗文，以文为词，在词中直抒慷慨悲壮的爱国热情，而以秦观、周邦彦、李清照、姜夔、吴文英为代表的婉约词派则继承了南唐花间词派传统的委婉、绮丽的词风。他们的笔触则更多地反映了宋朝政府文弱的社会政治。从实践成果看，宋代诗歌表现内容既重理性议论，又多内向自省，语言风格既力求清新蕴藉，又追求平淡自然，由此一改"唐音"风貌而创生了卓然独立的"宋调"，可以说正是"情""理"冲突的文学思想规范、影响的结果。唐代诗歌的光焰万丈，宋代诗词的悲歌雅奏，莫不是时代风云之缩影、诗教兴盛之见证，莫不散发着时代的气息，跃动着盛世脉搏的律动。

3. 经济的发展为诗教复兴提供了物质基础　　诗教的兴盛、文化的发展从来都要求有相应的物质条件和经济作基础，唐代的"贞观之治""开元盛世"，宋代商业的繁荣兴盛和商品经济的发展，为诗词发展和诗教兴盛做好了物质方面的准备。此外，在人民大众的生活中，既有温饱需求，更有文化需求和精神追求，盛世兴诗教满足了人们这种内在的需求。而以格律诗为代表的中华诗词正是在这个过程中保持着旺盛的生命力，一次又一次地更新，一波接一波地兴盛，从而至今仍能使我们感受到中华传统文化的鲜活存在。

改革开放以来，伴随着新的社会经济体制的建立，国民的创造力迸发，我国经济建设得到了迅猛发展，已经崛起成为世界名列前茅的经济体。与之相适应，包括中华诗词及其诗教活动在内的整个文化事业也得到蓬勃发展。国家的重视和政策的导向，使校园文化建设取得可喜成绩，高校内部诗词社团如雨后春笋，诗词创作队伍迅速扩大，各种诗词研讨、竞赛活动蓬勃兴起。校园诗教在杨叔子等一批院士和有识之士的倡导下，也由点到面迅速展开，不断取得新的成绩。这些新事物、新气象给高校带来了活力，使高校增加了社会责任感和历史使命感。高校是文化传承与创新的高地，通过开展诗教活动，努力发挥育人的作用，功德无量，令人鼓舞，展示了文教事业的美好前景。

二、中华诗词教育是文化传承的必然要求

1. 诗词是文化传承最典型的载体　　人类文化需要传承，在传承中创新和发展是文化发展演进的良好模式。中华民族有着五千多年悠久的文明发展史，传统文化的万里江河，众水分流，长流不息，从而汇聚形成博大精深的文化体系。而诗歌对文化的反映和传承是最系统、最全面、最典型的，它涉及的领域包括了历朝历代自然和社会生活的方方面面。

余秋雨先生说："在欧洲，作为古代经典最醒目的标志，是一尊尊名扬天下的雕塑和一座座屹立千百年的建筑。中国历史上毁灭性的战乱太多，只有一种难以烧毁的经典保存完好，那就是古代诗文经典。这些诗文是蕴藏在无数中国人心中的雕塑和建筑，而一代接一代传递性的诵读，便是这些经典连绵不绝的长廊。"[①]以唐代近体格律诗为例，从高适"策马自沙漠，长驱登塞垣"（《蓟中作》）的开疆拓土到李白"苟无济代心，独善复何益"（《赠韦秘书子春二首·其一》）的治国抱负，从孟浩然"气蒸云梦泽，波撼岳阳城"（《临洞庭湖赠张丞相》）的潇湘山水到王维"大漠孤烟直，长河落日圆"（《使至塞上》）的塞外风光等，无一不是这些精神元素的反映。同时，诗歌所反映的不同时代创作者的

---

① 引自卢宗顺：《古代诗歌的诵读教学》，《语文教学与研究》2005年第11期。

人生追求和价值取向,也都得到传承和发展。近体格律诗形成前,屈原的"路曼曼其修远兮,吾将上下而求索"(《离骚》),唐以后苏轼的"横看成岭侧成峰,远近高低各不同"(《题西林壁》),文天祥的"人生自古谁无死,留取丹心照汗青"(《过零丁洋》),鲁迅的"寄意寒星荃不察,我以我血荐轩辕"(《自题小像》),这些诗句对真理的追求矢志不渝,对人生观的理解透辟精深,对祖国山河的热爱激情洋溢,对祖国民族的情感一腔忠贞,对哲理的思考耐人寻味,从中都可以触及一脉相承的中华文化的真精神。

当今世界,全球化浪潮使经济、市场迅速一体化,紧接而来的科技一体化、信息网络迅猛发展,使经济科技的潮水迅速覆盖了世界,淹没着不同的文化价值系统,把全球引领、推向了西方文化的舞台。在这种时代背景下,对于回答和解决人类共同面临的许多困难与危机,中国传统文化有着诸多积极和有生命力的元素值得人类吸收和借鉴。高等学校的主要功能是人才培养、科学研究、社会服务及文化传承。因此,高等学校在文化传承与创新中承担着重大的责任与使命。在经济全球化的背景下,我们必须充分认识和发挥民族文化的使命感,从而为中国社会主义文化的繁荣发展作出贡献。

2. 中华诗词教育进校园是文化传承的需要　　自古以来,学校,尤其是高等学校本来就是文化传播和创新、诗词继承和发展的策源地。然而,改革开放以来,中华诗词热首先兴起于社会,而不是兴起于知识与人才密集的学校,很值得人们深省。

这其中的原因,恐怕与近年来高校受科技主义思潮和工具理性浸润,长期忽视人文与传统教育的现象有关。首先,多年来,传统文化被曲解,包括格律诗在内的古典诗词教育被认为可有可无。高校重视专业学习,把学生的素质教育与专业教育对立起来,使学校的诗教活动开展严重缺少社会基础与文化基础,未能很好地将包括中华诗词在内的大学生文化素质教育提上教学日程。其次,担心在高校弘扬传统诗词会被认为是"复古"。当代一些人认为,以格律诗为代表的中华诗词,其基本形式、美学范式和表现形式已不适宜表现现代人复杂的生活和丰富的情思。更有甚者,许多《中国现代文学史》把百余年来的格律诗排斥在外,直到现在人们还在为格律诗要不要写进现代文学史而争论不休。[①] 如此这般的人文环境,致使有的学校不敢开展这方面活动。因此,确有必要进一步阐释文化在当今之世的重要性,进一步提高对弘扬中华诗词、开展诗教活动深远意义的认识。

其一,中华诗词和诗教具有极大的审美、陶冶情操的作用。世界第二大经济体的国际形象,五千年文明史的历史积淀,要求国人的素质和文化教养水平与之相匹配。而诗词和诗教是实现这一目标文雅而有效的手段。由于诗教以诗词艺术为载体,通过鉴赏、

---

① 马凯:《再谈格律诗的"求正容变"》,2011年1月19日《光明日报》。

吟咏和创作等手段能使人或直观形象或潜移默化地领悟诗义、诗旨等精神内涵,提升人的精神境界和文化品位。因而,诗教除了激活智能和情感以外,还具备发展形象思维、开拓想象力与创造力以及改造思维品质、启智毓灵的优点。更为重要的是,诗教本质上是一种艺术教育和文化素质教育。其功效最大化的关键就在于审美和陶冶性情。诗教的审美、陶冶作用潜移默化,润物无声,其"入人也深,其化人也速"(《荀子·乐论》)。因此,诗教历来被视作精神内化、道德自律、人格完善的重要途径,是提升人的品位、素质的有效手段。

其二,中华诗词有着丰厚的历史文化内涵和积极的教育作用。近代学者王国维将美育作为德育、智育的手段,并将三者置于"心育"之中可谓真知灼见。他特别强调文学,而诗是文学的灵魂,诗教是美育的核心。中华传世的优秀诗词,信手拈来便会获得美的享受,文化的启迪;诗词的学习使人潜移默化地受到诸多教益,改变人的精神面貌。一个人懂得了美,便知道什么是丑。人有了审美的追求,便能明善恶,知是非,从而提高社会的文明程度。

其三,爱国主义是中华诗词的主旋律,其核心内涵为团结统一、爱好和平、勤劳勇敢、自强不息的民族精神。毛泽东作为现代格律诗创作的代表人物,他的诗词高扬着爱国主义的主旋律。他说,格律诗"一万年也打不倒。因为这种东西最能反映中华民族和中国人民的特性和风尚"[①]。试看杜甫《茅屋为秋风所破歌》,其忧国爱民之心,深深发自肺腑。白居易《村居苦寒》,为老百姓之苦而痛心、自责,情感真挚而深沉。岳飞的《满江红》,正义凛然,妇孺皆知。文天祥的"人生自古谁无死,留取丹心照汗青"(《过零丁洋》)则成为做人准则。曹植的"捐躯赴国难,视死忽如归"(《白马篇》)表现出一种英雄主义的浩然之气等等。在这些优秀诗篇的滋养浸润下,人们涤胸荡肺,深受教育,自然形成强烈的文化认同感。

其四,增强文化自信,消除弘扬传统文化、倡导诗教有"复古"之嫌的认识。中国应该有胸怀继承民族的优秀遗产,古代的未必都落后,今天的未必都先进。文化艺术史和教育史的研究表明,重视诗教与伦理教化,古今中外概莫能外。从古希腊柏拉图、亚里士多德到古罗马贺拉斯和19世纪德国歌德,都从不同的视角触及了作为艺术之祖的诗的客观存在与教化功能。而我国的诗教无疑更具中国特色。在中华大地上,从有诗歌开始,同时产生了诗的教化功能。而且,以孔子为代表的儒家诗教观也远比西方的诗的价值观更具有可操作性。这是文明的象征,也是中华文化的传统精粹。当然,今天在高校和社会中推行诗教已不是儒家诗教的简单翻版,而是继承中有创新和发展,它更多进

---

① 董志英:《毛泽东轶事》,昆仑出版社1989年版,第251页。

行的是审美的教育与能力的培养。

其五,弥补我国优秀传统文化认同缺失和民族精神家园意识迷惘的不足。在国际国内形势的深刻变化中,大学生的成长既面临难得的机遇,也面临严峻的挑战。由于种种原因,高校不同程度地存在理想信念模糊、价值取向扭曲、社会责任感缺乏、心理素质欠佳等问题。这些问题某种程度上与优秀的传统文化教育的不完善、对传统文化价值认同的缺失和民族精神家园意识的迷茫有关。对此,高等学校理应按照科学发展的要求和教书育人的定位,把诗教纳入校园主流文化建设的范畴,并且还要与书法、绘画、摄影、音乐等其他文化艺术形式相结合,形成"洙泗上,弦歌地"(张孝祥《六州歌头》)的大气候,起到种德养心、潜移默化、强中固本的大教育作用。

总之,作为一个伟大民族,优秀文化的传承是历史的必然。我们生逢中华民族复兴和中国梦建设的时代,大力弘扬中华传统文化的精粹——诗词文化当然理直气壮。我们引导学生走进格律诗殿堂,就是要使盛世兴诗教的规律在当今高等学校落地生根开花,与改革开放以来伴随着经济迅猛发展而带来的文化兴盛相协调、相一致。

3. 中华诗词的教育是加强文化素质教育的题中应有之义　　为了培养德智体美全面发展的社会主义事业建设者和接班人,国家做出了关于加强大学生全面素质教育的决策。大学生的全面素质教育,主要包括思想政治素质教育、专业素质教育、文化素质教育和身体、心理素质教育。在加强大学生文化素质教育中,广大高校采取有力措施,取得了显著成效。更为可喜的是,加强包括格律诗在内的中华诗词教育越来越成为其中一项不可或缺的重要措施。

首先,诗词教育是大学生素质教育中受欢迎的内容。大学生们普遍反映,走进中华诗词,就是走进中国文化的历史,走进它生发的根源;中华诗词是一种思维方式,跳跃性的直觉思维极大地丰富着人的感受方式,进而丰富人的精神世界;中华诗词还是一种情感方式,对世界和复杂人性感知的多样性都被各色诗词题材和体裁风格化了,热爱诗词的人往往能在情感教育上受益良多。学习理工科的学生接受人文社科教育,最好的方式就是学习中华诗词。这是一种要求全面发展的文化自觉性。许多学生反映,学习传统诗词,可以抵制各种垃圾文化的侵蚀。这是一种坚持先进文化方向的文化自觉性。我们没有理由不积极满足这种正当要求。

其次,中华诗词教育是高等学校实现大学生文化素质乃至综合素质教育最有效的手段。实践和研究表明,推行诗教,倡导诗词欣赏与写作,主要在于它具有涵咏、净化、呈示、凝聚、怡情及启智等多方面的教育作用。千百年来流传下来的无数形象生动、寓意深刻、富含哲理、开启智慧的诗歌,像伟大母亲的乳汁,哺育着一代又一代青年学子,使其在浓厚的文化氛围中提升人文素质,培养高雅情趣,提升人格品质。而在教育方式上，又是一种"随风潜入夜，润物细无声"的潜移默化，对人的教化、培育是极为深刻和长远的。它与思想政治理论教育、道德法制教育相辅相成，相得益彰。

事实说明，历史最终留下来的是文化，文化的精髓是文学，诗是文学之魂。所以，学习中华诗词不仅能提高文学修养，而且能提高人的全面素质、精神境界和高尚情操。

第三节 本教材的课堂使用方法

20世纪90年代中期，我国高等教育开始引入兴起于西方的研究性教学思想，一些高等学校随之对研究性教学进行了有益的探索和实践。21世纪初，国家明文提出"积极推进研究性教学，提高大学生的创新能力"的倡导（教育部《关于进一步加强高等学校本科教学工作的若干意见》），国家对创新人才培养机制的重视及各地高校对研究性教学的探索，为我们推动以研究性教学为主导的课程改革提供了良好契机，以"走进格律诗殿堂"命名的中文类研究性课程及本教材应运而生。

新中国成立以来，尤其是改革开放以来，格律诗辅导的教材并不鲜见，多以平仄为中心，介绍一般性知识为主，而与研究性教学结合自创体例的教材还没有见到。

首先，本教材的体例独特，内容完备，既是课堂教材、自学读本，又是教学参考书和工具书，具有较强的适应性和可读性。本教材按篇章节序排体例，分三部分编写。第一篇讲诗歌格律简史，介绍从东汉到唐朝近体格律诗发展演变的历史梗概，目的在于为读者梳理格律诗在中国诗歌母体中繁育成长的来龙去脉，为格律诗的学习与创作奠定相关知识基础，其性质可以视为教学参考书。第二篇讲格律诗的创作规范。该篇以自编歌诀为主线，讲解格律诗创作相关规范，该教材对近体诗与齐梁体的承继关系，五言、七言各种律式的长久记忆方法，格律诗的变通形式，相关的音韵知识、修辞技巧等脉络梳理得十分清楚，自创体系，浅显易懂，既便于课堂学习，又便于课下复习与学生记诵。第三篇讲诗歌吟诵的相关技巧与知识。这种把格律发展史、格律诗创作规范和古典诗歌的吟诵系统组合在一起的体例是本书的首创。古典诗歌的吟诵是中华诗词千年流传的重要手段，是古诗生存形态的活化石、非物质文化遗产的重要内容。过去的格律诗教学只重文字，不重声音；只重以历史为线、以作家为纲的系统陈述，忽视其在民间流传与生存的具体样态，因此绝少涉及格律诗的吟诵。本教材补上了课堂教学缺少的这一重要环节，终于完成了本课程学术体系的完整性建设。它使我们对格律诗的来龙去脉和千年流传的内在原因得以全面、系统的阐述。三篇互相补益形成了一个整体，三篇之后附录了《平水韵常用字表》《中华新韵（十四韵）》，起到了工具书的作用。使习作的学生一书在手,不用他求。

其次,本教材在课堂上,又与研究性教学的实施过程相辅相成。这是一部坚持新课程理念指导,并在课堂上经过多年检验,具有一定创新性、系统性的教材。在教材原创的过程中,其与课堂结合的方法简述如下。

本教材坚持贯彻"以学生为主体,以教师为主导,注重学生参与课堂,关注学生的全方位发展"的新的课程理念,坚持教学活动中教师的"教"与学生的"学"合二为一,使学生主动参与教学过程,在参与的过程中增强体验,理解和把握学习对象,提高学习效率。在课程节奏的设计中,作为在新的课程理念指导下的一套文科教材,本课程相当注重突出学生的课前的自觉准备活动,课堂的教学融入和课后的消化。开始课程讲授时,教师先要做课时整体的客观安排。

1.学习的方法　　开学第一堂课,开宗明义给学生讲解本课程的三结合的学习方法:自学与讲授相结合;老师讲授与师生共同参与讨论相结合;学生讲授与老师点评相结合。

①自学与讲授相结合　　教材共三篇。指定第一篇诗歌格律简史为自习内容。因为中文系的学生都开文学史课,具有较系统的文学史知识,而诗歌格律史更集中、更专门地研究格律诗这一种诗体的演化过程,虽是提高课,但与文学史联系密切,学生有能力完成,同时便于培养学生的自学能力与良好的学习习惯。为了帮助学生自学,第一堂课就发放一组思考题。这些题目,既是自学的提示线索,又是中后期师生共同讨论的纲目。

②老师讲授与师生共同参与讨论相结合　　本课程授课30课时,教师讲授16课时,师生共同讨论8课时。讨论内容为前面8周教师讲授课程的消化和8周自学第一篇古典诗律发展简史中的具体问题,把自学的内容提交到课堂讨论上来消化,加深对文学史与格律发展史的理解。

③学生讲授与老师点评相结合　　根据老师掌握的课堂讨论情况,与班干部商定选出部分学生,结合学习、讨论和网上搜集的资料,学生各定题目讲解6课时,每人讲解不超过15分钟,并要求将自己的习作贡献课堂与大家分享。教师在最后点评。

2.期初问卷、期中习作、期末考试相结合　　课堂开始前请班干部组织学生填写问卷,掌握学生学习基础,以便与期末作对比。期中结合"诗律三十二字歌诀"的讲授,让学生做一次习作,以便在师生讨论中消化理解。期末考试要有"创作格律诗一首""格律诗鉴赏""歌诀默写"等内容,使学生牢固掌握格律不混淆,初步掌握格律诗创作与鉴赏能力,把格律诗的种子种进学生的心田。

第一篇　诗歌格律简史

中国文字，象形、简约、象征意味强；声调抑扬，音韵谐和，具有突出的诗性特征。中国文字是独体的方块字，这种方块字就像一块块砖石，是文学建筑材料中一种非常优美实用的载体。中国语言文字独体方块的特征，结合中国文化的朦胧、含蓄、追求对称和谐美等文化因素的编织，使诗歌在原始时代起源很早，远在先秦时代就产生了像《诗经》《楚辞》这样成熟的诗歌经典。《诗经》是我国第一部流传至今的诗歌总集，涵盖了商末周初到春秋中期五六百年间的三百零五首诗作。《楚辞》是战国后期以屈原的作品为代表的楚声风格的诗歌集。《诗经》《楚辞》内容丰富、语言优美、音韵谐和、形式灵活而具有规范，形成了自己独特的艺术传统，成为后世诗歌的母体。那么，这些早期作品在诗歌创作规范和格律因素上的特点是什么呢？

第一章　诗史滥觞:《诗经》《楚辞》时代的韵式

第一节　韵及相关概念

一、韵、韵部、韵目、押韵

1.韵　"韵"字的本义指和谐悦耳的声音。《说文》释"韵":"和也。从音负声。"《玉篇》:"声音和曰韵。"都说得很清楚。而中国古代诗学中所谓"韵"概念既保留了该字本义的基本含义,又极大地丰富了它的内涵。一方面讲,诗学中的"韵"大体相近于现代汉语拼音中的韵母概念,又稍有不同。二者相同之处是都包括字音的韵腹和韵尾,不同之处是古代的"韵"不包括韵头。另一方面,古诗律中的"韵"还具有与现代汉语韵母不同的内涵:第一,古代之"韵"与现代汉语归类方法不同。第二,古代之"韵"具有声调要素。大家知道,现代汉语拼音借鉴了西方语言学的方法,其韵母不包括声调,取其声音的原始、本真状态;古代的"韵"则按照平、上、去、入四声分类,同一字音,声调不同,便分属于不同的韵部。例如:交、狡、校、脚四个字,在现代汉语中虽然声调不同,但都属于 iao 这同一韵母;而按照中国古韵书,比如《平水韵》,对这四字分类时,根据平、上、去、入四声不同,将它们分属于四个韵部:"交"为下平声"肴"韵,"狡"为上声"巧"韵,"校"为去声"效"韵,"脚"为入声"药"韵。又如,麻、霞、华三个字,现代汉语分属在 a、ia、ua 三个韵母中,但在古韵书中这三个字都在《平水韵》下平声的"麻"部,属于同一韵。这就说明,古今在"韵"这一问题上,既有归类方法的不同,又有划分方法的不同。由此可见,古人是从和谐悦耳的声音这一基本义出发,把同一声调前提下韵腹、韵尾相同的字视为同韵并形成"韵"概念的。

2.韵部、韵目、押韵　　"韵"概念确定之后,把具有同韵关系的一组字归类在一起所形成的字群称作"韵部"。韵部是编写韵书的基础,无论何朝编纂的韵书,都按韵归类,分立不同的韵部。"韵目"指历代韵书为便于区分、检索而为各个韵部命的名并在此基础上排出的标目。具体方法是,从同一韵部中按韵归类的字里确定一个代表字给该韵部命名,这种用以区分甲韵部与乙韵部的名字就叫作韵目。例如《平水韵》将诗韵分为 106 韵,分四声按"一东、二冬、三江、四支……"标目序排,其中,"东韵"中有"东、铜、同、钟、公、冲……"一组字,因以"东"为首,"东"便被命名为韵目。在诗词创作中,韵是诗词成立与否的基本要素之一。诗人在诗词的相对应位置反复有规律地使用收声相同的韵字以创造和谐音响效果的方法叫作"押韵"。诗、词、曲、民歌都追求押韵。押韵的目的是为了诗韵谐和,同一类的韵音在规定的位置上反复出现,构成声音的回环往复,会形成令人愉悦的美感。

二、韵的应用和韵式

1.同韵相应　　指在同一首诗中,不同诗句或句中或句尾的韵字相互呼应形成谐和的韵律美的现象。这是一个与押韵既有联系又更宽泛的概念。明代文人陈第《毛诗古音考》说:"士人篇章,必有音节,田野俚曲,亦各谐声。岂有古人之诗,而独无韵乎?"的确,先秦时代的诗歌不仅能够十分纯熟地使用同韵相应的方法,而且形成了名目繁多的应韵方式,反映了当时诗歌的普及与创作的成就。例如《诗经》中的《周南·卷耳》:

采采卷耳,不盈顷筐。嗟我怀人,寘彼周行。
陟彼崔嵬,我马虺隤。我姑酌彼金罍,维以不永怀。
陟彼高冈,我马玄黄。我姑酌彼兕觥,维以不永伤。
陟彼砠矣,我马瘏矣。我仆痡矣,云何吁矣!

这首诗的第一节运用隔句押韵的韵式,二、四句以"筐、行"押韵,这两个字是同韵字,在古韵部中都属于阳部。第二节运用句句押韵的韵式,四句句尾以"嵬、隤、罍、怀"押韵,四个字都属微部。第三节以"冈、黄、觥、伤"押韵,四个字都属阳部。第四节以"砠、瘏、痡、吁"押韵,属于鱼部。这种不同韵式中的前呼后应、前后相谐的现象就叫同韵相应。

2.韵式　　指诗歌中有规律押韵相谐的方式方法。即在诗歌创作中,因同韵相应现象所产生的有规律方法。《诗经》收录了十五国风。由于不是一时一地一人之作,因而韵式比较繁复。孔广森《诗声分例》统计有 27 类之多。顾炎武《日知录》则说:"古诗用韵之法,大约有三。首句次句连用韵,隔第三句而于第四句用韵者,《关雎》之首章是也。凡汉以下诗及唐人律诗之首句用韵者源于此。一起即隔句用韵者,《卷耳》之首章是也。凡汉以下诗及唐人律诗之首句不用韵者源于此。自首句至末句用韵者,若《考槃》《清人》《还》《著》《十亩之间》《月出》《冠素》诸篇……凡汉以下诗若魏文帝《燕歌行》之类源于此。自是而变,则转韵矣。转韵之始,亦有连用隔用之别,而错综变化,不可以一体拘。"

诸家各有心得,各执一词,前者细密烦琐,后者简略概括,众说纷纭。从实际教学的角度则应该专节进行更为准确而具体的梳理。

第二节 《诗经》(含《楚辞》)的主要韵式

归纳《诗经》的韵式,可以概括为以下几种形式:

一、句尾用韵类的不同韵式

句尾韵是《诗经》常用的押韵方法。《诗经》的作品多采自民间,来自生活,生动活泼,不拘一格,因而用韵方式相对随意、变化较多。归纳起来,主要有以下几种方式。

1. 句句用韵 指每首诗各句句尾都押韵的方式。如《鄘风·相鼠》:

> 相鼠有皮,人而无仪;人而无仪,不死何为?
> 相鼠有齿,人而无止;人而无止,不死何俟?
> 相鼠有体,人而无礼;人而无礼,胡不遄死?

这首诗第一节各句韵脚都属歌部字,第二节各句韵脚都属之部字,第三节句尾都属脂部字。每节四句,句句押韵。

2. 隔句韵式 指诗歌中隔句押韵的方式。如《周南·卷耳》:

> 采采卷耳,不盈顷筐。嗟我怀人,寘彼周行。

此诗二、四两句隔句押韵,韵脚"筐、行"都属阳部字。
又如《周南·桃夭》:

> 桃之夭夭,灼灼其华。之子于归,宜其室家。

"华、家"都属鱼部字,隔句押韵。

3. 首句用韵的隔句韵式　　指诗歌中一、二句句句押韵,以下诗句隔句押韵的方式。如《周南·关雎》:

> 关关雎鸠,在河之洲。窈窕淑女,君子好逑。

这首诗采用的一、二、四句押韵的方式,前半节句句押韵,后半节隔句押韵。这种韵式和上面第二种隔句押韵的韵式对后代文人的诗歌创作影响极大,成为唐代以后格律诗的基本韵式。

4. 交叉韵式　　指一首诗歌中使用两种以上的韵,几种韵交叉出现同韵相应现象的方式。如《秦风·无衣》:

> 岂曰无衣?与子同袍。王于兴师,脩我戈矛。与子同仇!
> 岂曰无衣?与子同泽。王于兴师,脩我矛戟。与子偕作!
> 岂曰无衣?与子同裳。王于兴师,脩我甲兵。与子偕行!

这首诗每节五句,第一、三句押韵(衣,微部;师,脂部;微脂合韵),第二、四、五句押韵:第一节均为幽部,第二节都属铎部,第三节全属阳部。

5. 主从韵式　　指在一首诗使用的几种韵中有主韵有从韵,是一种特殊的用韵方式。如《卫风·硕人》第二节:

> 手如柔荑,肤如凝脂,领如蝤蛴,齿如瓠犀,螓首蛾眉,巧笑倩兮,美目盼兮。

这一节诗押两种韵,前五句是主韵,用脂部字押韵;后二句是从韵,以元部字押韵。又如《魏风·硕鼠》:

> 硕鼠硕鼠,无食我苗!三岁贯女,莫我肯劳。
> 逝将去女,适彼乐郊。乐郊乐郊,谁之永号?

这一节诗中"鼠、女、女"三韵为从韵,属鱼部;"苗、劳、郊、郊、号"五韵为主韵,属宵部。

6.相随韵式 指在一首诗中有多种韵,前后相随,形式独特。例如,被誉为"上古风俗画卷"的《豳风·七月》:

九月筑场圃,十月纳禾稼:黍稷重穋,禾麻菽麦。
嗟我农夫,我稼既同,上入执宫功。
昼尔于茅,宵尔索绹。亟其乘屋,其始播百谷。

这首诗第一韵为"圃、稼",属鱼部;第二韵是"穋、麦",是觉职合韵;第三韵是"同、功",属东部;第四韵是"茅、绹",属幽部;第五韵是"屋、谷",属屋部。全诗共用了五个韵,前后相随、环环相扣、生动鲜活。《诗经》来自民间的特点决定了它的"饥者歌其食,劳者歌其事"以及与生活息息相关,在劳动中随口创作的特点,其创作多信口而出,灵活多变,表现在韵式上也显鲜活自然,常常是一诗多韵,诸韵相随。

又如《卫风·氓》:

桑之未落,其叶沃若。
于嗟鸠兮,无食桑葚!
于嗟女兮,无与士耽!
士之耽兮,犹可说也。
女之耽兮,不可说也。

这节诗中开头以铎部("落、若")为韵,随以侵部的"葚、耽"为韵,再随以月部的"说、说"为韵,三种韵前后相随。

二、句中句尾多点用韵的韵式

除了上述句尾韵的多种变化之外,《诗经》用韵还有一类特殊的用韵方式,即不仅在句尾而且在句中也用韵的韵式。按用韵的不同位置和韵字的不同词性,这一类用韵的表现方式大体可以分为两种。

1.句中句尾的实词音韵相谐 如《豳风·九罭》:

鸿飞遵渚,公归无所,於女信处。
鸿飞遵陆,公归不复,於女信宿。

这两节诗中,除句尾押韵外,每节第一、二句中间的"飞、归"也押韵,都是微部字。

2.句中实词句尾虚词音韵相谐　　如《周南·卷耳》:

陟彼砠矣,我马瘏矣。我仆痡矣,云何吁矣!

这里"矣"字韵属于虚词押韵,虚词前面的实词"砠、痡、吁"也押韵,都是鱼部字。又如《陈风·月出》:

月出照兮。佼人燎兮,舒夭绍兮。劳心惨兮。

这里的"照、燎、绍、惨(燥)"是实词押韵,都属宵部。四个"兮"押韵,属支部。

明代学者陈第《读诗拙言》说:"《毛诗》之韵,动乎天机,不费雕刻,难与后世同日论矣。"这是前人对《诗经》创作者纯乎自然的创作状态的由衷感叹,我口唱我心,任性而行,随口而出,不受形式拘束,韵式富于变化,值得后世效法。这是《诗经》的一大特色。

同时,我们也已清楚看到,《诗经》的时代,我国诗歌的创作已经相当成熟,诗歌的韵式也已相对稳定。一方面,大家在创作中发现了音韵和谐的美,尽情表现其美,形成"矢口成韵"的特点;另一方面,恰恰是在自然状态的"矢口成韵"中,逐渐形成了一定的创作规范,形成了《诗经》韵律的特点,为后代诗人所取法、所继承,并形成了古体诗、格律诗韵律的基础。

三、《诗经》韵律特点在《楚辞》中的继承和发展

《楚辞》结句自由,句式多变,从诗体上看没有《诗经》那么整齐、典雅,但在"同韵相应"及应和的方式上又有创新,使《楚辞》具备了独特的、不可替代的审美特征。一方面,它继承了《诗经》韵式;另一方面,它又有自己明显的侧重,即偏爱隔句韵式。例如屈原的《离骚》采取的就是隔句押韵的基本韵式。当然,在《楚辞》中其它韵式,如句句用韵、交叉韵、句中韵等也仍在使用,相较《诗经》,已经明显不占重要地位。例如《国殇》:

操吴戈兮被犀甲,车错毂兮短兵接。
旌蔽日兮敌若云,矢交坠兮士争先。
凌余阵兮躐余行,左骖殪兮右刃伤。
霾两轮兮絷四马,援玉枹兮击鸣鼓。

天时坠兮威灵怒,严杀尽兮弃原野。

这一段的"甲、接"属叶部,"云、先"属文部,"行、伤"属阳部,相随用韵。后四句"马、鼓、怒、野"属鱼部,句句押韵,也是根据表情达意的需要而安排的。

又如《卜居》:

宁超然高举以保真乎?将哫訾粟斯,喔咿儒儿以事妇人乎?①
宁廉洁正直以自清乎,将突梯滑稽,如脂如韦,以絜楹乎?

此处是句中实词句尾虚词韵式的典型例子。句尾虚词"乎",鱼部韵;"真、人、清、楹"句中四个实词为真耕合韵;句中"訾、斯、咿、儿"是支脂合韵;"梯、稽、脂、韦"是脂微合韵。这个例子反映出诗歌到《楚辞》时代,用韵的研究已经很深入。尽管如此,在创作的实践中,仍是隔句韵式最受青睐,而其它韵式的使用空间,与《诗经》时代相比,相对萎缩。从韵律发展史的角度讲,这一时期的实践影响深远,后世文人的隔句韵式和其后的古体诗的转韵式(也就是前面所讲的"相随韵式")的确立,是经过《楚辞》的应用而最终确立的。

第三节　声调在韵中的应用

一、四声

作为专有名词,四声指汉字的四个声调。根据调值的不同,每个汉字区分为不同的声调,这种声调归纳为四类,历史上称为"平、上、去、入"。四声作为语言现象,在上古汉语中已经存在,学术史上称为"古四声",但当时没有形成广泛接受的概念。四声作为一个自觉概念的提出则始于南朝齐梁时代的沈约。

《梁书·沈约传》记载他写了一本《四声谱》专门讨论这个问题。同书还记载了一个故事,说喜欢学习的梁武帝萧衍和大臣周舍讨论学术,武帝问:"何谓四声?"周舍答:"天子圣哲。"周舍举例用四字的声调来回答皇帝的问题,说明当时对四声现象虽有研究,但在社会上并不流行,并且还没有对四声具体声调的通行概念——尚没有一个社会

---

① "将哫訾粟斯"句有不同版本,此引自[清]蒋骥《山带阁注楚辞》。

广泛接受的统一表达方法。学术界一种观点认为,直到隋朝人陆法言编著《切韵》,用"平上去入"四个声调正式标注韵书,这组概念才在社会上广泛流行。《切韵》是中国音韵的权威著作,流传广远,"平声""上声""去声""入声"在《切韵》之后成为历史上汉字四声的指代称谓的观点,反映了学术界在该问题上的严谨态度。

二、声调在上古诗歌创作中的应用

"四声"作为一个学术概念到齐梁时代由周颙、沈约等人提出,使许多人误以为上古时代的汉族语言和诗歌创作不存在四声现象。一些学者在他们的著作中已经指出了这个观点的偏颇。正如钱大昕《潜研堂文集·答问·音韵》所说:"古无平、上、去、入之名,若音之轻重缓急,则自有文字以来,固区以别矣。……三百篇每章别韵,大率轻重相间,则平侧(仄)之理已具。"从先秦时代的作品用韵的具体分析中可以证实,当时人已经发现了母语中的声调现象。因此,在诗歌创作中自觉用韵的同时,已然开始注意区分平仄了。

试以《诗经·硕鼠》为例:

> 硕鼠硕鼠,无食我黍！三岁贯女,莫我肯顾。
> 逝将去汝,适彼乐土。乐土乐土,爰得我所。
> 硕鼠硕鼠,无食我麦！三岁贯女,莫我肯德。
> 逝将去汝,适彼乐国。乐国乐国,爰得我直。
> 硕鼠硕鼠,无食我苗！三岁贯女,莫我肯劳。
> 逝将去汝,适彼乐郊。乐郊乐郊,谁之永号？

这首诗共分三节,每节结构和文字大致相同,不同的只在第二、四、六、八句末尾改换一个字,以求同韵相应。第一节是"黍、顾、土、所",从韵部上看,都属鱼部,而且都是有意选取的上声、去声声调的字。第二节是"麦、德、国、直",都属职部,都是入声声调的字。第三节是"苗、劳、郊、号",属宵部,都是平声字。韵字平押平,仄押仄,而且在仄声之中还区别成入声押入声、上去声押上去声两种情况,十分值得重视。因为这种押韵选取同声调的现象,是普遍的而不是偶然的,说明了上古诗文韵律上区分声调,在《诗经》中已是很明确的规则了。

这一现象不仅限于《诗经》,其它流传下来的经典也是如此。再看《楚辞》的韵字,也是如此。例如《离骚》中的的诗句:

> 忽驰骛以追逐兮,非余心之所急;
> 老冉冉其将至兮,恐修名之不立;
> 朝饮木兰之坠露兮,夕餐秋菊之落英;
> 苟余情其信姱以练要兮,长颇颔亦何伤。

前一节的韵字是"急、立",都属辑部,声调是入声;后一节的韵字是"英、伤",都属阳部,声调是平声。入声押入声,平声押平声,《楚辞》作者分得很清楚。

再如《渔父》中的诗句:

> 沧浪之水清兮,可以濯吾缨;
> 沧浪之水浊兮,可以濯吾足。

前二韵"清、缨"是平声,耕部;后二韵"浊、足"是入声,屋部。

可见,韵字要分平仄的现象,在《楚辞》中也普遍存在,是一条人们已在自觉遵循的规则。

根据对上述先秦流传至今的经典作品的分析,证明了声调的发现及应用于诗歌,应当追溯到先秦时代,决不是迟至齐梁时代才开始的事。这其中有两点需要搞清楚。

第一,先秦诗歌创作中,对于文字声调的发现与运用主要局限在押韵时同调相谐的韵律分类范围内,即根据不同声调把韵的部类分开。这种现象叫作"四声和韵"。依此规律,后世韵书中,不同声调的韵字不能算是同韵。在诗词创作中,不同声调的字一般不能押韵。这一原则一直影响着后世韵书的编修体例。

第二,上古诗歌对于诗句本身声响节奏的平仄、抑扬,声响节奏间的搭配规律的探讨是经验性的,虽代代相传,却尚未理出清晰的理论线索,也没有构成声律的具体格式。声律在诗词中的作用,还要等待后世创作经验的长期积累去逐步彰显。

第二章 二四异声：汉代诗律的探索

汉代文学的代表形式是辞赋和散文，相比而言，诗歌并不是那个时代最兴盛、最具代表性的文学样式。但是，从诗歌发展史，尤其是从中国诗歌格律史的角度看（以下简称"诗律"），这却是一个不能被忽视的历史时期。

第一节 汉代五言声律的探索

一、文献中的汉代诗律传授

一般认为，利用字声平仄构成格律的探索开始较晚，是到沈约、周颙发现四声，齐梁出现新体诗前后；两汉时代的诗歌与诗词格律的探索无缘。其实，这种认识是不全面的。诚如王力先生所说："声调的交互是中国历代诗人长期创作所积累的艺术经验，决不是少数文人所发明的。远在魏晋时代，诗人们可能就已经探索用声调的交互作为一种艺术手段，沈约等人不过更积极更有意识地提倡罢了。"[①]这种发展的文学史观是科学辩证的。在中国，声律探索的历史起源很早，不仅早于齐梁，而且早于魏晋；其探索声调交互应用，应该是在汉代五言诗体产生、形成的过程中就开始了。《后汉书·锺皓传》中记载："（锺）皓避隐密山，以诗律教授门徒千余人。"可见，东汉时期诗律已然成为一门传授的学问，而且转相传授，名师钟皓门下，学生已多达千余人。我们说，这里所谓的"诗律"，可能与后代该概念的内涵不完全相同，也有可能是在传授诗词创作的方法，但是，大量汉诗作品流传至今所携带的信息，明显包括了对声调的交相作用的声律探索。

[①] 王力：《古代汉语》第四分册，中华书局 1981 年版，第 1522~1523 页。

所以,两汉不仅是五言诗体产生的时代,也是已经将字声平仄应用到诗句中去的历史时期。这一点,将在下面的汉诗作品分析中得到证实。

二、五言诗二、四字异声的探索和律句的出现

汉初文人的诗歌创作承继《诗经》《楚辞》的传统而来,汉诗的体式主要有四言体、楚辞体和新起的五言体。四言体、楚辞体在先秦时期已经积累了许多声韵方面的经验,汉人在继承前人体式的同时追求创新,于是有了五言诗在艺术上的发展与兴起。

1."声律细胞"的诞生　　一般认为,五言诗起自民间,经过西汉文人的创作实践,到东汉五言诗从内容到声律形式已形成明显的特点。也就是说,东汉文人已经开始有意识地探索字声平仄在诗句中的分布规则。主要集中表现在对于五言诗句的第二、四两字的声律要求——强调在这两字的位置上要安排不同声调的字,追求每句诗在声律形式上的变化与和谐,造成平仄声调交互应用的特点。

这种探索的结果造成一个不争的事实:后世五言近体格律诗中的律句和律联,其实早在东汉已然出现!诚如徐青先生所说:"从整个声律结构来说,这么一点(指律句、律联的产生),只不过是其中的一个'细胞';但是这个'细胞'的产生,决不是微不足道的,因为它对于后代近体诗的形成,是不可缺少的。"[①]

东汉文人五言诗对第二、四字异声的探索以及由此导致律句的出现,被称为"声律细胞"的诞生,是中国声律史上的重要事项,是汉代文学对中国诗律史的重要贡献。下面,我们通过具体的作品分析,体验一下当时的创作实践。

2.二、四异声例诗分析　　东汉班固的《咏史》是早期文人五言诗的代表,也是一首探索二、四异声的典型作品。诗文如下:

三王德弥薄,惟后用肉刑。
太苍令有罪,就逮长安城。
自恨身无子,困急独茕茕。
小女痛父言,死者不可生。
上书诣阙下,思古歌鸡鸣。
忧心摧折裂,晨风扬激声。
圣汉孝文帝,恻然感至情。
百男何愦愦,不如一缇萦。

---

① 徐青:《古典诗律史》,青海人民出版社 1980 年版,第 20 页。

据说，此诗是班固晚年受大将军窦宪案件牵连入狱，因政治失势，无人营救，抒发感慨而作。文学史家认为，这种早期五言作品的艺术价值，文学史评价不是太高。然而，从诗律发展史的角度，此诗却具有很高的价值。此诗共八联十六句，除了第四联和最后一句以外，其余十三句都是第二字和第四字平仄相异的；并且，第二、四字平仄相异的每一联上下两句的末字，字声也不相同。这样，诗句的节奏由于平仄相间而显示了出来，每一句的末字之间，除了同韵相应之外，平仄不同又回避了后来所谓的"上尾病"（参阅第四章第二节）。这些汉代诗歌的特点和经验较好地被其后的南北朝和唐朝文人的诗律探索所继承。

那么，《咏史》中出现的这种追求诗律变化的现象是不是偶然的呢？让我们再来分析一首典型的例子。请看辛延年《羽林郎》，这首诗全诗共十六联三十二句：

昔有霍家奴，姓冯名子都，
依倚将军势，调笑酒家胡。
胡姬年十五，春日独当垆。
长裾连理带，广袖合欢襦。
头上蓝田玉，耳后大秦珠。
两鬟何窈窕，一世良所无。
一鬟五百万，两鬟千万余。
不意金吾子，娉婷过我庐。
银鞍何煜爚，翠盖空踟蹰。
就我求清酒，丝绳提玉壶，
就我求珍肴，金盘鲙鲤鱼。
贻我青铜镜，结我红罗裾。
不惜红罗裂，何论轻贱躯！
男儿爱后妇，女子重前夫。
人生有新故，贵贱不相逾。
多谢金吾子，私爱徒区区。

该诗表现倚官仗势的家奴欺压良家妇女的故事，是文人以民歌形式写成的五言体诗歌。其中仅三句不符合第二、四字要求平仄异声的规范，句末也没有"上尾病"。同时，"不意金吾子"以下六句，简直跟唐代近体诗的格律结构一样，粘对合律。全诗大都是律句,第一、三、四、八、九、十、十一、十四、十五各联,则已都是唐诗式的律联。

上述现象明显是诗人有意为之,是诗人对汉字声律的平仄有所认识并在创作中有意安排的结果。这一论点,通过分析孔融《临终诗》、赵壹《疾邪诗(之二)》、无名氏《古诗十九首·青青陵上柏》、无名氏《茅山父老歌》、乐府民歌《折杨柳行·默默施行违》《塘上行·蒲生我池中》等一批汉代诗作,可以证明此时诗歌创作中已经较为普遍开始重视五言诗句中第二、四字平仄不同的现象。

3.东汉文人五言诗声律探索的贡献　　从研究中可以看到,起初,这种探索是从偏重一句之内平仄相间开始的,它反映出当时文人对声律现象的发现和浓厚的兴趣。推而广之,这种规律在对应两句诗中的应用,必然发展成为律联的出现。汉诗的例证分析中,律句以"平平平仄仄"和"仄仄仄平平"两种最为多见。至于由律句结合而成的诗联,有的是律联,有的不算律联,正处在磨合与打造的发展阶段。这种既有规范又有几分朦胧的现象,真实记录了汉代诗人探索的脚步。

以上举《羽林郎》为例,其中已有如下律联:

①平平平仄仄,仄仄仄平平式　　这种律联的样式,在东汉文人五言诗中已多有应用。仅以《羽林郎》十六联为例,就有第三联、第四联、第九联、第十四联、第十五联,属于本式律联。

②仄仄仄平平,平平仄仄平式　　该诗第一联、第十一联,属于此式。

③仄仄平平仄,平平仄仄平式　　该诗第八联、第十联,属于此式。

另外,还有由两个律句凑合的诗联:仄仄平平仄,仄仄仄平平,如第二、五、十二、十六联等。该式律联齐梁时还在应用,唐代近体格律形成后,这种律联不再使用。

由此可见,从一句之内平仄交叉应用开始的单句探索,着眼点是一句之中二、四异声,并不涉及律句与律句如何结合的规则。因此,开始时,律联的形成是具有偶然性的,即两个律句相连,既可能是律联,也可能不是律联。但是,既然只存在这样两种可能性,那么律联的出现,又实在是偶然中的必然。当研究走到这一步,后者迟早必定要出现。虽然,当时并没有刻意地、自觉地去配制它,结果,它却在这一时期诞生了。当它大量出现的时候,我们就不能再忽视它的存在,而理所应当地认为这是古代诗人对于诗律的一种自觉的探索。

第二节　韵式的简化和对仗的应用

汉代文人五言诗对于诗律史的贡献,还包括在对先秦以来诗歌韵式的继承与简化,以及对于诗歌中对仗形式的探索。现分述如下。

一、韵式的简化

汉代五言诗继承了前人关于"同韵相应"的特点,但与韵式繁复的《诗经》相比,其用韵的韵式更加成熟,且已明显趋于简化。概括而言,汉代五言诗韵式简化可以相对集中到两点。

1.一韵到底式 汉代文人五言诗的基本韵式是隔句末字用韵、一韵到底的形式。该基本韵式一直强烈影响到唐以后的近体格律诗。这表现在前面的例诗中,班固的《咏史》共十六句,隔句用韵,八个韵脚,全部都是耕部字;无名氏《茅山父老歌》共十句,五个韵脚,均为幽部字;辛延年《羽林郎》也基本如此,只是在第一、五、二十九句多用了三次韵,使全诗三十二句,共出现了十九个韵脚,都是鱼部字。

2.诗中转韵式 一首诗中间转韵或转多次韵,构成类似《诗经》中的相随韵式。例如《古诗十九首·生年不满百》:

　　　　生年不满百,常怀千岁忧。
　　　　昼短苦夜长,何不秉烛游!
　　　　为乐当及时,何能待来兹?
　　　　愚者爱惜费,但为后世嗤。
　　　　仙人王子乔,难可与等期。

本诗隔句用韵,中间转韵,第二、四句韵脚为"忧、游",属幽部;接下来"时、兹、嗤、期"四韵脚为之部。该诗转韵自然,反映了诗人表达的熟练与普及。至于篇幅较长的作品,由于表达的要求,更是一诗多韵。如蔡琰《悲愤诗》、无名氏《孔雀东南飞》等都属于一诗多韵。

汉代文人五言诗的这种简化的变革,在诗歌发展史上具有重要意义。尤其是一韵到底式在诗史上影响深远,它的存在与沿用,决定了后代五言体的基本走向,诗歌的韵式由此逐步趋于定型。

二、对仗的产生与运用

汉代文人创作对于声韵规律的辛勤探索导致了律句的构成和律联的出现。这一基础性工作的完成必然导致对仗的深化——词语与词句的进一步对仗。例如《羽林郎》中:"长裾连理带,广袖合欢襦""男儿爱后妇,女子重前夫",类似这样的对仗句汉诗中已多有出现，它们已经符合近代格律诗关于对仗的要求。当然，这样优美的诗句，在当时还是凤毛麟角，更多的对仗句在当时还是比较宽泛的。例如：

    征夫怀远路，游子恋故乡。（苏武诗）
    俯观江汉流，仰视浮云翔。（苏武诗）
    豺狼鸣后园，虎豹步前庭。（李陵诗）
    宝钗好耀首，明镜可鉴形。（秦嘉诗）
    愧彼赠我厚，惭此往物轻。（秦嘉诗）
    陈平教里社，韩信钓河曲。（郦炎诗）

  上述例证在上下词性的对应、字声的平仄对应等方面大多形貌初具，细推敲，还不十分严格。尽管如此，却已显现出诗歌创作中清晰的理性追求和认真的实践精神。这一时期的某些方面的不成熟属于事物发展中无法避免的现象。

第三章 量的积累：魏晋时代的诗律沉淀

魏晋时代，佛教兴盛。对佛经翻译的高度重视，带来了社会上对佛教产生地的母语——梵音的热捧与研究，促进了我国音韵学的产生和发展。同时，梵语中鲜明的声韵规律给文人很多启发，自然而然地影响到文学，推动文人对诗律作深入的探讨。由于魏晋二百年间社会动乱繁仍，客观上也干扰了诗律的探索。因此，诗律的成熟发展还需要等待更长的时间。

第一节 创作实践和理论探索的代表人物

这一时期的音律探讨的代表人物是曹植和陆机。一个在创作实践上光辉闪耀，一个在理论探讨上为人瞩目。

一、曹植对诗律的探索

曹植是魏晋时期最伟大的诗人，建安文学的代表人物。钟嵘《诗品》称赞他："骨气奇高，词采华茂，情兼雅怨，体被文质，粲溢古今，卓尔不群。嗟乎！陈思（曹植）之于文章也，譬人伦之有周孔，鳞羽之有龙凤，音乐之有琴笙……故孔氏之门如用诗，则公干升堂，思王入室。"可见他在文人眼中崇高的历史地位。

文学史称赞曹植是第一位精心写作五言诗的人，完成了乐府民歌到文人五言诗的转变，推动了文人五言诗的发展。所以，杜甫说："赋料扬雄敌，诗看子建亲（曹植字子建）。"(《奉赠韦左丞丈二十二韵》)张戒《岁寒堂诗话》说："子建诗，微婉之情，洒落之韵，抑扬顿挫之气，固不可以优劣论也。古今诗人推陈王（曹植）及古诗第一，此乃不易之论。"尽管曹植文、赋、书、画各体兼精，从上述文人评价来看，文学史最看重、最称道的还是他的诗。而他诗歌的贡献之所以被后人念念不忘,就在于他完成了当时热如潮涌的乐府民歌从民间到文人诗的转变。这种历史性转变的重要标志之一,即文人的诗歌创作开始追求声律。

至于他在诗律方面的贡献及其原因,释慧皎《高僧传十三·经师论》归之于他"深爱声律,属意经音"。也就是说曹植既精通传统经典,又精通梵音,深钻声律。这些自身的优越条件是他得以探讨诗律、创新诗风并卓尔不群的坚实基础。他将自己关于音韵的知识用在诗歌创作中,进行了有益的探索与实践。范文澜先生在《文心雕龙注》和《中国通史》关于文学发展的描述中多次强调这一点。他说:"曹植诗中也确有运用声律的形迹。如'孤魂翔故域,灵柩寄京师'(《赠白马王彪》);'游鱼潜绿水,翔鸟薄天飞。始出严霜结,今来白露晞。'(《情诗》)等句,平仄调谐,俨然律句,不能概指为偶合。自然,这已是律诗最初的胚胎。"①

通过对曹植及其作品的研究,我们知道了他对诗律发展的贡献主要表现在两个方面。一是他深通音韵,对诗歌中二、四字异声而构成律句的技巧已十分娴熟,而且能够熟练地运用这一规律进行创作。二是在律联的探索与创作中取得超乎常人的成就。

例如《鰕䱇篇》:

> 鰕䱇游潢潦,不知江海流。
> 燕雀戏藩柴,安识鸿鹄游?
> 世士此诚明,大德固无俦。
> 驾言登五岳,然后小陵丘。
> 俯观上路人,势利唯谋雠。
> 高念翼皇家,远怀柔九州。
> 抚剑而雷音,猛气纵横浮。
> 泛泊徒嗷嗷。谁知壮士忧!

这首诗通篇的第二、四字都是异声的,反映了曹植对音律的准确把握。这一时期音韵的研究在中国已有了较深入发展,作为精通音乐和声律的文坛领袖,音律已成为曹植诗歌创作的自觉追求。可喜的是,诗中第一、四、五、六、八联,已可视为律联。诸多作品成为他探索音律与诗歌的最好证据。

曹植诗中的律联已十分常见,如《白马篇》中,律联已占了全诗的一半篇幅:

---

① 范文澜:《中国通史》第二编,人民出版社1994年版,第254页。

> 白马饰金羁，连翩西北驰。
> 借问谁家子，幽并游侠儿。
> 少小去乡邑，扬声沙漠陲。
> 宿昔秉良弓，楛矢何参差。
> 控弦破左的，右发摧月支。
> 仰手接飞猱，俯身散马蹄。
> 狡捷过猴猿，勇剽若豹螭。
> 边城多警急，虏骑数迁移。
> 羽檄从北来，厉马登高堤。
> 长驱蹈匈奴，左顾凌鲜卑。
> 弃身锋刃端，性命安可怀？
> 父母且不顾，何言子与妻？
> 名编壮士籍，不得中顾私。
> 捐躯赴国难，视死忽如归。

全诗十四联。从声律角度讲，第一、二、三、五、六、七、八、十四联是律联，已经超过全诗半数；在其余六联不是律联的诗句中，也有将近一半的句子是律句。由此可见，曹植确实是在当时声律理论指导下有成就的作家，他的诗歌中大量出现了律句和律联的创作。之所以说他的创作是在当时声律理论指导下的实践，是因为在他之前，班固、辛延年等已经开始了声律探讨，曹植的贡献是继往开来的，所以仍是量的积累，没有超越前人的质的变化，即主要是对一句之内的二、四字异声的安排和娴熟掌握。诗歌创作的实践已经超越前人，发展到如此娴熟的新天地，诗律史已经具备充分条件，等待着历史的新突破。

二、陆机的诗律理论

魏晋时期是中国思想解放的年代。魏文帝曹丕《典论·论文》提出"诗赋欲丽"的理论，超越了先秦、两汉传统的诗教，终结了只重内容而不重形式的理论束缚，反映了当时文人对诗歌形式和诗歌外部特征的新认识。到了西晋，陆机写了著名的《文赋》，总结前代和自己在诗文辞赋方面的创作经验，从理论上进行了概括，明确提出了"诗缘情而绮靡，赋体物而浏亮"等一套理论，系统阐述了关于诗赋的艺术本质、基本特征及创作的艺术规律，对稍后的六朝及唐宋文人创作实践产生了深刻的影响。

明朝人胡应麟用"是六朝之诗所自出"(《诗数》外篇卷二)来表述陆机推动六朝文学变革的现实。陆机的《文赋》中涉及了包括诗律探讨问题在内的理论论述,即是从理论上指导当时文学变革的典型例证。他说:

> 其为物也多姿,其为体也屡迁。
> 其会意也尚巧,其遣言也贵妍。
> 暨音声之迭代,若五色之相宣。
> 虽逝止之无常,固崎锜而难便。
> 苟达变而识次,犹开流以纳泉。
> 如失机而后会,恒操末以续颠。
> 谬玄黄之秩序,故淟涊而不鲜。
> 或仰逼于先条,或俯侵于后章。
> 或辞害而理比,或言顺而义妨。
> 离之则双美,合之则两伤。

陆机的这一段话是讲诗文的形式的。他首先提出:遣言,即遣词造句和声韵方面,应以妍为贵,所以要讲究声音(即字声)的和谐。而不同的字声互相迭代、交互应用,就好像用不同的颜色交叉配合、相异相显,能使画面更加鲜丽,达到"妍"的效果。这种以色比声,说明要讲究诗句的声音调配方法的道理,实在是深入浅出而且十分生动的论述。接着他又指出:音声迭代,变化无常,不容易调配,不免会出现不妥帖的地方,只有通达其变化并掌握它的次序或规则,才能如泉入流,十分合适。这就说明了当时对于字声的调配,人们在创作实践中往往不容易做到娴熟的处理,要由作者在这方面的造诣来决定。最后,他指出:如果创作中对字的声调搭配失序,而后再来调配使之谐调,就好比是持尾以续首,难见成效。所以字声不和乱了秩序是创作中的问题,就好比锦缎的色彩出现了污浊而不鲜亮,必须想方设法补救,往往不得不改换前文或者后语,同时还要让它不妨害内容的表达。这一部分已经是在讲修辞和谐调字声的原则了,其中包括字声失调之后如何补救的办法。

陆机的《文赋》明显具有用理论来指导创作实践的用心,而理论的成熟往往反映出实践的进步。《世说新语·排调篇》中记载的一个故事可以看出当时社会上诗歌创作实践的发展水平:东吴灭亡之后,陆机、陆云兄弟来到洛阳。有一天,陆云和荀隐在丞相张华家会面。张华说,两位都是名士,不要用平常的话语相叙。于是陆云拱手自报家门:"云间陆士龙。"荀隐应道:"日下荀鸣鹤。"这一经典对答后来被传为佳话。从内容上看,二人对答并无奇意;从声律形式上看二人对答确实对仗工整又有音声迭代之妙,即陆云所说一句是"平平仄仄平",荀隐一句是"仄仄平平仄",一句之内平仄相间,两句之间平仄相对。

从陆机的诗律理论到这段名士相会的故事,联系起来考察,至少说明如下问题:

第一,声律在当时已作为文人的时髦流行一时,即使对音韵学没有修养的人,但闻其声,未知其妙而不能娴熟运用,也会报以一种神秘的向往。而有学识、有文学修养的名士们则已经可以运用自如,乐此不疲。

第二,当时的诗律探索已有了相当的进展,并在一定范围(上流社会)得到普及,对于"音声迭代"的概念已经不限于一句之内,两句之间也已初成规范。这也就是说,对于律句如何配合的问题,已经形成了两句之间平仄相对的规则,由律句构成律联,到魏晋时代已不再是偶然现象,而是文人创作中的自觉追求了。文人名士们在偶然相遇的场合,根据某人提出上句的"平平仄仄平",就能随口接续"仄仄平平仄"的诗句来应对。这大概就是陆机《文赋》所说的"达变而识次,犹开流以纳泉"了。在创作中,如果没有按照上述规范来编排诗句,那就是"谬玄黄之秩序",会给人"澒涊而不鲜"的感觉,就需要改换前句或后句中的字,使之得到补救而合乎字声安排的规范。

三、诗句对仗的严格化

中国古典诗歌把词语、句式对偶现象称作对仗。其表现形式包括词语的互为对仗和句式的互为对仗两个方面。对仗因其形式整齐,又称队仗、排偶。它是把同类或对立概念的词语放在对应的位置上使之出现相互映衬的状态,以期语句更具韵味,增加语言的表现力。格律诗流行后,对仗被纳入格律要素;由于格律诗讲求平仄,后来的对仗便对声律也有了更严格的要求。

对仗是方块汉字比较直观的建筑美的重要表现形式,所以它被发现、被关注的时间很早,但有一个较长的发展演进过程。从遗留至今的作品来看,在汉代诗歌中,词句对仗就已应用。东汉、文人五言诗兴起,对仗较前代受到文人关注,但是艺术上还未纯熟,数量也较少。到了魏晋时期,诗人对于词句对仗的应用,已经十分成熟;从词句的结构方式到字声的平仄相对上,都已达到了相当严整的程度。而且,应用得十分广泛,已经可以做到只要需要便能随手拈来,但还没有演变到在诗中做具体位置的规定。例如:

玉樽盈桂酒,河伯献神鱼。(曹植《仙人篇》)

这里,"玉樽"——"河伯",是偏正结构名词;"盈"——"献",是谓语,动词;"桂酒"——"神鱼",是偏正结构名词。两句都是"主——谓——宾"的陈述句句式,诗句上下句各字词性相同。字声平仄是"仄平平仄仄"对"平仄仄平平",二句字字相异。这种对仗结构,跟后代格律诗中的对仗情况已没有多少差别。为了证明这一点,再举出若干例证如下:

> 朝游江北岸,夕宿潇湘沚。(曹植《杂诗》)
> 鳞介尊神龙,走兽宗麒麟。(曹植《薤露行》)
> 良田无晚风,膏泽多丰年。(曹植《赠徐干》)
> 孤魂翔故域,灵柩寄京师。(曹植《赠白马王彪》)
> 临川悬广幕,夹水布长茵。(张华《上巳篇》)
> 妙舞起齐赵,悲歌出三秦。(张华《上巳篇》)
> 道长苦智短,责重因才轻。(张华《答何劭》)
> 居欢惜夜促,在戚怨宵长。(张华《情诗》)
> 灵龟有枯甲,神龙有腐麟。(傅玄《放歌行》)
> 丹唇列素齿,翠彩发蛾眉。(傅玄《明月篇》)
> 双鱼自踊跃,两鸟时回翔。(傅玄《秋兰篇》)
> 近火固宜热,履冰岂恶寒。(陆机《君子行》)
> 仰凭积雪岩,俯涉坚冰川。(陆机《饮马长城窟行》)
> 投袂赴门涂,揽衣不及裳。(陆机《门有车马客行》)
> 悬岩溜石髓,劳谷挺丹芝。(庾阐《采药诗》)
> 暮作归云宅,朝为飞鸟堂。(陶潜《拟古》)
> 流尘集虚坐,宿草旅前庭。(陶潜《悲从弟仲德》)
> 迹从尺蠖屈,道与腾龙伸。(支遁《咏利城山居》)

对照格律诗的规范,上述例句还有两点可讲:

①从平仄角度讲 格律诗对仗的具体内容,首先是上下句平仄必须相反;其次是要求相对句子的句型应该相同,句法结构要一致;再次是要求词语所属的词类、词性相一致,甚至要求词语的词汇意义也要相同。如同属名词要求天文、地理、器物、动物、植物尽量各对其类。考察上述对仗例句,在上下句型、词类、词性的对仗方面几乎都可以达到要求,但是在上下句平仄必须相反这一要点上还明显存在问题。如"良田无晚风,膏泽多丰年","鳞介尊神龙,走兽宗麒麟"诗句自身的二、四字平仄无问题,但上下句的平仄不符合对仗的基本要求。

②从对仗在诗中的位置讲　此时的诗歌对于对仗诗联出现在诗的什么位置,确实还没有什么规则,即各联都可以自由应用,甚至全篇都可以对仗。如陆机《苦寒行》一诗,即是如此。由于词、句对仗不仅仅是词句问题,也关系到字声平仄问题,所以,合格的对仗广泛应用,对于格律诗的产生是有重要意义的。因为构造对仗句式要注意到平仄的有规则的配置,那么,对于非对仗句的字声问题自然也会引起重视。因此,对仗虽是在声律探索的基础上发生的,但是,对于格律形式的发展却有着积极的作用。从这一角度讲,魏晋时期在对仗方面的探索还在等待着质的跨越。

第四章 质的跨越:南北朝诗律的贡献

南北朝时代是我国古典诗律的形成时期。这一时期由于音韵学的发展和文学领域对文学形式美的高度关注,诗人们逐渐超越了古老的文学传统,在诗歌声韵与形式华美上下功夫,诗歌的格律由此出现了跨越式的进步,初步形成一套诗律理论,出现了有别于古体诗的格律诗,习惯上称之为"齐梁体"或"新体诗"。新体诗的出现,实现了中国诗歌由非格律诗到格律诗的质的跨越。

第一节 诗律兴起的原因

南朝齐梁时代诗律理论成型和格律诗的兴起,原因是多方面的。但从语言和文学两方面考察,新兴的音韵学对于"四声"的辨定和追求形式美文学思潮的影响这两点是至关重要的。在这两大因素作用下,南北朝诗人总结和继承前人对诗律探索的经验取得了创新性的进展,终于在理论和实践两方面向前跨出由量的积累向质的变化的关键一步,建立起诗律学,产生了齐梁新体的格律诗。

一、四声的辨定

格律诗是以声调要素的应用为条件的,声调是它的主要构律要素。如前所述,先秦时代诗人们就对声调问题有了一定的认识,并在押韵的时候已经建立了平声押平声和仄声押仄声的规范。但是,如何更准确地分辨、确定四声,自如地应用来构成诗律,据记载却是始于南朝齐代前后。《南史·周颙传》记载,周颙在研究佛教经典时,发现梵语是有声调的语言,由此检验汉语,也可依类分为四种声调,于是"始著《四声切韵》行于时"。此后,大文豪沈约"又撰《四声谱》,以为在昔词人,累千载而不悟,而独得胸衿,穷其妙旨,自谓入神之作"①。他们当时发现与整理四声声类时的兴奋、得意心情通过上述记载,传神地表现出来。

关于周、沈二人关于四声的研究孰先孰后的问题,《文镜秘府论·四声论》说:"宋末以来,始有四声之目,沈氏乃著其谱论,云起自周颙。"可见,四声作为学术概念的自觉,是在南朝初年,而周颙的发现要早于沈约的著作。

四声的辨定有一个重要的契机,那就是佛学翻译之风在社会上的普及。

远在东汉时代就有印度僧人在中国传教,他们利用梵文字母拼注汉字的发音,给了国人以启示,从而促进了反切法的盛行和音韵学的产生。到了南朝,佛教更因各种缘故在中国盛行,大中城市寺院林立,因此,佛教的流行,印度语音学的借鉴,促使汉人对本族语言的音韵结构有了进一步的认识,提高了分析和概括的水平。这样,对汉语声调的认识并辨定四声之别,就是很自然的事了。

佛学翻译,对我国的学术发生了两方面的积极作用:

其一,使我国音韵学迈进了一大步,以四声为纲的韵书似雨后春笋般地兴起了,如周颙《四声切韵》、沈约《四声谱》、王斌《四声论》,以及其后的张谅《四声韵林》、刘善经《四声指归》、夏侯咏《四声韵略》等。这批韵书虽都早已佚失不传,但从书名可知都和四声的辨定有密切的关系。

其二,这一音韵学研究的新的进展,影响到了文学,使诗人更广泛、更自觉地应用声调交互的方法来作诗,促使诗律学得以产生和发展,齐梁体格律诗得以兴起和流行,从而出现了从古体诗到格律诗的质的跨越。

因此,四声的辨定和音韵学的兴起,对于当时诗律理论和实践显然是有直接的重大影响的。

二、追求形式美文风的影响

西晋末年,中原士族受到匈奴、鲜卑、羯、氐、羌等少数民族的轮番进攻,因京城陷落而渡江南迁,在江南建立了东晋王朝和稍后的宋、齐、梁、陈四代。南迁士族文人在政治上、经济上享有特权,在生活上条件优裕,同时受到良好的教育而表现出很高的文化水平。不同于前代的是,他们不再沉浸于汉乐府"感于哀乐、缘事而发"的现实主义传统,而一味在文学形式上下功夫。他们从贵族特有的审美眼光出发,精雕细琢,穷力追新,形成了表现在他们作品中的用事务求繁复,对仗务求工整,声律务求和谐的新的文学现象,酿成了一种唯美主义的新诗风。由于贵族生活多局限于宫廷,诗坛在此期出现了大

---

① 《南史·沈约传》。

量"宫体诗",成为南朝诸代有代表性的诗体。这种诗歌文学水平与价值历代评价不高,但是,这个时代的诗歌却对诗律形式的产生作出了重要贡献。

怎样认识这种矛盾呢?首先,当时的文学评论家钟嵘就在他的《诗品》中批评当时的代表人物沈约等人的诗歌说:"王元长创其首,谢朓、沈约扬其波。三贤或贵公子孙,幼有文辨,于是士流景慕,务为精密,襞积细微,专相凌架。故使文多拘忌,伤其真美。"这种批评是中肯的,但完全否定声律等形式探索在文学上的价值也是有失偏颇的。从有助于了解齐梁文风的角度,我们还可以列举隋代李谔,唐代刘知幾、皎然、殷璠等人对沈约等作家的批评:"竞一韵之奇,争一字之巧,连篇累牍,不出月露之形;积案盈箱,唯是风云之状。"[1]这些作品"酷裁八病,碎用四声,故风雅殆尽"[2]。这些作家鄙夷古人不懂声律,"于是攻乎异端,妄为穿凿,理则不足,言常有余,都无比兴,但贵轻艳。虽满箧笥,将何用之?"[3]这些批评从否定形式主义文学潮流来说,都是击中要害的。但是,从文学形式发展的角度,没有对既定规范的超越就不会有新事物的产生,中国诗歌要发展就不能总强调墨守成规。

从诗律史发展的角度出发,我们不能否认沈约为代表的那几代诗人确实因综合应用了声律、韵律、对仗等构律要素而构成了诗体的形式美,创造出了一种自别于古体的新的格律诗,从而成就了后世所谓诗律学。这种诗律形式的确具有"异音相从"而造成的诗句的鲜明匀称的节奏,"同声相应"而形成的和谐音韵,以及因工整的词句对仗而造成的整齐一致,进而交织成为一种较好的音响效果和结构形式。这对于极大调动和发挥语言材料,张扬诗歌内容的艺术表现力具有无可否认的积极贡献。

因此,尽管文学史上对于齐梁诗风追求形式主义、有悖现实主义传统一向持否定态度,然而,历史的推进总是曲折前行、螺旋发展的,不应求全责备。有一点我们必须承认,那就是唐代的格律诗对于齐梁体是有一种直接的、一脉相通的承继关系的,只要我们认真分析流传至今的齐梁体诗歌格律,我们就能够体会到唐律形成和成熟发展的轨迹,就不会简单地用"形式主义"一句话否定齐梁诗律的价值。

第二节　齐梁诗律理论

诗律的核心是声律。我国古代声律理论到南北朝齐梁时代初步建立。齐梁时代声

---

[1] 李谔:《上隋高祖革文华书》。
[2] 皎然:《诗式·明四声》。
[3] 殷璠:《河岳英灵集·序》。

律理论的基本内容，主要保存在沈约《〈谢灵运传〉论》《答陆厥书》，刘勰《文心雕龙·声律》和一系列关于"四声八病"的论述之中。

一、声律论的出发点和方法论原则

1. 声律论的出发点　　讲究声律的目的是要充分挖掘和发挥语言的声韵材料对于文学作品的潜在表现力和感染力。一首诗，如果声韵调配适宜，获得了优美的音响效果，就能使它呈现出一个声情并茂的境界，从而增强作品的表现力和对读者的感染力。否则，诗歌读起来拗口拗舌，诘屈聱牙，就不会有声入心通、豁然开朗之妙，所以，沈约认为："夫五色相宣，八音协畅，由乎玄黄律吕，各适物宜。"[①]这里的"玄黄"指颜色，"律吕"指乐音，五色和八音要调配适宜，才能"各适物宜"。要做到适物之宜，就要讲究适物之宜的规律，作诗时就要讲究声律的和谐搭配，而不能停留在随心所欲的自然而然状态，要掌握其规律，通过自觉地调配声韵的努力，使其发挥出更光鲜动人的文学魅力。这就是齐梁文人潜心声律的出发点。

2. 声律调配的规则　　声韵材料要调配好，就要有特定的方法或规则，而且还要服从一种总的指导性原则。齐梁声律论的方法论原则就像上面所引沈约的话那样，是通过以色比声而彰明的音声迭代、相衬相显来实现的。颜色作用于视觉，对于古人来说，容易理解异色相衬、格外鲜艳的道理，也就可以具体地说明异声相衬、相反相成的结果。因此，这个方法论原则，就是立足一个"异"字，从异声相配之中突出其高低起伏的声音节奏来。所以，当时的诗人就把汉语的四声分成相异的平声和仄声两类，作为调声构律互相对立的两种物质材料，然后使其前后交叉配列，在相隔相连之中取得和谐的音响效果。

正如沈约所说："欲使宫羽相变，低昂互节，若前有浮声，则后须切响。"[②]此处所谓"宫羽、低昂、浮切"都是指两类相异的字声。这段话的意思是说，两类异声要交互配列，不能纯用一种，而要做到这一点，就要懂得调声原则：如果前面用了平声字，那么后边就要用仄声字；反之亦然。这个道理，用刘勰的话来说，就是"声有飞沉"，"沉则响发而断，飞则声飏不还"。飞沉相配，不能错失其机会，这里所谓的"飞沉"，也是指相异的两类字声（飞平、沉仄），即飞和沉要相配相显，不能失调。如果失调的话，一句都用了平声字，就会出现"声飏不还"的后果，即全句的字都是高音调，没有了高低起伏的节奏；如果一句都用了仄声字呢，那又会沉而不飏、"响发而断"，全句的字都是低音调，十分单调平

[①②]　《宋书·〈谢灵运传〉论》。原文见《宋书》卷六十七《谢灵运传》的附论，是中国古代文论重要篇章。

淡。因此,当平仄失序之时,要善于调声,即从前、后来寻求音声平仄的补偿。这个方法叫作"左碍而寻右,末滞而讨前"①。

沈约、刘勰的这些理论,是对"异声相显"原则的具体解释。这个原则对于格律诗诗律的形成具有重要的指导意义。

二、齐梁声律的具体结构

沈约和刘勰的声律理论在当时是有代表性的。沈、刘对诗律结构的安排,是以一联两句为基础而加以考虑的,这是对魏晋之前诗歌理论的重要超越。其具体内容可以分述为如下两点:

1. 一简之内,音韵尽殊　　五言诗一句之内,要求五个字的声母和韵母各不相同。这就是沈约所概括的"一简之内,音韵尽殊"②。这里所谓"一简"即一句。因为在五个字的小范围内,字音相同而呈现出来的重复感就比较显著和突出;如果扩大到两句之中,就会稍微缓和;两联之内,这种情况就更不明显。所以,要求一句之内,避免字音雷同,这从音响效果上说,是有一定道理的。其后,刘勰作了进一步发挥和补充,他提出:"双声隔字而每舛,叠韵杂句而必睽。"即要求同声母的字或同韵母的字只能连着出现,不可隔字出现,修正了沈约要求一句之内字字异音的过分严格和绝对化的标准,又肯定了先秦诗中常用的双声叠韵之美。这样的理论要求更为合理,为唐代近代格律诗的形式及相关变通原则的确立,奠定了重要的理论基础。

现举两例,以使大家具体了解当时创作中其声韵悉异的状况:

咏　帐

沈　约

甲帐垂和璧。螭云张桂宫。

隋珠既吐曜。翠被复含风。

这首诗的声母是:"见知禅匣帮,彻云知见见。邪章见透馀,清并并匣帮。"这首诗的韵母是:"狎漾支戈昔,支文阳齐东。支虞微模宵,脂支屋覃东。"

---

① 《文心雕龙·声律》。
② 《宋书·〈谢灵运传〉论》。

铜 雀 悲

谢 朓

落日高城上,馀光入缤帷。

寂寂深松晚,宁知琴瑟悲。

这首诗的声母是:"来日见禅禅,馀见日匣云。从从书邪明,泥知群山帮。"这首诗的韵母是:"铎质豪清阳,鱼阳缉齐脂。锡锡侵钟元,青支侵栉脂。"

2.两句之中,轻重悉异 与汉魏只注重每句诗二、四字的声律规范不同,南朝文人的创造性贡献表现在不仅确立一句的规范,而且制定了每联的原则,即五言诗字声平仄的安排以一联两句为单位,平声和仄声相间连续、交叉成列,以突出音调高低的诗句节奏。这就是沈约所说的"两句之中,轻重悉异",也就是刘勰所说的"异音相从谓之和"。这是十分重要的构律要求,同时也是当时诗人认为难于掌握的。所以刘勰说:"韵气一定,故馀声易遣;和体抑扬,故遗响难契。属笔易巧,选和至难,缀文难精,而作韵甚易。"①这里的"韵"指押韵;"和"指平仄相配合律后所呈现的抑扬顿挫的谐和境界。押韵相对容易,把平仄搭配谐和极难。

那么,"轻重悉异"与"和"的理论具体是怎样的呢?它至少包含两点:一是诗句由平仄交叉配合成列,这是从字声平仄的前后相续角度看的。二是诗联上下两句之间,要求字字异声相对。综合这两点,每联诗的声律形式就有了具体化的安排。即:如果以仄仄开头,那么必须接平平,然后又接仄,构成"仄仄平平仄"的格式。第二句自然就要接"平平仄仄平"的格式,以造成上下之间异声相对的状态。例如:"可惜庭中树,移根逐汉臣"(孔绍安),"楚汉方龙斗,秦关阵未央"(王伟)等等。这就是一句之中,平仄相间;两句之内,平仄相对。这样,就从理论上肯定和说明了前人探索五言诗句第二、四字异声而产生的律句和律联的合理性,明确了律联的结构方法,自觉地配构出律联来。这与汉魏以来虽已出现律联,但在理论上对律联的结构方式还缺乏明白的论述相比,无疑跨越了一大步。

三、声律结构的条例——声病说

随着诗律理论和实践的发展,为了进一步规范诗歌创作,声病说兴起了。据日本僧人遍照金刚《文镜秘府论》记载说:"颙约已降,兢融以往,声谱之论郁起,病犯之名争兴,家制格式,人谈疾累。"(颙指周颙,约指沈约,兢指元兢,融指王融)这种态势证明了社会

---

① 《文心雕龙·声律》。

上存在的声律热和声病研究热,诗律问题已经超越了少数人的范围,引起社会广泛的注意了。《文镜秘府论》中曾载录了"诗文二十八病",其中属于声韵方面的有十三条,可见南朝前后的声律规律探索的范围是相当广泛而深入的。然而,一般熟知并传播的却是"八病"之说,并认为是由沈约提出来的。这"八病"所述,其实即齐梁诗律理论的具体体现和条例化。现将其论简述如下:

1.**平头**　声病之一,指五言诗第一字和第六字、第二字和第七字不能同声,即第一句前两字和第二句前两字不能同声,否则就是平头病。这条规定是为了防止一联之内上下两句字声不相对异而出现互相雷同的缺点,它是"两句之内,轻重悉异"理论的具体化,是一条很重要的构律规则,即后来近体诗中的基本构律规则——粘对规则中"对"的部分。齐梁和唐代诗人所作的格律诗,都十分注意遵守这条规则。这在调声术中又叫作换头术,即一联两句之间,前句平声开头,后句必须仄声开头;反之亦然。如果作诗时发现不合此规定,就须加以调整。由于开头的字声决定了全句乃至全诗的字声安排,就不能不予以特别重视。

2.**上尾**　声病之二,指五言诗第五字不能与第十字同声,否则就犯了上尾病。这也是"两句之内,轻重悉异"理论在句尾部分的具体规定,即要求上下两句末字必须平仄相对,因为句尾是用韵的地方,也是全句节奏的终点,按此规定创作,能使全诗更显出一起一伏的谐和的音响效果来。所以,上尾病在当时被认为是重病,是不能违反的规则。齐梁体格律诗对此严加遵守。也正因如此,齐梁体诗中第一句一般也不用韵,因为第一句末尾用了韵,就成了"上尾"的诗句了。

3.**蜂腰**　声病之三,指五言诗第二字和第五字同平仄。

4.**鹤膝**　声病之四,指五言诗第五字和第十五字同平仄。

需要指出的是,学术界对上述第三、第四两条,即蜂腰、鹤膝的解释多有疑义。据郭绍虞先生《中国文学批评史》及其相关考释认为,蜂腰是指两头粗中间细,应是指"仄仄平仄仄"这个声律格式;鹤膝是两头细中间粗,应是批"平平仄平平"这个声律格式。结合前人的创作实践来检验,这种观点是有根据的。因为,第二、五字同声的情况,并不影响其为律句,例如:"平平仄仄平""仄仄平平仄"中的第二字和第五字被视为声病是没有道理的。第五字和第十五字总是同平仄的,而且可以是同上、去、入声的,也不可能是一种声病。如果说,鹤膝病是要求诗人不违反后来唐人所谓的"四声递用",即第一、三、五、七句不用韵的末字要分别使用平、上、去、入四声,不可相重。如果那样,蜂腰、鹤膝的声病要避免就很不容易做到了。然而,锺嵘《诗品》则说:"蜂腰鹤膝,闾里已具。"既然街谈巷议都清楚,可见,其知识已经很普及,不会是指十分难于掌握的"四声递用"。所以,在教学的实践中,人们大多采用郭绍虞先生的观点,认为这两条是讲第二、四字不能同平声,也不能同仄声的。这样,这两条是在坚持强调历来的原则——第二、四字必须异声,不能有声病,目的在于避免诗句节奏模糊不清。而这正是自汉代开始就一直在探索的格律要素,因此,锺嵘称这种流传久远被人们广泛了解的现象为"闾里已具",比较符合历史实际。

以上四病是就五言诗中的某一联的范围来讲声律的,主要在于确定一个律联应如何构成。有人以为八病说规定不能这样、不能那样,限制了创作的自由,因而是消极性质的东西。其实不然,根据八病中前四病的规范,格律诗原初的声律格式已跃然出世。

5. 大韵　　八病中的用韵毛病之一,指五言诗两句十字为一联,其中前九字不能和末尾韵字同韵的现象。

6. 小韵　　八病中的用韵毛病之二,指五言诗一联十字之中,前九字之间也不能相互同韵的规范。

这两种要求避免的毛病是讲究韵母在使用中不能重复的规则,其目的在于避免同韵字在诗句中错杂而打乱了"同声相应"、前呼后应的音韵谐和的秩序。所以,这不能说毫无道理,但不可要求过严,正如《文镜秘府论》所说,这两种病"不足累文,如能避者弥佳。若立字要切,作文调畅,不可移者,不须避之"。

7. 旁纽　　八病中对声母的规范,指五言诗一句之内,不能有隔字双声的现象。

8. 正纽　　八病中对双声和叠韵现象的规范,指五言诗一句之内不能有既双声又叠韵的字,即同音字。

这后两种声病是讲双声叠韵应用的规范,即前面所述刘勰的"双声隔字而每舛,叠韵杂句而必睽"的具体化。由于隔字双声在一句中出现,于朗读不便,发音时有唇舌齿之间相互纠纷之弊;同音字在一句中出现,也会造成音响效果的重复和单调,并可能干扰押韵。

通过分析与研究,我们说,八病之规并不是消极的东西,不能简单斥之为形式主义。要求避免这八种声病是形成格律诗的重要条件,也是当时的诗律理论在指导创作实践中的具体化。八病在内容上有些重复,自应分别轻重,区别对待;从对格律的规范作用上看,避免前四病的要求更加重要,后四病次之。因为,诗律以声律为重,韵律方面主要应讲究的是用韵及韵式,即令不能做到"音韵悉异",也已不影响整个诗律的格局了。

第三节　齐梁体诗律概述

在齐梁诗律理论的指导和影响下,通过诗歌创作的实践,齐梁体格律诗终于千呼万唤始出来了。

1.齐梁体的别称"永明体" 一般记载齐梁体格律诗规范起自齐武帝永明年间，古称为"永明体"。据《南史·陆厥传》说：永明"时盛为文章，吴兴沈约，陈郡谢朓，琅琊王融，以气类相推毂，汝南周颙善识声韵。约等文皆用宫商，将平、上、去、入四声，以此制韵，有平头、上尾、蜂腰、鹤膝；五字之中音韵悉异；二句之内角徵不同，不可增减，世呼为永明体"。这种诗体自产生以后得到了推广和传播，逐渐成了一种新的潮流而影响了整个诗坛，并且在经过梁、陈以后百年间的实践，基本构成了一种定型的诗律格式，实现了中国诗歌史由非格律诗到格律诗的质的跨越和转变。

从时代先后看，齐梁体作为唐代以前的格律诗，是唐代近体格律诗的前躯和母体。如果没有齐梁体奠基，唐代就未必能有那样成熟的律诗；这也是唐代诗人对南朝诗人十分敬重，虔诚向他们学习的重要原因。一代诗圣杜甫在自己的诗作中经常提到学习南朝诗人的心得："孰知二谢（谢灵运、谢朓）将能事，颇学阴何（阴铿、何逊）苦用心。"（《解闷十二首》）"清新庾开府（庾信），俊逸鲍参军（鲍照）。"（《春日忆李白》）"庾信文章老更成，凌云健笔意纵横。"（《戏为六绝句》）诗仙李白也有"蓬莱文章建安骨，中间小谢（谢朓）又清发"（《宣州谢朓楼饯别校书叔云》）的诗句。许多唐代伟大的诗人都从南朝诗人那里学习诗歌创作的风格和技艺。这说明，如果不了解齐梁体格律诗具体的贡献，也就很难了然唐代律诗形成和发展的过程。因此，分析和整理齐梁体诗歌的格律，对于诗律史以至诗歌史的研究，都是十分重要的。

2.齐梁格律中的平韵式和仄韵式 当齐梁诗人超越他们的前辈，在声律的探索中，提出了"一简之内，音韵尽殊，两句之中，轻重悉异"的理论原则，并为规范诗歌创作，总结出"四声八病"的整套声律规范之后，格律诗的声律格式便应运而生了。

按照这套规范排出的押平声韵的律联有两种基本格式：

(1)仄仄平平仄，平平仄仄平。
(2)平平平仄仄，仄仄仄平平。

按照这套规范排出的押仄声韵的律联有两种基本格式：

(1)平平仄仄平，仄仄平平仄。
(2)仄仄仄平平，平平平仄仄。

从此，按照押平声韵的律联排列出的绝句、律诗和长律，历史上称之为"平韵式"；押仄声韵的律联排列出的绝句、律诗和长律，历史上称之为"仄韵式"。比较平、仄韵式的两种基本格式可知：一、平韵式律联和仄韵式律联的律句排列，其句式是相反的。二、无论平韵式还是仄韵式的律联，其出句和对句末字的平仄必须是相反的。

从南朝齐梁体格律诗产生一直到隋唐时代，格律诗一直包括"平韵式"和"仄韵式"两大类型，各自创作出许多不朽佳作。唐代中后期"仄韵式"格律诗开始衰落，到宋以后，"仄韵式"格律诗很少有人问津了。所以，明清以来，诗界又有所谓格律诗都押平声韵的说法，即源于此。

齐梁体格律诗主要是五言诗。由此可知，从诗歌体制到声律探索，齐梁体与汉代文人五言诗存在着一脉相承关系。按照当时的理论与声病原则，"平韵式"和"仄韵式"创新出自己的基本格式。当时流行的格律诗式都是根据这些基本格式排列组合的。到了唐代，平韵式五律中已经常应用的另外两种律联——(3)仄仄仄平平，平平仄仄平——(4)平平仄仄平，仄仄仄平平，在齐梁时代则很少使用。究其原因，齐梁体格律诗是首句不用韵的，而实行偶句押韵，平韵式格律诗的出句严格避免平声字收尾。所以，(3)(4)两种律联不会，也不允许出现。那时正是声律初起时期，人们盛谈诗病，而被视作重病的就有所谓上尾病，即出句末字和对句末字平仄相同的状况必须避免。同时，齐梁体诗律既是以一个诗联为范围来安排声律，其原则又立足于字声的相异，也就自然不会在两句之末出现同声现象。这就造成了首句末字不用韵的格局和主要应用(1)(2)两种律联配构成律的状况。唐代情况逐渐有了改变。然而，唐代律诗虽发展出了首句末字用韵的格式，但是其五律始终以首句末字不用韵的齐梁格式为正例。首句末字用韵的格式很久以后才逐渐流行起来，由此可见齐梁体对唐代诗歌创作的深远影响。

3.齐梁格律中的粘式与对式　　新体诗的理论提出之后，齐梁诗人沉浸在律联声韵和谐问题的历史性突破中不可自拔，根据这一发现进行的排列组合，诗人们连缀起五彩缤纷的新体格律诗，并由此形成了永明体新体诗最大的特点。这种创造性的探索，直到唐代近体格律诗"粘对规则"的确立才告一段落。

根据上述特点，齐梁新体格律诗比唐代格律诗形式纷繁，因为齐梁体还没有"粘对"的完整规则。通过对流传至今的诗作的分析，我们很清楚地感知到这个特点。齐梁体继往开来，在中国诗律史上实现了跨越式的发展，然而，较之于唐代格律诗的成熟则还有一段路要走。在"一简之内，音韵尽殊，两句之中，轻重悉异"，即一联当中的格律和谐的问题解决以后，也应当看到，齐梁体诗律形式尽管还比较繁复，毕竟已不是杂乱无章或漫无边际。两个律联之间的结合方法，其实也只可能有两种形式：一是异声相对的结合法，二是同声相粘的结合法。异声相对和同声相粘都是格律诗的专用名词，此指格律诗两联之间衔接的不同规范。前一联下句和后一联上句的第二字异声和第四字也异声,因字声平仄相异而把两联结合在一起的方法叫"异声相对结合法"。而前一联的下句和后一联的上句中第二字同声和第四字也同声,因字声平仄相同而结合起来的叫作"同声相粘的结合法"。所谓齐梁格律诗形式的相对繁复,是在这两种结合法下组合而成的不同构律形式。这样,齐梁体的诗律形式尽管多却不是纷无头绪,反而容易顺藤摸瓜、整理出自己的条理来了。

根据两个律联之间的两种结合方法,我们把齐梁体的诗律形式顺理成章地分为两大类,即粘式和对式。

①粘式 这种格式是齐梁时开始流行,后来被唐人的近体格律诗发扬光大的诗律格式。历经魏晋到南北朝,诗律的认识已完成一个飞跃,每个律联上、下两句之间的关系平仄相对,已经是既定的前提。因此,从一联两句相异进而发展到两联之间二、四字相粘(相同)的关系联接,就构成了格律诗又一重要构律原则——粘对规则。这种一联两句相异,而两联连接二、四字必须相同的律式,我们称它为粘式。粘式的四行体,就是近体诗的五绝;八行体就是五律;十行以上的就是长律。有了它的存在,人们就可以跟另一种不粘的"对式"诗律明白地区别开来。

②对式 对式是全诗不粘的,即每联两句之间,平仄相对;两联邻接的两句之间,也是平仄相对。这样,必然是逢单的句子平仄都相同、逢双的句子平仄也都相同,实质上就是由同一个律联重叠而成的格式。

这种对式的诗律,缺点是单调少变。诗行少时,例如四行体,这个缺点还不明显;诗行越多,这个缺点就越明显、越突出。因此,在齐梁体诗中发现了一个有价值的发展动向,即诗行越少,如四行体,"对式"在当时的创作中越占优势;诗行越多,纯粹的对式结构诗作就越少,出现了由粘式结构占优势的局面。久而久之,到了唐代近体诗,对式结构就被排斥了,诗界肯定和继承了粘式,使之最终成为格律诗的正宗。因此,对式可以说是齐梁陈隋时期昙花一现的诗律格式。

对式的四行体,我们称之为对式五绝;八行体,我们称之为对式五律;十行以上的,称之为对式长律。这里必须交代一下,既然近代格律诗超越了对式结构,为什么把对式的诗体也分别称作五绝、五律和长律?因为对式和粘式一样,也是符合齐梁诗律理论和构律条件的,而且齐梁体最初的兴起,就是从对式开始的。尽管其发展到唐以后最终被超越、被排斥,我们却不能否认它是一种格律诗。当时的格律诗事实上存在着这样两类格律形式;同时,当时的诗律事实上还没有把"粘对规则"确立为唯一的构律规则。所以,用历史的观点分析齐梁体格律诗,就不能以唐代的格律为标准,否则,就有颠倒发展顺序之嫌。为了使它和唐代律诗区别开来,故称之为"齐梁体格律诗"。

为了更清楚地比较齐梁体格律诗形式与唐代近体格律诗形式上的不同,我们引用徐青先生《古典诗律史》所绘的图表如下：

$$齐梁体\begin{cases}粘式\begin{cases}五绝\\五律\\五言长律\end{cases}唐代近体诗\\对式\begin{cases}五绝\\五律\\五言长律\end{cases}\end{cases}$$

通过图表的对比，可以看出齐梁体格律诗形式相对繁复，很明显它多出了对式格律形式这一部分。下面两节，将以一定数量的诗例分析，来说明和充实这个图式。

第四节 粘式律

粘式结构的格律诗兴于齐梁，唐以后成为格律诗的标板。作为格律诗发展的重要阶段，齐梁的作品中的粘式律诗具有重要研究价值。为叙述方便，我们按诗行多少分成下面几类。

一、粘式绝句

齐梁体格律诗"平韵式"两种基本格式排列组合一次，便可以构成一首粘式绝句（绝句概念的起源是个有争议的问题，放在第五章专题论述）。粘式绝句可组合成两种律式：仄起仄收式和平起仄收式。

1. 仄起仄收式 这种格式由律联"仄仄平平仄，平平仄仄平"粘合"平平平仄仄，仄仄仄平平"而成，例如：

咏　帐
沈　约
甲帐垂和璧，蠘云张桂宫。
隋珠既吐曜，翠被复含风。

梦见故人
姚　翻
觉罢方知恨，人心定不同。
谁能对角枕，长夜一边空。

咏安仁得果
李孝胜
潘岳河边返,情知掷果多。
闭甍听不见,无奈识车何。

送卫王南征
庾信
望水初横阵,移营寇未降。
风尘马足起,先暗广陵江。

赠谢娘
徐悱妻刘氏
两叶虽为赠,交情永未因。
同心何处恨,梔子最关人。

此外,如何逊《为人妾怨》,庾肩吾《咏长信宫中草》,萧子显《树中草》,刘孝仪《和咏舞》,许倪《破扇》,庾信《山中》《尘镜》,岑德润《咏鱼》,以至陈叔宝《入隋》,杨广《赐守宫女》《赠张丽华》《忆韩俊娥》等,都属于这种平仄格式。

至于第一句用韵的粘式五绝,极为罕见。原因是齐梁时代以一联为范围安排平仄相间,如果第一句也用韵,等于犯了上尾病,而被视为重病,因此绝少遇见。现仅能举出一例:

城上乌
朱超
朝飞集帝城,犹带夜啼声。
近日毛虽暖,闻弦心尚惊。

这首诗是平起平收式,"城、声"是清韵,"惊"是庚韵,清庚通押。

2. 平起仄收式 这种格式由律联"平平平仄仄,仄仄仄平平"粘合"仄仄平平仄,平平仄仄平"而成。据第一句的平仄格式定名。例如:

咏织女
刘孝仪
金钿已照曜,白日未蹉跎。

欲待黄昏后,含娇渡浅河。

在渭阳赋诗
王 伟
平明听战鼓,薄暮叙存亡。
楚汉方龙斗,秦关阵未央。

重别周尚书
庾 信
阳关万里道,不见一人归。
惟有河边雁,秋来南向飞。

送周尚书弘正
庾 信
交河望合浦,玄菟想朱鸢。
共此无期别,知应复几年?

秋 日
庾 信
苍茫望落景,羁旅对穷秋。
赖有南园菊,残花足解愁。

早 梅
谢 燮
迎春故早发,独自不疑寒。
畏落众花后,无人别意看。

王昭君
施荣泰
垂罗下椒阁,举袖拂胡尘。
唧唧抚心叹,蛾眉愁杀人。

这类诗律既出,至唐代无变化。其中,出句"平平平仄仄"跟"平平仄仄仄"一样常用,对句"平仄仄平平"跟"仄仄仄平平"一样常用,这也为唐代近体诗格律所继承。

二、粘式律诗

粘式五律由四联八句组成,按粘对规则构成平仄格式。根据当时的实际情况分为两类:一是完全合律的,二是有一联以上失粘的。分别举例如下:

1. 完全合格的五律 在齐梁新体理论指导时期，注重律联的相异，因此，律诗四联能完全相粘实属凤毛麟角，其创作难度是显而易见的。粘式五律分为四种律式：仄起仄收式、平起平收式、平起仄收式、仄起平收式。

①**仄起仄收式** 此式最为常用。例如：

咏　柳
吴　均

细细生堂北，长风发雁门。
秋霜常振叶，春露讵濡根。
朝作离蝉宇，暮成宿鸟园。
不为君所爱，摧折当何言。

春夜山庭
江　总

春夜芳时晚，幽庭野气深。
山疑刻削意，树接纵横阴。
户对忘忧草，池惊旅浴禽。
樽中良得性，物外知余心。

别周记室
王　胄

五里徘徊鹤，三声断绝猿。
何言俱失路，相对泣离樽。
别意凄无已，当歌寂不喧。
贫交欲有赠，掩涕竟无言。

折　杨　柳
徐　陵

嫋嫋河堤树，依依魏主营。
江陵有旧曲，洛下作新声。
妾对长阳苑，君登高柳城。
春还应共见，荡子太无情。

②**平起平收式** 仅能举出一例：

关山月
张正见

岩间度月华,流彩映山斜。
晕逐连城璧,轮随出塞车。
唐蓂遥合影,秦桂远分花。
欲验盈虚理,方知道路赊。

③平起仄收式　此种律式也相对多见。例如:

昭君怨
阴铿

跨鞍今永诀,垂涕别亲宾。
汉地行随尽,胡关逐望新。
交河拥寒雾,陇首暗沙尘。
帏有孤明月,犹能送远人。

对酒
张正见

当歌对玉酒,匡坐酌金罍。
竹叶三清泛,葡萄百味开。
风移兰气入,月逐桂香来。
独有刘将阮,忘情寄羽杯。

关山月
徐陵

关山三五月,客子忆秦川。
思妇高楼上,当宵应未眠。
星旗映疏勒,云阵上祁连。
战气今如此,从军复几年?

第一句用韵的格式,即仄起平收式和平起平收式,五律跟五绝一样,宋、齐、梁三代较少,到了陈代,尝试渐多。平起平收式已在前面讲过,现举仄起平收诗例。

④仄起平收式　例如:

别毛永嘉
徐 陵

愿子厉风规,归来振羽仪。
嗟余今老病,此别空长离。
白马君来哭,黄泉我讵知。
徒劳脱宝剑,空挂陇头枝。

舟中望月
庾 信

舟子夜离家,开舲望月华。
山明疑有雪,岸白不关沙。
天汉看珠蚌,星桥视桂花。
灰飞重晕阙,蓂落独轮斜。

陇头水
陈叔宝

高陇多悲风,寒声起夜丛。
禽飞暗识途,鸟转逐征蓬。
落叶时惊沫,移沙屡拥空。
回头不见望,流水玉门东。

这些诗例,都跟唐人近体诗的平仄格式完全一致。可见唐以前,诗律已趋成熟,故一般文学史著作谈到律诗的发展,侈谈初唐沈、宋,实在是不太完善的说法。其实,沈佺期、宋之问并没有创制出什么新的诗律格式,只是继承和整理了齐梁新体格律,做了很好的统一和推广,这在当时,仅仅是顺应诗律发展的趋势,已不是什么开创性的难事了。

2.部分失粘的五律　　毕竟这一时期格律诗尚未成熟,正在发展、成长的过程中,对于"粘"这种相异于"对"的新构律方式的掌握、运用仍不够娴熟,所以诗歌创作中失粘问题比比皆是。

①第一联和第二联之间失粘。例如:

公无渡河
张正见

金堤分锦缆,白马渡莲舟。
风严歌响绝,浪涌榜人愁。

棹折桃花水,帆横竹箭流。
何言沈璧处,千载偶阳侯。

赠周处士
庾肩吾

九丹开石室,三径没荒林。
仙人翻可见,隐士更难寻。
篱下黄花菊,丘中白雪琴。
方欣松叶酒,自和游山吟。

②第三联和第四联之间失粘。例如:

并州羊肠坂
江 总

三春别帝乡,五月度羊肠。
本畏车轮折,翻嗟马骨伤。
惊风起朔雁,落照尽胡桑。
开山定何许,徒御惨悲凉。

登武昌岸望
阴 铿

游人试历览,旧迹已丘墟。
巴水紫非字,楚山断类书。
荒城高仞落,古柳细条疏。
烟芜遂若此,当不为能居。

③第二联和第三联之间失粘,结果全诗被分成了两首不同格式的五绝,而未能成为完整的五律声律结构。这种情况的中间两联,则是同一种律联的重叠。例如:

战 城 南
张正见

蓟北驰胡骑,城南接短兵。
云屯两阵合,剑聚七星明。
旗交无复影,角愤有馀声。

战罢披军策,还嗟李少卿。

这首诗前两联是仄起仄收式五绝,后两联是平起仄收式五绝的声律结构,第二联和第三联失粘。

紫骝马
张正见

将军入大宛,善马出从戎。
影绝乾河上,声流水窟中。
似鹿犹依草,如龙欲向空。
须还十万里,试为一追风。

这首诗前两联是平起仄收式,后两联是仄起仄收式,二、三两联失粘,形成两首五绝相加的格式。

赋得长笛吐清音
贺 彻

胡关气雾侵,羌笛吐清音。
韵彻山阳曲,声悲陇上吟。
柳折城边树,梅舒岭外林。
方知出塞虏,不惮武溪深。

这是平起平收式加仄起仄收式的二、三两联失粘的诗例。

七 夕
庾肩吾

玉匣卷悬衣,针楼开夜扉。
姮娥随月落,织女逐星移。
离前忿促夜,别后对空机。
倩语雕陵鹊,填河未可飞。

这是仄起平收式加平起仄收式的二、三两联失粘的诗例。

此外，如萧子范《后堂听蝉》，庾肩吾《春日》，阳缙《照轶秋萤》，荀仲举《铜雀台》，江总《长安道》《赋得三五月满》，张正见《洛阳道》，徐陵《刘生》，阴铿《和侯司空登楼望乡》等，都属于这种前后两首五绝相加的声律结构，确属五律失粘的毛病。在唐代近体诗中，曾一度不乏其例。

三、粘式长律

齐梁体格律诗中有不少长篇之作，其中合律的粘式长律也分为仄起仄收式、平起平收式、平起仄收式、仄起平收式几种。代表人物有徐陵、阴铿、庾肩吾、庾信等人。因为长律，尤其是失粘的长律，不是格律诗介绍的重点，而且篇幅较长，具体例证分析从略。

以上，我们列举和分析了相当数量的诗例，无论是完全合格的五绝、五律和五言长律，还是略有失粘之病的例子，都足以证明在南北朝齐梁时期，后来被称为近体诗的那种格律元素都已经产生和形成，所以，如果认为近体格律诗是唐代诗人独立创造的，那实在是很不确切的结论，是没有着手认真分析南北朝诗歌的格律情况而沿袭旧说的结果。今天，我们应把这样的结论加以修正了。

第五节　对式律

对式律诗是齐梁永明体以后兴盛起来的具有时代特点的格律，曾经是那个时代的骄傲。然而，到唐代，尤其是唐代近体格律确立以后，对式律日渐式微，最终逐渐退出诗歌创作舞台。这是齐梁文人始料未及的。作为具有时代特色的诗歌形式，我们专节介绍和分析一下它的各种情况。

一、对式绝句

对式五绝主要分为第一句不用韵的仄起仄收式和平起仄收式两种。因当时的格律规定，第一句用韵即造成了上尾诗病，尤其在四行之短的诗中，被认为是不宜使用的。所以，对式绝句没有首句平收的诗例。

1.仄起仄收式　　这种格式是由律联"仄仄平平仄，平平仄仄平"重叠一次而成的，数量较少。例如：

铜 雀 悲
谢 朓
落日高城上,馀光入繐帷。
寂寂深松晚,宁知琴瑟悲。

石 榴
孔绍安
可惜庭中树,移根逐汉臣。
只为来时晚,花开不及春。

送 别
陈子良
落叶聚还散,征禽去不归。
以我穷途泣,沾君出塞衣。

这种对式五绝,由于只用一种律联重叠而成,因此构律简易,不难掌握,而又有一定的格律诗气氛,所以乐为诗人所用,从其数量上看并不比粘式五绝少。

2.平起仄收式　这种格式是律联"平平平仄仄,仄仄仄平平"重叠一次而成的,它与后世五绝格式不同(详见后述),因其简单地重叠,写作方便,当时诗人们对此式极爱使用,诗例较多,时代也较早。例如:

赠范晔诗
陆 凯
折花逢驿使,寄与陇头人。
江南无所有,聊赠一枝春。

春 诗
王 俭
风光承露照,雾色点兰晖。
青荑结翠藻,黄鸟弄春飞。

春 夕
王 俭
露华方照岁,云彩复经春。
虚闱稍叠草,幽帐日凝尘。

后园作回文诗
王　融
斜峰绕径曲,竿石带山连。
花馀拂戏鸟,树密隐鸣蝉。

阳翟新声
王　融
怀春发下蔡,含笑向阳城。
耻为飞雉曲,好作鹍鸡鸣。

永明乐十首之四
谢　朓
龙楼日月照,淄馆风云清。
储光温似玉,藩度式如琼。

咏芙蓉
沈　约
微风摇紫叶,轻露拂朱房。
中池所以绿,待我泛红光。

石　桥
庾肩吾
秦王金作柱,汉帝玉为栏。
仙人飞往易,道士出归难。

月半夜泊鹊尾
刘孝绰
客行三五夜,息棹隐中洲。
月光随浪动,山影逐波流。

哭鲁广达
江　总
黄泉虽抱恨,白日自留名。
悲君感义死,不作负恩生。

此外,如王融《咏池上梨花》,何逊《离夜听琴》,刘孝绰《秋夜咏琴》《望月》《咏小儿采菱》,刘孝仪《舞就行》,姚翻《有期不至》,萧欣《还宅作》,何敬容《咏舞》,庾信《春日极饮》,徐防《赋得蝶依草应令》,陈叔宝《三洲歌》等,数量很多。

二、对式律诗

对式的格律结构是重叠式,诗行越多,重叠的次数越多,势必越显单调少变,给人音响上简单重复的感觉。所以,除了四行体对式之外,这一缺点在八行体中就显得较为突出;因为它是同首诗中同一种律联四次重叠而成,格律结构未免失之简单化。后来的创作实践及对式律诗走向终结,也证明了它是一种没有发展前途的格式。下面也分成两类来叙述。

1. 标准的对式五律　　完全按照对式律联排列组合成的五言律诗。例如:

辞难潮沟
颜延之

徘徊眷郊甸,俯仰引单襟。
一涂苟不豫,百虑毕来侵。
永怀交在昔,有愿怨瑟琴。
写言劳者事,将用慰亡簪。

这首诗第三联中的"瑟"字不合平仄,大概因为此诗写作时代较早,是南朝宋代诗例的原因。

临 高 台
王　融

游人欲骋望,积步上高台。
井莲当夏吐,窗桂逐秋开。
花飞低不入,鸟散远时来。
还看云阵影,含月共徘徊。

法 乐 辞①
王　融

天长命自短,世促道悠悠。
禅衢开远驾,爱海乱轻舟。

---

①　此诗题目版本很多,以"法乐辞"最常用。《乐府诗集》题为"法寿乐"。因古本"法乐辞本起"一名不易理解,故取"法乐辞"说。

累尘曾未及,心树岂能筹。
情埃何用洗,正水有清流。

罗敷行
萧子范

城南日半上,微步弄妖姿。
含情动燕俗,顾景笑齐眉。
不忧桑叶尽,还忆畏蚕饥。
春风若有顾,唯愿落花迟。

此外,如沈约《伤王融》、鲍泉《江上望月》、王褒《出塞》、张正见《有所思》《泛舟横大江》等,都是这种格式。它的结构是在首联"平平平仄仄,仄仄仄平平"之后,反复重叠三次而成。目前尚未发现以别的律联重叠而成的对式五律,所以只介绍此一种平仄格式。

2.不全合格的对式五律 有许多诗例,对式结构未贯彻全篇,在某两联之间失对(即出现了粘合关系),构成了不纯粹的对式五律。这种结构,均使用了两种律联,以一种为主,另一种为次。结果,在八行诗中,从对式角度看,有三联是对式;从粘式角度看,有两联是粘式。它虽是不合格的对式,但其平仄结构却部分地缓和了纯粹对式五律的单调、重复的缺点,表现了向粘式五律靠拢的特点。从音响效果上看,它之不合格,反而优于合格的格式。例如:

法乐辞供具
王 融

峻宇临层穹,苕苕疏远风。
腾芳清汉里,响梵高云中。
金华纷苒若,琼树郁青葱。
贞心延净境,邈业嗣天宫。

春日贻刘孝绰
萧 琪

涧水初流碧,山樱早发红。
新禽争弄响,落蕊乱从风。
拂筵多软干,映户悉花丛。
谁云相去远,垂柳对高桐。

关 山 月
徐 陵

月出柳城东,微云掩复通。
苍茫萦白晕,萧瑟带长风。
羌兵烧上郡,胡骑猎云中。
将军拥节起,战士夜鸣弓。

如此等等,都是以"平平平仄仄,仄仄仄平平"为主,构成后三联对式结构,但以另一种律联开头(王融、徐陵、江总的诗例以"仄仄仄平平,平平仄仄平"开头,萧瑱、张正见的诗例以"仄仄平平仄,平平仄仄平"开头)。这样,第一、二联之间是粘式结构。这种格式,大都把为次的一个律联放在开头,为主的律联放在后面。也有次序相反的情况,但数量要少得多。不复赘述。

三、对式长律

对式长律,不管篇幅多长,全篇由同一个律联反复重叠而成。当时创作的对式长律,大体也是两种情况。

1. 纯粹的对式长律　　按照"平平平仄仄,仄仄仄平平"这种律联格式反复重叠而成。从音响效果和吟诵的感觉上谈,声律单调重复的特征明显。现举例分述如下:

春游回文诗
王 融

枝分柳塞北,叶暗榆关东。
垂条逐絮转,落蕊散花丛。
池莲照晓月,慢锦拂朝风。
低吹杂纶羽,薄粉艳妆红。
离情隔远道,叹结深闺中。

出自蓟北门行
庾 信

蓟门还北望,役役尽伤情。
关山连汉月,陇水向秦城。
笳寒芦叶脆,弓冻纻弦鸣。
梅林能止渴,复姓可防兵。

　　　　　将军朝挑战，都护夜巡营。
　　　　　燕山犹有石，须勒几人名。

这是对而不粘的纯粹长律，全篇从头到尾只用了同一种律联。

2.不尽纯粹的对式长律　　跟对式五律一样，为了缓和音响上的重复感，也有许多诗人常以两种律联结合应用，造成以对为主、对中有粘的诗律格式。现举例说明如下：

度　关　山
张正见

　　　　　关山度晓月，剑客从远征。
　　　　　云中出迥阵，天外落奇兵。
　　　　　轮摧偃去节，树倒碍悬旌。
　　　　　沙场折坂暗，云积榆溪明。
　　　　　马倦时衔草，人疲屡看城。
　　　　　寒陇胡笳涩，空林汉鼓鸣。
　　　　　还听呜咽水，并切断肠声。

这首长律第一到第四联是由"平平平仄仄，仄仄仄平平"重叠而成的对式结构，第五、六两联又是"仄仄平平仄，平平仄仄平"重叠而成的对式五绝结构；两种律联相交处，即第四、五两联，构成一首粘式五绝的结构；第七联又用原来的那个律联，再和第六联相交而构成粘式五绝结构。这样，这首对式长律，补充了粘的关系，而使格律结构有了变化。又如：

七　夕
江　总

　　　　　汉曲天榆冷，河边月桂秋。
　　　　　婉娈期今夕，飘摇渡浅流。
　　　　　轮随列宿动，路逐彩云浮。
　　　　　横波翻泻泪，束素反缄愁。
　　　　　此时机杼息，独向红妆羞。

这首诗共用两种形式的律联，前两联构成一种对式结构，后三联又构成一种对式结构,两种律联相交处,即第二、三联,构成粘式结构。

另外,诗人们常在以"平平平仄仄,仄仄仄平平"构成的对式之中,插进一联"仄仄平平仄,平平仄仄平",以引起对中有粘的格律变化,使长律减少了结构简单的缺点。例如:

七 夕
何 逊

仙车驻七襄,凤驾出天潢。
月映九微火,风吹百和香。
来欢暂巧笑,还泪已啼妆。
依稀犹洛汭,倏忽似高唐。
别离不得见,河汉渐汤汤。

陪衡阳王游耆阇寺
张正见

甘棠听讼罢,福宇试登临。
兔苑移飞盖,王城列玳簪。
阶荒犹累玉,地古尚填金。
龙桥丹桂偃,鹫岭白云深。
秋窗披旅葛,夏户响山禽。
清风吹麦垄,细雨濯梅林。

这两首长律都在第二联插入了另一律联,于是,它与第一联、第三联粘连了起来,成了两式交叉、以对为主的平仄格式。

以上是对式长律的声律结构情况。从中透露出一种格律变化的信息,即纯粹以一个律联重叠的方法构律,对于长篇律诗来说是不适宜的,因此,诗人们用第二种律联来改善对式结构,就构成了这种对中有粘的格律形式,使对式向粘式靠近了一步。

这一事实,这种动向,值得注意。我们知道,在声律理论初起时期,律联组合成律诗的原则是立足于"异"的,即以异声相从相衬来突出诗句的节奏,以异声相对来安排诗联上下两句之间的关系。当时尽管没有定出两联之间如何结合的规则,但是,这个"异"字在创作中是起着主导作用的。由此产生了对式结构的五绝、五律和长律。然而,有趣的是,实践的结果告诉诗人另一番道理:单纯求异,就会忽略了"同"的作用,反而产生简单化的效果。诗联的平仄安排既已立足于"异",那么诗联之间的关系却需要立足于

"同",或者以同补异。只有全诗的整体结构格律中有同有异,形成了异和同的对立统一,才能交织出更为优美的形式,取得更为良好的声音效果。因此,该现象十分深刻地说明了一个道理,即唯物辩证法关于对立统一的法则,是任何事物的发展过程中都必须遵循的一项普遍性规律,诗律形式的产生、形成和发展过程也不例外。

第六节 齐梁体格律诗的用韵和对仗

齐梁体格律诗以讲究声律(平仄格式)的和谐搭配而自别于古体诗。这一特点独标高格,致使齐梁新体在诗体形式上产生了质的跨越。因此,字声平仄的讲究,是齐梁体最本质的格律特点,也是诗体形式中全新的创造。至于这一时期其它的格律要素,如押韵和韵式、词语和句式的对仗等,则与前代的诗歌创作规范一脉相承,虽然有进一步发展的因素,但其历史继承关系是主要的。

一、押韵和韵式

1.齐梁体的用韵 由于音韵学的发展,四声的辨定,齐梁体诗歌的用韵比古体诗更加严密。这表现为全诗必须一韵到底,不能中途转韵;而且基本上要求押本韵,即以同一韵部的字相押、互相呼应。但是,每一个韵部所包含的同韵字有多有少,同韵字多的韵部习惯上叫作宽韵,选择韵字并不难;而同韵字少的韵部称作窄韵、险韵的,作诗选韵字就比较难。尽管如此,齐梁新体诗仍能贯彻本韵相押而不出韵。这就反映了齐梁体在押韵和韵式上的水平提高、经验发展。举几首微韵、文韵这种窄韵诗的例子加以说明。

洛 阳 道
张正见

曾城启旦扉,上路落春晖。
柳影缘沟合,槐花夹岸飞。
苏合弹珠罢,黄间负翳归。
红尘暮不息,相看连骑稀。

春 日
徐 陵

岸烟起暮色,岸水带斜晖。

径狭横枝度,帘摇惊燕飞。
落花承步履,流涧写行衣。
何殊九枝盖,薄暮洞庭归。

上面两首诗中"晖、飞、归、稀、衣"都是微韵字相押。又如:

临 高 台
张正见

层台迩清汉,出迥架重棼。
飞栋临黄鹤,高窗度白云。
风前朱幌色,霞处绮疏分。
此中多怨曲,地远讵能闻。

庚寅年二月十二日游虎丘山精舍
江 总

纵棹怜回曲,寻山静见闻。
每从芳杜性,须与俗人分。
贝塔涵流动,花台偏领芬。
蒙茏出檐桂,散漫绕窗云。
情幽岂徇物,志远易惊群。
何由狎鱼鸟,不愿屈玄纁。

以上两首诗中的"棼、云、分、闻、芬、群、纁"都是文韵字相押。再如:

对 雨
庾信

繁云犹暗岭,积雨未开庭。
阶含侵角路,镫满溜疎萍。
湿杨生细椹,烂草变初萤。
徒劳看蚁封,无事祀灵星。

从 军 行
王 褒

兵书久闲习,征战数曾经。

讲戎平乐观，学戏羽林亭①。
西征度疏勒，东驱出井陉。
牧马滨长渭，营军毒上泾。
平云如阵色，半月类城形。
羽书封信玺，诏使动流星。
对岸流沙白，缘河柳色青。
将幕恒临斗，旌门常背刑。
勋封瀚海石，功勒燕然铭。
兵势因麾下，军图送披庭。
谁怜下玉箸，向暮掩金屏。

以上两首诗中的"庭、萍、萤、星、经、亭、陉、泾、形、青、刑、铭、庭、屏"都是青韵字相押，尤其是第二首长律，也没有出韵。

这些押本韵的例子，都是同韵字最少的韵部，可是都能做到不出韵。可见，齐梁体对于一韵到底、同韵相押的要求，已经相当严格了。齐梁规矩形成后，唐代律诗的用韵，继承和遵循了这一传统。

除了这种占主要地位的用韵情况之外，齐梁体诗中也有押邻韵的现象，就是指韵书上次序相邻近、在语音上也相近似的两种韵，互相通押。这种情况比押本韵现象更为宽泛，但不占主导地位。

至于首句用韵问题，由于齐梁体是以律联为单位来安排格律形式的，并且要求避免上尾病，原则上第一句不用韵。通过前面的诗例分析可知，这种情况虽然有例外，但流传下来的为数极少。这种第一句一般不用韵的特点，对唐代五言律诗创作产生了一定程度的影响，形成了唐代诗人以首句不用韵的格式为正格的用韵传统。

2.齐梁体仄韵式　　以上介绍的大多都是平韵诗韵式在齐梁时代的状态。古典诗歌进入格律诗时代，首先在押韵的方式上区分为全诗押平声韵和押仄声韵两种方式。但在当时的格律诗中还有一种韵式需要介绍，那就是以仄声韵押韵的诗歌形式，韵脚的排列大体类同平韵诗。

具体来说，仄声韵的律式并不复杂。本章第三节中已经根据齐梁新体格律规范，总结出仄声韵律联的两种基本格式。它们是：

---

① 学戏：《诗纪》百十三云：一作"揽剑"。

（1）平平仄仄平，仄仄平平仄。
（2）仄仄仄平平，平平平仄仄。

根据四声八病的要求，律联上下句的末尾字不能同平仄，否则即为上尾诗病，需要规避。按照粘式律的格式，上述两种基本格式只能组合成两种仄声韵律式：

（1）平平仄仄平，仄仄平平仄。
　　仄仄仄平平，平平平仄仄。
（2）仄仄仄平平，平平平仄仄。
　　平平仄仄平，仄仄平平仄。

这是仄声绝句的律式。仄声律诗的律式是将上述两式各重复一遍，长律依此类推。在诗歌发展史中，仄声韵后来放宽了要求，各个诗联上下句的末尾字允许同是仄声，即"上尾病"不再算作诗病，如此则还可以推出两种律式，当然这要等到唐代以后了。因此，暂不再具体开列这两种律式。

至于仄韵诗的创作，从开始便没有引起足够重视，作品较少，合律的更少。现稍举数例，以便形成感性认识。例如：

赋得池萍
庾肩吾
风翻乍青紫，浪起时疏密。
本欲叹无根，还惊能有实。

这是首仄韵粘式五绝。勉强可以算作（1）式仄韵律式，但首联在当时犯上尾诗病。

和江中贾客
庾信
五两开船头，长桥发新浦。
悬知岸上人，遥振江中鼓。

这也是一首仄韵粘式五绝。使用的是（2）式仄韵式。其中，第二句的平仄格式是"平平仄平仄"，即"平平平仄仄"形式的变式。

在仄韵粘式五绝之外，大量保留下来的是仄韵对式五绝。对式五绝是遵守"一简之内，音韵尽殊，两句之中，轻重悉异"原则的，所以，它的韵式是不论长短，只用一种律联的重复排列。例如：

赠到溉洽
梁元帝

魏世重双丁，晋朝称二陆。
何如今两到，复似凌寒竹。

百合
梁宣帝

接叶有多种，开花无异色。
含露或低垂，从风时偃抑。

春宵
刘孝威

花开人不归，节暖衣须变。
回钗挂反环，拭泪绳春线。
今夜月轮圆，胡兵必应战。

以上前两首是仄韵对式五绝；后一首共三联，第一、二联是对式结构，第二、三联是粘式结构。

仄韵律诗也是对式五律较多，粘式五律较为罕见，例如：

别张洗马枢
庾信

别席惨无言，离悲两相顾。
君登苏武桥，我见杨朱路。
关山负雪行，河水乘冰渡。
愿子著朱鸢，知余在玄菟。

这是一首粘式结构占优势的五律，但第二联与第三联，即第四句和第五句之间失粘，因此，本诗便形成了上下两首粘式五绝相接，不能混然一体的形式。

总之，此期的仄韵创作中符合格律要求的五言诗例很少，七言诗更难找到。可见，仄韵诗在格律诗中一开始就不占重要地位,这一直影响到唐代近体诗。

二、诗句对仗

齐梁体格律诗继承了前代的传统,更加普遍地采用词语和句式的对仗来作为构律的一种要素。总的来看,对仗的构造已相当工整,不但要求平仄相对,而且对词语性质的对仗要求也多有讲究。比如诗中所涉及的名词,不仅要求必须名词相配,而且需要按类别做到同类相对,例如天文对天文、地理对地理、人名对人名、方位对方位等等。现举例如下:

> 秦王金作柱,汉帝玉为栏。(庾肩吾)
> 白云浮海际,明月落河滨。(吴　均)

这里,"秦王——汉帝",名词对名词,均指帝王;"金——玉",都是名贵的珍宝,名词;"作——为",同类的动词;"柱——栏",都是宫室类的名词。"白云——明月",都是天文现象,都是相同的形名偏正结构;"浮——落",都是表示动作方向的词;"海——河",都是水文现象;"际——滨",都是表示位置的名词;如此等等。再如:

> 月光随浪动,山影逐波流。(刘孝绰)
> 风前细尘起,月里黑烟生。(庾肩吾)
> 秋霜常振叶,春露诇濡根。(吴　均)
> 妾对长阳苑,君登高柳城。(徐　陵)
> 风移兰气入,月逐桂香来。(张正见)
> 莺啼歌扇后,花落舞衫前。(阴　铿)
> 旗交无复影,角愤有馀声。(张正见)
> 将军朝挑战,都护夜巡营。(庾　信)

从形式上看,这时的对仗都已十分工稳,而且不胜枚举。从上面关于粘式和对式的大量诗例中,已可以摘出许多佳例。

至于对仗在律诗中的位置,齐梁体诗中各联均可安排,还没有像唐代以后那样有严格规定的位置;但是,当时创作的基本倾向是有的。就四行体绝句来看,以第一联对仗的为多。例如吴均《送吕外兵》,沈约《咏芙蓉》,谢朓《永明乐》,孔绍安《咏夭桃》《石榴》,陈子良《送别》,王伟《在渭阳赋诗》,庾信《送周尚书弘正》,施荣泰《王昭君》,刘孝仪《咏织女》、庾肩吾《被执作诗一首》等，都属于首联对仗一类。此外，也有在第二联对仗的，如刘孝绰《月半夜泊鹊尾》、陈叔宝《三洲歌》《估客乐》等。也有全首对仗的，如沈约《咏帐》、庾肩吾《石桥》。

　　就八行体来说，以第三联对仗的为最多，第二联次之，首联、尾联则很少对仗。在上面举过的诗例中，第三联对仗的如：徐陵《别毛永嘉》《关山月》、江总《赋得三五月满》等；第二、三两联都对仗的如：吴均《咏柳》、张正见《对酒》《紫骝马》《雨雪曲》《泛舟横大江》、阴铿《昭君怨》《登武昌岸望》、贺彻《赋得长笛吐清音》、肖子范《罗敷行》、庾信《喜晴》、陈叔宝《巫山高》《陇头水》等；前三联都对仗的如：江总《春夜山庭》、张正见《战城南》、徐陵《折杨柳》、庾肩吾《赠周处士》、何逊《和司马博士咏雪》、肖子范《后堂听蝉》等；后三联都对仗的如：张正见《关山月》、庾信《舟中望月》等；全首都对仗的如：庾信《对雨》；全首都不讲对仗的已经比较少，如：徐陵《奉和山池》等。因此，对仗位置已出现以第二、三联为多的明显倾向。

　　齐梁体长律的对仗，基本倾向是首尾两联不对仗或很少对仗，中间各联对仗或多数对仗。

　　综上所述，齐梁体格律诗的对仗形式和在律诗中的具体位置，已有一个相对稳定的规则并逐步为诗人所遵循。后来，在唐代近体诗中，这个倾向或趋势被继承并得到加强。

　　词语和句式的对仗为格律诗所采用，是有它的积极作用和价值的。这不仅仅表现在造成外形上的整齐、对称之美，也有语意或意境表达上的作用。因为对仗的基本表现方式是通过词语、句式、内容上的相对相显和相衬相补等方式来完成的，具有鲜明的规律性和错落有致的形式美。

　　所谓相对相显如"朝作离蝉宇，暮成宿鸟园"（吴均）、"水白澄海浅，花红燥更浓"（庾信）；所谓相衬相补如"秦王金作柱，汉帝玉为栏"（庾肩吾）、"马倦时衔草，人疲屡看城"（张正见）等。相对相显加强了诗歌表达的鲜明、突出的印象，相衬相补增加了语义上的完整感，两者都有积极的表达效果。同时，这样的表达方法跟字声平仄相配以突出诗句节奏的表达原则，也是完全一致的。这就充分说明了格律诗把对仗作为自己的构律要素的原因和内在逻辑性。其次从对仗的寓意表达来看，主要在于以上下相对的办法加以铺叙，因而它不适宜于诗的开头，也不适宜于将铺展开的内容作结，这就决定了它的位置宜放在诗的中间，而不宜放在首尾。南北朝以后，近体诗所形成的规范大体上有其必然的逻辑轨迹。

第五章 诗律的成熟：唐代诗律的特征

唐代是我国诗歌史上最重要的时代,也是古典格律诗发展成熟的时期。唐人继承了南朝永明体新体格律的创新成果,扭转了齐梁诗风过于着重形式而不太重视内容表现的倾向,把诗歌引上了蓬勃发展的道路,创作出大量的思想和艺术、内容和形式兼优的作品,成就了古典诗歌的高峰。同时,又在南朝五言体格律诗的基础上(即齐梁体的基础上),去粗取精,顺势定式,继承和发展了齐梁体的粘式律,构成了五言和七言近体诗完整的格律体系,把古典格律诗的发展推到了一个新的高峰。从此,格律严密的近体诗,成了我国古典诗歌的正宗。这个时代的诗歌,无论思想性和艺术性的结合,还是思想内容和格律形式的统一,都达到了十分成熟的境界。

第一节 唐代近体诗的形成和发展

唐代以来,经过政治、经济、文化生态的催生,中国古典格律诗终于开出了茂盛的花朵,产生了内容丰富、形式优美、成就一代文学样式的佳作。为了跟古体诗相区别,这时的格律诗叫作近体诗。近体诗的定名,既反映了唐代诗人对齐梁时代格律诗成就和历史地位的充分认可,又反映了唐代近体格律建立在对齐梁体格律的完善和超越基础上的事实。

一、正视唐代近体格律诗的形成和发展

近体诗是怎样形成和发展起来的呢？从社会条件看,它和中国封建盛世所推行的选官制度——科举制度有密切关系,但这是格律诗繁荣的外因,不是根本的原因。从诗体本身的发展看,即从内因的角度看,那是由于齐梁体格律诗在新的社会条件下进一步

发展的必然结果。近体诗不是也不应看作是初唐时代的诗人发明的,而应看作是前后相续的历史不断发展和完善的过程。我们说过,南北朝时代从内容和形式的结合上看,并没有产生太多好诗,它在中国文学史上的地位远不如唐代重要。然而,从格律诗的角度看,如果没有那个时代在声律的理论和实践上的进展,中国格律诗未必能在唐代开出鲜艳繁茂的花朵来。

一般认为,近体诗的体制是由初唐诗人沈佺期和宋之问制定的,这种看法是需要多说上几句的。沈佺期和宋之问都工于五言诗,同属初唐著名的宫廷诗人,文学史上并称"沈宋"。他们的作品多为应制诗,风格绮丽,承继了梁陈宫体诗风。他们认真总结了南朝以来新体诗的创作经验,正确地接受了前代律诗的经验,选择和肯定了齐梁体的粘式律诗并发扬光大,使得当时的诗人能够接受和遵循。从而,也就起到了"回忌声病,约句准篇"的作用,使诗律形式由齐梁时代的繁复而逐渐趋于简约和统一,逐渐走向定型化。所以,沈、宋两人的作用当然不容忽视。

应当指出并形成概念的是,在齐梁体走向成熟时,格律诗向粘式方向发展的趋势已经十分显明,所以,沈、宋所作的选择和肯定,不过是顺其时而定其势罢了,明白这一点的意义在于,沈、宋的工作,其性质不是原创性的。由于这样的原因,准确定位沈、宋在诗律发展史上的个人作用是必要的。

从南北朝齐梁体到唐代近体诗的发展,经过了一百三十余年的过程。这百余年的时间在历史发展的长河中,不过是短暂的一瞬。然而,对诗律史来说,却是十分重要的一个阶段,它实现了从古体诗到格律诗的一个质的飞跃。然后,唐代诗人在这个基础上进一步使格律诗发展成熟,完成了一次总的量变过程中的部分质变,即在格律诗质的范围内,通过部分质的变化和发展而建立了完善的近体诗体系。

唐代所经历的这种"部分质变",大致可以归纳成以下几个方面:第一,律句和律联的发展和定型化;第二,基本构律规则,即粘对规则的确立;第三,排斥异质的诗律形式造成的对式格律诗的淡出;第四,七言格律诗的形成和发展。

二、律句和律联的发展和定型

唐代近体诗五言律句主要应用了四种平仄格式:

① 仄仄平平仄…………a
② 平平平仄仄…………b
③ 仄仄仄平平…………A
④ 平平仄仄平…………B

用a、b、A、B代表四种律句,是近年来学术研究中常用的标示方法。由于这套标示方法在教学中不易记诵,我们在第二篇诗词格律的课堂讲授中,采用了一套容易记忆的概念,即用"甲、乙、丙、丁"四种律句来标示平仄格式,编写相应歌诀,以帮助学生记忆(详见后述)。

前面提到,诗律史上对律句的研究不是到唐代才产生的,而是早在东汉诗的创作中就已经有了初步认识。到了讲究四声八病的齐梁诗体中,则已形成了定式,只不过齐梁诗使用的律句多于这四种。根据徐青先生《古典诗律史》统计,齐梁诗流传至今的作品中,至少有85%的诗句,不出这四种格式。其中 a 和 b 两式作平韵诗的出句用,A 和 B 两式作平韵诗的对句用。唐代初年,沈、宋为整理格律规范做出自己的贡献,使平韵诗接受了这四种律句构律并广为使用,诗界将该四种平仄句式定为近体诗的基本句式,并在这一律句系统的变化方面有了进一步的规范和发展。

由律句结合成律联,当然也不是唐代才开始的,而是在律句产生以后就出现了。但到齐梁体中,这已成了普遍的现象。据徐青先生的统计,齐梁新体诗中,至少有75%的诗联是律联①。但是,齐梁体的律诗主要使用了两种,即 aB 和 bA 联,到了唐代,则又发展出了两种律联,即 AB 和 BA 联,这样,唐律定型了四种律联,即:

①仄仄平平仄,平平仄仄平…………aB

②平平平仄仄,仄仄仄平平…………bA

③仄仄仄平平,平平仄仄平…………AB

④平平仄仄平,仄仄仄平平…………BA

唐代发展出 AB 联和 BA 联,并加以定型化,大致原因是:第一,如果像齐梁体那样,只用 aB 和 bA 两种律联来构律,格式未免失诸单调,而且,重复的出现率过高,不利于诗律形式的变化和多样化。第二,齐梁时代是声律初起、盛谈诗病的时期,对上尾病避忌很严,因此,不允许在全诗的首联出现"出句平收"的情况。唐代为了克服齐梁体律联贫乏和诗律格式少变的特点,付出了少数诗在首联犯上尾病的代价,而演变出了另外两种律联。这种思想的解放,引发了近代格律的革命性变动,即全诗在第一句用韵的格式做了变通发展,逐步确立和定型,使诗律形式更加多样化了。因此,在这种限度内放宽上尾病的禁忌,不但不成其为病,而且还会增强格律诗的生命活力。

三、粘对规则的确立

如前所说,格律诗在齐梁时代形成了两种基本的构律规则——粘式体构律规则和对式体构律规则。由于对式体构律方式过于单一,而粘式体则可粘可对,形式灵活,因

---

① 徐青:《古典诗律史》,青海人民出版社 1980 年版,第 108 页。

而唐人逐渐放弃了这种单调的形式,使粘式体的构律规则不断完善,形成了唐代近体格律体系。于是,唐诗开始自觉地以一对一粘有规则的变换,进行同中有异、异中有同的诗律形式的实践。当这种规则成为基本构律规则之后,别的构律规则就成了异质的东西。同时,唐代在七言体格律诗中也应用了这条规律构律,进一步强化了这一规则的地位和作用。现在,我们把这一规则所编制出来的整齐而美观的诗律形式,加以图示,并作简要的说明。试以五律的仄起仄收式、七律的平起仄收式为例:

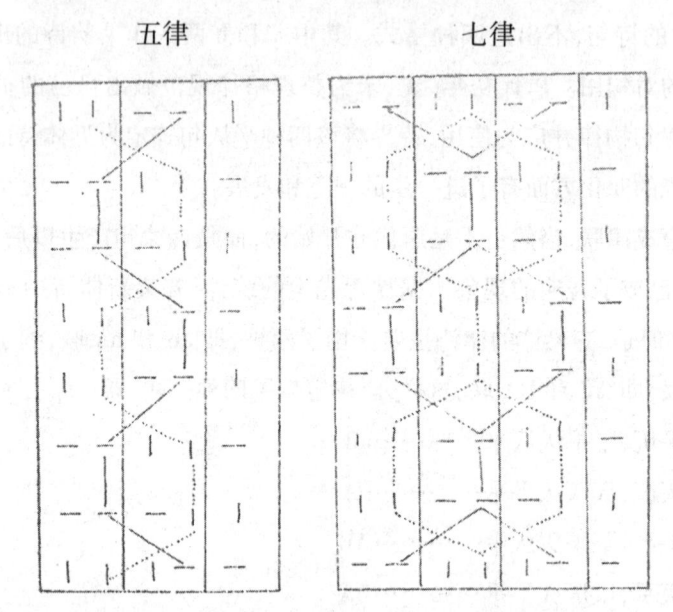

五律　　　　　七律

这个诗律图按平仄节奏点的交织,构成了一个严整的网状图式。每联节奏点之间在横的方面是平仄相同(即"异音相从"),在纵的方面是平仄相对(即"轻重悉异")。在每两联相邻的两句中,则是节奏点的平仄相同相粘。这样,联内平仄相对,联间平仄相粘,一对一粘,时而交叉,时而平行,而使一联一联地接续下去。并且首尾两头,又留出了粘合关系的接头,可以继续按此规则结合下去,构成长篇律诗的格律形式。因此,诗联可多可少,而其格式不变。这种诗律形式,相当精致,组织严密而又易于掌握,其形式之美令人惊叹!

从齐梁时代产生,到唐代确立粘对规则的发展过程中,还显示出了一个值得人们深思的问题,即:根据齐梁诗律理论,格律的重点是讲究"异",即诗句的声律调值不同,可是实践的结果却逐步否定了全篇平仄悉异的对式格律,并在"异"中补充了"同"(粘)的原则。而后才算找到并最终完成了成熟的近体诗律及其结构规则。这也十分深刻地说明中华传统文化对辩证法和对立统一规律在文化事项中的追求和自觉运用,进而向我们揭示:齐梁体粘式律,正是遵循了这一普遍规律,才具备了到唐以后发展为成熟而完美诗律的条件。而齐梁体的对式律,由于不符合这一普遍规律,就在进一步的演变过程中,逐渐失去了审美上的生命力,淡出了人们的视线。

四、对式律淡出的过程

前面说过,齐梁体是根据当时的诗律理论要求来安排格律的,形式比较繁复,但最后终于形成粘式和对式两大类诗律形式。唐代在这一坚实的格律诗理论与实践创作的基础上又前进了一大步,继承发展和定型了粘式律,在五言成熟的基础上不断繁荣发展,造就了七言体律诗,从而构成了近体诗格律形式的完备体系。自此以后,齐梁体中的另一重要部分——对式律自然而然地受到冷落,逐渐成了异质的东西。具备这样几个特点之后,兴盛一时的齐梁新体格律诗衍变为了唐代格律。因为齐梁和唐朝在历史和格律上的这种双重继承关系,文学史上将唐代完善后的格律诗称作"近体格律"。鉴于唐代格律诗作的伟大成就,后人习惯以它为正宗、为标准——合于唐律的诗就是合律,不合唐律的就算不合律,这个概念影响着后代,直到今天。但是,唐代对式律被视作异质而加以排斥,并不等于被完全排除。从历史上看,这种前后相续的关系是不可能立时中止的,况且古人仿古之心远胜于今人。作为一种曾在历史上存在过的诗律形式,它也是唐代诗人向齐梁文人学习的内容之一。例如:

晚登郡阁
韦应物
怅然高阁望,已掩东城关。
春风偏送柳,夜景欲沉山。

椒　园
王　维
桂尊迎帝子,杜若赠佳人。
椒浆奠瑶席,欲下云中君。

送郑少府入辽共赋侠客远从戎
骆宾王
边烽警榆塞,侠客度桑乾。
柳叶开银镝,桃花照玉鞍。
满月临弓影,连星入剑端。
不学燕丹客,空歌易水寒。

送别崔著东征

陈子昂

金天方肃杀，白露始专征。
王师非乐战，之子慎佳兵。
海气侵南郡，边风扫北平。
莫买卢龙塞，归邀麟阁名。

以上四首，前两首是对式五绝。第三首后三联是"仄仄平平仄，平平仄仄平"的对式（从粘的角度看，粘的关系只及于前两联）。第四首前两联和后两联各是一首对式五绝，第二和第三联之间中断了"对"的关系，即"失对"，于是形成了两首对式五绝的粘合体，"粘"的关系只存在于中间两联。再如：

送裴十八图南归嵩山

李白

君思颍水绿，忽复归嵩岑。
归时莫洗耳，为我洗其心。
洗心得真情，洗耳徒买名。
谢公终一起，相与济苍生。

这首诗前两联和后一联都是同一个律联的反复；第三联不合律。以下再看七言诗：

渭城曲

王维

渭城朝雨浥轻尘，客舍青青柳色新。
劝君更尽一杯酒，西出阳关无故人。

滁州西涧

韦应物

独怜幽草涧边生，上有黄鹂深树鸣。
春潮带雨晚来急，野渡无人舟自横。

闲居寄诸弟

韦应物

秋草生庭白露时，故园诸弟益相思。

尽日高斋无一事，芭蕉扇上独题诗。

回乡偶书
贺知章
离别家乡岁月多，近来人事半销磨。
唯有门前镜湖水，春风不改旧时波。

以上四首都是对式七绝，前两首是平起平收式，后两首是仄起平收式。再如七律：

远方尊师归嵩山
王　维
仙官欲往九龙潭，旌节朱幡倚石龛。
山压天中半天上，洞穿江底出江南。
瀑布杉松常带雨，夕阳苍翠忽成岚。
借问迎来双白鹤，已曾衡岳送苏耽。

出　塞
王　维
居延城外猎天骄，白草连天野火烧。
暮云空碛时驱马，秋日平原好射雕。
护羌校尉朝乘障，破虏将军夜渡辽。
玉靶角弓珠勒马，汉家将赐霍嫖姚。

以上第一首的后三联是对式结构，第二首的前三联是对式结构，对式在全诗占了优势。

由上引诗例可见，齐梁对式体在唐代并未马上消失，还一度为唐人所延续。不过由于唐代"约句准篇"于粘式，因此，对式体对诗歌创作的作用已经十分微小了；而且，因其格律上的单调、重复，以后也再没有恢复它的生命力。在现代，了解、熟悉并能够说明它的来龙去脉的人，也就因此越来越少。

五、七言律诗的初萌

就古体诗而言，七言体跟五言体一样，是早就产生了的。但就格律诗而言，七言体确是产生在五言体之后，是在五言体发展的基础上产生并发展起来的。所以，学术界大多认为七言体格律诗渐盛于唐代，而不是齐梁时代。在齐梁时代，七言诗不但数量比五言诗少,而且大多不合律,仍处于古体诗的发展阶段。根据诗律史的研究,当时开始用七言体尝试按照新体格律进行创作的,只有少数四行的绝句。例如江总的《怨诗两首》:

其一
采桑归路河流深,忆昔相期柏树林。
奈许新缣伤妾意,无由故剑动君心。

其二
新梅嫩柳未障羞,情去恩移那可留?
团扇箧中言不尽,纤腰掌上讵胜愁。

第一首中,"昔"是入声字。两首都是首联相对,两联相粘。江总的创作已经合乎粘式格律,但这样合格的诗例不多,勉强可以提及的如隋代杨广的《迷楼歌》,陈叔宝的《玉树后庭花》等。

至于八行体的格律诗虽然更难找到,但是已经开始了按照新体格律进行创作的实践。例如,人们常提及的隋炀帝杨广的《江都宫乐歌》较为合律,这首诗的全文是:

扬州旧处可淹留,台榭高明复好游。
风亭芳树迎早夏,长皋麦陇送馀秋。
渌潭桂楫浮青雀,果下金鞍跃紫骝。
绿觞素蚁流霞饮,长袖清歌乐戏州。

据《选诗拾遗》云:"据此诗隋时七言律体已具,不始于唐也。"严格讲,这首诗并不符合唐代七律,它是按照齐梁新体诗的要求创作的,其中第二联不合律联的要求,第三、四两联则是对式绝句的结构,全诗均不合粘式格律规则,根本不是一首真正意义上的近体七律。再如陈子良的《于塞北春日思归》、庾信的《乌夜啼》等,文学史上常称之暗合唐律,其实,也是不成立的。因为隋朝诗还没有近体粘式规则,杨广的创作及上述例证都是按照新体诗的要求,多以对式律联进行创作的。从逻辑上讲,唐律是继承新体诗而产生的,新体在前,唐律在后,形式上和逻辑上都不存在前人暗合后人的问题。

因此,南北朝时形成了五言齐梁体格律诗,七言律诗的创作尚处于萌芽期,其繁盛是到了唐代才形成和发展起来的。唐代的七言律诗是怎样形成起来的呢?齐梁体的七言诗基础单薄,几乎没有什么能够为唐人继承的。而且唐人的七绝、七律和七言长律,就其格律结构看,对式律并不很多,因此,应是在唐代五言近体诗或齐梁体粘式律五言诗的基础上发展起来的。

近体七言诗不在齐梁七言诗的基础上产生,反而在五言诗的基础上发展了出来。这应该是怎样的过程呢?传统的看法认为,这就是由加长五言格律的节拍造成的,即在五言律诗每句的前头,增加两个字声与开头两字相反的字,这样既不改变格律结构的规则,又恰合七言规则。这样的解释可能比较接近实际。因为,有了现成的五言格律体系,就无需再从头全新设计七言诗的格律结构。而七言格律既和五言格律一致,都是以粘对规则为基本的构律规则,同时又不像形成五言格律那样需要一个漫长的过程,所以,从五言体加长节拍而成七言体之说,是可信的。

七言格律诗在唐代兴起,把格律诗的体系大大丰富了,发展成了诗律格式的"成套设备",其状态见下图:

$$
\text{唐代近体诗}\begin{cases}\text{五言}\begin{cases}\text{绝句(四行体)}\\\text{律诗(八行体)}\\\text{长律(十行以上)}\end{cases}\\\text{七言}\begin{cases}\text{绝句(四行体)}\\\text{律诗(八行体)}\\\text{长律(十行以上)}\end{cases}\end{cases}\text{齐梁体粘式律}
$$

综上所述,唐代近体诗的形成和走向成熟的大致过程,已经较为清楚了。唐律来源于齐梁体粘式律,是前后相续的历史过程的产物,是瓜熟蒂落的结果,而不是一两个诗人的创造,这是必须强调的。

第二节 近体绝句

绝句又称律绝,是一种最短小的格律诗,每首只有四句。五绝共二十字,七绝共二十八字。

一、绝句起源之辨正

对于绝句这种诗体的来源或理解,历来不一致。明代吴讷《文章辨体》引元代傅汝砺《诗法源流》中的看法是:"绝句者,截句也。后两句对者是截律诗前四句,前两句对者是截后四句,皆对者是截中四句,皆不对者是截前后各两句。故唐人称绝句为律诗,观李汉编《昌黎集》,凡绝句皆收入律诗内是也。"这种绝句是截取律诗而来的看法相当流行,也为现代许多人所接受,但与绝句起源的真相可能存在距离。

董文焕《声调四谱》提出的看法发人深省,他说:"绝句之名,唐以前即有之。徐东海撰《玉台新咏》,别为一卷,实古体诗之支派也。至唐则法律愈严,不惟与律体异,即与古体也不同。或称'截句',或称'断句'。世多谓分律诗之半即为绝句,非也。盖律由绝而增,非绝由律而减也。绝句云者,单句为句,句不能成诗;双句为联,联则生对;双联为韵,韵则生粘;句法平仄各不相重,无论律古,粘对联韵必四句而后备,故谓之'绝'。由此递增,虽至百韵可也,而断无可减之理。"

董文焕是从声律原理上来作解释的,也比较符合文学发展史的实际。绝句的名称,来源于古代的"联句"。联句是一种古老的诗体,汉代留有著名的《柏梁台联句》。汉以后,文人继承这种诗体,在一起联吟时多以四句自为起讫,独立成诗。多人相接,成为联句。如果一首四句而并不与人联吟,那么就称为"断句"或"绝句",以与"联句"相别。魏晋以后的歌谣,如北朝的"鼓角横吹曲",南朝的"江南吴歌""荆楚西声"等多是五言四句成诗的,但还不是律绝。律绝是在齐梁体基础上产生的格律诗,是符合粘对规则的近体诗,从它的诗体来源到声律结构上看,都在唐代以前,所以不能认为是截取律诗四句而成的。"截取说"虽简易,但不符合实际情况。南朝的声律理论和格律诗的实践,都证明了不是先有律诗而后产生绝句,顺序倒可能相反。如前所述,南朝的诗律,是以一联两句来安排字声的平仄并要求两句相对的,由此再以两联四句来构成"同声相应"的押韵关系。同时,只有在两联之间才能产生"粘"的关系。所以,一首诗起码四句,才能在格律上形成趋于完备境界的最小单位。因此,绝律,实是格律诗的一种最小诗体。以此为基础,按构律原则延长一联,即为三韵小律,延长两联,即为律诗;延长三联以上,即为长律。"截取说"只能说明四行体和八行体之间的关系,而不能说明四行体和其它各种体式之间的关系。

二、五绝在近体格律中的格式

按照近体格律的规定,五绝可以分为四种格式:

1.仄起仄收式 这种格式最为常用,它是由律联"仄仄平平仄,平平仄仄平"粘合"平平平仄仄,仄仄仄平平"而成。例如:

登鹳雀楼

王之涣

白日依山尽,黄河入海流。

欲穷千里目,更上一层楼。

八 阵 图
杜　甫

功盖三分国,名高八阵图。

江流石不转,遗恨失吞吴。

逢雪宿芙蓉山主人
刘长卿

日暮苍山远,天寒白屋贫。

柴门闻犬吠,风雪夜归人。

2.仄起平收式　　这种格式只将第1式第一句"仄仄平平仄"变换为"仄仄仄平平",其余各句均同。因此,可看作是它的变式,变在首句由不用韵到用韵了。这一变化是对齐梁格律声病理论的重要突破。例如:

塞下曲两首
卢　纶

林暗草惊风,将军夜引弓。

平明寻白羽,没在石棱中。

月黑雁飞高,单于夜遁逃。

欲将轻骑逐,大雪满弓刀。

3.平起仄收式　　这种格式是由律联"平平平仄仄,仄仄仄平平"粘合"仄仄平平仄,平平仄仄平"而成。例如:

送　别
王　维

山中相送罢,日暮掩柴扉。

春草明年绿,王孙归不归?

归　雁
杜　甫

东来万里客,乱定几年归?

肠断江城雁,高高向北飞。

夜宿山寺
李 白
危楼高百尺,手可摘星辰。

不敢高声语,恐惊天上人。

4.平起平收式 这种格式只将第3式第一句"平平平仄仄"变换为"平平仄仄平",其余各句均同。因此,可看作是它的变式,即句末用韵的格式。该变式的成立意味着,突破上尾声病的禁忌后,不仅首联适用,其他位置的诗联之出句亦可照此办理。例如:

白 鹭
李嘉佑
江南绿水多,顾影逗轻波。

落日秦云里,山高奈若何。

塞下曲
卢 纶
鹫翎金仆姑,燕尾绣蝥弧。

独立扬新令,千营共一呼。

以上是五绝的四种平仄格式,其中第一、三两式较为常用,第二、四两式较少用,尤其是第二式最少见。因此,五绝承袭齐梁体的传统,以首句不用韵为常,极个别首句用韵者为其变式。

三、七绝

1.平起平收式 这种格式即是在五绝仄起平收式的每句前头加上一个字声相反的节拍,由"平平仄仄仄平平,仄仄平平仄仄平"粘合"仄仄平平平仄仄,平平仄仄仄平平"而成。例如:

凉州词
王之涣
黄河远上白云间,一片孤城万仞山。

羌笛何须怨杨柳,春风不度玉门关。

过华清宫绝句
杜 牧
长安回望绣成堆,山顶千门次第开。
一骑红尘妃子笑,无人知是荔枝来。

重送裴郎中贬吉州
刘长卿
猿啼客散暮江头,人自伤心水自流。
同作逐臣君更远,青山万里一孤舟。

2.平起仄收式 这种格式即是上式的变式,只将第一句变为不用韵的"平平仄仄平平仄",其余各句均同。例如:

江南逢李龟年
杜 甫
岐王宅里寻常见,崔九堂前几度闻。
正是江南好风景,落花时节又逢君。

石 头 城
刘禹锡
山围故国周遭在,潮打空城寂寞回。
淮水东边旧时月,夜深还过女墙来。

秋浦途中
杜 牧
萧萧山路穷秋雨,淅淅溪风一岸蒲。
为问寒沙新到雁,来时还下杜陵无?

3.仄起平收式 这种格式是在五绝平起平收式每句前头加上字声相反的节拍,即由"仄仄平平仄仄平,平平仄仄仄平平"粘合"平平仄仄平平仄,仄仄平平仄仄平"而成。例如:

从 军 行
李 白
百战沙场碎铁衣,城南已合数重围。

突营射杀呼延将,独领残兵千骑归。

乌衣巷
刘禹锡

朱雀桥边野草花,乌衣巷口夕阳斜。
旧时王谢堂前燕,飞入寻常百姓家。

贾　生
李商隐

宣室求贤访逐臣,贾生才调更无伦。
可怜夜半虚前席,不问苍生问鬼神。

4.仄起仄收式　　这种格式即是第3式的变式,只将第一句换成不用韵的句式"仄仄平平平仄仄",其余各句均同。例如:

九月九日忆山东兄弟
王　维

独在异乡为异客,每逢佳节倍思亲。
遥知兄弟登高处,遍插茱萸少一人。

漫成一绝
杜　甫

江月去人只数尺,风灯照夜欲三更。
沙头宿鹭联拳静,船尾跳鱼拨剌鸣。

夜上受降城闻笛
李　益

回乐峰前沙似雪,受降城外月如霜。
不知何处吹芦管,一夜征人尽望乡。

以上是七绝的四种格式。其中第二、四两式较常用,第一、三两式较少用。七绝与五绝刚好相反,以首句用韵为常,不用韵的为变式。这与七言诗在民间时即是句句押韵的原始状态有关,文人开始用七言创作后,其原始特征仍有部分保留。

第三节　近体律诗

近体律诗也分为五律和七律两种，五律是继承齐梁体的粘式五律而来的，七律则是在五律的基础上加长节拍而成。

一、五律

1.平起仄收式　声律格式为：平平平仄仄，仄仄仄平平。仄仄平平仄，平平仄仄平。平平平仄仄，仄仄仄平平。仄仄平平仄，平平仄仄平。此式由两种律联交叉而成。例如：

新 年 作
刘长卿

乡心新岁切，天畔独潸然。
老至居人下，春归在客先。
岭猿同旦暮，江柳共风烟。
已似长沙傅，从今又几年。

春日登楼怀旧
寇 准

高楼聊引望，杳杳一川平。
野水无人渡，孤舟尽日横。
荒村生断霭，深树语流莺。
旧业遥清渭，沉思忽自惊。

2.平起平收式　这是前一格式的变化，即将第一句"平平平仄仄"改为"平平仄仄平"，其余七句的平仄格式相同。例如：

送孟十二仓曹赴东京选
杜 甫

君行别老亲，此去苦家贫。
藻镜留连客，江山憔悴人。

秋风楚竹冷,夜雪巩梅春。
朝夕高堂念,应宜彩服新。

答白刑部闻新蝉
刘禹锡

蝉声未发前,已自感流年。
一入凄凉耳,如闻断续弦。
晴清依露叶,晚急畏霞天。
何事秋卿咏,逢时亦悄然。

3. 仄起仄收式 格式为:仄仄平平仄,平平仄仄平。平平平仄仄,仄仄仄平平。仄仄平平仄,平平仄仄平。平平平仄仄,仄仄仄平平。例如:

渡荆门送别
李　白

渡远荆门外,来从楚国游。
山随平野尽,江入大荒流。
月下飞天镜,云生结海楼。
仍怜故乡水,万里送行舟。

春　望
杜　甫

国破山河在,城春草木深。
感时花溅泪,恨别鸟惊心。
烽火连三月,家书抵万金。
白头搔更短,浑欲不胜簪。

4. 仄起平收式 这是前式的变式,即将第一句改为用韵式,其余七句相同。例如:

从 军 行
杨　炯

烽火照西京,心中自不平。
牙璋辞凤阙,铁骑绕龙城。
雪暗凋旗画,风多杂鼓声。

宁为百夫长，胜作一书生。

塞下曲
李白

骏马似风飙，鸣鞭出渭桥。
弯弓辞汉月，插羽破天骄。
阵解星芒尽，营空海雾消。
功成画麟阁，独有霍嫖姚。

以上是五律四种格式的例子，这四式中以第一句不用韵的两式较为常用，仄起平收式次之，平起平收式最少见。

二、七律

1.平起仄收式 五律仄起仄收式每句前加两个平仄相反的字构成，律谱从略。例诗如：

城上夜宴
白居易

留春不住登城望，惜夜相将秉烛游。
风月万家河两岸，笙歌一曲郡西楼。
诗听越客吟何苦，酒别吴娃劝不休。
从道人生都是梦，梦中欢笑亦胜愁。

酬白乐天扬州初逢席上见赠
刘禹锡

巴山楚水凄凉地，二十三年弃置身。
怀旧空吟闻笛赋，到乡翻似烂柯人。
沉舟侧畔千帆过，病树前头万木春。
今日听君歌一曲，暂凭杯酒长精神。

2.平起平收式 此式为五律仄起平收式每句前加两个平仄相反的字构成。例诗如：

江　村
杜　甫

清江一曲抱村流，长夏江村事事幽。
自去自来梁上燕，相亲相近水中鸥。
老妻画纸为棋局，稚子敲针作钓钩。
但有故人供禄米，微躯此外更何求？

山中寡妇
杜荀鹤

夫因兵死守蓬茅，麻苎衣衫鬓发焦。
桑柘废来犹纳税，田园荒后尚征苗。
时挑野菜和根煮，旋斫生柴带叶烧。
任是深山更深处，也应无计避征徭。

3.仄起平收式　　格式为五律平起平收式每句前加两个平仄相反的字。例诗如：

登　高
杜　甫

风急天高猿啸哀，渚清沙白鸟飞回。
无边落木萧萧下，不尽长江滚滚来。
万里悲秋常作客，百年多病独登台。
艰难苦恨繁霜鬓，潦倒新停浊酒杯。

无　题
李商隐

相见时难别亦难，东风无力百花残。
春蚕到死丝方尽，蜡炬成灰泪始干。
晓镜但愁云鬓改，夜吟应觉月光寒。
蓬山此去无多路，青鸟殷勤为探看。

4.仄起仄收式　　将前式第一句"仄仄平平仄仄平"改为不用韵的"仄仄平平平仄仄"，其余七句声律相同。例诗如：

闻官军收河南河北

杜　甫

剑外忽传收蓟北,初闻涕泪满衣裳。
却看妻子愁何在,漫卷诗书喜欲狂。
白日放歌须纵酒,青春作伴好还乡。
即从巴峡穿巫峡,便下襄阳向洛阳。

寄殷协律

白居易

五岁优游同过日,一朝消散似浮云。
琴诗酒伴皆抛我,雪月花时最忆君。
几度听鸡歌白日,亦曾骑马咏红裙。
吴娘暮雨萧萧曲,自别江南更不闻。

以上是七律的四种格式。其中以第一句用韵的两式最为常见,平起仄收式次之,仄起仄收式较为少见。

第四节　近体长律及相关问题

一、近体长律

长律又称排律,是指十行以上粘对合律而又大多数诗联对仗的近体诗。以十行以上为长律是没有充足理由的,但是,诗的长短之分总得有一条界线,由于八行体已称律诗相对定型,故把超过这个长度的叫作长律。当然长律之中,又大有长短的差别,有仅十行的,也有超过一百行的,由于已没有相对定型的体式可界定,习惯上就不再加以细分,而统称律、绝以外的为长律。有人把长律称为排律,那是从对仗的角度着眼概括其特征的,因为长律除尾联(有时是首尾两联)不用对仗外,其余则是由对仗的诗联排比结合而成。

长律又分五言和七言两种。从构律上看,五言长律是五律的延长,七言长律是七律的延长。南北朝时代长律只有五言长律一种,在格律结构上还没有按粘对规则统一,所以声律形式就比较纷繁,发展到唐代才逐步成熟。这就是说,南北朝时还没有七言长律,七言长律到唐代才发展起来,不过数量仍没有五言的多。加上诗行一长,粘对规则对于作诗的束缚就相对比较大,往往有的长律不是全篇从头到尾都能做到字字、句句合律,不免会有一些失对、失粘之处。在对仗的应用上也是如此,中间各联全篇对仗固然是最合标准的,但偶有中断对仗的现象也在所难免。这对于长律来说,是可以理解的。

近体长律中,五言、七言长律佳作很多,限于篇幅,不再举例说明。

二、近体诗的用韵与对仗

近体诗作为格律诗的成熟形式,主要表现在声律上而不是在用韵上。它的用韵与韵式和南北朝具有一脉相承的继承关系。第一,无论绝句、律诗或长律,都必须一韵到底,中途不能转韵。以上各节中所举的诗例都是这样。第二,对押韵用字,严格区分字声的平仄,平声韵押平声韵,仄声韵押仄声韵,不能平仄相混。第三,近体诗还比齐梁体更严格地要求押本韵,不能出韵。韵部内字数较少的窄韵,比如微、文、删、青、蒸、覃、盐韵等,韵部内字数极少的险韵,如江、佳、肴、咸韵等,照样不能出韵。

至于用韵的韵式,仍继承偶句末字用韵的传统。齐梁时代全诗首句末尾不能用韵,否则就被视为声病,这种规范到唐代近体诗开始改变。唐以后,"平平仄仄平,仄仄仄平平"和"仄仄仄平平,平平仄仄平"这两个律联,正式被用作首联并开始用韵。尽管唐代五言诗的创作,还有不少诗人坚持齐梁时的原则,但由于七言诗在民间流传时即有句句押韵和首句押韵的传统,经过文人的发展和创造,此时已广泛接受首句末字用韵的方法。

近体诗用韵所根据的韵书是《切韵》和《唐韵》。《切韵》是隋文帝仁寿元年(601)编成的韵书,全书分为193韵部。《唐韵》是唐开元年间到天宝年间为刊正《切韵》而编的,分为205韵部。后面讲创作时还要谈及与此相关的知识,这里就不复赘述了。

近体诗的对仗和齐梁体一脉相承。只是到了近体诗时代,格律诗的对仗要求更严格工整,人们已自觉地把对仗看作区别于古体诗的格律要素之一,并大致确立了对仗的位置,形成了首尾两联不用对仗,中间铺展内容的两联需要对仗的规范。绝句一共两联,可以不要求对仗,但是,对仗既然已经形成传统,创作实践中绝句对仗也不乏佳例。如王之涣的《登鹳雀楼》,王维的《华子冈》,高适的《封丘作》等。长律的对仗一般用于中间各联,尾联不对仗,首联是否对仗作者可视情况而定。由于有些长律长达几十联、近百联,篇幅长了对仗会出现中断,所以,只要大多诗联对仗,又能符合粘对规则,就可以视为长律。

三、唐代六言格律诗

六言诗起源很早。刘勰《文心雕龙·章句》说:"五言见于周代,《行露》之章是也;

六言七言,杂出《诗》《骚》。"把六言的起源追溯到《诗经》《楚辞》时代。西汉谷永、东方朔,晋代傅玄都有优秀的六言作品并为人称道。

1. 永明声律说与六言格律化　　到魏晋南北朝时期,六言诗也随"永明声律说"而兴起,分为前后两个时期。此前的六言诗崇尚自然古朴,较少华艳绮丽之语,韵律讲究自然和谐。"永明声律说"带动了"永明体"的出现,之后,诗人们把注意力转移到了声韵、辞藻和隶事用典等方面,萧统的《貌雪诗》,梁简文帝的《倡楼怨节诗》,王褒的《高句丽》,庾信的《怨歌行》《舞媚娘》等,都是这一时期六言诗的代表作。他们的六言诗十分注重韵律,讲究对仗,在遣词造句、使事用典等方面亦紧追这一时期的诗风,在声律和艺术上为六言律诗的过渡做了充分的准备。

进入唐代以后,六言诗随着中国古典诗歌进入空前的繁荣期而呈现出一种全新的景象。具体表现在几个方面:

首先,六言诗随着古典诗歌的格律化而演变为格律诗,进入了格律诗的时代。

其次,六言诗在朝廷宴享祭祀之中的地位得到进一步加强。六言诗成为朝廷宴享祭祀之乐的一种诗歌形式,是从北周时期开始的。当时著名文人庾信创作了一些用于朝廷宴享祭祀的六言诗,使六言诗能与五言、七言诗一样升堂入室,成为人们所接受的诗歌正体。到了初唐时期,武则天以帝后之尊,也以不同的乐调创作了六首用于朝廷宴享祭祀的六言诗。这对提升六言诗的地位无疑具有强烈的示范意义,对六言诗在唐代的流行与发展也起到重要的促进作用。

再次,初唐以后,诗歌的格律化对六言诗创作产生了积极影响,不少诗人在创作六言诗时,自觉遵守格律诗的基本要求,创作出了规范的六言格律诗,诗人们借鉴五言、七言诗创作的成功经验,把六言诗创作推向了一个全新阶段。

受诗歌格律化的影响,唐代的六言诗创作基本上以绝句、律诗和乐府为主,既无古风,亦无长调。这些新的变化,标志着六言诗在经历了漫长的发展演变之后,终于融入中国古典诗歌的大潮中,进入了一个全新的发展时期。

2. 唐代六言格律诗的创作　　伴随着唐代格律诗的定型化和诗歌创作的繁荣,六言诗完成了由古体诗向格律诗的过渡,并随着各体诗歌的定型而完成了六言诗各体的最终定型,并在不同时期表现出不同的创作特点,出现了一些新的变化。

初、盛唐时期是六言格律诗各体的定型期。六言诗不仅吸引了张说、王维、王建、韦应物、刘长卿及沈佺期、王勃、骆宾王、李白、杜甫、高适、岑参等著名诗人的目光,而且引起了居帝后之尊的武则天的高度重视,她用六言诗的形式,采用乐府曲调,创作了用于祭祀宴享的诗歌,其中不乏长调。武则天之前,帝王从事六言诗创作者仅梁简文帝一人,仅流传下来了一首六言《倡楼怨节诗》。武则天的创作,在六言诗歌发展史上具有非同寻常的意义。武则天加入六言诗创作队伍,不仅对六言诗的创作进行了示范,更对六言诗的发展起到了极大的推动作用。这一时期,六言绝句、三韵(六句体)和律诗基本定型,出现了王维的《田园乐七首》,刘长卿的《寻张逸人山居》《苕溪酬梁耿别后见寄》《蛇浦桥下送严维》等典范性作品。

王维的《田园乐七首》,又名《辋川六言》,表现的是他隐居辋川时的田园生活和孤傲高洁的心态。现选其中第六、七首于下:

桃红复含宿雨,柳绿更带朝烟。
花落家童未扫,莺啼山客犹眠。

酌酒会临泉水,抱琴好倚长松。
南园露葵朝折,东谷黄粱夜舂。

王维之后,六言格律诗创作方面取得较高成就的首推刘长卿。他的六言绝句多为写景抒情之作。例如《寻张逸人山居》:

危石才通鸟道,空山更有人家。
桃源定在深处,涧水浮来落花。

他的六言律诗善于借自然影响营造寂寥萧索的氛围,其创作具有很深的造诣。例如《蛇浦桥下送严维》:

秋风飒飒鸣条,风月相和寂寥。
黄叶一离一别,青山暮暮朝朝。
寒江渐出高岸,古木犹依断桥。
明日行人已远,空馀泪滴回潮。

初、盛唐时期,六言诗已被提到了较高的地位。但总体而言,初唐、盛唐时期从事六言诗创作的诗人还不多,作品数量还比较有限。真正得到较大的发展则是在中唐和晚唐时期。

中唐时期是六言诗获得较大发展的时期。表现在,六言诗创作队伍明显扩大,有六言诗存世的诗人达 25 人之多,其中既有白居易、柳宗元、刘禹锡这样的大家,又有张继、韩翃、刘方平、顾况、皇甫冉、卢纶等名家,更有郎士元、丘丹、严维、谢良辅等一大批不甚知名的诗人。他们创作出的许多质量上乘佳作,把六言诗创作推向一个新的阶段。进入晚唐五代,六言诗创作随着晚唐诗风的变化出现了新的倾向,关心社会现实和民生疾苦的作品比初唐、盛唐、中唐都明显减少,模山范水、抒写个人闲愁的作品明显增加。而且,六言律诗在晚唐五代获得了较大的发展空间,形成了一个小小的高潮,杜牧、皮日休、陆龟蒙、韩偓、李中、鱼玄机等人的六言律诗,各具特色,具有很高的艺术性,和盛唐、中唐时期的六言律诗相比毫不逊色。

总之,经过唐代三百多年的发展演进,六言诗不仅完成了由古体向近体的过渡,而且六言各体(包括绝句、三韵和律诗)基本定型。更为重要的是,唐代许多著名诗人或在六言诗方面大胆尝试,或有意在六言诗创作中一展身手,无意中扩大了六言诗的创作队伍。据不完全统计,从事六言诗创作的唐诗作家有50余人,其中流传至今有8首者1人(张说),7首者2人(王维、李中),6首者2人(武则天、王建),5首者1人(刘长卿),4首者3人(李白、刘禹锡、皇甫冉),3首者3人(韩翃、顾况、韩偓),2首者10人(韦应物、白居易、严维、谢良辅、杜牧、皮日休、陆龟蒙、王贞白、鱼玄机、皎然),全部诗人的作品加在一起有150余首。① 和《全唐诗》所录四万八千多首唐诗相比,这个数字也许微不足道,但从六言诗歌发展史的角度来看,就会懂得这是一个不同寻常的数字。它不仅比唐之前六言诗作家、作品的总和还多,更为重要的是六言诗也随着中国古典诗歌从古体向近体的转变而完成了自己的嬗变,六言各体完成了最后的定型,使六言诗彻底融入格律诗的阵营中,成为古典诗歌的一种重要形式,为其在唐以后的生存和发展打开了广阔的空间。

第五节　诗律的流变

一、唐宋词的产生和发展

声律的产生和应用,在我国古典诗歌发展史上形成持久的生命律动。它不仅促成了齐梁体格律诗的定型,唐代近体诗的成熟,而且还推动着格律诗的变体——词和曲的形成及发展。

1.词的形成演变　　以格律严格、长短句式错杂为主要特征的词,虽是宋代文学的

---

① 参阅卫绍生《六言诗体研究》,社会科学文献出版社2010年版,第94~95页。

主要形式,却起源于唐。唐代词的产生,除了国力强盛、城市经济繁荣这一社会原因以外,还有两方面的原因:一是音乐上的,二是诗律上的。

从音乐上看,一方面,词是"被之管弦",用来演奏演唱的;另一方面,它又是"曲之词",即"以文写之为词",而"以声度之为曲",具有诗文和乐曲合一的特征。因此,要说诗文之"词",必须先谈当时之"曲"。在唐代,"曲"主要有两种:一种是民间的乐曲,另一种是西域乐曲(胡乐)。以胡乐为主而两相结合,形成一种令时人耳目一新的新乐,十分盛行。有乐曲就需有歌词,也就促进了词的发展。从诗律上看,这种"曲之词"不是一般的歌词,它是由不同的曲牌和长短不同的乐句组成,因此,需要一种长短错落的歌词形式。过于整齐的格律诗,起初被当过"曲之词",但明显不能适应长短曲式和不同曲牌的要求,于是长短错落的词应运而生。当时正逢格律诗兴盛时期,这种曲之词,必然形成讲究字声平仄格律的歌词,也就是说,它必然形成一种长短句组成的错落有致的格律化诗体,而不是汉魏式的乐府古词。如果没有齐梁以来直至隋唐的格律诗发展,这种形式的词也就不可能形成。

词的产生,过去有人一直追溯到齐梁,如吴梅在《词学通论》中说:"词之为学,意内言外。发始于唐,滋衍于五代,而造极于两宋。调有定格,字有定音,实为乐府之遗,故曰诗馀。惟齐梁以来,乐府之音节已亡,而一时君臣,尤喜别翻新调,如梁武帝之《江南弄》、陈后主之《玉树后庭花》、沈约之《六忆诗》,已为此事之滥觞。"

2.词的发展 据载,隋代就曾流行着如《河传》《杨柳青》等词调。到了初唐和盛唐,文人也有开始填词的,如沈佺期、张志和等。中唐以后,词的制作日趋兴盛,许多诗人都有词作,如王建有《宫中调笑》,韩翃有《章台柳》,戴叔伦有《转应曲》,刘禹锡有《潇湘神》,白居易有《忆江南》《长相思》;另外,还有敦煌曲子词等等。词发展到温庭筠时,则有了定格,赵崇祚《花间集》中所收录的温庭筠的词作有六十六首之多,所用的词调就有:《南歌子》《荷叶杯》《忆江南》《杨柳枝》《蕃女怨》《遐方怨》《诉衷情》《定西蕃》《思帝乡》《玉蝴蝶》《酒泉子》《女冠子》《归国遥》《菩萨蛮》《清平乐》《更漏子》《河渎神》《河传》《木兰花》等十九种。

这样,词作为一种格律诗的变体,可以说是完全形成了。然后,经过五代十国词人,如李璟、李煜、冯延巳、和凝、韦庄、孙光宪、牛峤、毛文锡、张泌、成幼文、徐铉等人的继续,发展到宋代,可谓"家怀隋珠,人抱和璧,盛极难继"(吴梅《词学通论》)了。此后,经过金、元和明代的衰落,又于清代得以复兴,前后总共产生了词调近千种,体式两千余种,为我国诗词学留下了一笔丰富的遗产。

二、词调

1. 词调的概念　词即是曲子词,顾名思义,每一首词都应有自己的曲调、乐谱,这就是词调。其来源,有的出自民间乐曲,如敦煌的绝大部分曲子词;有的源于西域的胡乐;也有的来自乐府音乐机关,如《浪淘沙》《浣溪沙》《破阵子》《天仙子》《河渎神》《木兰花》等;还有的是懂得乐理和音律的文人、乐工自制的,如《扬州慢》《淡黄柳》《惜红衣》《长亭怨慢》《翠楼吟》等是姜夔自度曲,《烛影摇红》《六丑》则是周邦彦自度曲等等。

每一种词调都有自己的名称。如《忆江南》《清平乐》《沁园春》等。首先,词调的名称最初都与内容有关系。如《临江仙》离不开写水仙;《河渎神》总是写祠庙的;《巫山一段云》总是与巫山有关的。又如《菩萨蛮》,据唐苏鹗《杜阳杂编》载:"大中初,女蛮国入贡,危髻金冠,璎珞被体,号'菩萨蛮队'。当时倡优遂制《菩萨蛮曲》,文士亦往往声其词。"再如《阮郎归》,据《神仙记》载:刘晨、阮肇入天台山采药,遇二仙女,留住半年,思归甚苦。既归则乡邑零落,经已十世,由此得名等等。其次,词调名称也有从词中取字摘语而来的,如《一叶落》《如梦令》《天仙子》《木兰花》等。宋代词人多有自制新曲的,调名亦由自取,如姜夔的《暗香》《疏影》,吴文英的《高山》《流水》等。但是,后来作词的人多了,大多并不谙熟音理、曲调,只能按前人作品的定式填词。这不但使词和音乐之间开始分离,连词调的名称和它的内容之间,也往往失去了联系。

宋代以来的许多词人,开始在词调名以下另列一个标题,作为该词的题目,如王安石的《桂枝香·金陵怀古》、张先的《剪牡丹·舟中闻双琵琶》。到了苏轼则几乎每首词都另列标题,如《念奴娇·赤壁怀古》《减字木兰花·荔枝》《江城子·大雪怀朱康叔》等。后人仿效,形成传统。因此后词人不谙乐理,仅按前人的定式填词,调名和内容势难全都吻合,另列标题就成为自然而然的趋势,直至今人填词,也往往如此。不过,这也就加速了词和音乐互相分离,并造成了词调曲谱的失传,使后来的词完全成了诗的一种变体。

2. 令、引、近、慢　词调又按其长短或结构上的差别,分为四种,即令、引、近、慢。由于曲调的失传,如何对这些概念加以分辨,说法很不一致。今参考教科书的一般认识予以介绍。

①令　"令"可能是宴会上即席填写的一种词,多数根据时调小曲而作,所以调短、字少。例如《捣练子》《南乡子》《何满子》等,都只有一段;又如《清平乐》《菩萨蛮》《探春令》等,也由两段构成,且篇制不长。

②引和近　"引"和"近",一般长于"令"词,是中调。"引"本是乐府诗的一种,唐宋时多来自大曲首段序后的引歌,即引入正文的意思。所以,"引"不会很长。至于"近"

和"引"往往混提,其间的差别,不会很大。有人认为:大曲联结多遍之曲,而构成一大篇,叫"排篇",其开头有"引",有"歌头",有"散序",有"中序",曲子进行一半的时候又有"催滚",这是用来催舞拍的,也可叫作"近拍"。这就是"近"。它的特点是句短、韵密、音长,与"引"有所不同。但是,这种说法难于确证。"引"和"近"一般都分为两段(阕),例如《千秋岁引》《祝英台近》《风入松》等等。

③慢　"慢"大致是慢曲子的意思,与急曲相对,因此是长调。例如《木兰花慢》《六州歌头》《破阵子》《满江红》(以上长调由两阕构成),《瑞龙吟》《浪淘沙慢》《戚氏》(以上由三阕构成)等等。此外,还有一种叫"序"的,如吴文英《莺啼序》,由四阕构成,极其罕见。

清代毛先舒《填词名解》中说:"五十八字以内为小令,自五十九字至九十字止为中调,九十一字以外者俱长调。"这种分辨法极为简易,也适用于区别一些词调是令还是引,近或慢,但其可靠性是不足的。吴梅曾驳之曰:"若以少一字为短,多一字为长,必无是理。如《七娘子》有五十八字者,有六十字者,将为小令乎?抑中调乎?如《雪狮儿》有八十九字者,有九十二字者,将为中调乎?抑长调乎?此皆妄为分析,无当于词学也。"①这些质问,是有道理的。不过大多数词调确有长短之别的,长的不会称"令",短的不会称"慢",但"令、引、近、慢"的分别不全在长短字数的差别上,还会有不同的来源和不同的唱法等等,只是曲调既已失传,如今不易讲明白了。

3.词调的结构　词调的结构由阕组成,例如《捣练子》由一阕构成。阕又称片,从曲调上说是一段。阕以内又分均、拍。均相当于诗的一联,分上下两句,下句末字用韵;拍,是乐句,即合乐用的一句。一般由两拍构成一均,两均以上构成一阕(也称一叠)。例如辛弃疾的《清平乐》:

茅檐低小,溪上青青草。醉里吴音相媚好,白发谁家翁媪。　　大儿锄豆溪东,中儿正织鸡笼。最喜小儿无赖,溪头卧剥莲蓬。

这首词共八句,分为上下两阕,每阕分为两均四拍。均、拍的划分是为区分词调的节奏而设,所以和音乐有关。现在,词已脱离了音乐,也就很少使用这种用语了。

由两阕构成的词调,有的上阕和下阕的字数、平仄句式和用韵情况是完全相同的。如《采桑子》《卜算子》《浪淘沙》《渔家傲》《蝶恋花》等。有的上阕和下阕只有开头两句不同,其余各句相同,这叫"换头",即下阕换了头。如《菩萨蛮》上阕七字句开头,下阕

---

① 吴梅:《词学通论》,商务印书馆1932年版,第3页。

换成五字句开头。如果一个词调由三阕构成，只在第三阕换头的叫"双拽头"，如《瑞龙吟》《剑器近》等。

宋代以来，由于词调制作日益繁多，往往有将一调稍变而成新调的。首先，有以加字、减字的办法造成新调的。例如《摊破浣溪沙》在《浣溪沙》原调每阕的结尾加一个三字句而成。《摊破丑奴儿》在《丑奴儿》原调每阕结尾加上"也啰，真个是，可人香"三短句共八字而成。再如《减字木兰花》在《木兰花》原调的第一、三、五、七句各减三字而成（并换成两平韵两仄韵）。《偷声木兰花》是在《木兰花》原调的第三、七两句减七言为四言而成的。《摘红英》则在每阕末尾加三个叠字，变成《钗头凤》新调了（如陆游的《钗头凤》上阕末尾加了"错错错"，下阕末尾加了"莫莫莫"）。

其次，有的词调因分合变化而形成新调，如吴文英的《暗香疏影》，分则为《暗香》和《疏影》两调，合之则是一个词调。

再次，也有以单阕重叠为双阕而改变调名的。如《忆故人》重叠一遍即为《烛影摇红》，《积贤宾》重叠一遍即是《集贤宾》，《梅花引》重叠之后为《小梅花》，《忆江南》重叠后称为《法驾导引》等。

词调由于非一时一地一次制成，故有些词调之间差别不大，有些词调则名异而实同。例如《忆江南》，也有人称之为《望江南》《梦江南》《江南好》《望江梅》；《忆秦娥》，又称为《秦楼月》《碧云深》《双荷叶》等等。也有些词调名同而实异，例如《浪淘沙》和《谢春池》，这两种词调又都叫作《卖花声》；《菩萨蛮》又叫《子夜歌》，而另外还有一种词调叫《子夜歌》的。除此之外，有的词调又有字数、句式各不相同的几种体式，例如《临江仙》一调，就有十余体。因此，词调总数不到一千种，却有二千几百体。

三、词律与诗律的关系

1. 词律与诗律的承继关系 词律，即曲子词的格律，它和诗律有着直接的继承和演变关系。所以，历来都讲格律化的词的产生，有内在的诗律上的原因。吴梅在其《词学通论》中曾说："唐人以诗为乐，七言律绝，皆付乐章，至玄、肃之间，词体始定。"又说："大抵初唐诸作，不过破五、七言诗为之，中、盛以后，词式始定，迨温庭筠出，而体格大备，此唐词之大概也。"

这些说法，是很有道理的。在词产生之初，为了演唱的需要，采取一些律绝充作歌词，十分自然。随着诗与乐的再度结合，于是就产生了词；而其诗律，也就成了这些词的词律借鉴使用的基本格式。开始是不改，随之稍加改动，后来完全自创新词，这是其发展的大致脉络，也是诗律向词律演化的大致脉络。例如《浪淘沙》一词，就有刘禹锡、白居易所作的绝句体。刘禹锡的词："日照澄州江雾开，淘金女伴满江隈。美人首饰侯王印,尽是沙中浪底来。"这就是一首仄起平收式的七绝,同时也是这个词调的歌词。此可以称为初级阶段。接下来的阶段,有许多调是"破五、七言诗为之"而形成,称为"稍加改变"。例如《渔歌子》《怨回纥》《抛球乐》《生查子》《鹧鸪天》《捣练子》《潇湘神》等词调。李煜的《捣练子》:"深院静,小庭空。断续寒砧断续风。无奈夜长人不寐,数声和月到帘栊。"这是把合格的七绝第一句破为两个短句而成。这个阶段以后,才有大量自创的新词体产生,古时习惯上称之为"自度曲"。由此可见,词的产生与格律诗的继承关系是十分明显的。

一般认为,词作为一种既适合于歌唱,又在音节和句式长短方面具有一套固定格式的新式体裁,是在中晚唐逐渐形成的。但是,这种有了定式的词的格律,除了句式有长短之变外,其构律的原则跟诗的格律是基本一致的,即它是继承了齐梁和唐代以来的诗律,以字声的平仄交替来安排句子的节奏的。

2.词律是诗律的变体 词律离诗律不远,实际上是诗律的一种变体。词律之"变",除了变在律句有了长短错落之外,主要变在律句的联结比较自由,冲破了近体诗的粘对规则限制,即词的各句之间除了有符合粘对规则的以外,还有许多是不符合的。具体表现在如下方面:

①同一律句的重叠 词的创作过程中平仄的使用相对灵活,不一定坚持"两句之中,轻重悉异"的原则。事实上,词人为了创新,在许多局部处理上反其道而行之,即相联的两句之间不相对异,而是同一律句式样的重迭,反而收到了特殊的艺术效果。例如《沁园春》开头的"仄仄平平,仄仄平平,仄仄仄平"(陆游"孤鹤归飞,再过辽天,换尽旧人");《清平乐》下阕开头:"平平仄仄平平,平平仄仄平平"(晏殊"斜阳独倚西楼,遥山恰对帘钩");《忆秦娥》下阕开头:"平平仄仄平平仄,平平仄仄平平仄"(李白"乐游原上清秋节,咸阳古道音尘绝"),等等。

②不同律句随意联结 词的另一种创新表现方法是两种不同律句的随意联结,并不构成平韵式律联。例如《卜算子》开头:"仄仄仄平平,仄仄平平仄"(陆游"驿外断桥边,寂寞开无主");《水调歌头》开头:"仄仄平平仄,仄仄仄平平"(苏轼"明月几时有,把酒问青天");《踏莎行》末两句:"平平仄仄仄平平,平平仄仄平平仄"(姜夔"淮南皓月冷千山,冥冥归去无人管");《破阵子》第二联:"仄仄平平平仄仄,仄仄平平仄仄平"(辛弃疾"八百里分麾下炙,五十弦翻塞外声"),等等。

③失粘状态下的反复 这种创新表现为在两联之间失粘的状态下,为表达特殊心境,刻意反复重迭,形式上形成类似齐梁体对式结构的排列方式。例如《生查子》是"仄仄仄平平,仄仄平平仄"两律句重迭四次而成的(晏几道"坠雨已辞云,流水难归浦。遗恨几时休?心抵秋莲苦。忍泪不能歌,试托哀弦语。弦语愿相逢,知有相逢否?")。这

种声律式样是仄韵式的,而四次重复的形式,又类似齐梁体的对式结构。至于长短不一的句式之间,就更不一定存在粘连的关系了。

四、词律结构的相关问题

由于句子长短的变化和对于粘对规则的突破,因此词的用韵和韵式、词句对仗,也就产生了变动,不再简单遵循近体诗的规范,从而形成词律的结构与诗律的明显差异。

1.句式和字声平仄 词的句式有短至一字,或长至十一字,平仄均有定式,是随词调而配置的。因此,研究从一到十一字的平仄句式,虽对于实际应用填词帮助不大,但对于理解词的句式平仄分配情况及其与诗律的相承关系,则是有用的。现简述如下:

一字句:十分少见,《十六字令》第一句用此,如:"归,猎猎薰风刮乡旗。"(张孝祥)此外,一字句常作领字用,以领起下文,但实际上并不断句。如陆游《沁园春》一词中的"念累累枯冢,茫茫梦境,王侯蝼蚁,毕竟成尘","叹围腰带剩,点鬓霜新"。领字常使用像"正、甚、怎、奈、渐、又、料、怕、想"之类的字,仄声较多,平声较少见。

二字句:大多用于首句或句中暗韵外,字声多为"平仄",也可用"仄仄""平平""仄平"。例如"胡马,胡马,远放燕支山下"(韦应物《调笑令》),"心折。找庚光怒,群盗纵横,逆胡猖獗"(张元干《石州慢》),这是用在一阕的首句。又如"金绒,锦鞯赐马。兰宫,系书翠羽"(吴文英《木兰花慢》),这是用为暗韵的例证。

三字句:可用在词首或词中换头处。如:"江南好,风景旧曾谙"(白居易《忆江南》),这是用在词首。又如:"转朱阁,低绮户,照无眠"(苏轼《水调歌头》),这是用在第二阕换头处。此外,还有通首三字句的词调,叫《三字令》。三字的平仄搭配方式以"平平仄""平仄仄""仄平平"最为多用。

四字句:最常用的平仄格式为:平平仄仄、仄仄平平、仄平仄仄、平仄平平等。句式的划分常有二二式(刘过《沁园春》中"万里湖南,江山历历,皆吾旧游"的前两句),一三式(苏轼《水龙吟》中"是离人泪"),三一式(辛弃疾《永遇乐》中"尚能饭否")等。

五字句:与五言律句基本一致。

六字句:基本句式为二平二仄相间,即"平平仄仄平平"和"仄仄平平仄仄"。句子划分,可以有二四式(辛弃疾《水龙吟》中"楚天千里清秋""休说鲈鱼堪脍"),四二式(辛弃疾《永遇乐》中"气吞万里如虎"),一五式(贺铸《青玉案》中"但目送芳尘去"),三三式(陈亮《水龙吟》中"都付与莺和燕"),等等。

七字句:平仄格式与七言律句基本一致。

八字句:八字以上的长句,一般词中不多用。长句可划分成两个短句,然后按以上七种短句而确定其平仄格式。例如"最苦是、立尽月黄昏"(辛弃疾《满江红》),这是三五式,平仄格式是:"仄仄仄、仄仄仄平平";"对潇潇暮雨洒江天"(柳永《八声甘州》),这是一七式,其中"对"是领字;等等。

九字句:用九字句的词调不多。如"向暗里、消尽当年豪气"(陆游《双头莲》),这是三六式,平仄是"仄仄仄、平仄平平平仄";"去国十年、老尽少年心"(黄庭坚《虞美人》),这是四五式,平仄是"仄仄仄平、仄仄仄平平";"恰似一江春水向东流"(李煜《虞美人》),这是二七式,平仄为"仄仄、仄平平仄仄平平";等等。

十字句:只有少数词调中使用,比较罕见。如"君不见、玉环飞燕皆尘土"(辛弃疾《摸鱼儿》),这是三七式,平仄为"平仄仄、仄平平仄仄平平"。

十一字句:十分罕见。如"又恐琼楼玉宇,高处不胜寒"(苏轼《水调歌头》),可分为六五式,平仄为"仄仄平平仄仄,平仄仄平平"。

2.用韵和韵式　　词的用韵比诗韵为宽。词起初没有专用的韵书,一般是借用诗韵(与《切韵》系统一致的《平水韵》系的韵书),到明代以后,才有词韵专书。词韵书籍中较好的是戈戴编的《词林正韵》,分列平、上、去三声为十四部,入声为五部,共为十九部。

①词的用韵特点　　其一,是比律诗宽泛。而且,如周邦彦的《齐天乐》《过秦楼》中有阮韵与感韵通押的,刘过的《醉太平》、史达祖的《夜合花》中有真韵和庚韵通押的,张炎的《迈坡圹》中有轸韵和梗韵通押的。有些词中甚至还杂有方言韵。如黄庭坚的《念奴娇》"最爱临风笛"句,以"笛"字押屋韵,这是来自四川方言的例证。又如吴文英的《法曲献仙音》"啼绡纷疤冷"句,以"冷"字押养韵,这是来自吴方言的习惯。

其二,词的用韵较宽还表现在许多词调不是一韵到底,而可以中途转韵。例如《南乡子》《调笑令》《菩萨蛮》《清平乐》《更漏子》《河传》《虞美人》等词调,就是平声韵和仄声韵中途相转的词调。

其三,许多词调中平声韵可以和仄声韵相押。如《西江月》《渡江云》《曲玉管》《戚氏》等等。又有些词调,平仄两种韵可以交错混押,如《荷叶怀》《诉衷情》《相见欢》《定风波》《定西蕃》等等。

②词押韵的韵式　　与律诗各有不同。词的韵式随调而定,有的韵密,有的韵疏,有的不转韵,有的要转韵,不能一概而论。

转韵的词调,韵式也各不相同。有的可以称为相随韵式,即一首词共用几个韵,这几个韵前后相随出现,例如《菩萨蛮》《减字木兰花》《更漏子》《清平乐》《调笑令》《虞美人》等,都是这种韵式。有的可以称为交叉韵式,即两种韵在词中交叉相押,成 ABAB① 状。例如吕渭老《惜分钗》句,第一韵是"挂、下、话",接着出现第二韵"楼、眸、留、休"等

---

① 以字母代表韵,A 为第一个韵,B 为第二个韵。

字,然后出现"谢、也、帕",与第一韵相押,再出现"由、收、愁、悠",与第二韵相押。有的可以称为主从韵式,即一种韵为主,杂以另一种韵。例如李煜《相见欢》一词的韵式为AAA,BBAA,第二种韵只出现了两次。张先的《醉垂鞭》一词的韵式为ABBAA,CCAAA;孙光宪的《定风波》一词的韵式为AABBA,CCADDA,这是以一种韵为主,杂以两三种为次的韵。

总之,词的押韵,随调而定,韵式多样,完全突破了律诗的规矩。

3.词的对仗　　对仗是律诗的重要因素之一,但由于词是长短句,不易对仗,对仗的应用远不如律诗严格。

这首先表现在:如果上下两句字数不等的话,就不会应用对仗,只有在两句字数基本一致时,才能应用。但是否应用,仍赖于作者的选择。例如"芳草不迷行客路,垂杨只碍行人目"(辛弃疾《满江红》),这是对仗的,但是范成大的《满江红》中相应的两句却是"宇宙此身元是客,不须怅望家何许",却是不对仗的。可见,对仗的要求是不严格的。此外,"有三秋桂子,十里荷花"(柳永《望海潮》),字数稍有不同,但将第一句中多余的一个字作了领字,也可以构成对仗。

其次,律诗的对仗必须平仄字声逐个相对,而词中却可以同声相对。例如:"人有悲欢离合,月有阴晴圆缺"(苏轼《水调歌头》),"心在天山,身老沧州"(陆游《诉衷情》),这就是上下两句平仄相同的句式。还有作者是想构成对仗的,且不避同字相对。例如"半为枕前人,半为花间酒"(孙光宪《生查子》),"人人尽说江南好,游人只合江南老"(韦庄《菩萨蛮》),"汴水流,泗水流……思悠悠,恨悠悠"(白居易《长相思》),"开函关,闭函关……生忘形,死忘名"(贺铸《小梅花》)等。而律诗的对仗,是避免同字相对的。由此可见,词的对仗是比较宽松的,凡在可对可不对之间的,可由作者自行决定。

第二篇　格律诗的创作规范

中国传统文化的意识形态，以儒家学说为中心，以礼乐教化治天下，诗经乐教始终是文化教育的组成部分。中国传统社会，受过教育的人，没有不学诗的。《周礼》等书大体记载了周代的礼制，其中关于教育，特别强调"顺先王诗书礼乐以造士，春秋教以礼乐，冬夏教以诗书"①。而礼乐诗书的教育又都和音乐相关。"以乐德教国子：中和，祗庸，孝友。以乐语教国子：兴道，讽诵，言语。"②贯穿教育中的乐教与诗教，反映了中国文明的发展高度，诗书礼乐都以培养人的修养为基本着眼点。当然，社会文化发展到当代，学习古典格律诗不仅是这一传统的余绪，懂得诗教，会写格律诗，更是新一代学人的风雅。这种风雅素质的养成，需要以一系列相关知识的掌握为前提。

---

① 《礼记·王制》。
② 《礼记·春官》。

第一章　格律诗要素

通过第一篇"诗歌格律简史"的梳理，中国古典诗歌发展的脉络，尤其是诗歌声韵研究的历史和格律规范的演进，已经形成清晰的印象。但是，诗歌与音乐的关系，格律诗的基本创作规范，格律诗的创作、流传与吟诵的关系等问题，还需逐一讲解与训练。目的就是通过学习和训练，更有效地掌握格律规范，最终学会欣赏乃至创作格律诗。

第一节　格律诗产生的文化生态环境

格律诗是在中华文化的百花园中孕育出来，因而带有很强的中国传统文化特色，需要中国文化特有的文化生态环境进行教化。

一、诗、乐关系

从周至汉，以乐语教国子的教学传统确立，诗书礼义的才华都是在乐教的范畴下进行的。这叫作"广乐以成教"。古人认为，音律是万事万物的根本，将其用于社会，音乐、乐教便成为社会教化的核心。传说，黄帝定鼎中原之后，派遣伶伦到大夏之西，阮隃之南盛产竹子的地方，选取上好之竹，截成九寸之管，得到黄钟正声，以三分损益的办法，创生了十二音律——一套中国式的音律系统，作为政治教化的基础。这就是历史上"吹律定音"，以正教化的来历和依据。可见，中国音乐与文学、文化、政治从远古就有密切的内在联系。

十二音律又分为阴阳两类，凡属奇数的六种律称阳律，属偶数的六种律称阴律。为区分阴阳，奇数各律称"律"，偶数各律称"吕"。因此，历史上"律吕"并称，一提到"律吕"，就是指十二律。

六律的名称是：黄钟、太簇、姑洗、蕤宾、夷则、无射。六吕的名称是：大吕、应钟、南吕、林钟、仲吕、夹钟。

孟子说："不以六律，不能正五音。"①古人把宫、商、角、徵、羽称为五音。相当于音乐中五声音阶的概念，即按五度相生的顺序编制乐曲。律，本指用来定音的竹音，有规定、校正音高的作用，后来成为我国古代音乐的专有名词。在礼乐文化的背景中，乐教思想贯穿在社会生活的方方面面。六律可以正五音，音乐就可以正人伦，成为判断社会教化和治理水平的重要标志。所谓"治世之音安以乐，其政和；乱世之音怨以怒，其政乖；亡国之音哀以思，其民困。声音之道，与政通矣"②。同理，语言文字，诗歌音韵，作为教化的工具，也与音乐有着千丝万缕的联系。

传统音韵学研究诗歌的声韵和语言的发音，总是和音乐的五声相提并论，反映了古人认识到音乐和诗文的天然联系。古音韵学中的喉、齿、牙、舌、唇等不同的发音，分别对应宫、商、角、徵、羽五音，成为中国汉字的五音。诗人吟诵，演员五音发音的部分，再配合"四呼"（开口呼、齐齿呼、合口呼、撮口呼）的运用，吐字准确，称为五音齐全。否则，被称为"五音不全"。

格律诗作为传统诗歌的优秀代表，更与音乐有着深厚的历史渊源，表现为很强的音乐性特征。格律诗所遵从的格律，既有词语方面的规则，也有音理方面的规则。后者即是音乐性的体现。格律诗都有律式，律式可以视为诗谱，诗的音乐性就是由诗谱所决定的。古人作律诗、绝句都按诗谱的要求定句，用字。全诗的句数，每句中的字数，句中各字位上该用什么声调的字，全诗的用韵安排等，都有明确的规定。每个字间过渡变化的情况，也规定在相应的律式即诗谱中。根据这些规定，诗的音乐性可以在吟诵中得以充分体现，人们根据吟诵的调子可以整理出格律诗的曲谱。律诗、绝句之所以称为诗歌，就因为它本身具有的音乐性。

因此，格律诗的吟诵也讲究字正腔圆。"字正"，是对发音的要求；"腔圆"，是对声调和用韵的讲究。腔圆是格律诗音乐性的核心体现，与歌唱有同类的要求。古汉语四个声调中，平声以外的上声、去声和入声总称为仄声。仄，就是不平的意思。因此，格律诗声调分为平、仄两类。在格律诗的律式中，规定了各个字位上该用平声字还是仄声字，以平仄的变化来营造声调的高低抑扬。这种高低抑扬也是音乐性的表现。格律诗讲究用韵，韵脚的规律性安排称押韵。格律诗规定不同诗体的具体诗句的句末须用同韵字。韵脚的恰当安排，使音声和谐悦耳，形成回环往复的韵味，也形成一种美妙的音

---

① 《孟子·离娄上》。
② 《礼记·乐记》。

乐性体现。

二、中国文学的传统

1. 以《诗经》为代表的现实主义传统　　审美的标准决定审美的效果,以礼乐教化治天下的美学标准,带有很强的实用性色彩,使得植根于周代礼乐文化土壤的中国传统诗歌,天生与育人和社会教化相关。强调乐语的教育,使人文明达理,形成长于表达思想心志的文化特色;强调乐德教育,使人形成中和、虔敬、彬彬有礼的素养,以此成就了我国礼仪之邦的美名。所以孔子说:"温柔敦厚,诗教也。"①人的精神面貌的养成,诗教的功能不可忽视。

以继承周代文化传统为己任的孔子对中国诗歌的发展和诗教的形成影响极为深远,他所提出的"诗可以兴,可以观,可以群,可以怨"②的诗学理论,成为中华诗学美善结合的审美传统的基石,同时为中华诗歌的现实主义传统夯筑了坚实的基础。周王朝的"采诗观风"制度在历任太师的精心整理下,成就了《诗经》的传世。以"国风"为代表的诗作,开创了我国热爱生活,关心民间疾苦与国计民生的现实主义文学源头。汉乐府"感于哀乐,缘事而发"的现实主义创作,巩固了它的文学史地位。到东汉末年,三曹七子等一批诗人的创作,丰富了诗的内涵,形成了以"建安风骨"为标志的现实主义文学特色。至初唐陈子昂积极倡导汉魏风骨,反对齐梁的"采丽竞繁",强调诗歌的"风骨""兴寄",提出了具有革新色彩的传统美学思想。所谓兴寄,就是通过对事物的歌咏来表现诗人忧国忧民的思想情感;所谓风骨,是将明朗的思想感情透过质朴苍劲的语言表现出来,形成一种爽朗刚健的风格。这些理论既有充满进取精神的命运、道德思考,又有强烈的自我意识和个性展示,被杜甫盛赞为"有才继骚雅,哲匠不比肩"③,有力引导了从初唐到盛唐的现实主义创作。在我国现实主义诗歌的发展过程中,杜甫占有继往开来的重要地位。他流传至今的1400多首诗作扎根于盛唐时代肥沃的土壤,挺立在"安史之乱"狂暴的风雨中,艺术而真实地反映了中国封建社会由极盛而骤衰、由大治而遽乱这一历史转折关头的种种社会景象,成就了中国诗歌发展史上一部伟大的"诗史"。稍后的大诗人白居易,主张诗歌要积极主动干预社会,"文章合为时而著,歌诗合为事而作"④,掀起了影响深远的"新乐府运动",热忱关心民生疾苦,如实反映政治弊端,开创

---

① 《礼记·经解》。
② 《论语·阳货》。
③ 杜甫:《陈拾遗故宅》。
④ 白居易:《与元九书》。

了一代诗风:所谓"但伤民病痛,不识时忌讳"①"不求宫律高,不务文字奇。惟歌生民病,愿得天子知"②,使诗歌发挥了"补察时政,泄导人情"的社会功能。同时,此期的文学创作特别注重诗歌"风雅比兴"的艺术传统,达到了很高的艺术水准。中国历代诗人,就是在这种温柔敦厚的诗教美学中陶冶性情,先天下之忧而忧,后天下之乐而乐,无论面对任何艰难困苦,都会坚持积极乐观,从容达观地笑对人生,视落花有意,看流水含情。

2.以庄、骚为代表的浪漫主义传统　　中国古代浪漫主义文学发端于南方古老的巫术文化。当理性精神在北方节节胜利的时候,南方却依旧强有力地保持和发展着绚烂鲜丽的远古传统。从《山海经》到《楚辞》,从庄周到宋玉,南方的意识形态和文艺领域依然是一个弥漫着瑰丽想象和炙热情感的奇异世界,充满着神话的色彩和浪漫:"广开兮天门,纷吾乘兮玄云;令飘风兮先驱,使涷雨兮洒尘"的大司命,"乘水车兮荷盖,驾两龙兮骖螭;登昆仑兮四望,心飞扬兮浩荡"的河伯,"若有人兮山之阿,被薜荔兮带女萝。既含睇兮又宜笑,子慕予兮善窈窕"的山鬼,无一不带有鲜活的生命精魂和浪漫的神奇色彩。

中国古代浪漫主义的代表人物是庄子和屈原。庄子主张"放任自然""无为而为",对当时的政治和仁义道德大加批判,他的文章自由奔放,纵横无穷,汪洋辟阖,仪态万方。屈原的作品抒发了炽热的爱国主义思想感情,表达了对楚国的真挚热爱,他借用浪漫主义的想象手法,上天入地,天宫九渊,从心底所发出的"路曼曼其修远兮,吾将上下而求索"③的千古诗句,表现了他对于理想的不懈追求和为此九死不悔的执着,反映了士大夫甘为真理而殉的真精神。诗歌的审美是一种心理过程。屈原浪漫而又充满苦难的心路历程,是他真实思想的再现,他用诗的语言再造了鲜活飞动的内心世界,艺术地展示了那个世界苦苦求索的作者自我形象,他无法改变其悲剧的结局,却用全力去抵抗命运,他用忠诚来拯救自我,他在超越中创造,极大地释放了人的本质力量,成就了他浪漫主义诗人的不朽地位。屈原的诗长于比兴,想象奇特,比喻新颖,每有寄托,创造了香草美人寄喻君臣关系的表现手法,与温柔敦厚的诗教遥相呼应,异曲同工,使《楚辞》与《诗经》成为中国文学浪漫主义和现实主义文学的两大源头。

中国古典诗歌就是基于这样的文化生态而衍生出来的艺术精灵,是民族魂魄最本质的体现。而格律诗则是她发展成长中的形式美的最高峰,是研究中国诗歌组合规律

---

① 白居易:《伤唐衢》其二。
② 白居易:《寄唐生》。
③ 屈原:《离骚》。

而抽象出的形式美的代表。完美的形式经历了漫长的创造过程,形成了不同的构成要素,是中国人在从内容到形式的认识过程中,总结概括,并对诗的理想世界、对语言规律的重新造型,是人对长期艺术经验进行重新整合的必然结果。这种美的形式在历代诗人不懈的探索中变得规范,日臻完美,最后成为人类艺术史上纯粹形式美的极品。

第二节　格律诗的主要要素

研究诗词格律涉及的问题很多,最重要的知识集中在格律诗结构构成的三大要素,一个是声律要素,一个是韵律要素,另一个是体裁要素。

一、声律要素

从理论上讲,无论何种语言的诗律,其结构至少要由声律和韵律两种以上要素配合而成。声律是声响的节奏与规律,无论是利用语言的声调和平仄,抑或声音的轻重、长短,都是为了安排诗歌的语音节奏变化与音声和谐,以期达到增加表现力和感染力的目的。由于它广泛地涉及了诗中的每一个字词在音响上的高低轻重的选择,涉及每行诗句在节奏上的不同位置,因而声律是最重要的构律要素,是格律诗形成和格律形式特色的最主要体现。

声律结构的特点,一般是将本族语言中的某种语言要素一分为二,例如汉语声调中分出的平和仄、欧洲语言中的轻和重等,然后将这两种相异的语音要素交互配合,进入诗句,使诗歌的语音相异相显、互相映衬,凸显出鲜明的节奏。

从诗词格律发展史的角度看,中国古代声律探索的历史开始于东汉,主要表现是,文人五言诗已经对诗句中第二、四字的声调必须异声作出规定,形成约定性认识。

如前所述,汉代以前的文人诗以四言为主。五言诗原本流行于民间,经过西汉文人创作的实践,到东汉时五言创作从内容到声律的和谐已有了自觉的追求。东汉文人已开始有意识地探索字声平仄这一主要的声律要素在诗句中的分布规则——其表现是,对于五言诗句的第二、四两个字要求使用不同声调,造成每句诗形式上的变化以及声音上的和谐,构成平仄两种声响交互应用的特点。对五言诗第二、四字异声的探索以及由此导致律句的出现,被称为"声律细胞"的诞生[①],它像基因一样,决定着后来格律诗的基本面貌,不仅是中国声律史上的重要事项,也是汉代文学对中国诗律史,尤其是声律

---

① 参阅徐青:《古典诗律史》,青海人民出版社1980年版,第20页。

要素的重要贡献。由此,中国诗歌走上了格律诗探索的康庄大道。

根据《后汉书·钟皓传》,东汉末年已经有了一定规模的诗律学教学活动,著名的颍川四长之一的钟皓因学通行修被当时人奉为至德之师,门下常有上千的学生追随。令人感兴趣的是,他老人家的课程表中已经有了诗律学的记载!

从早于钟皓的东汉初期文人五言诗——班固的《咏史》分析,《钟皓传》的记载应该是可信的,东汉许多作品都可以为我们提供早期诗歌创作中诗词格律追求第二、四字异声的形式特征。班固《咏史》一诗虽然是讲缇萦救父的故事,但明显地印证着当时声律研究的状况。

比如,诗中"上书诣阙下,思古歌鸡鸣",格律是"仄平仄仄仄,平仄平平平"。这两句诗有两大特点:一、平仄完全相对,尤其是每句的第二、四字平仄不同。二、避免了平头诗病。在形式上,这种格律的运用已经符合后来齐梁新体诗的要求,符合沈约提倡"两句之中,轻重相异"①的原则规范。在今天看来,班固在创作上很具有超前性,的确在领风气之先了。再如《咏史》中的"圣汉孝文帝,恻然感至情。百男何愦愦,不如一缇萦"。如果单独摘出,已基本符合律诗、绝句的格律规范,可见中国古典诗歌对声律因素的关注及其规律的探索起源很早。

过去的文学史一直批评《咏史》一诗的艺术水平不高,似有苛求古人之嫌。其实《咏史》在中国诗律史和诗歌发展史上都应该占有重要的位置。比如,通常认为,到永明体注意回避声病才开始讲四声、讲八病(八种必须避免的声病),其实《咏史》的时代,文人创作已经开始自觉不自觉地回避某些声律毛病了,前述"上书诣阙下,思古歌鸡鸣"已经是一个避"平头"声病的句式。当东汉文人五言诗相对成熟的时候,它实际上对声律要素中声调变异规律已经开始注意了。班固领先的实践,到东汉中晚期,颍川人钟皓教学生的时候理论应当更系统,形成用于课堂传授的专门学问也应当是可信的。否则,晚于钟皓的曹植对声律探索的成果,就成了无源之水、无本之木。

二、韵律要素

韵是诗词格律的基本要素之一。汉语拼音分为声母和韵母两部分,例如"东"字拼音为 dōng,d 是声母,ong 是韵母,"同"字拼音为 tóng,"宗"字拼音为 zōng,东、同、宗三字的韵母都是 ong,所以它们是同韵字。凡是同韵的字都可以押韵,就是把同韵的两个或更多的字放在同一位置上(一般总是把韵放在句尾)形成音响和谐的语言现象。传统诗歌,尤其是格律诗,还有平声韵押平声韵、仄声韵押仄声韵的要求。古汉字的声调

---

① 《宋书·谢灵运传论》。

分为平、上、去、入四声，平声字的韵母归平声韵，上、去、入三声字的韵母归仄声韵。对于诗歌创作时平韵、仄韵的分野，古人分得很认真。比如，东、同、宗三字都是平声字，创作时可以押韵。

押韵是增强诗歌音乐性的重要手段，近体诗为了使声韵调三元素和谐，对于押韵十分讲究。通常使用官方颁布的专门指导押韵的韵书，如《唐韵》《广韵》《平水韵》，每部韵书根据当时的语言实际，分为不同的韵部。所谓韵部，是将相同韵母的字归为一类。同一韵部内的字都为同韵字，归类集中以方便使用。诗歌创作时，诗人选取同一韵部或相邻韵部的字在规定的位置按规定的节奏出现，以实现诗歌的和谐美感。

诗歌语言节奏的和谐性，表现为诗行内和诗行外语言节奏的双重和谐性。诗行内语言节奏的和谐性包括音节之间、音步之间、声调平仄之间、句尾韵字之间的和谐等等。其中，诗行每句句尾之间节奏和声韵的和谐主要由汉语言的韵律和押韵的方式协调完成，诗行之间和诗句之内节奏的和谐主要由汉语言的对立律、往复律来协调完成。这种通过韵脚韵字和谐来实现诗行与诗行之间音韵的和谐，是韵律要素重要的表现形式。韵律的和谐是诗歌的核心要求和标志性象征。

韵律要素主要指安排诗歌的押韵和韵式的因素，使同韵的成分在一定的音节数量或诗句规定的间隔之后，有规则地重复出现，形成全诗同韵成分的前呼后应，联结、凝合为一个音韵和谐的整体。这样，鲜明的节奏与和谐的音韵相结合，即声律和韵律的结合，就形成了统一的格律形式，显现出一种特殊的规律，构成一种特定的格律诗样式。正因声律要素涉及声调、轻重、长短的节奏变化，才会具有音乐性；而韵律要素主要作用于合辙押韵，使之更和谐、更具有诗性美感。

从东汉至南北朝，对于中国语言学、音韵学以及诗学的发展来说，是一段难以忘怀的历史。人们把很多的鲜花和色彩都投向那些时代是可以理解的。因为那已经是一个学术繁盛的时期，人们对音韵理论已经有了跨越式的认识，对于当时诗歌重声韵、重音乐性的探讨有着非常准确的记载。比如史书说："汝南周颙善识声韵，（沈）约等文皆用宫商。"①古人将平、上、去、入四声也像对待音乐一样，把它们比附为宫、商、徵、角、羽。说沈约的诗文皆用宫商，指的就是他的诗既讲声律美，又讲韵律美，追求一种像音乐一样的韵致，出现了"五字之中音韵各异，两句之内角徵不同"，且达到了"不可增减"的美的地步。②

---

① 《南史·陆厥传》。
② 《南史·陆厥传》。

三、体裁要素

除了声律、韵律两大要素外,格律诗的体裁要素是汉语古典诗歌形式美的另一要素。格律诗的体裁要素指区分格律诗不同体裁的形式要素,其区分由诗句的长短和诗篇的音节(字)数及其组合格式定性。句式整齐的,比如每句五字的称五言诗,七字的称七言诗,六字的称六言诗。句式参差型的格律诗称长短句。不同音节的格律诗又分为绝句、律诗或长律等。中国古代诗歌体裁多样,从古典诗歌的音节字数讲,先秦时期的诗歌以四言为主;汉代文人五言诗兴起,并逐步开始声律探索;南朝永明体创五言新体格律之后,带动七言格律诗规范随之跟进;到唐代五、七言格律进入近体诗的辉煌时代,六言诗在武则天的关注下,逐步格律化;到中、晚唐长短句的滥觞影响到后来宋词的音律新变,中国格律诗词的体裁要素及相关规范拥有了丰富的内容,韵式和组合格式更在第一篇中有过详细介绍,不复赘述。诗歌由音步形成的音律是由音顿律和长短律建构诗歌整齐型音顿周期(如五、七言格律诗),或参差型音顿周期(如唐诗、宋词),以共同完成诗歌的音乐美。诗歌由音步形成的音节律动是汉语诗律的基础要素之一,也是构成诗歌艺术的基本形式条件。古典诗歌的音部节律要素也是古诗吟咏必须掌握的重要知识。

除三大结构要素之外,还有一些其它要素。例如,我国的近体诗,在创作时还要求词语和句式的对仗,并成为格律诗的要素之一。这种补充性格律要素增强了诗体的形式美,从而使我们祖先创造的这种艺术形式相较于国外的格律诗更有一种整齐典雅的美。

格律诗的教学对于今天的学生来说,文化背景已不复存在,学习的难度相对较大。为了便于学习、理解和记诵,本教材结合多年教学的经验,将格律诗创作的相关内容编写成为多首歌诀,从基本知识开始,由浅入深、循序渐进,以期提高大家的学习兴趣和学习效率。

第二章　认识古体诗与近体诗

第二篇的教学内容是以歌诀为线索循序推进的。因此各章将首先介绍歌诀这一核心的教学内容,再分节讲解其中的要点,最终形成一个系统的教学体系。

第一节　歌诀一:古体与近体基本特征

当代著名作家王安忆说过:"我很庆幸世界上有汉语这样的语言。而我恰恰是说汉语的人。它也许不够精确,可它的模糊绰约正是诗情所在。它可传达那种复杂、微妙、深邃的情感,将世界的内涵与外延无限扩大与拓进,这就是我的祖国给予我的馈赠。"[①]这段饱含深情的话语,传神勾勒了汉语的特点。汉语重直觉与整体把握,给人以朦胧感,加上汉语声、韵、调的构成,乐感突出,富于诗性美感,这是汉语能够孕育一个传统诗歌大国的基本特征。在汉语塑造的诗歌大国的王冠上有一颗最闪耀夺目的明珠,它就是大家熟悉的近体格律诗。所以,我们的歌诀将首先介绍汉语言的构成和古体、近体的特征:

> 汉语音分声韵调,押韵和谐又美妙。
> 韵文之中句末字,同声相应讲技巧。
> 句尾韵字称韵脚,诗词歌赋离不了。
> 古诗近体都押韵,古体用韵更灵巧。
> 隔句押韵是常格,自由换韵不受扰。

---

① 王安忆:《寄语新中国成立六十周年》,2009 年 3 月 11 日《光明日报》。

首句抑或句句韵,随心所欲行其道。

律诗通押平声韵,二四六八偶韵脚。

平声响亮又和谐,仄声入韵不见了。

一韵到底是铁律,中途出韵惹人笑。

五言首句不入韵,七言首句随缘表。

首句入韵借邻韵,飞雁出入更美好。

歌诀一的主题是"认识古体与近体"。本节内容分为二部分:一、前六句(从"汉语音分声韵调"到"诗词歌赋离不了")介绍汉语言的结构特点,韵文押韵的基本特征及其在诗词歌赋当中的应用性。二、后面十六句(从"古诗近体都押韵"到"飞雁出入更美好")讲近体格律诗和古体诗的异和同。其中前六句重点介绍古体诗的形式特点;后十句讲近体格律在用韵方面的特点及其变化。

第二节　汉语构成与用韵特征

"汉语音分声韵调,押韵和谐又美妙"讲的是汉语字音和押韵现象的基本特征。汉语作为有声语言,可以分为辅音音节和元音音节两部分。汉语辅音音节称声母,元音音节称韵母,每一个字都有一个固定的调值,这三个要素,就是声、韵、调。诗句末尾字的韵母和韵母间声音的和谐称作"押韵",具有很强的音乐美感。

当然,在汉语语言学中,尤其是古音韵学中,"声"和"韵"两概念都不只是一种意义。

1.声　《汉语拼音方案》当中的声母,通常又称为辅音,它是"声"概念中的一种意义;在音韵学、诗律学当中,声调的声,则是平声、上声、去声、入声的声,又是一种意义。后者实际上是歌诀里"调"这个概念,现代汉语称它为声调;而古时称为"四声"。因此,同一个"声"字,什么时候做声母概念用,什么时候做声调概念用,必须搞得清清楚楚。

2.韵　"韵"的概念古今内涵也有不同。《汉语拼音方案》中的韵母,由韵头、韵腹和韵尾等不同部分组成;而且其中的韵母不包括声调,处在质朴本真,原生态声音状态,没有声调的修饰。这一点古今大为不同。

首先,古代诗韵当中的"韵",不仅与现代归类不同,还加上了声调的因素。如《平水韵》106韵部按平、上、去、入四声排列,同一个字,声调不同,便分属于不同的韵部。例如:交、狡、校、脚四个字,用现代汉语注音为 jiāo、jiǎo、jiào、jiǎo,虽声调不同,但都是 iao

韵母。而按照平水韵，分布在平、上、去、入四声中读 jiao 音的字，"交"属下平声 15 韵部中的第 3 韵部——"肴"部；"狡"属上声 29 韵部中的第 18 韵部——"巧"部；"校"属去声 30 韵部中的第 19 韵部——"效"部；"脚"属入声 17 韵部中的第 10 韵部——"药"部。由此，既可看出古人治学的严谨细致，也使我们认识到了古今在"韵"这一概念上的差异。

其次，古韵不计较韵头。在《汉语拼音方案》的归类中，ian、ing、iang、iong 也好，uan、uen、uang、ueng 也好，都有韵头、韵腹和韵尾，并把它们区别得很清楚，但是古韵与此不尽相同。比如说，麻 má、霞 xiá、华 huá，现代汉语拼音分属在 a、ia、ua 三个韵母中，但是古韵书中，这三个字都在平水韵下平声第 6 韵部——麻部，属于同一个韵。所以，古汉语在"韵"和"声"的概念上与现代汉语有着重大差异。

3. 调　　声调是语音当中附着在每个字上的不同调值，现代汉语有四种声调，古时称为四声。

古汉语的四声和现代普通话的四种声调不完全一样，古汉语四声的四种调值分为平、上、去、入，而普通话四声的四种调值称为阴平、阳平、上声、去声。古汉语的平声在普通话里分化成为阴平和阳平，而古汉语的入声则在演化成现代普通话的过程中，分别归入了阴平、阳平、上声、去声，因此入声字在现代普通话中消失了。

这种语言演变现象音韵学术语叫作"入派三声"。即作为古汉语四声之一的入声字，被分别派到平声、上声、去声三种声调中去了。而且，"入派三声"现象早在周德清编写《中原音韵》时，也就是元代就已经存在了。

元人周德清所使用的"入派三声"概念，当代应该订正成"入派四声"的概念了。古汉语四声从元代开始，入声逐渐消失，分派到平、上、去三声中，才叫"入派三声"。现代汉语把平声一分为二，于是有了阴平、阳平声调，加上上声和去声，便是四种调值。从这个角度看，现代汉语实际是"入派四声"，属于古代汉语"入派三声"的现代发展版。对这些细微的地方一定要搞清楚。

以前，学汉语拼音把声母、韵母看得很重要，往往觉得声调的调值可有可无。实际上汉语的"调"是一个非常重要的特征。它的作用表现在如下几点：

首先，它决定了汉语的音乐性特征。抑扬顿挫、优雅婉转的音乐性特征，都是从声调上表现出来的。古代教学重视声调，强调"平长仄短"，吟诵起古诗来，悦耳动听，学习起来，容易记诵。现代教学不重视声调，学诗背诗用一个腔调、一种速度，丢掉了音乐性，失去了趣味性和记忆的助手。

其次，汉语因为有了声调，可以非常准确地区分语义。写一个拼音 ma，如果我们不标注声调，你不知道它的准确含义；而有了声调如 mā má mǎ mà，就可以获得准确的词义了。mā 不是 mǎ,"大妈"就不是"大马",全靠声调辨识、区分;mǎ 不是 mà,清清楚楚、明明白白。所以说,汉语声调在语言交际中太重要了。

汉语的声调很有趣,它的特征明显,往往字音错了调不错。"文化大革命"时期,农村的孩子上小学都念毛主席诗词:"春风杨柳万千条,六亿神州尽舜尧。"[《送瘟神》(一)]"春风杨柳万千条",这句好懂,到处都有柳树,人人沐浴春风,风一刮,随风摆动的柳枝非常好看,但"六亿神州尽舜尧",什么是舜,什么是尧,一、二年级的小孩子不知道啥意思,所以他们就顺口念"春风杨柳万千条,六亿神州顺着摇",舜和尧,字念错了,可是"顺摇"与"舜尧"音调不错。老年人耳聋,错音打岔,字声错了,声调他不错,所以说汉语的声调调值是其语言的重要特征。所以,当我们对声、韵、调三要素有一个初步的认识,歌诀一第二句"押韵和谐又美妙"便很好理解了。因为,它浅显易懂地道出了汉语声、韵、调三者配合所产生的和谐的美感特征。

歌诀一第三、四句"韵文之中句末字,同声相应讲技巧"是讲诗歌的押韵。古典诗歌中,无论是四言、五言、七言或其它形式往往是每句的末尾字押韵,每句或隔句的末字出现同一韵部的韵字,叫"同声相应"。同声相应是一个概念,这个概念是刘勰在《文心雕龙·声律》篇中讲声律的配合时提出的,为了调动汉语的音乐美,造成和谐的美感,当时的诗歌理论提出了"同声相应,异音相从"的声韵原则。同声相应是在追求一种整齐的美,而异音相从则是说诗歌求"异",贵在追求一种变化,在变化中实现和谐的境界。这些原则是中国文化同中求异、异中求同哲学思想在古典诗歌中的辩证体现,是中国传统审美的重要特征在格律诗中的巧妙运用。

第三节 古体诗与近体诗的异同

要了解近体格律诗的创作规律,首先要掌握传统诗歌中两种基本类型——古体与近体的特征,这样才能更好地将它们区分开来。

一、古体诗与近体诗形式特点的异同

1.古体诗的形式特点 歌诀一"古诗近体都押韵"把古体诗、近体诗的比较放在一个同极共源的平台上描述,反映了二者在文化演进中的血肉联系。从比较的角度讲,考究押韵的优美和谐是古体诗和近体诗的共同点,而古体诗的特点是"古体用韵更灵巧"。

古体诗一般又叫古风,是与近体诗相对而言的诗体。它是近体诗形成前各种诗歌

体裁的总称,主要有"歌""行""吟"等几种体裁。古体诗格律自由,不拘对仗、平仄,押韵较宽,篇幅长短不限,体式有四言、五言、六言、七言和杂言诗体。四言诗承继《诗经》而来,两汉、魏晋仍有人写四言诗,曹操、嵇康、陶渊明等都是四言诗的高手。五言、七言古体诗作较多,简称五古、七古。五古最早产生于汉代。《古诗十九首》是五言古诗的代表作,被称为"诗母风余",是因为它对后世影响深远,所以,东汉以后到南北朝诗人作的都是五言体,唐代近体诗大兴,五古仍有一席之地。七古的产生据传早于五古,但唐以前,七古不如五古多见。到了唐代七古才大量出现,唐人称之为"长句"。

　　古体诗既可以押平声韵,又可以押仄声韵。在仄声韵中,还要区别上声韵、去声韵、入声韵。过去不同声调是不可以押韵的,这是中国诗歌的传统。古体诗用韵宽泛,一韵到底固然可以,两个以上的韵通用也是常例。但是,所谓通用也并非随便,必须是邻韵才能通用。比如:平声东冬互通,江阳互通,支微齐互通;上声董肿互通,讲养互通;去声送宋互通,绛漾互通;等等。这也显现了古体诗与近体诗一脉相承。另外,古体诗的韵式比近体诗更宽泛、自由:既可以句句押韵,又可以隔句押韵,还可以首句入韵然后隔句押韵,甚至可以重韵、交互用韵。用韵自由是古体诗的特点,所以,歌诀一才说它是"古体用韵更灵巧""自由换韵不受扰""首句抑或句句韵,随心所欲行其道"。

　　2.格律诗的形式特点　　格律诗在形式特点方面与古体诗有诸多不同。格律诗规定诗有定句,句有定字,字讲平仄,严格押韵,而且律诗中两联要讲粘对,要求颔、颈两联必须对仗等。它是中国文化演进中,根据汉字一字一音,音讲声调的特点和诗歌对音乐美、形式美精练简约的特殊要求,逐步提炼产生的,既依赖古体诗悠久的历史经验,又超越和升华之,成为凝聚中华文化特色的代表性文学样式之一。后面还有大量篇幅涉及近体格律诗的形式,故省略。

二、平韵式与仄韵式

　　歌诀一的后十句中,前四句讲格律诗中平韵式和仄韵式的关系。这不大容易讲清楚,必须先来着手解决它。

　　1.什么叫平韵式与仄韵式　　歌诀一讲"律诗通押平声韵",其它讲格律诗的资料也都众口一词,明显存在一边倒的舆论倾向,这似乎把问题拖入了争论的旋涡。因为读过唐诗的人都知道,格律诗中存在着大量押仄声韵的佳作。那为什么说格律诗通押平声韵呢?

　　当诗歌从古典进入齐梁新体格律时代之后,押韵方式必然受到讲究声律浪潮的影响,新体格律诗自然而然地出现了全诗押平声韵和押仄声韵两种押韵体系。在诗律史上,凡是律联之间用粘或对的关系连接成篇,其押平声韵的格律诗称"平韵式";押仄声韵的格律诗称"仄韵式"。两种韵式的创作在齐梁时并行不悖。

平、仄两韵式因发音方式不同，音节长短不同，音响效果不同而存在很大差异。中国古代有吟诵、吟咏一类的诗歌传统，平声长而响亮，发音方法简易、宽舒，易于表情达意、抒发性灵，受到文人喜爱。仄声韵创作难度大，发音方法受限，表情达意不够淋漓畅快。到唐代以后的创作实践中，平韵式的律式获得充分的发展和完善，吟诵所形成的"平长仄短"的传统起到推波助澜作用。平韵式诗因自身优势出现了创作的繁荣，而仄韵式虽一直有人创作，但从开始便未引起社会的足够重视，作品少而难，造成平韵式一枝独秀。宋明以后，仄韵式格律规范还在，但已少有问津者。加上教学、创作和科举考试时的格律诗都是用的平韵式格律，而平韵式的律式中不存在押仄声韵的现象，所以明清以后的格律诗教学与创作形成"律诗通押平声韵"共识。

讲到这里，歌诀一为什么讲"律诗通押平声韵，二四六八偶韵脚。平声响亮又和谐，仄声入韵不见了"就讲通了。因为，现在的古代文学教学系统往往只讲平韵式，平韵式以偶句押韵，首句不入韵为正格，二、四、六、八句押韵，其特征为平韵式的韵脚都是平声，音长而响亮是其音响特征。这种特征在流传中很受青睐，而仄声韵韵脚短促沉闷，不易抒情，因而仄声韵逐渐淡出成为历史现实。

2.古绝、古律　仄韵式律诗出现的时代，可以追溯到南北朝齐梁时期。在齐梁诗中已有仄韵五绝和五律的创作。例如：

从顿还城南诗

萧　纲

暂别两成疑，开帘生旧忆。
都知未有情，更似新相识。

别张洗马枢

庾　信

别席惨无言，离悲两相顾。
君登苏武桥，我见杨朱路。
关山负雪行，河水乘冰渡。
愿子着朱鸢，知余在玄菟。

前例为五绝，后例为五律。两诗各联的出句末字都用平声，对句都用仄声，符合齐梁体一联之内音韵相异的要求，与唐人仄韵律诗已大致相似。

仄韵五绝是一种较为诗人喜见乐用的诗体，诗作数量很多，且不乏名篇佳作。例如：

竹里馆
王 维

独坐幽篁里，弹琴复长啸。
深林人不知，明月来相照。

春 晓
孟浩然

春眠不觉晓，处处闻啼鸟。
夜来风雨声，花落知多少。

和州游建康
刘禹锡

秋水清无力，寒山暮多思。
官闲不计程，偏上南朝寺。

江 雪
柳宗元

千山鸟飞绝，万径人踪灭。
孤舟蓑笠翁，独钓寒江雪。

这样的例子真可谓不胜枚举。可见，仄韵诗也属于近体诗的范畴。不过，由于后世近体诗以平韵式为主，仄韵诗日趋鲜见。加上后来讲格律诗的人极少讲仄韵诗，从而形成普遍印象，似乎仄韵就不是近体格律诗。

这种认识是不全面的。王力先生在他的《汉语诗律学》中提出了解决问题的标准。他说："近体诗以平韵为正例，仄韵非常罕见。仄韵律诗很像古风；我们要辨认它们是不是律诗，仍旧应该以其是否用律句的平仄为标准。"可见，仄韵式应该归入格律诗的范畴。

在上段话后，王力先生又说："仄韵律诗和绝句可以说是近体诗和古体诗的交界处。近体诗和古体诗的界限相当分明，只有仄韵律绝往往也可认为'入律的古风'，因为近体诗毕竟是以平韵为主的。"从这段话中可以看出他的复杂心态：仄韵诗符合格律诗标准，但又与平韵律诗有别，故将其认定为"入律的古风"，因此，讲格律诗就有了称仄韵式律诗为"古绝""古律"的称谓。

三、一韵到底与押邻韵

格律诗有许多规范,此节涉及了它的一些基本规范,务必高度关注。

1.一韵到底与押邻韵条规　"一韵到底是铁律,中途出律惹人笑。"以下数句都在讲格律诗的押韵。格律诗中,同韵部的字在规定位置上反复出现叫押韵,也叫协韵或叶韵。这个反复出现的同韵字一般在句末,因此,又叫作韵脚。一首诗中第一个韵脚字的出现,叫起韵,而后出现的叫押韵。第一个韵脚字在一首诗的首句尾字上出现,叫首句起韵,或首句入韵。近体诗尽管首句可入韵也可不入韵,但是偶句必须押韵,并以首句不入韵为正格。

如果我们做进一步梳理,押韵的具体规则可概括为六条:

①只押平声韵,不押仄声韵。

②必须一韵到底,中间不许换韵。

③偶句尾字必须押韵。绝句韵脚字押在二、四句尾字上,律诗韵脚字押在二、四、六、八句尾字上。长律则逢偶句尾字必押韵。

④忌重韵,即不能在同一首诗中出现重复的韵脚字。

⑤首句不用韵为正格,首句用韵为变格。

⑥首句尾字和末句尾字允许用邻韵。

(⑤⑥两项的具体发展过程详见后述)

格律诗各种体裁都必须遵守以上押韵规则。凡符合以上押韵规则的称合韵,否则叫出韵或失韵。出律是格律诗大忌,应努力避免。

看下面两首例诗,以了解上述押韵规则,以及什么叫作"正格",什么叫作"变格"。先看欧阳修《伊川独游》:

> 绿树绕伊川,人行乱石间。
> 寒云依晚日,白鸟向青山。
> 路转香林出,僧归野渡闲。
> 岩阿谁可访,兴尽复空还。

这首五律,韵脚字在首句尾字出现,这叫起韵,但起韵处的"川"字用了邻韵——先韵。二、四、六、八句尾字"间""山""闲""还",属"平水韵"上平声15韵部中的"删"韵,首句尾字"川"属下平声——"先"韵部,"删""先"韵通押,属于邻韵关系。

杜甫《春夜喜雨》:

好雨知时节，当春乃发生。
随风潜入夜，润物细无声。
野径云俱黑，江船火独明。
晓看红湿处，花重锦官城。

这是一首首句不起韵的五律。二、四、六、八句尾字"生""声""明""城"四个韵脚字，都属"平水韵"下平声"庚"韵部。本诗除首句尾字不起韵外，其余押韵字声、位置及押韵方式，均符合格律诗押韵规则。

歌诀一说"五言首句不入韵，七言首句随缘表"，是说五言以首句不入韵为正格，七言用韵相对随意。上述两诗，杜甫的《春夜喜雨》首句不起韵，是五律的正格；欧阳修的《伊川独游》首句起韵，押邻韵，是五律的变格。

2. 飞雁出群与飞雁入群 那么，所谓"正格"与"变格"的由来是什么呢？齐梁文人在创制新体格律时，为了避免声病，使诗歌格律更规范，规定了首句不押韵，以保证首联不犯"上尾"的声病。唐人继承了齐梁诗人的传统，不愿轻易放弃首句不入韵的传统。但格律诗在不断发展，为了丰富构律的方式，唐代对齐梁的律诗进行了完善与改革；而且，首句入韵多了一个韵脚，听觉上会更和谐悦耳。此后，五言首句开始允许押韵。这在某种程度上也是受七言诗的影响。七言来自民间，它压根儿就是首句押韵的。所以，歌诀一中有"七言首句随缘表"的说法。而五言是文人作品，齐梁文人要避声病，首句不允许押韵。首句改为平声押韵就打破了规则，只能利用他山之石——借鉴七言做法允许首句入韵。起初还要"犹抱琵琶半遮面"，羞羞答答采用过渡手段，我们称之为"首句入韵借邻韵"。也就是要对世人说明白，五言以不入韵为正格，以借邻韵为变格。在实际操作中，借邻韵还有学术上的专用名词，叫"飞雁出入"——一个"飞雁出群"，一个"飞雁入群"。

什么叫飞雁出群？什么叫飞雁入群？简单地说，这是两个变通的用韵格式，形象地称其一格叫孤雁出群，一格叫孤雁入群。齐梁新体格律确定的，前人把绝句称为两韵诗，把律诗称为四韵诗。也就是说绝句只在两个偶句末尾押韵，律诗只在四个偶句末尾押韵。后来的创作实践出现很多绝句押三个韵，律诗押五个韵，让格律诗更和谐、灵通活便，是因为添加了"飞雁入群"之类的变通规范。但是，齐梁以来一直把首句不入韵视为正格，尤其是五言，尽管后来为了增加律式，拓展创作空间，同时获得音律和谐、吟唱悦耳的效果，越来越多的人加入了改革的实践，使绝句由原来的二四押韵，一变而为一二四押三个韵，律诗加首句押韵变成了五个韵。规则改变了，但习惯上、心理上有障碍，并有创作时候的麻烦,当时,很多人还不愿意接受。一些倾向首句押韵的人,囿于传统的习惯,又想创新,于是就借着"孤雁出群"和"孤雁入群"这种变通的诗格开始作诗了。

因此,格律诗要求一韵到底且首句不押韵,实行变通,允许首句借用邻近韵部作韵脚的,称它为孤雁入群。具体操作是在第一句平声结尾的格律诗中使用。我们说它"犹抱琵琶半遮面",是因为这飞入和飞出的不用本韵,不再一韵到底,而要借邻韵,就像娶妾,没有正式的名分,只好借用邻韵过渡一下,以期进到诗里来,这是一种创作中的变通方法,使诗的创作更具有灵活性和吸引力。

孤雁出群和孤雁入群的概念。在应用中"入"是第一句,"出"在律诗的第八句、绝句的第四句。例如,卢梅坡的《雪梅》:

梅雪争春未肯降,骚人阁笔费评章。
梅须逊雪三分白,雪却输梅一段香。

本诗两个韵脚,一个"章",一个"香"是押的阳韵,而第一句"降"是江韵,属于邻近韵部字。这个例子就是"孤雁入群"。

孤雁出群格式的诗例,如元稹的《故行宫》:

寥落故行宫,宫花寂寞红。
白头宫女在,闲坐说玄宗。

"宫""红"两字在"平水韵"当中,属于东韵。而"宗"是在二冬部,属于邻近韵,末句变通是孤雁出群的特征。前边两个韵同韵部,后边用一个相邻的韵——"飞"出去了,因此孤雁出群又叫飞雁出群。这是绝句例证,如果要是律诗的话,它前边四个韵脚如果押东韵,到最后的第八句,也就是第五个韵脚的位置,可用相邻的韵。因此我们在评别人诗的时候,要懂得有"孤雁出群"和"孤雁入群"的变通格式,如果别人用了,应该视为合乎规范。

四、对仗规范

1.相对相显与相称相补　　对仗是诗歌格律的表现之一。诗词中要求词性严格的对偶,字音平仄相对的语言现象称对仗。其形式主要包括词语的互为对仗和句式的互为对仗两个方面。它是把同类或对立概念的词语放在相对应的位置上使之出现相互映衬的状态,使语句更具有韵味,增加词语表现力。

词语和句式的对仗为格律诗所采用,是有它的积极作用和价值的。首先在讲究形式美的格律诗中,对仗通过词语、句式、内容上的相对相显和相衬相补的形式,可以造成外形上的整齐、对称之美,而且也有语义和意境上的表达作用。

①相对相显 所谓"相对相显"的对仗,是指诗歌的出句和对句相同位置的词语利用反义词的对比,形成相反相成审美效果的表达方法。如"朝作离蝉宇,暮成宿鸟园"(吴均《咏柳》)中的"朝"与"暮"、"离"与"宿",就是利用反义词的对仗达到相对相显效果的。

②相衬相补 所谓"相衬相补"的对仗,则是利用近义词或同义词在出句和对句相同位置的比衬,形成一种形式显明而效果和谐的修辞方法。如"秦王金作柱,汉帝玉为栏"(庾肩吾《石桥》)中的"秦王"与"汉帝"、"金"与"玉",都是利用同义词的相对排列,收到相互比衬相互补益效果的。首、颔、颈、尾四联,一联跟着一联紧密相粘。颔联和颈联中的词语必须对仗。首尾两联是否对仗,没有具体规定,一般不对仗,如果创作需要那就随缘而至。

有一个研究生,很喜欢写诗,而且真懂,他写一首律诗送给老师说:"老师,我写的这首诗是四联都对仗呀。这诗写到四联都对仗,那该多难哪。"四联都对仗的诗不好写。人家写出来了,那是一种能力。但是,格律诗规范本身不要求四联对仗,只要求颔联和颈联,就是三、四、五、六这四句,一定要对仗。

下面分析例诗一首:

送瘟神(二)
毛泽东

春风杨柳万千条,六亿神州尽舜尧。
红雨随心翻作浪,青山着意化为桥。
天连五岭银锄落,地动三河铁臂摇。
借问瘟君欲何往,纸船明烛照天烧。

这是一首七律。首尾两联不对仗。颔、颈两联对仗工稳。"红雨随心翻作浪,青山着意化为桥"一联中,"红雨"对"青山","雨"对"山","青"对"红"。"随心"与"着意","心"与"意"相对,结构相同。"翻作浪","化为桥",主谓结构,偶对非常工整。接下来是颈联:"天连五岭银锄落,地动三河铁臂摇。""天"对"地","天连五岭"对"地动三河",数词对数词,名词对名词,对仗工整。这就是颔、颈两联必须严格地对仗的佳例。

2.《声律发蒙》与《声律启蒙》 对仗由于格律诗教学的推动,形成中国文化中一种非常普遍的现象。古代小学阶段的教学称"蒙学",即启蒙、发蒙之学。其中非常注重对仗的教学。有一种非常有名的教材《声律发蒙》,是元代文人祝明编的。这本书依据作律诗的平声韵部要求,按一东、二冬、三江、四支等依次编排,分为两卷编成,供蒙童学习。既顺应了当时之需,又在使用的过程中不断地增加新的内容,到了明代就发展到五卷,包含106个韵。开始时只有平声韵,后来把上、去、入三声的韵部也仿照平声韵的要求,编出五卷本。到清代又进行了删减。清代康熙年间的进士车万育有感于它在学习过程中的烦琐,就在106韵的五卷本基础上进行筛选,恢复了平声30韵的格局,分上、下两卷,改名叫《声律启蒙》。

《声律启蒙》的体例按韵分编,包罗天文、地理、花木、鸟兽、人物、器物等,从单字到多字全然属对,整齐上口,读起来如歌唱一般,非常适合儿童学习,因而流传至今。可以说,这是在中国民间进行了八九百年的磨砺而成的一本教学经典。我们看《声律启蒙》当中"东"韵部的对仗:"云对雨,雪对风,晚照对晴空,来鸿对去燕,宿鸟对鸣虫。三尺剑,六钧弓,岭北对江东。人间清暑殿,天上广寒宫。两岸晓烟杨柳绿,一园春雨杏花红。两鬓风霜,途次早行之客;一蓑烟雨,溪边晚钓之翁。"过去上学先生要求全部背诵,有了这样的基本功,随口能吟出很好的诗歌,随手能写很好的对联。

3. 对联文化　　对联是风格独具的中国文化现象。它与诗歌有着天然形成的关系,又与节庆、大事、朋友交往有着深厚联系,成为汉民族生活的一部分。对联是写在纸上、布上、刻在竹木上的对偶诗句,要求对仗工整,平仄协调,是一字一音的汉语言独特的艺术形式和文化现象。民间有很多关于对联的故事,说明了这种文化现象的普及。比如:据黄荣章先生《古今楹联拾趣》载,相传明朝才子程敏政被当朝丞相李贤看中。李家的姑娘长得特漂亮,到了相女婿的年龄了,李贤请程敏政到家里做客,摆了很多的果品,实际上是要考一下这个郎君。李贤说:"咱们以果蔬为题来对对联如何?"程敏政让老先生先请。于是李贤出了上联:"因荷而得藕。"程敏政心领神会,脱口应对:"有杏不需梅。"从词语相对角度看,"杏"对"荷","梅"对"藕",果蔬相对,十分严整。从逻辑关系看,上联先有荷花后有藕,下联杏是酸果,梅也是酸果,逻辑上具有内在联系。此外,这副对联还运用了汉字文化很重要的修辞手法——谐音双关。上联,"荷"谐"何"音,"藕"谐"偶"音,字面上是"因荷而得藕",实际表达的是"因何而得偶"——凭什么成双成对结为连理呢?下联中,"杏"谐"幸"音,"梅"谐"媒"音,字面上是"有杏不需梅",实际表达的是"有幸不需媒",人交好运不需媒人。

再比如:福州巫山有处名胜叫琵琶亭,琵琶亭柱上有副对联:

一弹流水一弹月　　半入江风半入云

上联题在琵琶亭上十分切题,琵琶一弹,高山流水,一弹彩云追月。下联"半入江风半入云","水"对"风","流水"对"江风","一弹"对"半入","月"对"云",非常严整。原意是写音乐融入江风,融入彩云,绚丽多彩,响遏行云,有余音袅袅、绕梁三日之效。

对联是从格律诗要素对仗衍生出来的文化现象。对仗原本是诗歌的有机组成部分。由于对仗的魅力,在文化的发展中,对仗泛化发展,成为一种具有相对独立性质的对联艺术。尽管如此,对仗始终保留在格律诗中,二者间具有源与流的关系。格律诗中的五律、七律和长律,有着严格的对仗要求。它是格律诗创作的必修课。

由此看出,格律诗包括它的各种技术要素,必须平仄相对,必须合辙押韵,既要讲粘,又要讲对,对仗还有具体的位置要求,而且格律诗各种体裁都要遵循这些规范,的确是一种严格精巧的语言艺术。所以,歌诀二说:"律诗四联粘对好,对仗工稳要求严。颔颈两联须对仗,首尾对否看机缘。"容当下节详述。

第三章　近体诗的创作规范（上）

为了近体诗教学的方便，我们从歌诀二到歌诀四以三个歌诀并作两章介绍近体诗的创作规范。歌诀二为一章，讲述各种格律诗体及其构律的规范。

第一节　歌诀二：格律诗基础知识

> 近体格律不同前，超越齐梁开新篇。
> 律绝律诗并长律，讲究格律形式全。
> 律诗八句共四联，首颔颈尾紧相衔。
> 律绝四句两联续，长律最少要五联。
> 粘对律，并不难，巧排平仄细勾连。
> 每联上句称出句，对句平仄要相反。
> 两联之间怎衔接？邻句偶字紧粘连。
> 平粘平，仄粘仄，颔联即与首联粘。
> 颈尾相续不可断，律绝长律义同前。
> 律诗四联粘对好，对仗工稳要求严。
> 颔颈两联须对仗，首尾对否看机缘。
> 声韵粘对结构巧，格律诸体呈眼前。

歌诀二共二十四句，介绍各种近体格律诗及其构律成篇的规范。前两句简介近体诗与齐梁新体的不同。三至八句（"律绝律诗并长律"至"长律至少要五联"）介绍三类格律诗体式。九至十八句（"粘对律，并不难"到"律绝长律义同前"）介绍粘对规则，十九至二十四句("律诗四联粘对好"到"格律诸体呈眼前")介绍对仗的规范。最后两句总结全篇。

第二节　近体诗与齐梁体

歌诀二开宗明义:"近体格律不同前,超越齐梁开新篇。"近体诗在哪些方面超越了齐梁新体呢?

一、近体诗与齐梁新体的承继关系

齐梁新体诗的产生,赶上音韵学突飞猛进发展的时代,在中国诗律史上实现了跨越式发展。主要表现在"一简之内,音韵尽殊,两句之中,轻重悉异"①,这一特征意味着,齐梁体从声律上彻底解决了一联当中上下句的格律和谐的问题。接着,在联与联相结合的问题上,出现了两种方法:一是上联的对句与下联的邻句的连接采用异声相对的结合法;二是上一联的对句与下一联的邻句的连接采取同声相粘的结合法。根据律联之间这两种结合方法,齐梁体的诗律形式分成了两大类:一类是齐梁文人引为自豪的对式律诗,一类是同声相粘的粘式律诗。

对式律诗是全诗都由相反相对的律联构成。此类律诗每联两句之间平仄相对,两联邻接的两句之间照例平仄相对。这样造成了逢单的句子平仄都相同,逢双的句子平仄也相同,实质上是由同一个律联重叠而成的格式。粘式律诗基于对式律联的基础上变化组合而成,它避开对式律诗单调少变的弊端而加以变化,在两律联连接时,使前一律联的下句和后一律联的上句中第二、四字同平仄,使两联因同平仄而形成联与联之间"同声相粘的结合法"。这种方法从齐梁开始,被唐代近体格律诗发扬光大,而对式律诗在齐梁时兴盛一时,到唐代近体诗时代逐渐销声匿迹。

徐青先生《古典诗律史》曾经绘了一张图形象地表述唐代近体诗和齐梁体的关系,现仿录于下,以助理解。

---

① 《宋书·〈谢灵运传〉论》。

```
        ┌ 粘式 ┌ 五绝
        │      │ 五律    ┐
        │      │ 五言长律 │ 唐代近体诗
齐梁体 ┤      └         │
        │               ┘
        │      ┌ 五绝
        └ 对式 │ 五律
               │ 五言长律
               └
```

二、近体格律诗体及结构

如前所述，齐梁文人引以为豪的对式格律诗，因其形式的僵化少变，到唐代以后，逐渐退出了历史舞台。而唐代近体诗则主要继承了齐梁体中粘式律诗的各种诗体——五绝、五律和五言长律。由此开始，带动了七言诗体的发展，使五言、七言的律绝、律诗、长律实现了在唐代及其以后的共同繁荣，形成了流传至今的近体格律诗的各类形式。这其中包含六言格律诗和唐代兴起的按格律要求创作的长短句。这后两种形式讲格律诗的人很少涉及，六言诗一般作为单独诗体专门介绍，长短句一般放在"词"或"宋词"的题目下介绍。因此，我们尊重习惯，点到为止。所以在理解歌诀二所讲的"律绝、律诗并长律，讲究格律形式全"的"形式全"的概念应包括六言格律诗及唐代长短句。

在排除六言和词两种形式之后，传统概念的格律诗，主要就剩下了律绝（通常称绝句）、律诗和长律三种形式。格律诗各体中，律诗每首限定为八句，五律规定每句5字，全首共40字；七律每句7字，全诗56字。律诗每两句为一联，每首共四联，第一联称"首联"，第二联称"颔联"，第三联称"颈联"，第四联称"尾联"。这就叫"首颔颈尾紧相衔"。一联之内上下句平仄和词性要讲对仗，联与联之间要尊重"粘连"规则，使全诗粘成整体。律绝，习称"绝句"，每首限定为四句，分为五绝和七绝。超过十句而上不封顶的长诗，称为长律或排律。排律除首尾两联以外，中间各联必须上下句对仗。由于长律整齐且对仗的特点，所以通常又称之为"排律"。因此，歌诀二在介绍格律诗三种主要形式时说："律诗八句共四联，首颔颈尾紧相衔。律绝四句两联续，长律最少要五联。"

三、近体粘对规则

近体诗的句子以两句为一个单位，每两句（一和二句，三和四句，依次类推）称为一联。同一联的上句叫出句，下句称对句。联与联之间，上一联的下句和下一联的上句称为邻句。近体诗的构成规则是：对句相对，邻句相粘。两联构成绝句，四联构成律诗，五联以上称为长律。

1.对句相对　　指一联中的上下两句的平仄相反。如果上句是：仄仄平平仄，下句就是:平平仄仄平。同理,如果上句是:平平平仄仄,下句就是:仄仄仄平平。

除了第一联,其他各联的上句不能入韵,必须以仄声收尾。下句一定要押韵,必须以平声收尾。这一特点成为区分对联上下联的重要特征。近体格律诗的对句,以上述两种形式为基本样式。

2. 邻句相粘　　相粘的意思就是相同,指邻句与上一联对句平粘平、仄粘仄。即第三句与第二句相粘,第五句与第四句相粘,其余类推。但由于是以仄声结尾的奇数句来粘以平声结尾的偶数句,就只能做到头粘尾不粘。所以邻句相粘着重强调第二、四字相粘,而不是从头至尾必须完全相粘。例如,上一联是:仄仄平平仄,平平仄仄平。下一联是:平平平仄仄,仄仄仄平平。下一联的上句要跟上一联的下句相粘,虽然两句平声开头,一句仄声收尾,只要二、三两句的第二、四字相同即合律。

粘对的作用,在于使声调、句式多样化,以增强格律诗的表现力。如果缺少"对"的环节,上下两句的平仄雷同,诗文就会失色。如果缺少"粘"的环节,两粘之间的平仄就会雷同。齐梁创制新体格律时,解决了"对"的问题,可谓一大贡献。但只讲相对,不知相粘,就会出现从头到尾只是两种相对的句型不断重复的状态。只有四句的绝句,其毛病尚不明显;但如果创作几十、上百句的长律就会使诗体显得单调、苍白、重复。正因如此,唐代对齐梁格律进行变革与超越,既讲对句相对,又讲邻句相粘,形成了完整的粘对规则,增强了格律诗的形式美感与音韵和谐,避免了重复与单调的毛病。

上面讲述的是五言诗,七言诗与五言诗同理。

要检查一首近体诗是否遵循粘对规则,一般看其偶数字和最后一字即可。如果对句与前句在规定上相同,叫"失对"。如果邻句的偶数字不粘,叫"失粘"。失对与失粘都是近体诗的大忌。

歌诀二总结了粘和对的各项规则,把它浓缩为几句话:"粘对律,并不难,巧排平仄细勾连。每联上句称出句,对句平仄要相反。两联之间怎衔接?邻句偶字紧粘连。平粘平,仄粘仄,颔联即与首联粘。颈尾相续不可断,律绝长律义同前。"

在介绍了近体粘对规则之后,歌诀节奏讲律诗的对仗。对仗是格律形式美的有机组成部分。所以歌诀二说:"律诗四联粘对好,对仗工稳要求严。颔颈两联须对仗,首尾对否看机缘。"律诗讲究颔联和颈联,也就是第二、三两联必须对仗工稳,至于首联和尾联则没有硬性规定。关于这一特征,第二章已有专节介绍,此处不复细述。

第四章 近体诗的创作规范(下)

近体诗学习的难点在于格律的记忆与运用,本章根据记忆的规律,将格律诗基本句式进行定位,编成歌诀三和歌诀四来帮助记忆各种律式的律谱。只要熟记这些歌诀就能准确背诵全部的格律。

第一节 歌诀三:五言格律

格律诗研习歌诀三和歌诀四是本课程的重点。歌诀三讲五言律谱的记忆方法,歌诀四讲七言律谱的记忆方法。本节先介绍格律诗五言部分的研习歌诀。

      对粘通,非小情,构律成篇第一功;
      平仄句式有四种,暂定甲乙和丙丁。
      五七言律有变异,五言格律先粗通。
      仄起仄收定为甲,仄起平收唤作丁,
      平起平收叫它乙,平起仄收是为丙。
      四种句式先记好,跟我一起编律型。
      甲式律,甲列先,甲乙丙丁排两遍。
      乙式律,乙打头,乙丁甲乙上半首,
      丙丁甲乙随其后。丙式律,丙为先,
      丙丁甲乙排两遍。丁式律,在最后,
      丁乙丙丁上半首,甲乙丙丁把阵收。

歌诀三共二十二句,分为两部分。第一部分前十句从"对粘通,非小情"到"平起仄收是为丙"确定四种基本句式。"对粘通,非小情,构律成篇第一功"两句过渡,承前谈粘对规则,遵循中华文化"同中求异,异中求同"文化理念,使格律诗避免了对式律的单调,走粘式律的道路而获得无限生命力。也就是说正因为中华文化有了这样的文化背景和审美情趣,最终我们的诗歌走向近体格律,其中粘对规则对于格律诗的约句准篇、构律成篇,起到了不可替代的作用。它制约平仄乱搭配的现象,形成一种交互回环、属对工稳的优雅之美和音声顿挫的音响和谐之美。正因为有了粘对规范的制约,格律诗基本样式定格为四种律式。掌握了四种律式的格式,创作就万变不离其宗。歌诀三后十二句(从"四种句式先记好"到"甲乙丙丁把阵收")是具体记忆这四种律式的方法,也是本课程的重点所在。

第二节　五言律谱记忆法

歌诀三第三、四句讲"平仄句式有四种,暂定甲乙和丙丁"。这种按甲、乙、丙、丁编排的方式是在探索便于教学、便于记忆的新路径。

一、确定、牢记基本句式

我国诗歌声律探索始于东汉文人对五言诗句第二、四字必须异音的研究。到齐梁总结出"一简之内,音韵尽殊,两句之中,轻重悉异"的构律原则,终于实现了格律诗成型的飞跃。同时齐梁文人制定了"四声八病"的规范,按照这套规范产生的新体诗,主要创制了两种平韵诗律联构建律式。这两种基本律联是:

①仄仄平平仄,平平仄仄平。
②平平平仄仄,仄仄仄平平。

在唐代,由于齐梁永明新体诗不允许使用的律联被解放出来,于是唐代近体诗开始合法使用另外两种律联,即:

③仄仄仄平平,平平仄仄平。
④平平仄仄平,仄仄仄平平。

③④两种律联齐梁时代很少用。原因是齐梁人忌讳声病,规定首句不用韵。因为出句平声收尾,对句也平声收尾,不符合声律相异的要求,犯了"上尾"声病。因此③④两种律联不会,也不允许获得合法地位。

唐人为丰富格律诗创作,打破了单调的格律局面,从而超越齐梁文人,增添、完善了格律诗的律式及相关规范。到近体诗定型,上述四种律联补充齐备,由此约句成篇,形成四种平韵律式,一直流传至今。在教学过程中,为了便于区别,现代学者依四种律联先后用英文字母将其标记为:

　　①仄仄平平仄,平平仄仄平。………………aB
　　②平平平仄仄,仄仄仄平平。………………bA
　　③仄仄仄平平,平平仄仄平。………………AB
　　④平平仄仄平,仄仄仄平平。………………BA

　　律联用这种双字母标识以示区别的方法,因英文大小字母同音,在记诵和表达时不易区分,使格律本来就容易混淆的现象雪上加霜。格律诗教学,记忆格律、区分律式是基础性要求。为帮助学生学习时记忆,我们尝试着改换了一套标记符号,从基本句式而不是律联入手,用容易区分的指代字重新编码,形成歌诀,教学实践检验效果良好。

　　什么叫基本句式?什么叫新的标记符号?歌诀三中"平仄句式有四种,暂定甲乙和丙丁"就是这种新方法的具体表述。用这种方法记忆律韵不是从律联入手而是从律句入手。首先它把格律诗的基本句式规定为甲乙丙丁四种,用甲乙丙丁取代英文字母标记律句,以利于从字形到字音清楚地区别彼此,定位准确,方便记诵。在律谱的记忆过程中从律句入手是有其道理的。前边提到,中国格律诗是从律句的探索开始的。从律句到律联,从基本律句到齐梁新体最早使用的平韵诗两律联,共有四个律句,它们是齐梁新体格律早期发现并使用的最早成果,这最早总结并使用的四个律句就是格律诗的基本句式。即:

　　　　　　　　仄仄平平仄(甲)
　　　　　　　　平平仄仄平(乙)
　　　　　　　　平平平仄仄(丙)
　　　　　　　　仄仄仄平平(丁)

　　格律诗这四个最基本的句式一定要牢记于心,且行之于口。甲:"仄仄平平仄"是仄起仄收句式,定名甲式句。乙:"平平仄仄平"是平起平收句式,定名乙式句。丙:"平平平仄仄"是平起仄收句式,定名丙式句。丁:"仄仄仄平平"是仄起平收句式,定名丁式句。因为所有格律诗的平仄都是从这里衍生的,所以这四个概念极为重要,必须烂熟于心,形成一个坚实的平台和学习的出发点。所以,歌诀三强调说:"仄起仄收定为甲,仄起平收唤作丁,平起平收叫它乙,平起仄收是为丙。四种句式先记好,跟我一起编律型。"

首先选五言格律入手,是因为五言是基础,中国格律诗的发展就是从五言诗开始成熟的。重要的东西要反复记诵:仄仄平平仄,甲式句。平平仄仄平,乙式句。平平平仄仄,丙式句。仄仄仄平平,丁式句。这几个约句成联、约联成律的最基本的规则,是我们教学的基础。

二、五言四种律式的记忆方法

有了四个基本句式做基础,再看歌诀三的后半部分,即五言律式的记忆方法:

甲式律,甲列先,甲乙丙丁排两遍。
乙式律,乙打头,乙丁甲乙上半首,
丙丁甲乙随其后。丙式律,丙为先,
丙丁甲乙排两遍。丁式律,在最后,
丁乙丙丁上半首,甲乙丙丁把阵收。

以四个基本句式为基础,牢记这十句歌诀,近体格律诗各体随时随地都可以写出来了。因为近体格律无论是律诗,还是律绝,都只有四种律式:以甲式句开始约句成联、约联成篇的称甲式律,以乙式句开始的律式我们称乙式律,以丙式句开始的律式称丙式律,以丁式句开始的律式称丁式律。

①甲式律　歌诀说:"甲式律,甲列先,甲乙丙丁排两遍。"怎么理解?我们来看如何利用基本句式。甲式律诗根据基本句式的顺序组合而成,所以先从这里入手:

甲:仄仄平平仄,
乙:平平仄仄平。
丙:平平平仄仄,
丁:仄仄仄平平。

把四个基本句式记住了,排一遍是甲式五绝的格律,排两遍即甲式五律的律谱。我们来看一首甲式律律诗:

春　望

杜　甫

国破山河在,城春草木深。

感时花溅泪,恨别鸟惊心。

烽火连三月,家书抵万金。

白头搔更短,浑欲不胜簪。

读一首诗,起初不知它是什么律式,应该首先分析它的第一句。因为格律诗是有规律的,根据第一句即可推出它全部的律谱。"国破山河在",仄仄平平仄,首句甲式句,即为甲式律,这是格律诗的规律。通过确定一句来确定一首诗的格律的方法,我们称之为"定位法"。读一首诗的开头一句确定律句的属性,然后背歌诀。比如确定了"国破山河在"的仄仄平平仄是甲式句,然后背歌诀:"甲式律,甲列先,甲乙丙丁排两遍。"我们就可以写出甲式律的全部律谱:

仄仄平平仄,(甲)
平平仄仄平。(乙)
平平平仄仄,(丙)
仄仄仄平平。(丁)
仄仄平平仄,(甲)
平平仄仄平。(乙)
平平平仄仄,(丙)
仄仄仄平平。(丁)

一旦定位,律谱就可以背出来了。由此可见定位的重要性。

②乙式律　歌诀说:"乙式律,乙打头,乙丁甲乙上半首,丙丁甲乙随其后。"乙式五律、五绝的律谱都以乙式句为首句。碰到一首格律诗,首句是"平平仄仄平"律句的就是乙式五律或乙式五绝。按照"乙丁甲乙,丙丁甲乙"序排,我们可以写出乙式五律的律谱:

平平仄仄平,(乙)
仄仄仄平平。(丁)
仄仄平平仄,(甲)
平平仄仄平。(乙)
平平平仄仄,(丙)
仄仄仄平平。(丁)

仄仄平平仄,(甲)
平平仄仄平。(乙)

具体例诗如李商隐《晚晴》:

深居府夹城,春去夏犹清。
天意怜幽草,人间重晚晴。
并添高阁迥,微注小窗明。
越鸟巢干后,归飞体更轻。

首句"深居府夹城",夹,入声字,故第四字不能读阳平,首句"平平仄仄平"为乙式律,此诗即是乙式律诗。"春去夏犹清"为仄仄仄平平。以下六句也完全符合乙式律诗律谱。所以,"乙式律,乙打头",乙丁甲乙、丙丁甲乙,一定是死格式,我们就可以用歌诀的办法帮助初学者定位,这就很容易用自己的口和手来还原诗歌声律。具备了随时写出正确格律的能力后,当我们写出一首诗,或者检验别人的诗是否合律,哪个地方对,哪个地方不对就一目了然了。

五绝的律谱取五律前四句,即按乙丁甲乙句式的顺序写出。

③丙式律　歌诀说:"丙式律,丙为先,丙丁甲乙排两遍。"丙式律,就是第一句以丙式句领头的律诗。

丙式律的例诗如李白的《送友人》:

青山横北郭,白水绕东城。
此地一为别,孤蓬万里征。
浮云游子意,落日故人情。
挥手自兹去,萧萧班马鸣。

首句"青山横北郭",郭,入声字,首句平平平仄仄,是丙式句排在首句,这是丙式律的特征,丙式律的口诀是"丙丁甲乙排两遍",看准第一句的句式,知道了这首诗的丙式律平起仄收的性质,整首诗格律就出来了:

平平平仄仄,(丙)
仄仄仄平平。(丁)

仄仄平平仄,（甲）
平平仄仄平。（乙）
平平平仄仄,（丙）
仄仄仄平平。（丁）
仄仄平平仄,（甲）
平平仄仄平。（乙）

"青山横北郭,白水绕东城。此地一为别,孤蓬万里征。"前四句除了"一"是入声字,"此地一为别",出现了仄仄仄平仄,且第三字可平可仄,只要二、四字平仄分明,就不算毛病。所以前四句符合丙丁甲乙句式的规范。后四句仍是按丙丁甲乙排序。"浮云游子意",丙式句,平平平仄仄,"落日故人情",仄仄仄平平,"挥手自兹去,萧萧班马鸣",平仄仄平仄,平平平仄平,后两句运用了仄仄平平仄,平平仄仄平的变通式,两句的第二、四字的平仄都没有毛病。

④丁式律 歌诀说:"丁式律,在最后,丁乙丙丁上半首,甲乙丙丁把阵收。"丁式句的平仄格式是仄仄仄平平,凡是第一句呈现仄仄仄平平的结构,这就是丁式律,根据丁乙丙丁、甲乙丙丁的排序歌诀,我们即可写出其律谱:

仄仄仄平平,（丁）
平平仄仄平。（乙）
平平平仄仄,（丙）
仄仄仄平平。（丁）
仄仄平平仄,（甲）
平平仄仄平。（乙）
平平平仄仄,（丙）
仄仄仄平平。（丁）

走到这一步我们是不是有点儿感觉了呢？格律其实并不难记,关键要掌握正确的方法。

第三节 歌诀四:七言格律

七言律,略不同,句加两字变句型。
变句型,易混乱,起收句式说法变。
句式变,莫慌张,二者关系细考量。
五言律诗成熟早,七言实为句拉长。
每句所加在前面,五言句式理不变。
利用五言定好位,提高效率省时间。
四种句式字数变,律式仍与五律同。
甲式律,甲列先,甲乙丙丁排两遍。
乙式律,乙打头,乙丁甲乙上半首,
丙丁甲乙随其后。丙式律,丙为先,
丙丁甲乙排两遍。丁式律,在最后,
丁乙丙丁上半首,甲乙丙丁把阵收。
用心背,宜贯通,口诀历历记心中。
格律依此做范本,初学仍然头发蒙。
头发蒙,须用功,反复训练自然通。

初学格律诗最大的问题是各式律谱的混淆。声律只讲平仄两字,每种体裁,不管是律诗、绝句都有四种律式,加上五言、七言体制不同,已有十六种律式要记诵,这还不包括长律、长短句的律谱。

当学习五言时,我们采取了将基本句式定位的方法,很快将律谱记诵下来。但是,七言的学习开始后,如果方法不当,马上产生混淆。一旦混淆,不仅新的学不会,老的也乱套了。

为了解决这一问题,本教学法在这一部分安排了30句歌诀。前12句(从"七言律,略不同"到"提高效率省时间")讲解借用已学知识,在巩固原有知识基础上,提高学习效率。后18句(从"四种句式字数变"到"反复训练自然通")介绍记忆七言律谱的口诀。

第四节 七言律谱记忆法

一、五言、七言律式的内在关系

歌诀四前四句说:"七言律,略不同,句加两字变句型。变句型,易混乱,起收句式说法变。"这四句歌诀描述已经学过的五言格律和新学的七言格律的比较关系。七言每句在五言的基础上加了两个字,一律在五言句式前边添加。根据声律加字需要变异的构律要求,五言诗的平起、仄起句式的表述,必定发生变化。例如:五言仄起仄收是甲式律句的特征,到七言改平起仄收,前边添加了两字:"平平。"五言平起平收是乙式句律句特征,添上两字改为仄起平收。丙、丁两种句式也相应发生同类的变化。

句式变化以后容易引起记忆的混乱,对已有知识产生严重干扰。记忆混乱是学习格律诗、记忆格律规范的难点。我们学习的技巧在于,想一种办法排除干扰,固化已经学过的知识,以不变应万变。下面我们就来介绍这种记忆的方法。如歌诀所说:

> 句式变,莫慌张,二者关系细考量。
> 五言律诗成熟早,七言实为句拉长。
> 每句所加在前面,五言句式理不变。
> 利用五言定好位,提高效率省时间。

这八句歌诀从五言、七言发展的前后关系及句式的变化角度入手,坚持利用五言句式不变的原则和利用五言在头脑中定位的思想,作为教学法的基本立足点。它的最大优点就是提高记忆效率。利用原有知识,以不变应万变的方法:只要五言基本句式记好了,就能不让七言来干扰。相反,还要把七言也记得更牢。确立了这种方法之后,便可以进入七言律诗的几种律谱的学习了。

二、七言诗的四种律式

重点讲七言四种律式的律谱如何具体记忆。先看下一段歌诀:

> 四种句式字数变,律式仍与五律同。
> 甲式律,甲列先,甲乙丙丁排两遍。

乙式律,乙打头,乙丁甲乙上半首,
丙丁甲乙随其后。丙式律,丙为先,
丙丁甲乙排两遍。丁式律,在最后,
丁乙丙丁上半首,甲乙丙丁把阵收。

我们找到的站稳脚跟、守住阵地的办法就是"四种句式字数变,律式仍与五律同",也就是坚持五言律诗的格式和规范不变。因为七言是在五言的基础上发展起来的,它的核心的东西没有变,构律的规则也没有变。只要我们把加字以后的句式仍然还认定是它,比如五言甲式律句,加了字以后仍称它为甲式句;五言乙式律句加字改七言之后,我们仍称它为乙式句,一切问题将迎刃而解。这叫坚持四个基本句式不动摇。请看:

五言基本句式   **七言基本句式**

仄仄平平仄(甲)   平平仄仄平平仄(甲)

平平仄仄平(乙)   仄仄平平仄仄平(乙)

平平平仄仄(丙)   仄仄平平平仄仄(丙)

仄仄仄平平(丁)   平平仄仄仄平平(丁)

通过比较可知,七言句式中都含有一个五言律句。把这个基本原则定下来以后,就实现了所谓"四种句式字数变,律式仍与五律同"。所以,五律是基本的东西,把五律的格式吃透了,稍加变通,七言的格律也可以出来了。这是一种删繁就简的办法。

现在我们来研究如何记忆七言律、绝的律谱:

1. 七言甲式律   七言的甲式律句是:"平平仄仄平平仄。"与五言相比,首先,它加了两个字。其次,每句加的字都是在原来五言律句前面加的。由此确定它和五言体存在内在的联系,可以准确找到五言基本句式的位置来验证。比如,此句是七言首句,句中有"仄仄平平仄"——五言,甲式律句,把它纳入既定的知识中,歌诀即"甲乙丙丁甲乙丙丁"——"甲乙丙丁排两遍",写出其律谱。不同的是,需要我们在五言句式各句前面加上两个或平或仄的字,形成如下形式:

平平仄仄平平仄(甲)

仄仄平平仄仄平(乙)

仄仄平平平仄仄(丙)

平平仄仄仄平平(丁)

平平仄仄平平仄（甲）

仄仄平平仄仄平（乙）

仄仄平平平仄仄（丙）

平平仄仄仄平平（丁）

这样,七言甲式律的律谱首先排出来了,确实就是"甲乙丙丁甲乙丙丁"的句式组成,但是它已变成了七律。我们背了五言的歌诀,七言问题也解决了。至于七言绝句,选取其前四句,便是七言绝句的律谱。其它各律诗也是如此。

2.七言乙式律 "乙式律,乙打头,乙丁甲乙上半首,丙丁甲乙随其后。"我们看,七律的"仄仄平平仄仄平"是五律"平平仄仄平"的延展,形成七律的乙式律句。首句乙式句定好位,根据"乙丁甲乙丙丁甲乙"的歌诀我们就能写出乙式律的律谱。

仄仄平平仄仄平（乙）

平平仄仄仄平平（丁）

平平仄仄平平仄（甲）

仄仄平平仄仄平（乙）

仄仄平平平仄仄（丙）

平平仄仄仄平平（丁）

平平仄仄平平仄（甲）

仄仄平平仄仄平（乙）

3.七言丙式律 "丙式律,丙为先,丙丁甲乙排两遍。"七律"仄仄平平平仄仄"句式是五律"平平平仄仄"——丙式句的延展。丙式句定好位,根据丙式律的格律歌诀"丙丁甲乙丙丁甲乙"排序,我们就能准确写出其律谱：

仄仄平平平仄仄（丙）

平平仄仄仄平平（丁）

平平仄仄平平仄（甲）

仄仄平平仄仄平（乙）

仄仄平平平仄仄（丙）

平平仄仄仄平平（丁）

平平仄仄平平仄（甲）

仄仄平平仄仄平(乙)

4.七言丁式律　"丁式律,在最后,丁乙丙丁上半首,甲乙丙丁把阵收。"七律"平平仄仄仄平平"句式是五言丁式句式"仄仄仄平平"的延展,丁式句定好位,根据歌诀"丁乙丙丁甲乙丙丁",我们可以写出丁式律的律谱:

平平仄仄仄平平(丁)
仄仄平平仄仄平(乙)
仄仄平平平仄仄(丙)
平平仄仄仄平平(丁)
平平仄仄平平仄(甲)
仄仄平平仄仄平(乙)
仄仄平平平仄仄(丙)
平平仄仄仄平平(丁)

前边讲的歌诀中有"删繁就简走便道"一句,其大概就是要记住五言诗的四个基本句式。有了它,就可以根据歌诀写出全部格律诗的格式,不会混淆。然而,即便有便道也要一步一步走,所以,歌诀说:

用心背,宜贯通,口诀历历记心中。
格律依此做范本,初学仍然头发蒙。
头发蒙,须用功,反复训练自然通。

这是安排在歌诀后面的一个后缀,强调要下功夫。虽然歌诀三讲授了五言格律诗律谱的记忆方法,歌诀四讲授了七言格律诗律谱的记忆方法,如果不用功,仍然记不住。我们当年学格律诗的时候找不到简捷的方法,走了很长时间的弯路,主要问题是混淆,现在总结出新的记忆方法,在课堂上非常好用,大家把基本句式四句二十个字、四种律式三十二个字[①]牢记成诵,全部的格律就在你的掌握之中。

---

①　三十二个字即:甲乙丙丁甲乙丙丁,乙丁甲乙丙丁甲乙,丙丁甲乙丙丁甲乙,丁乙丙丁甲乙丙丁。

第五章　拗救与格律变通

创作是一个很复杂的过程。因各种条件的限制，创作中有时很难全面符合格律诗的要求，作为一个既严格又有活力的系统，格律诗允许个别律句不规范，此处违反了格律规范则要求在彼处补救，格律补救技巧和相关的变通下面分节叙述。

第一节　拗救

拗救的方法在民间传习的过程中，形成了一段段具体的歌诀。这些歌诀不是我们的原创。为便于区分，我们作了随文引用，而没有像前边和后边各章那样，把我们编制的歌诀放在每一章的第一节单独介绍。

一、什么叫拗救

在格律诗中，凡是不按常规安排平仄声律的句子称为拗句。拗的意思是不顺当。不合格律的字称为拗字。拗口了就缺少了诗的优美，必须进行补偿与救治，把那些不依格律的东西，找一个合适的位置把它补回来，这种格律上的补偿称为拗救。拗救的一般规律是拗字在前，后面补救，也就是允许后面的文字补救前面的过失而不允许前面的补救后面的拗字，这叫作"救前不救后"，也是拗救的一个规则。拗救有四种情况。

1.出句自救　这一部分的歌诀是："平平平仄仄，平平仄平仄，三拗四来救，一定要记得。"

出句的拗救——出句自救，是拗救的第一种形式，出现在五言、七言当中的丙式句，即平平平仄仄和仄仄平平平仄仄的律句中，所以歌诀中的第一句"平平平仄仄"是指丙式句，接下来"平平仄平仄，三拗四来救，一定要记得"是说允许把丙式句"平平平仄仄"

写成"平平仄平仄"这种格式,用第四个字补救第三字的失误,叫作"三拗四救",属于拗救的一种。

需要指出的是,出句自救,只存在于五言和七言律句的丙式句中。因为是仄声字在句末,所以丙式句只能出现在出句当中。其原因很简单,那就是近代格律确定以后,该体系只押平声韵,句末为仄声的诗句只能出现在每联的出句,而不允许出现在对句中。丙式句的拗救形式是平平仄平仄,因为丙式句接连有三个平声,有时候受创作情况的限制,写着写着可能在平声位置上出现了一个仄声字。若出现了一个仄声字,把仄声字后边的位置换成一个平声字就行了。也就是说第三个字的位置该用平声字而用了仄声字,于是在第四个字的位置上补回来一个平声字,叫作三拗四救。五言律中的三拗四救,在七言律当中又叫五拗六救。例如:"回看射雕处,千里暮云平。"(王维《观猎》)"回看射雕处"的位置应该是丙式句"平平平仄仄",而实际上,"回看"是平平,因为"看"是一字两读,此处读平声。但"射"字是去声,属于平声的地方用了仄声的失误,然后第四字"雕"的位置应仄声而改用平声,这就叫拗救——三拗四救。

2.孤平拗救 孤平拗救是讲"乙式确保两字平",原因是乙式句要求严格,不能讲一三五不论,所以"乙式确保两字平"背熟了,就知道乙式句不能犯孤平是一个原则。"一旦加仄犯孤平",即如果这个地方一定要用这个字,否则不能准确表达其意的时候,古人也允许。你救就是了,犯错误了把它救过来就行了。这就是歌诀所讲的"孤平拗救不可怕,本句自救要记清。五言平起平收句,第一字仄第三平。若是七言乙式句,第三改五自救平"。

只有乙式句会出现孤平自救现象,而且只有这一种形式。乙式句中的拗字主要是七律的第三个字,五律的第一个字,该平的时候用了仄,拗口了。第三个字拗了,第五个字去救;第一个字拗了,第三个字去救。我们来看一个七律的例句。贺知章的"少小离家老大回,乡音未改鬓毛衰。儿童相见不相识,笑问客从何处来"(《回乡偶书》)。"笑问客从何处来"的声律应该是仄仄平平仄仄平,是一个乙式句,第三、四字"客从"的格律应是平平,但"客"字应平而仄,不救就犯了孤平,然后在第五个字该仄的地方改用平声的"何"字,去救第三字"客"这个仄声,这就叫三拗五救。

再来看五言例句,李白《宿五松山下荀媪家》:"跪进雕胡饭,月光明素盘。令人惭漂母,三谢不能餐。""月光明素盘"是个乙式句,应该是平平仄仄平,"月光"中第一字应平而仄,五言诗第一字拗了,第三个字改仄为平救过来就行了,所以"月"和"明"两个字该用平声用了仄声,到该用仄声的地方改用平声,这叫作五律的一拗三救。有拗救就合了规范。乙式句最讲究不能犯孤平,这是严格的规则。最好在两个平声字的位置连续写出平声。不能变也必须这样变,变也是范式。

总之,出句自救讲"平平平仄仄,平平仄平仄,三拗四来救,一定要记得"。而孤平的拗救讲的是:"乙式确保两字平,一旦加仄犯孤平。孤平拗救不可怕,本句自救要记清"。是说五言平起平收句即乙式句的格律为平平仄仄平,如果第一字该平而仄,第三字补上一个平声;而七言的乙式句则是第三字应平而仄,在第五个字改平声字就是拗救。"若是七言乙式句,第三改五自救平",乙式句允许孤平拗救。

3. 出句拗对句救　　前边讲的是本句自救,此处研究上下句之间的拗救。

①**甲式句的拗救**　歌诀讲"甲式孤平无自救,出句遇拗对句救,拗为仄仄仄平仄,对句全反成拗救"。为什么?先来看甲式句的格律:"仄仄平平仄"句中原有两个平声字,根据格律诗的规定,韵脚字无论平仄都与拗救无关。因此除去韵脚,只有四个字,两个仄仄,如果第三字再出现一个仄声字,甲式句就出现孤平,没有办法自救。解决的办法是出句遇拗对句救,即转到下面句子寻求帮助,即两句之间互相拗救。这叫作"出句遇拗对句救,拗为仄仄仄平仄"。一旦出现仄仄仄平仄,我们就可以寻求下面一句来救,这就较为充分地显现了灵活机动的精神。

若出句有了问题,向对句求救,歌诀也给予了方法上的提示:"对句全反成拗救。"什么叫"对句全反"呢?反就是相反相对的意思。出句出现了仄仄仄,对句补救时要用相反的方式,写成平平平。对句全部给反过来,声律就和谐了。因此,这种规范很受人欢迎,灵活机动。所以,格律诗创作中,你既可以写押韵合律,对仗工稳的,又可以写小犯其规后边给予补偿的句式,这充分显现出律诗富于变通魅力的特点。

②**一字两救**　这是出句拗对句救的另一种形式。是说对句本身自救,且可以救前面出句的孤平,所以歌诀说:"一字两救案例精,对救出句避孤平。一身报国有万死,双鬓向人无再青。对句'无'字救两拗,双救佳例要记清。"前面谈到甲式句如果出现孤平,自身无法补救,所以只求助于对句全反成拗救。此处讲的"一字两救",也用对句去救出句,情况又有不同,歌诀列举"一身报国有万死"的经典例句,具体说明一字两救。该例句出自陆游的一首诗《夜泊水村》:

　　　　腰间羽箭久凋零,太息燕然未勒铭。
　　　　老子犹堪绝大漠,诸君何至泣新亭?
　　　　一身报国有万死,双鬓向人无再青。
　　　　记取江湖泊船处,卧闻新雁落寒汀。

我们来看首句"腰间羽箭久凋零",平平仄仄仄平平,一看就是丁式句,按丁乙丙丁、甲乙丙丁句式排列成律。"一身报国有万死,双鬓向人无再青",即诗中的五、六两句即颈联的位置,应该是一个甲式句与一个乙式句。甲式七律句式是平平仄仄平平仄,乙式句是仄仄平平仄仄平。核对诗文的声律,"一身"仄平,"报国"仄仄。"一""国"为入声字,是仄声。末尾"死"字仄声。但"有万"本应该是两个平声,诗歌却用了两个仄声字,成为典型的拗句了。甲式句解决不了本身的自救,只能借助下面的对句。接下来的对句是一个七言乙式句:仄仄平平仄仄平。"双鬓向人"一拗三救是自救,第五字"无"应该是仄,为了拗救,故意用平声来救,救前面出句第五字"有",同时又救句子中的一个字,"双鬓向人无再青"的"向"字该平而仄是拗字,"无"先救了"向"避免了孤平,然后又解决了上句"有万死"的该平而仄问题。对"有万死"三字的理想状态是用三个平声字,但连续三个平声结句就犯了"三平尾"的忌讳,所以规定此句式变通末三字只能是"平仄平"结构。"无再青"的声律即平仄平。

　　主战派的陆游,有感于国家南北分峙,"腰间羽箭久凋零",老愁着报国无门,羽箭凋零,心里郁郁不舒,因而"太息燕然未勒铭",大丈夫仰天长叹,燕然未勒,光阴虚度! 想当年,东汉初,文人班固跟随窦宪将军征讨匈奴,勒石燕然山,记载丰功伟绩,何等气派! 所以,后世的文人都把勒石燕然山看成一种莫大的荣耀。用此典故即表现出一种极高的爱国主义热情。那么,燕然未勒就成为一种衡量的标尺。前后比较,天壤之别,所以叹息。"老子犹堪绝大漠",老子西行出关向大漠,那也是一种勇气啊。明知前头"西出阳关无故人"仍然义无反顾地甘愿在大漠中绝迹。老子写下了五千言,毅然出函谷、绝大漠,留下了中国哲学的一段佳话,这种气魄,令人感叹。然后"诸君何至泣新亭",各位将军哭什么?大丈夫有泪不轻弹! "诸君泣新亭"用的是《世说新语》"渡江诸人"①的典故。

　　这里是说军人要战死沙场,不应该作女人哭泣状。接下来"一身报国有万死,双鬓向人无再青"就是表达这样一种报国的爱国主义热情。"对句'无'字救两拗,双救佳例要记清。"今后自己在创作的时候碰到难题,也可以仿照这样的例子去进行双救的练习。

　　4. 半拗　　半拗是可救可不救的拗救现象。根据已经介绍的知识,需要一个特殊的说明,因为甲式句的拗救前边已经讲过,而"半拗"还要说到甲式句。歌诀说:"甲式仄仄平平仄,第三用仄为半拗,习惯一三五不论,可救可不救此拗。"就是说此种半拗句自有约定俗成的一种规范。如果严格地讲,半拗那个地方也是要救的,但是真没办法拗救,比如,用对句来救当然好,如果对句也无法救,通常的做法是把它纳入"一三五不论"的范畴,不予深究。也就是说甲式句的孤平是可以不救的。所以说,格律诗创作的理想境

---

① "渡江诸人"是刘义庆《世说新语》中一篇非常著名的散文故事,常被文人取为典故。原文:过江诸人,每至美日,辄相邀新亭,藉卉饮宴。周侯中坐而叹曰:"风景不殊,正自有山河之异。"皆相视流泪。唯王丞相愀然变色曰:"当共戮力王室,克复神州,何至作楚囚相对!"

界是字字都合格律;才分低一点,出现了声律病可以拗救;进而,有些地方你也可以不救。这样三个层面的处理就给我们喜欢文墨的一般人提供了较为宽松的创作环境。

所谓"拗救"主要有上述四种情况。不难学,但是很难用好。到创作实践的时候,必须把相关概念都搞明白了,才能够用得好。

第二节　格律诗的变通

一、四种格律诗的变通格式

讲到这里,为了学习的方便,有一套格律表述符号应该和大家见面了,它是一套在律谱中标明哪些字可平可仄的符号。它的形象通常是一个圆圈中间有一个黑点,即⊙。有的书上把这个圆圈画成一半黑一半白的形状。这是一种位置符号,代表标示该符号的字在格律诗中允许变通,既可以用平声字,也可以用仄声字。带有这种标示符号的律式最接近创作实际,在分析诗文案例时更灵活,实用价值很高,因此网友桂以勤的博客,戏称我们所谓的变通律式,是"真品基本句式"。

为方便大家使用时对比,下面将五言、七言的基本律式(左)和变通律式(右)全部开列如下:

1.五律甲式格律
(五律仄起仄收首句不押韵的律式称为甲式律)

仄仄平平仄	甲	⊙仄⊙平仄	
平平仄仄平	乙	平平⊙仄平	(韵)
平平平仄仄	丙	⊙平⊙仄仄	
仄仄仄平平	丁	仄仄仄平平	(韵)
仄仄平平仄	甲	⊙仄⊙平仄	
平平仄仄平	乙	平平⊙仄平	(韵)
平平平仄仄	丙	⊙平⊙仄仄	
仄仄仄平平	丁	⊙仄仄平平	(韵)

2.五律乙式格律
(五律平起平收首句押韵的律式称为乙式律)

| 平平仄仄平 | 乙 | 平平⊙仄平 | (韵) |

仄仄仄平平　丁　　　⊙仄仄平平　（韵）
仄仄平平仄　甲　　　⊙仄⊙平仄
平平仄仄平　乙　　　平平⊙仄平　（韵）
平平平仄仄　丙　　　⊙平⊙仄仄
仄仄仄平平　丁　　　⊙仄仄平平　（韵）
仄仄平平仄　甲　　　⊙仄⊙平仄
平平仄仄平　乙　　　平平⊙仄平　（韵）

3. 五律丙式律谱

（五律平起仄收首句不押韵的律式称为丙式律）

平平平仄仄　丙　　　⊙平⊙仄仄
仄仄仄平平　丁　　　⊙仄仄平平　（韵）
仄仄平平仄　甲　　　⊙仄⊙平仄
平平仄仄平　乙　　　平平⊙仄平　（韵）
平平平仄仄　丙　　　⊙平⊙仄仄
仄仄仄平平　丁　　　⊙仄仄平平　（韵）
仄仄平平仄　甲　　　⊙仄⊙平仄
平平仄仄平　乙　　　平平⊙仄平　（韵）

4. 五律丁式律谱

（五律仄起平收首句押韵的律式称为丁式律）

仄仄仄平平　丁　　　⊙仄仄平平　（韵）
平平仄仄平　乙　　　平平⊙仄平　（韵）
平平平仄仄　丙　　　⊙平⊙仄仄
仄仄仄平平　丁　　　⊙仄仄平平　（韵）
仄仄平平仄　甲　　　⊙仄⊙平仄
平平仄仄平　乙　　　平平⊙仄平　（韵）
平平平仄仄　丙　　　⊙平⊙仄仄
仄仄仄平平　丁　　　⊙仄仄平平　（韵）

5. 七律甲式律谱

（七律平起仄收首句不押韵的律式称为甲式律）

平平仄仄平平仄　甲　　　⊙平⊙仄⊙平仄
仄仄平平仄仄平　乙　　　⊙仄平平⊙仄平　（韵）
仄仄平平平仄仄　丙　　　⊙仄⊙平⊙仄仄

平平仄仄仄平平　丁　　⊙平⊙仄仄平平（韵）
平平仄仄平平仄　甲　　⊙平⊙仄⊙平仄
仄仄平平仄仄平　乙　　⊙仄平平⊙仄平（韵）
仄仄平平平仄仄　丙　　⊙仄⊙平⊙仄仄
平平仄仄仄平平　丁　　⊙平⊙仄仄平平（韵）

6. 七律乙式律谱

（七律仄起平收首句押韵的律式称为乙式律）

仄仄平平仄仄平　乙　　⊙仄平平⊙仄平（韵）
平平仄仄仄平平　丁　　⊙平⊙仄仄平平（韵）
平平仄仄平平仄　甲　　⊙平⊙仄⊙平仄
仄仄平平仄仄平　乙　　⊙仄平平⊙仄平（韵）
仄仄平平平仄仄　丙　　⊙仄⊙平⊙仄仄
平平仄仄仄平平　丁　　⊙平⊙仄仄平平（韵）
平平仄仄平平仄　甲　　⊙平⊙仄⊙平仄
仄仄平平仄仄平　乙　　⊙仄平平⊙仄平（韵）

7. 七律丙式律谱

（七律仄起仄收首句不押韵的律式称为丙式律）

仄仄平平平仄仄　丙　　⊙仄⊙平⊙仄仄
平平仄仄仄平平　丁　　⊙平⊙仄仄平平（韵）
平平仄仄平平仄　甲　　⊙平⊙仄⊙平仄
仄仄平平仄仄平　乙　　⊙仄平平⊙仄平（韵）
仄仄平平平仄仄　丙　　⊙仄⊙平⊙仄仄
平平仄仄仄平平　丁　　⊙平⊙仄仄平平（韵）
平平仄仄平平仄　甲　　⊙平⊙仄⊙平仄
仄仄平平仄仄平　乙　　⊙仄平平⊙仄平（韵）

8. 七律丁式律谱

（七律平起平收首句押韵的律式称为丁式律）

平平仄仄仄平平　丁　　⊙平⊙仄仄平平（韵）
仄仄平平仄仄平　乙　　⊙仄平平⊙仄平（韵）
仄仄平平平仄仄　丙　　⊙仄⊙平⊙仄仄
平平仄仄仄平平　丁　　⊙平⊙仄仄平平（韵）
平平仄仄平平仄　甲　　⊙平⊙仄⊙平仄

```
仄仄平平仄仄平  乙    ⊙仄平平⊙仄平 （韵）
仄仄平平平仄仄  丙    ⊙仄⊙平⊙仄仄
平平仄仄仄平平  丁    ⊙平⊙仄仄平平 （韵）
```

这些变通的律式所形成的道理是什么呢？很自然地引出了下面所述。

二、一三五不论，二四六分明

为了帮助理解记忆和使用这些变通的律式，我们必须认真分析前人总结出的口诀："一三五不论，二四六分明。"这个口诀是说五言句子逢一、三位置，七言句子逢一、三、五位置上的字平仄可以不论，而五言二、四位置，七言二、四、六位置上的字，其平仄必须明确、严格、不可含糊。如此，除每句的尾字外，逢单位置上的字，其平仄就有了变通。这也是格律诗在严谨治学精神前提下的宽松自由，是格律诗生命活力的显现。其原则立足于从东汉即已开始的对二、四字异声传统的遵循。因此，这个口诀对于初学格律的人来说，是有一定作用的。

但是，"一三五不论，二四六分明"也不是放之四海而皆准的真理，还存在一些问题，在某些情况下不一定适用。比如：

在五言"平平仄仄平"乙式句中，第一字不能不论；同样，在七言"仄仄平平仄仄平"这个乙式句中，第三字不能不论，否则就要犯孤平。孤平是近体诗的大忌。在五言"平平仄平仄"这个拗救的句式中，第一字也不能不论；同理，在七言"仄仄平平仄平仄"这个特定格式中，第三字也不能不论。以上讲的是五言第一字、七言第三字在一定情况下不能不论。

再如，对于"平平"韵脚的句子即"仄仄仄平平"和"平平仄仄仄平平"来说，前者第三字、后者第五字也不能不论，否则会出现"三平调"，即句子的结尾是连续的三个平声字，这同孤平一样，也是近体诗之大忌，必须避免。

之所以要特别增加一段介绍位置符号，并及时开列标准律式和变通律式给大家参考，是因为符号的加入会给我们的理解、诗例分析和格律使用带来帮助。核对变通的律式可知，七言仄脚的句子可以有三个字不论，平脚的句子只能有两个字不论。五言仄脚的句子可以有两个字不论，平脚的句子只能有一个字不论。"一三五不论"只是泛泛而谈。"二四六分明"个别时候也有变通。五言第二字，七言第二、四两字"分明"是对的，至于五言第四字、七言第六字，就不一定"分明"。在大量创作实践中，"平平平仄仄"变通成"平平仄平仄"，"仄仄平平平仄仄"变通成"仄仄平平仄平仄"，五言第四字、七言第六字都有变通。

第六章 相关音韵学知识(上)

汉语音韵指汉字发音的声、韵、调三要素及相关的知识。汉语音韵学则是研究古代汉语各个历史时期声、韵、调系统及其发展规律的一门传统学问,是古代汉语的一个重要组成部分。汉语音韵学包括古音学、今音学、等韵学等学科,内容庞杂,本章仅介绍与格律诗相关的音韵学常识。

第一节 歌诀五:音韵(上)

注音方法谁最先?众说纷纭不一般。
早年譬况与读若,初始形态很古远。
反切注音较成熟,起于何时无定见。
孙炎虽著《尔雅义》,汉儒反切数服虔。
魏晋佛风吹大地,经典翻译学悉昙。
梵音相拼声韵现,南齐周颙四音辨。
沈约规范永明体,新体诗风始盛传。
文人学士附风雅,类书韵谱南朝间。
祖述前贤助科考,精编《切韵》陆法言。
守温《三十六字母》,声纽明辨早而全。
声韵双双助后学,雨后春笋育群贤。
大宋治国重文教,增广唐韵陈彭年。
《广韵》二百零六韵,平上去入最齐全。
全而求简到宋末,平水诗韵出刘渊。

歌诀把相关线索加以简单梳理。音韵上半部分共二十八句,介绍音韵史的相关线索,下半部分另章谈音韵的近古状态并分辨入声字的规律。前八句(从"注音方法谁最先"到"汉儒反切数服虔")介绍早期注音方式及反切法的起源。中间八句(从"魏晋佛风吹大地"到"类书韵谱南朝间")谈音韵学兴起及格律诗何以成型的文化背景。后十二句(从"祖述前贤助科考"到"平水诗韵出刘渊")讲对格律诗影响重大的几本韵书。

第二节　早期注音方式及反切的起源

"汉语注音谁最先？众说纷纭不一般。早年譬况与读若(即注音法'譬况法''读若法'),初始形态很古远。"

中国的文字是象形文字,标注字音既没有拼音也没有音标。聪明的古人选取了用汉字作注音工具的方法,开创了一条中国式的音韵学道路。古代汉字注音方法比较通行的有四五种,除了大家比较熟悉的反切法以外,常用的还有譬况法、读若法、直音法等等。

①譬况法　"譬况法"是一种用举例打比方的方式来说明某汉字发音状况的原始注音方法。比如说《公羊传》有这么一句话,"春秋伐者为客,伐者为主"。何休注:"伐人者为客,读伐长言之,齐人语也……见伐者为主,读伐短言之,齐人语也。"古注的意思是说,伐有主动和被动两层含义、二种读音,讨伐别人是主动的含义,要把它读成长音,而表示被动意义的"伐"读短音。用长短不同的语音来区分语义。这是典型的譬况法。特点是打比方,用描述性的语言来解释案例。譬况法是中国最早的注音方法。

②读若法　读若法是直接用一个读音相近的字来注音。其方法是用甲字去注乙字,力求近似。为什么定为"读若"呢？那是因为它在表述时总用"某读若某"来形成一种注音的格式。比如《说文》:"珣,读若宣。""哈,读若快。"这种方法标注声音的毛病是不太准确,只求近似,差不多能说清楚就行,所以不太科学严谨。

③直音法　这是用一个同音字来注音的方法。相对"读若法",它越来越接近于某个字音的面貌,比如:"诞,音但","中,音忠"。从格式上讲,这是比较正式的"注音"——同音相注,简洁明了。但是遇上没有同音字或者同音字很复杂很冷僻,往往注不出或注音不准确。比如旧版《辞源》注"仍"用"成",音不准;注"仳"用"甄",两个字都难认,许多人看了这样的注音还是不认识。

④反切法　中国汉字的注音,前边有譬况、读若、直音的方法,然后逐渐化为反切

法。即中国传统的用两个汉字合起来,拼成一个汉字的方法,有时也单称一个"反"字或者一个"切"字。反切是什么意思呢?反就是切,切就是反,反切同义,都是切和的意思,反切是我们拼音法的老祖宗。那时候没有拼音,于是把用来注音的两个汉字指定为反切上字和反切下字,取一个字的声母和另一字的韵母相拼合,反切上字取声母,反切下字取韵母和声调。如:"红,胡笼切"。也就是,红——胡的声母+笼的韵母相拼,取笼的声调。由此可知,反切都是拼合。不但每一个字都能标音,而且能标得很清楚。

顾炎武先生的《音学五书》有一篇叫《音论》。《音论》说:"反切之名,自南北朝以上皆谓之反。孙愐的《唐韵》则谓之切,盖当时讳反字……唐玄度《九经字样·序》曰:'避以反言,但纽四声,定其音旨。'其卷内之字,'盖'字下云,公害翻。代反以翻。'受'字下云,平表纽。代反以纽。是则反也,翻也,纽也,一也。"顾炎武认为,"反"就是"切","切"就是"反",也有写作"翻",写作"纽"的。但是,不管写成"反"也好,写成"翻"也好,写成"纽"也好,总而言之,都是反切。

反切是什么时候产生的?这是一个有争议的问题。据北齐颜之推《颜氏家训》说:"孙叔然创《尔雅音义》,是汉末人,独知反语,至于魏世,此事大行。"孙叔然是三国人,生于汉末,他创编《尔雅音义》用的是反切方法,所以是"汉末人""独知反语",这个意思是说汉代末年已经掌握反切的拼音方法了,到了魏代更加普及。他告诉我们,孙叔然的《尔雅音义》实际上是对前世语音语义研究的一个总结。另外,陆德明的《经典释文》说:"孙炎(字叔然)始为反语,魏朝以降渐繁。"由此我们知道,孙炎以前已经有人开始搞反切研究了。东汉学问家服虔给《汉书》作注解,对于一些需要注音的字就采用反切法注音。其格式比如:"惴,音章瑞反。"孙炎基于前人成果整理出《尔雅音义》,做出了重要贡献,但如果说反切就是孙炎首创,这种观点现在很多人不接受了,因为它是不准确的。

《尔雅音义》是一个阶段性的总结,在它之前,已经有了很长一段时间的草创与发展。到了孙炎的时代,他总结成了一本书,所以他不是首创者,而是一位有贡献的学者。顾炎武先生正是因为看到了这一点,不满足当时学术界的结论,才在他的《音学五书·音论》中对反切的起源做了大量论证。他说:"反切之语,自汉以上既已有之。宋沈括谓古语已有二声合为一字者,如'不可为叵,何不谓盍'……郑樵谓慢声为二,急声为一,慢声为者焉,急声为旃;慢声为者与,急声为诸……是也,愚尝考之经传,盖不止此。如《诗·墙有茨》传:茨,蒺藜也。蒺藜正切茨字。"

这些考证说明,中国人不一定要等到佛教传进来以后,才开始懂得我们可以用两个字拼合成一个字的方法。正像顾炎武先生所说,东汉注书已用反切,但是这种方法汉代以前就有了。他的考证,把反切的现象追溯到汉初,甚至认为先秦典籍已能找到类似例子。并说,在他之前,宋朝人沈括和郑樵,已经论述过这些问题。可见我国的音韵学源远流长,许多问题需要多角度爬梳,反切的起源,就是一个绝好个案。

第三节　悉昙与永明新体

歌诀五说:"魏晋佛风吹大地,经典翻译学悉昙。"点出了"悉昙"的概念。而"梵音相拼声韵现,南齐周颙四音辨。沈约规范永明体,新体诗风始盛传"则指出了永明新体诗和"悉昙"的关系。本节分两部分介绍二者之间的关系及永明新体的基本面貌。

一、悉昙与佛经翻译

反切,作为中国古代拼音方法,起源很早。用历史的眼光看问题,它经历了一个漫长的历史进程。"魏晋佛风吹大地,经典翻译学悉昙"两句,点出了这一过程的历史背景。到了魏晋时期佛经翻译之风越来越盛。汉代也有佛经翻译,但处于传教的初级阶段,佛教文献以意译和外国人转译为多。魏晋时追求译原典,要译原典就必须通梵语、辨梵音。要辨梵音首先要懂得"悉昙"。音韵问题就此提上议事日程。

1.悉昙对音韵学的影响　　该词是梵语 siddham 的音译,又译作"悉旦、悉谈、肆昙、七旦、七昙"等,所指是印度古梵文的字母,也用它来指代梵语的书法。"悉昙"在使用中含有文法、读法、书法、字母、发音等多种含义,是有关印度古文、声音文字的总称。它是印度的"五明之学"之一的"声明学"中一个重要概念。"五明之学"包括因明学、声明学、内明、工巧明和医方明五种学问,囊括了古代印度传过来的学问,如逻辑学、音韵学、佛学、技术医学等方面。其中,与文学关系最近的音韵学成就对中文、亚洲其它语言体系影响很大。

悉昙作为文字符号起源很早。到 6 世纪定型,从语义到文字表达都非常成熟,更凭借着佛教信仰到处传播开来。从南朝开始较为深入地影响到中原腹地和江南汉地的知识阶层,但它的普及则是到了唐代。唐代佛教的密宗发展很快,讲求佛教本义的口传身授,追求佛教咒语的原真性,比如佛教的"六字真言"就是神秘的、咒语式的东西,为了追求它的法力就没有做意译,直接保留了其本真的梵语声音。这些声音都是靠悉昙来记录,靠悉昙来传播的。作为时代的显学,天下那么多寺院的僧人一辈子都研究这种神秘的语言,梵语热和音韵研究热无法避免。所以,当时佛教界的高僧大德都熟悉"悉昙"这种梵语文字的载体,而且当时有一定学识的文人都可以书写,都可以研读。后来这些学问被遣唐僧人带到了日本,当时许多文物至今还保留在日本。

这种梵语热与音韵研习热潮不仅局限在当时的佛教界,在整个知识阶层和上流社会也相当普及,文人作诗,往往顺手拈来。

例如,唐玄宗时代的中书舍人苑咸跟大诗人王维交情很深,两人佛学功底深厚,往来唱和,常常不离梵语梵音。王维诗《苑舍人能书梵字兼达梵音,皆曲尽其妙、戏为之赠》写道:

> 名儒待诏满公车,才子为郎典石渠。
> 莲花法藏心悬悟,贝叶经文手自书。
> 楚词共许胜扬马,梵字何人辨鲁鱼。
> 故旧相望在三事,愿君莫厌承明庐。

诗文夸赞苑咸诗词文章过人,梵文佛典精通,在朝中居要职可喜可贺。苑咸于是回《酬王维》一首以示感谢与奉和:

> 莲花梵字本从天,华省仙郎早悟禅。
> 三点成伊犹有想,一观如幻自忘筌。
> 为文已变当时体,入用还推间气贤。
> 应同罗汉无名欲,故作冯唐老岁年。

苑咸诗的首句即谈梵字——悉昙文字本是上天之物,神秘而有魅力。而"华省仙郎早悟禅"是夸王维智力过人,有如仙郎,悟性极高,深通佛理。接着就进入佛理阐释"三点成伊犹有想,一观如幻自忘筌"。"三点成伊"是以梵文的"伊"字为例打比方。梵文"伊"由三个圆点组成,比喻三德的相即不离,缺一便不能成就涅槃的境界,"一观如幻"借用道教的"得鱼忘筌"的方法阐释佛学道理,两句一有一无,一佛一道,相辅相成,幽深玄奥,反映出对人生与学术境界的追求。尾联指出王维以无为的态度处世,却掩不住持节云中不辱使命的冯唐的高远才情和谦虚过人。此属于朋友间学术交往的佳作。

这个例子说明了文人对梵语、音韵已经相当熟悉,顺手能把佛学概念,甚至梵字的形状传神地写入诗句,可见社会风习的流行程度。当时"悉昙"文字的流行,增强了人们对音韵学的认知,用现在的话说,即知道了有声母、韵母,有辅音、元音。一个辅音和元音相拼,即拼出一个字音。当然,汉语没有注音符号,于是借用传统的办法,用反切法,做深入细致的音韵研究。所以,这时反切法吸收了科学的因素,广泛应用,更加成熟了。同时还有一个重要发现,即熟悉梵语了,知道梵语是有声调的,回头反观汉语也是有声调的,四声从此成为一个科学的概念被正式确立。用这种理论,编成韵谱、韵书,时间大体到了南朝周颙的时代。

那是一个盛为文章的时代,吴兴一带的沈约,陈郡地方的谢朓,琅琊地方的王融,加上汝南的周颙,都是善识声韵的大家、高手。这些国手作诗写文都追求音律,多是从梵语系中受到的启发。立足于这样的社会基础,音韵学一时间形成了四声、五音、八音、十四声等一套学问。它不仅借用了佛学中的悉昙,而且借用音乐学五音,将宫、商、角、徵、羽的理论引入解释平、上、去、入四声的理论范畴。

按照当时的风气,音韵学的理论也被纳入了五行理论体系,据《玉篇》记载的"东方是喉音,西方是舌音,南方是齿音,北方是唇音,中央是牙音"就是这样一种方法。这是对五音的发声位置与方法做阴阳五行的体系化附会。而《切韵执掌》中的五音记载则有另一种附会音乐的表述:"欲知宫,舌居中"是喉音,"欲知商,开口张"是齿头正齿音,"欲知角,舌缩却"是牙音,"欲知徵,舌柱齿"是舌头舌上音,"欲知羽,撮口聚"是重唇、轻唇、送气不送气的表述,分得很清楚。这样一套音韵理论再加上齐永明年间周颙著《四声切韵》提出的四声理论,沈约将四声的辨别同传统的音韵知识结合起来,归纳了一套五言创作应该避免的毛病,即平头、上尾、蜂腰、鹤膝等一套格律上的规范的完善,终于催生了"永明体"这样一个历史上另类的诗歌品牌,并由此开创了中华诗歌历史的新纪元。

2. 四声八病说 新体的文人五言诗兴盛以后,诗人们精雕细刻,认真研究其美学规律,由此创造出一套避免声病的艺术规范,后世称"八病"。其实只是一种概括性指称,在古人创作格律诗的实践中,需要回避的声病可能多至二三十种。据我国较早对《文镜秘府》进行研究的清代学者杨守敬的《日本访书志》说:"此书(指《文镜秘府》)盖为诗文声病而作,汇集沈隐侯、刘善经、刘滔、僧皎然、元兢及王氏、崔氏之说。今传世为皎然之书,馀皆泯灭。按《宋书》虽有平头、上尾、蜂腰、鹤膝诸说,近代已不得其详。此篇中所列二十八种病,皆一一引诗,证佐分明。"可见仅记入《文镜秘府》中的声病就有二十八种之多。因史书在记录沈约、周颙等人贡献时记载了"四声八病"的概念,这种主流概念延以至今,所以文学史沿用了正史的概念。

"四声"是区分汉语声调问题,前多涉及,于此不赘述。"八病"就是八种新体诗创作中的应该避免的声律毛病,即:平头、上尾、蜂腰、鹤膝、大韵、小韵、旁纽、正纽。

按照这种诗歌的声律规范创作的诗歌,文学史上称为"永明体"新体诗。《南史·陆厥传》记载:"时盛为文章,吴兴沈约,陈郡谢朓,琅琊王融,以气类相推毂。汝南周颙识声韵,约等文皆用宫商,将平上去入为四声。以此制韵,有平头、上尾、蜂腰、鹤膝。五字之中,音韵悉异,两句之内,角徵不同,不可增减。世呼为永明体。"新体诗的出现,标志着我国古代诗歌从原始自然艺术的产物——"古体"诗,开始走向人为艺术的"近体诗"。永明体,也就成为近体格律诗形成的前奏,成为格律诗发展中一个极为重要环节。

八病作为永明体在运用四声进行创作时所产生的毛病及其避免的方式方法,不同典籍的记载略有出入,概略表述如下。

①平头　五言诗的第一、二字不能与第六、七字(下句第一、二字)声调相同,不然就犯了平头的毛病。如:"芳时淑气清,提壶台上倾。""芳时""提壶"同是平音字,这就是"平头"的诗病。

②上尾　五言诗的第五字(出句最后一字)与第十字(对句最后一字)不能声调相同,不然就犯了上尾的毛病。如乐府诗中:"青青河畔草,郁郁园中柳。""草""柳"都是上声,犯了上尾的毛病。

③蜂腰　顾名思义是两头大,中间小。指五言诗一句内第二字与第四字的声调不能相同;或者第二字与第五字不能同是浊音声母而第三字是清音韵母,不然就犯了蜂腰的毛病。如《饮马长城窟》:"客从远方来,遗我双鲤鱼。""从""方"都是平声字,"我""鲤"又都是浊音字,中间的"双"则是清音,读起来两头重,中间轻,这就是犯了蜂腰的毛病。

④鹤膝　五言诗的第五字与第十五字的声调不能相同。此条声病不好理解,学术界存在严重争议。(详参本书第一篇第四章"声病说"条)

⑤大韵　指五言诗两句之内不能有与韵脚同一韵部的字。如:汉乐府诗:"胡姬年十五,春日独当垆。""胡"与"垆"同韵部,则是犯了大韵的毛病。

⑥小韵　五言诗两句各句之间不能有同属一个韵部的字。如:"古树老连石,急泉清露沙。""树"与"露"、"连"与"泉"同韵部,则是犯了小韵的毛病。

⑦旁纽　对于这一条不甚了解,只能将《诗话》中的大意写下来,用原例,且不知出处:指五言诗中两句各字不能同声母。比如:"鱼游见风月,兽走畏伤蹄。""鱼"与"月"的声母同属古音"疑"纽,这就犯了旁纽的毛病。

⑧正纽　五言诗两句内不能杂用声母、韵母相同的四声各字。比如梁简文帝诗:"轻霞落暮锦,流火散秋金。""锦"与"金"声母、韵母相同,虽然声调不同,两句末字同声同韵还是给人重复的感觉。这就是所谓正纽的毛病。

八病中,平头、上尾、蜂腰、鹤膝,这是前四病。它们决定了新体诗形式上的状态。

八病中的后边四种病是关于声和韵的。大韵、小韵讲韵的忌讳。"大韵"是指五言诗当中不允许两句之内有与韵脚同韵部的字。"小韵",是说五言诗两句之间不能有同属一个韵部的字。讲究诗句中五个字都必须用不同韵部的字。如"树"与"露"、"连"与"泉",本来就五个字,你都用成一个韵部的,显得重复少变。第七、八种病讲声母的禁忌。先是旁纽，指五言诗中两句每个字不能同声母。而正纽是在两句当中，不能杂用声母、韵母相同的四声各字。

对八病说过去否定得多，批评它的烦琐、禁忌太多，制约人的创造性。现在看来有些偏激，八病中的主体，尤其是前四病与格律诗的形式是相辅相成的，是其创作规范的有机组成部分。

第四节 隶事与韵书

歌诀五说："文人学士附风雅，类书韵谱南朝间。祖述前贤助科考，精编《切韵》陆法言。"中国文化重传统，文人养成附会风雅的习惯，喜欢显示自己的学问。新体诗的流行，为展示他们的风雅和学问提供了理想的温床。崇尚学问的传统到了这一时期，受社会风尚的影响，产生了一种新的文化现象，促进了类书的发展。这种文化现象就叫作"隶事"。

一、隶事

所谓"隶事"，有点类似于现在的引用典故或整理典故以备应用。当时文士推崇博学多识，文人相聚常以掌握典故的多少论优劣。具体方法往往是在座各位共举一种物品，大家必迅速列出自己所知关于此物见闻与典故，列举多者为胜；或者某人说某物的事情却不言明系何物，让另一人说出，如果猜中则再换一事，如此循环，终决胜负。隶事以故事相隶属，介于游戏和学术之间，当时文人乐此不疲；再加上南朝选官恢复察举制度，察举测试的考试多涉及隶事的内容，故隶事之风长期影响文人士大夫的情趣，形成了重要的文化现象，进而影响到后代文人的应制诗的创作，以及诗歌、骈文用典之风的形成，甚至刺激了当时社会上类书的编纂与出版。

《南史·王湛传》曾记述："(王)湛从叔(王)摛，以博学见识。尚书令王俭尝集才学之士，总校虚实，类物隶之，谓之隶事，自此始也。俭尝使宾客隶事多者赏之。"这段故事不仅提供了"隶事"的出典，而且记录了上层社会当时隶事的风气。更有甚者，皇帝也乐此不疲。梁武帝萧衍本是齐朝的雍州刺史，篡权做了皇帝，却雅爱文学。据《梁书·沈约传》记载，有一次，沈约侍奉梁武帝宫中设宴，正赶上豫州上贡，其中有一种板栗，硕大无比，武帝称奇。于是，大家来了兴致，武帝要就板栗的相关典故与沈约比隶事的多少。两人当场比试的结果，沈约"少帝三事"，皇帝成了这场"隶事"活动的胜家。宴会结束后，朋友们谈论此事，沈约说："(此公护前不让，即羞死)他是皇帝，我不让他，还不把他羞死了?"后来这事传到了皇帝耳朵里,圣颜盛怒。一直到沈约去世,有司根据沈约一生的行迹,建议皇家给这位老臣一个谥号,称为"文侯"。结果皇帝说,不能给他这个谥号,"怀情不尽曰隐"。意思是说心中做事,不能做到襟怀坦白,于是追谥一个"隐"字,作为盖棺论定。

上述例证说明,隶事在中国能够成为一种文化现象,并进而影响到类书的发展和诗文用典的普及,的确有其内在的原因。

隶事现象在上流社会的关注下,在南朝选官策试政策的推动下,文人们形成了对博学的推崇,社会上迎合文人士大夫的口味而各种工具书流行,于是,各种类书随之发展起来了。

二、韵书

韵书,就是一种把各种韵字按体例编排,供写作诗词韵文者翻检查阅的一种字典。较早在历史上留下影响的韵书,三国时期李登的《声类》和晋代吕静的《韵集》最有名气。《隋书·经籍志》里记载了六朝韵书蜂起的现象,传到隋代还有很多,但后来全部失传了。过去说,两晋南北朝韵书的失传是因为有《切韵》。《切韵》是权威著作,它总结前人,独标高格,系统完善,使前代不完善不科学的著作黯然失色,大家不再使用,最终导致失传。这种说法虽不无道理,但需要完善。主要原因还是官韵雅言的独尊,势必造成非权威著作的失传。陆法言的《切韵》是中国历史上很重要的音韵学著作,是隋文帝仁寿元年(601)编写的,它由当时最著名的学者颜之推、卢思道、薛道衡等人共同商定审音原则,由陆法言执笔完成的,带有官办的性质。全书以韵目为纲,共分193韵。韵又按声调,归为平、上、去、入四部分。同韵的字又以声类、等呼排序。于是同音字全被归在一起。每一音前标以圆圈(称为韵纽),头一字以反切注音,每字均有释义。《切韵》开创的这种韵书修撰体例,既是对前代韵书的继承和总结,又是后世传统韵书演变的基础,是韵书编撰史上划时代的著作。因此,从隋唐到近代一直沿用不衰。

学术界认为,《切韵》反映了当时汉语的语音。这一语音系统后来被完整地保存在《广韵》《集韵》之中。由此复原出来的语音系统称之为"切韵音",成为中古汉语的代表。从声、韵关系角度讲,另一份遗产是守温三十六字母,是关于声母的知识。按照清朝以来学者的划分,中国古代音韵学一般分三个门类,第一个是古音学,即研究周秦古语音的学问。第二个是今音学,研究《切韵》和隋唐前后的中古音韵。说这是第二个部分,是因为在隋和唐对前期进行研究,从隋唐人的角度说它当然是今,现在是沿用了这个概念。就像我们把格律诗叫近体诗或者叫今体诗,这个今韵学跟今体诗是同一种概念。第三是等韵学,是一种用图表分等呼来分析语音的发音原理和类别的学问。等韵学是以等韵、反切、四声、五音、八音、十四声等汉语言发音规律和声韵规律为研究对象进行理论研究的一种学问。五音,是结合宫、商、角、徵、羽五声进行音韵学比附的研究方法,把人们发音的舌位分为宫、商、角、徵、羽五种,而且画了很多图加以说明,具有直观性。十四声也是借助佛学梵音的研究方法,属于"声明学"的组成部分。从曹植开始就对声明学的四十二字母进行研究,其中有十四个元音,所以讲十四字或十四声。《隋书·经籍志》说梵书以十四字冠以一切音,有这十四个元音就把一切音都连起来了,所以它在音韵学中是很重要的概念,对中国的音韵学产生过深远的影响。

第五节 三十六字母

《切韵》《广韵》等音韵学著作是从韵律要素角度对中国古韵进行分类研究的专门性工具书。关于声律要素和声母研究成果则首推"守温三十六字母"。

一、何谓三十六字母

首先,"三十六字母"是中国汉语音韵学的经典术语。音韵学家用三十六字母来指称汉字声母的代表字,是现代《汉语拼音方案》形成前古音韵学的通行概念。"字母"一词来自梵文摩多(梵文音 mata),本义指元音,后来梵文词义扩大,辅音也称摩多。该词传入中国后,当时音韵学家只用它表示声母。在此之前,汉语声母没有专门的名称,为了教学与传播,人们曾用双声来表示声母,反切上字与被切字双声,以见两字有相同的声母。南北朝时学人受梵文的启发,在音韵学各领域做了许多开创性探索,唐末从事翻译、熟悉梵文的僧人们总结前人研究成果,给声母每一声类规定了一个代表字,这就是字母。敦煌出土的《守温字母残卷》保留着"不芳并明……"等唐人手抄本三十字母,后来有人根据语言的实际状况,增益了"娘床帮滂微奉"六个字母,宋以后一直习称"守温三十六字母"。因为历史上一直相传是唐末沙门守温创造了三十六个声母代表字。人们可以通过这一套字母追溯上古的声母系统,也可以由此研究现下的方言语音及用来说明语音发展的规律。南宋学者王应麟《玉海》称:"守温有三十六字母图一卷。"书已失传,但是后世的音韵学著作不断提到和采用,故流传至今。20世纪30年代初,刘复在其《守温三十六字母排列法之研究·附录》中有这么一段话:前年在法国国家图书馆看见敦煌石室写本中有一个写得很坏且很破碎的卷子,共分三截,有一截的第一行写:"南梁汉比丘守温述"八字,可并没有标题。

现将其主要部分抄出如下:

南梁汉比丘守温述：

唇音 不 芳 并 明
舌音 端 透 定 泥 是舌头音
　　　 知 彻 澄 娘 日是舌上音
牙音 见 溪 群 疑等字是也
齿音 精 清 从 是齿头音
　　　 审 穿 禅 照是正齿音
喉音 心 邪 晓是喉中音清
　　　 匣 喻 影亦是喉中音浊①

在中国传统音韵学概念中，"牙音"对应于现代语音学中的软腭塞音，"舌头"音为齿龈塞音，"舌上"音为龈—腭塞音，"重唇"音为双唇音，"轻唇"音为唇齿音，"齿头"音为齿龈塞擦音与擦音，"正齿"音为龈—腭塞擦音与擦音，"喉音"包含喉塞音与软腭擦音、舌面通音，"半舌音"为齿龈边通音，"半齿音"为卷舌闪音；"清浊"的概念和现今相同，其中，全清表示不送气清音及清擦音，次清表示送气清音，全浊表示送气浊音（擦音，塞音，塞擦音），次浊表示鼻化塞浊音及其他浊音。

以上介绍的是"三十六字母"系统流传过程的相关情况。而宋代及其以后的流传，获得多数音韵学家共识，一直被称作"守温三十六字母"的体系则以如下的一些字为标准字：

见 溪 群 疑 端 透 定 泥
知 彻 澄 娘 帮 滂 并 明
非 敷 奉 微 精 清 从 心
邪 照 穿 床 审 禅 晓 匣
影 喻 来 日

从中我们可以了解一个鲜活的学术史发展的生动个案。

二、三十六字母的贡献

守温三十六字母，对中国古声韵的研究功勋卓著。汉字不是拼音文字，注音只能靠

---

① 引自王力：《汉语音韵学》，中华书局1955年版，第71页。

方块字。方块字会意不注音,所以从字形上来讲,很难分辨出它的辅音和元音。前人经过精细的审音,能把一千多年前的汉语体系做到这种程度已经是难能可贵了。

三十六字母是一个很重要的发现。这与现代汉语拼音体系一对照,在三十六字母中只能归纳出声母十六个,b p m f d t n l , j q x zh ch sh c r。另外,把三个半元音也算到了声母当中去,严格来讲不应该归属于辅音,但在古代,就是这么认为的。中国的语言有它的特殊性。所以在守温三十六字母当中,有三个半元音 i u ü ,其中 i 这个音在三十六字母中反复出现,其余十六个辅音也是重复出现的。经核对发现,我们现在的声母系统是二十一个,而古代所留给我们的材料经过现代的对照以后有十六个,缺少了 g k h z s。没有这五个辅音的代表字,那三十六个字,实际上去其重复,只有十六个,少了五个。少了它们就应该是不完整、有残缺的。而实际上,有些学者认为不能这么简单地看问题。这是古今发音不同,有些东西可能藏在里面了。现在有一种学术观点认为,从古今音译的角度去看,无论这五个辅音在过去怎么读,但是它所代表的音素应该是存在的,毕竟也经过一两千年的研究,它在当年应该是能够分辨出来的。如果没有发现这五个辅音,今天突然就出现了,这就意味着,三十六字母不能够完全包含汉语语音当中的全部辅音音素。所以这一派就认为,g k h z s 这五个音其实在三十六个字母当中应该是包括的,只是随着历史语音的变化,与我们现在的发音方法不同,已经发现不了了。用当时的语言,三十六字母是能够把汉语全部的辅音都发出来的。今天,按照现代汉语拼音,在三十六个字母中,已经读不出那五个声母来了。

我们赞同这个观点。因为根据这么长时间,这么多人的研究,一个偌大民族的语言研究不会出现这么大的纰漏,有五个辅音字母完全没有被发现,五个声母在这么长的研究历史中完全被忽略掉,这是不可能的。只是说,古今音义所产生的变异问题,我们今天已经无法得知、无法理解了。对这些问题,学术界现在还在深入研究。很多人孜孜不倦地致力于这些事业,想争取找到一些蛛丝马迹然后把它牵连出来。从审音这个角度,当时没有舌位图,只是记录了哪些是牙音,哪些是舌音,哪些是唇音,哪些是齿音等。所以很难复原当时语言的全貌。让我们等待研究的突破吧。

第六节 《广韵》和《平水韵》

从《切韵》到《广韵》,我们还介绍了守温三十六字母,主要是由于声母和韵母、辅音和元音的关系密不可分,同时也是为了兼顾音韵学发展的实际情况——"声韵明辨早而全"。就是说,在韵书发展的同时,声母系统——"三十六字母"在当时也已经比较完整,并行不悖地流传着。

一、《广韵》

《切韵》出来以后，魏晋南北朝时期的其他韵书逐渐不再流传。原因是它的全面细致和权威性——成为官方审音、定音的依据。所以《切韵》和守温三十六字母这两种书，一种是韵，一种是声，交相辉映，普惠众生，成为隋唐时期文教的权威读本。"声韵双双助后学，雨后春笋育群贤。"

到了宋代，"大宋治国重文教，增广唐韵陈彭年"。陈彭年，北宋真宗年间任参知政事、龙图阁学士，精通礼制、史学和刑名之学，尤长音韵之学，大中祥符年间主持《大宋重修广韵》简称《广韵》。《切韵》《广韵》是音韵学当中两本非常著名的书。《广韵》收字韵26194个，释义详尽精审，既可作按韵查检的同音字典，又可作为诗赋用韵的工具书；不仅详明地反映了中古汉语语音系统，而且补充了上古音。从《广韵》音系出发，既可上溯古音、下证今音，还可旁及方言，是研究上古、中古和近代语音的重要资料。《广韵》有206韵，比《切韵》193个韵部更加丰富；参考了270多种著作，按四声分部，更细、更精深。所以说它"平上去入最齐全"，是因为它按古音平、上、去、入四部分来分，《广韵》所收例字是最全的。"全而求简到宋末，平水诗韵出刘渊。"作为韵书大而全是优势，更受专家青睐，同时会显得烦琐，不太方便普及，大家都希望它能够更简洁明了，于是，就出现了宋代末年平水人刘渊所作的《平水韵》。化简的过程有不同的说法。宋金对峙的公元1223年，金朝平水负责图书的官员王文郁编印了一本《新刊韵略》，将《广韵》206韵缩略为106韵。稍后，南宋理宗淳祐十二年（1252年）平水籍人刘渊编印了《壬子新刊礼部韵略》，分为107韵。《壬子新刊礼部韵略》是供全国科举考试用的权威版本，因此在后世刘渊的影响反而比较大。

二、《平水韵》

1.《平水韵》的基本内容 《平水韵》后来成为我们作诗的一本标准韵书。为了更有效地服务韵文的创作，《平水韵》化简了《切韵》《广韵》。清代初年，政府重视文教，把平水韵又作了订正。权威的颁布是康熙命以张廷玉为首的文臣们所作的《佩文韵府》，在《佩文韵府》中保留了106个韵部。这既是皇家颁发的官韵，又是全国科举考试的标准书，所以具有权威性。106韵中，平声30韵，上声29韵，去声30韵，入声17韵。其中平声分为上平声和下平声。但这并不是我们现在阴平、阳平的概念，而是因为平声字多，30个韵部在一起，体量太大，把它分开了。前15个叫上平声，后15个为下平声。

现在我们作格律诗，要求用平声韵；仄声韵虽然不入格律诗，但是仄声可以入词、入戏、入其他的韵文类型。对于韵文和其他类型的诗歌创作,仄声韵仍存在生存基础。所以,从格律诗创作角度,只要掌握平声30个韵部就行了。但是我们要从事剧本创作,或写作其它韵文,106韵还是要通用的。

从格律诗学习与创作角度讲,平声30个声部非常重要。它的排序是:一东、二冬、三江、四支、五微、六鱼、七虞、八齐、九佳、十灰、十一真、十二文、十三元、十四寒、十五删,这是15个上平声韵部。下平声的排序是:一先、二萧、三肴、四豪、五歌、六麻、七阳、八庚、九青、十蒸、十一尤、十二侵、十三覃、十四盐、十五咸,这是15个下平声韵部。格律诗要求用韵一韵到底,中途不能出韵。而词的用韵则相对比较宽泛。

2.《平水韵》作诗的传统训练　《平水韵》作为皇家颁发的官韵,很具有权威性,又是科考应试的标准读本,过去的私塾和官办学堂在教学过程中进行传统诗歌创作训练时离不开《平水韵》,学生和先生都按照《平水韵》来作诗,一上手学习就用《平水韵》。《红楼梦》第四十八回有一段利用《平水韵》作诗的小故事:林黛玉叫香菱写一首咏月的律诗,指定了要用平声十四寒韵。于是香菱挖心搜胆,耳不旁听,目不斜视。探春看了发笑,隔着窗户说:"菱姑娘,你闲闲吧。"香菱怔怔地答道:"不对,不对,闲字是十五删的,错了韵了。"连丫鬟佣人都这么熟悉《平水韵》,可见,它在社会上的普及程度。当年私塾先生教学生写诗,常要求按韵书逐字进行写作训练。

最近有个自称"老绵羊"的文学爱好者,在网上发了一组诗,形式很像这种方式。时间在农历七月十五日盂兰盆会这一天,这位诗人写了几首诗,纪念《平水韵》的创始人刘渊先生。这一组诗按照《平水韵》的韵部排列,模仿古人习作,按部就班,循序渐进,分韵部逐一习作。

比如按上平声的"一东"韵,他写了这么一首诗:"一帆远去过江东,入海随风景不同。天水浑然无岸韵,阳春白雪梦途中。"他的诗是在抒发一种感慨。方法是传统的。过去文人写诗大多按照这种方法练习,老师教书时,也要求学生自觉遵循这种传统进行创作。在今天看来呢,的确已是阳春白雪、鲜为人知了。

"老绵羊"是按照这种传统方法创作的。上平声第二是"二冬"韵,于是他的第二首诗押的就是冬韵:"二月虽寒已送冬,盛朝唐宋帝宽农。诗词传唱民风厚,自古语音歌韵从。"这里,他结合时令变化和传统习俗表现过去的诗歌与诗教盛况。诗中谈到唐宋时代的宽农政策及当时所形成的淳厚民风、语言、文学、生活的境况,融入自己的感受,用"冬、农、从"三个"二冬"韵字,做了一次习作。第三首是按照"三江"韵继续创作。老绵羊先生有感于沧桑的变化,来抒发他的思古之幽情:"焚诗鬼节祭三江,做雅冥蒙仿宋腔。天上刘渊休怪谬,古声真调葬神邦。"这最后一句应该是理解他的诗的一个诗眼,"古声真调葬神邦"表现出一种无奈、失望和无限的惆怅,以及对于过去那种"自古语音歌韵从"的一往情深,他感叹格律诗"阳春白雪"一梦空,因而焚诗鬼节祭忠魂,传情地表现出一个文人的真情怀,"古声真调葬神邦"所传导出的对于文化传统的断裂和埋没的复杂情感,令人感佩。

3.《平水韵》中一字两读的平仄分辨　　所谓"平仄辨",实际上就是辨别《平水韵》所使用的某些字,在写诗和吟诵时应当读平声还是仄声。

刚学《平水韵》的朋友,只要学会使用《平水韵》,按照106个韵部的韵字对号入座就行了,写诗所用的韵字只要不出所选的那个韵部就算成功了。当然,不要忘记入声字对诗词格律的影响。然而,随着大家对格律诗的熟悉,有些稍微复杂、稍微困难一点的学术问题是无法回避的,大家对其中的知识理应了解,否则就会造成我们认知的盲区。

王力先生在《诗词格律》第二节中说:"我们特别应该注意的是一字两读的情况。有时候,一个字有两种意义(往往词性也不同),同时也有两种读音。例如'为'字,用作动词的时候解作'做',就读平声(阴平);用作介词的时候解作'因为''为了',就读去声……有些字,本来是读平声的,后来变为去声,但是意义词性都不变。'望''叹''看'都属于这一类……也有比较复杂的情况:如'过'字用作动词时有平去两读,至于用作名词,解作过失时,就只有去声一读了。"很明显,王力先生把一字两读的现象概括为三种情况:一类一字两读,平声仄声意义不同。二类是一字两读,意义不变。三类是复杂情况。两种两读的各类情况中,平仄两用,一字两读而意义不变的类型,比较容易掌握,即利用排除法,把注意力集中在两读而意义不同的类型辨别区分上,以提高学习效率。

①平仄两用意义相同的字　《平水韵》中有很多字一字两读,平仄两用而意义相同,这类情况和其它类型的问题搅在一起,也常常使很多诗者茫然。到底哪些字是平仄两用意义不同,而哪些字是平仄要根据具体语境而定呢?下面我们将"平水韵表"中部分平仄两用而意义相同的字列举出来:

泛、雍、掉、佻、挠、祷、涝、坷、悾、么、伙、洒、溶、骊、禺、诽、誉、嘘、如、茹、纾、驱、诋、缔、霓、批、挤、颏、谆、泯、眕、嶙、看、叹、渍、谰、汕、搴、摇、标、橇、骄(注意读音,qiáo 平,jiào 仄)、轿(读音同上字)、敲、挠、爹(注意读音特殊 diē duǒ)、桦、望、偿、妨、防、吭、障、评、侦、廷、醒、听、町、凭、瘤、踩、篓、妊、兼、潜、苫、砭、谖、嵌。

除此之外,还有一种情况是某一项字义属于平仄两用而意义相同的,比如"侗,仔,瓠,娠,哑,杷,哆,咤,抢,吟,佃",其具体平仄因字义变化情况如下:

侗:当读 tong 时字义表示为"长(cháng)大、直"(形容词),可平可仄(新声为仄声),该字义可引申为通达无障碍,如《庄子·庚桑楚》句:"能侗然乎?能侗然乎?"而当读 tóng 字义为"儿童、未成年人"(名词)、"幼稚无知"(形容词)时,为仄声(新声平声);当读 Dòng 表示我国的少数民族名时,为仄声(新声也是仄声)。

仔:当读 zī 时作动词用,表示"胜任",可平可仄(新声平声),如《诗经·周颂·敬之》句"佛时仔肩",王安石《王深父墓志铭》句"维德之仔肩,以迪祖武"。而当读 zǎi 时作名词用,表示"儿子、动物之小称",为仄声(新声仄声,方言通"崽")。

瓠:当读 hù 时作名词用,表示"蔬菜植物,也叫扁蒲、葫芦"时,可平可仄(新声仄声);而当读 hú 作名词用表示"瓦壶"的时候,只作平声;当读 huò 作形容词用,表示"空廓貌"时,为仄声,如《庄子·逍遥游》句"剖之以为瓢,则瓠落无所容"。

娠:这个字读音不同平仄不同,但字义相同,如表示女性怀孕或意为包孕、包含时读 shēn,为平,读 zhèn 为仄(古音读法与地域方言有关,新声为平);当作名词用,通"侲",读 zhēn 为平,读 zhèn 为仄,且平仄意义不同(新声同古音)。

哑:当读 e 作名词用,表示"笑声"时,可平可仄(新声仄声),如《易·震》句"笑声哑哑,后有则也";当读 yǎ 作形容词用,表示"失音、口不能言"时,为仄声(新声平声);读 yà 作叹词、语气词、象声词,读仄声,也可读平声(新声平声),如《易林·师之萃》句"凫雁哑哑"、唐刘言史《买花谣》句"青丝玉辔声哑哑"。

杷:读 pa 作名词表示"农具名、耙梳、枇杷"时或是作动词表示"用手挖掘"时,可平可仄(新声平声);而读 bà 作名词表示"柄、把"时,平声(新声平声)。

哆:读 chi che 作形容词用,表示"张口的样子、放荡、分散(哆然:人心涣散)"时,可平可仄(新声平声),如《诗经·小雅·巷伯》句"哆兮哆兮,成是南箕",唐韩愈《元和圣德诗》句"群星从坐,错落哆哆";而当读 duō 作象声词或名词(如哆嗦呢:一种毛织呢料)为平声(新声平声)。

咤:读 zha 作形容词用,表示"发怒的声音、吃饭口中有声"或形容词"悲痛"或动词"典爵"时,可平可仄(新声仄声);当读 chà 作动词,表示"夸耀""惊讶"(通"诧")时为仄声(新声也是仄声)。

抢,当读 qiāng 作动词用,表示"触、冲撞、推搡、逆、挡、代替"等时,可平可仄(新声平声),如《庄子·逍遥游》句"我决起而飞,抢榆枋,时则不至而控于地矣",再如白居易诗句"足伤金距缩,头抢花冠翻"(《赎鸡》)。而读 qiǎng 作动词用,表示"争夺、争先"时,只作仄声(新声相同);读 qiàng 作动词用,表示"拾掇",为仄声(新声仄声);读 chéng 为平声,通常作形容词,如"抢攘"意为"纷乱的样子";读 chēng 亦然平声,意为"美丽",如《西厢记》句"右壁个佳人,举止轻盈,脸儿说不得的抢"。

吟:读 yín 作动词用,表示"叹息、歌咏、鸣、啼、口吃"等或作名词表示"诗体名"时,皆可平可仄(新声平声);而读 jìn 作动词表示"闭口"(通"噤")时,为仄声(新声仄声);

还可以读 yǐn,如"噤吟",为仄声(新声仄声)。

佃:读 tián 作动词用表示"耕作、打猎"时,平仄皆可(新声平声),意义相同,如《资治通鉴·陈长城公至德二年》句"边境未宁,不可广佃";而读 diàn 作名词表示"向地方或官府租种土地的农民"时,为仄声(新声仄声),如佃户。

②平仄要视具体语境确定的字　除了上述例字外,平声韵表列举的韵字如表示有平有仄时,基本是多音字,且字的平仄要视具体语境而定,而不是可以任意运用的。

这样是因为一些字古代读音都是平仄双声,在平水韵中分别列在两个平仄不同的韵部,如果拿来就用,往往容易出错。在使用前必须辨别清楚这个字什么时候该读平声,什么时候该读仄声,这样用字才不会出律。王力先生的《诗词格律》在介绍一字两读情况时所说的"一个字有两种意义(往往词性也不同),同时也有两种读音"说的就是这一类型,王先生举例时提到了"为、思、誉、教、令、禁、杀"等字,而王全林先生在整理一字两读现象时开列出有 340 字之多,其中有相当数量属于这一类。限于篇幅,下面仅举几例略加说明。

例字一:为(wei)。

普通话读第二声时,在平水韵属上平四支。是表示做、作为的。常用词有:行为,难为,认为,欲为,为人,为首,为难,为害,为止等。

普通话读第四声时,在平水韵属去声二十五径。是表示帮助、对的。常用词有:因为,专为,何为,谁为,为何,为了,为什么等。

例字二:相(xiang)。

普通话读第一声时,在平水韵属下平七阳。是表示相互的。常用词有:互相,慎相,相成,相称,相等,相逢,相思,相近等。

普通话读第四声时,在平水韵中属去声二十三漾。是表示相貌、辅助的。常用词有:照相,内相,变相,真相,相机,相声,相位,相公,相貌等。

例字三:间(jian)。

普通话读第一声时,在平水韵属上平十五删。是表示时间、空间的。常用词有:世间,民间,中间,瞬间,房间,间距,间架,量等。

普通话读第四声时,在平水韵属去声十六谏。是表示空隙、隔阂、挑拨的。常用词有:离间,反间,相间,间谍,间接,间苗,间隙等。

值得提出的是,在新韵、古韵中读音都符合平仄双声的字很多,如:铺、衣、鲜、王等。我们虽没逐一列出明细,但千万不能疏忽。对于这些平仄双声字,热心格律诗创作的人都要熟记于心,不要搞错了。假如看见下平七阳韵中有个"相"字,就认为相字是平声,在写诗时,把"相机"的"相"字,"相声"的"相"字也当成平声字,就会造成不必要的格律错误。

另外，一字两读现象中还有一类属于在普通话中读平声，在《平水韵》中读入声的字。这一类字数还不少，后面入声字部分将予以介绍。

《平水韵》是建立在更实用的角度上的。古人学问做得很细，持之以恒。从古韵二十多个开始，搞到《切韵》完整的系统，从193韵继而搞到《广韵》的206韵，然后回头又化简成定型的《平水韵》106韵。以后，中国历史发生了很大的变化，包括南宋的中华文化南迁，北方多个少数民族的交互兴起与文化交融，后来元朝加盟中华民族大家庭，语言的状况发生了很大的变化，首都的官话也发生了很大的变化。北方的语言比南方的语言变化得快，原因就在这里，所以到了元曲的时代，语言发生了很大的变化，韵学也急需更简便的方式，市民都要听曲子，需要写唱词。到元曲的时候韵文更加普及，记录这一变迁的著作也就随之问世了。

第七章　相关音韵学知识（下）

第一节　歌诀六：音韵（下）

元曲风流行天下，韵学急需更简便。
元人周氏起炉灶，《中原音韵》焕新颜。
明清小说与戏曲，文学创作喜空前。
民间流出十三辙，服务艺人最方便。
清末民初西学渐，欧风美雨尽时鲜。
废除八股与科考，教育体制开新篇。
文字改革行白话，文言废止渐行远。
国语改称普通话，古今音变如天渊。
《中华新韵》遂问世，守正出新一脉传。
入派三声皆明晰，愿君静心细推研。
为诗作赋勤查检，传统诗词可永传。

歌诀共计二十二句，分四部分。前六句（从"元曲风流行天下"到"文学创作喜空前"）介绍《中原音韵》，七、八句介绍民间创造的十三道大辙。九到十八句（从"清末民初西学渐"到"守正出新一脉传"）介绍《中华新韵》，展望格律诗未来发展前景。十九到二十二句介绍入声字的学习方法。

第二节 《中原音韵》

元代出了一个学者周德清,"元人周氏起炉灶,《中原音韵》焕新颜",促使"明清小说与戏曲,文学创作喜空前",说的是《中原音韵》对中原和北方的音韵进行认真总结,不仅方便了当时人的创作,而且直接影响到今天汉语言的风貌。

一、《中原音韵》的贡献

现代以北京语音为标准音,以北方话为基础方言的汉语语音,实际上是源于《中原音韵》的,与现代语言接得最紧的古代韵书是《中原音韵》。所以,从《中原音韵》开始,中国的语言已经进入了"入派三声"的阶段,这个时候的入声已经逐渐地开始消亡。换言之,从《中原音韵》开始起,就奠定了现代语言面貌的基础,因为那个时代已经开始"入派三声"的语音转化了,说得大一点,这一基础甚至影响到后来《中华新韵》的产生。所以,周德清在中国汉语言文学的演进过程中是一个了不起的人物。《中原音韵》这本书,是要牢牢记住它的。

《中原音韵》于1324年出版,它是记录当时京城官话面貌的韵书。它继承了《切韵》《广韵》传统,是承上启下地记录了汉语言演进历史的一部文献。从隋朝到元朝中间的民族迁徙,民族交融,既有文化多年的积淀,又历经了语言巨大的变化,以前的韵书和当时的语言状况已存在明显差异。为了适应语言交流的需要,更好地服务于政治、文化与教育,也为了娱乐生活中的各种创作,包括小说、戏曲、诗文在社会上更便于接受、便于交流,很需要这种专著。周德清精通学术,而且精通元曲和诗词。他借鉴历史的经验,研究当时的语言现象,整理出一本很有针对性、很实用的韵书,把它命名为《中原音韵》。

他把当时曲子和韵文里边用作韵脚的5866个字按照当时使用的京城官话进行分类,并称这种官话为中原之音。根据这个系统分成了19个韵部:一东钟、二江阳、三支思、四齐微、五鱼模、六皆来、七真文、八寒山、九桓欢、十先天、十一萧豪、十二歌戈、十三家麻、十四车遮、十五庚青、十六尤侯、十七侵寻、十八监咸、十九廉纤。从《平水韵》的106韵到19个韵部,当然是十分简便。但实际上,该书内容分得很细密。每一个韵部,再分为平声、上声、去声。同时,对于每一韵部中的入声的归属,一一做了整理。特别是他已经开始使用平声阴、平声阳的概念。现代汉语四声调的阴平、阳平,即从周德清时代开始。周德清的另一贡献是整理、记录了入声分别派入其它三声,叫作入声作平、入声作上、入声作去,派为三类,即所谓"入派三声"。而《中原音韵》的这种编排体例,直接启示了后来《中华新韵》的诞生。

二、《中原音韵》与"十三道大辙"

《中原音韵》的问世，对后来的文学创作影响深远，出现了"明清小说与戏曲，文学创造喜空前"的局面。受《中原音韵》的启发，民间演唱艺人在实践过程中，"民间流出十三辙，服务艺人更方便"。这是民间创造的服务于民间创作的韵类，我们称它为"十三道大辙"。它把常用韵字排成像韵书一样的东西，每一辙的韵部，用头两个字来命名。比如说，第一道韵辙叫"发花辙"，收录了韵母是 a、ua、ia 的常用韵字。第二个叫"梭波辙"，收录了韵母是 e、o、uo 的常用韵字。接下来是乜斜辙、一七辙、姑苏辙、怀来辙、灰堆辙、遥条辙、由求辙、言前辙、人辰辙、江阳辙、中东辙。把每一辙的韵字排完，用前面两个字命名这道辙，如言前辙也可称天仙辙，命名的这两个字本身并没有明确的意义。

"十三道大辙"通俗实用，使用起来方便，很有利于民间诗歌、戏曲、文学创作的运用。尤其是那些大字不识的文盲，把"十三道大辙"背得滚瓜烂熟，便能够成为名气很大的说唱艺人。不识字不要紧，语言是口传的。中国语言的传统，过去一直有一条线，在书面语言以外，很多作品都在口传。靠口传心授，代代相传，许多优秀文化一直在传承。

三、《中华新韵》

从清末到《中华新韵》产生，历经一百多年的历史。这是中国文化天翻地覆的变革时代，歌诀六把它概括为几句话："清末民初西学渐，欧风美雨尽时鲜。废除八股与科考，教育体制开新篇。文字改革行白话，文言废止渐行远。国语改称普通话，古今音变如天渊。《中华新韵》遂问世，守正出新一脉传。"在当代，近体格律诗的创作朝着什么方向走，一直存在着争论，也一直没有结论。尽管众说纷纭，莫衷一是，但是，出了这个"倡今知古"的原则，应该说是革命性的，而且代表了韵学发展的方向。

比如，现在诗界尊奉的《平水韵》权威是怎么来的？《平水韵》以前有《广韵》，《广韵》以前还有《切韵》，《切韵》《广韵》都曾是权威，随着历史的发展，它们都义无反顾地退出了历史舞台。今天，语音现象和文化背景发生了如此天翻地覆的变化，按《平水韵》创作出来的东西今天已经不能押韵，听起来也不和谐了，为什么我们还要死守《平水韵》呢？

中国人历来讲变通。因为变通，永明体新体格律才演变成了近体格律；因为变通，《切韵》《广韵》才让位于《平水韵》。从这个观点看，《中华新韵》提倡的基本思想是带有方向性的："倡今知古，双轨并行。今不妨古，宽不碍严。"这就是一条变通的路：今天的人，走今天的路。懂得古法，可以遵循古代的规范；不懂古法，可以按照今天的路子走，互不妨碍。从发展眼光看,有些东西总要过去的,所以用"倡今知古"的眼界,大家照样可以按照格律,按照前面教的那个"甲乙丙丁甲乙丙丁"的格式进行创作。如果想按照今天的《中华新韵》进行创作,只要注明依据《中华新韵》的字样,你就可以写新的格律诗了。

中华诗词协会制订了《二十一世纪初期中华诗词的发展纲要》,这是一大批诗词爱好者和语言学家、音韵学家、文字学家共同起草的,把韵书《中华新韵》从开始的十八部整理成为现在的十四部,总体整理得是好的。尽管个别韵部的归类还存在问题,应该允许别人在发展和变革中不断完善。

《中华新韵》做了很多工作。本着简捷易行的思路,它把前期的十八韵,减到十四韵部;把每一韵部里面的阴平、阳平、上声、去声都有哪些字一一开列;并把派入当今四声调里面的入声字是哪些字,分声调介绍,清清楚楚、一目了然。学了《中华新韵》,就会既懂得现代汉语的韵字归类,又能懂得现代汉语里面混进来的入声字是哪些,非常方便。

《中华新韵》的韵部十四个,分别是:一麻、二波、三皆、四开、五微、六豪、七尤、八寒、九文、十唐、十一庚、十二齐、十三支、十四姑。《中华新韵》韵部分类仍受《平水韵》影响,显现了韵学发展一脉相承的关系。比如,一麻韵的韵母包括a、ia、ua,二波韵包括o、e、uo,三皆韵的韵母包括ie、ue,四开韵包括ai、uai等等。这些都与现代汉语不同,而照顾了传统的习惯,但是,学过现代汉语的人一看就能明白,所以创作起来很便捷。当然,《中华新韵》的"十二齐"这一韵部把i、er、ü归为一类,一些音韵学家有意见,认为应该进一步改进。

四、入声字学习方法

古代汉语有平、上、去、入四个声调,入声属于仄声,大多是古代音节中以[-p][-t][-k]作结的音节,在古四声中是一个比较短促的调子。《康熙字典》引明朝文人释真空《玉钥匙歌诀》中说:"平声平道莫低昂,上声高呼猛烈强,去声分明哀远道,入声短促急收藏。"描述的就是古四声的发音特点。到了元代,平声分化为阴平和阳平,就是现在的一声和二声,上声有一部分字归到去声,而入声在元代时已经分化到阴平、阳平、上声和去声四个声调中,从那时起,北方方言就逐渐失去了入声。现代以"普通话"为官定的标准汉语,它以北京语音为标准音,以北方话为基础方言,所以普通话没有入声声调。

学习创作古典诗词用的是《平水韵》,要求分辨平、上、去、入四声。平、上、去三声变化不大,关键是入声。要把隐藏在现代四声中的入声字找出来,是一种硬功夫,初学者十分头疼。为了帮助初学者入门,很多人进行了卓有成效的工作。民间流传的顺口溜说:"莫说入声字难辨,只因你还不懂规。细学其中一二点,快学快用快步追。"

研究入声字利用简短实用的口诀对拼音基础扎实的人分辨、记忆会很有帮助。为此，我们将流行在课堂上的方法整理成类似歌诀的东西如下：

①n、ng 结尾韵母多，定无入声不用说。

②声母拼上韵母 üe，例外只有"瘸"与"靴"。

③b、d、g、j、z、zh，今音阴平皆入字。

④d、t、l、z、c、s，与 e 拼，多入字。

⑤zh、ch、sh、r、k，与 uo 拼，入声多。

⑥声母 f，拼 a、o，古读入声字音多。

⑦b、p、m、d、t、l，与 ie 拼，不用说。

下面对上述口诀做简要说明。

①以鼻韵母 n 和 ng 结尾的韵母很多，如 an、en、in、un、ang、eng、ing、ong 等，无论哪个声母和它们相拼，都不会是入声字。

这一条是排除法，后边几条则是确认的便捷方法。

②声母拼上韵母 üe，例外只有"瘸"和"靴"。凡是有韵母 üe 的字要特别注意，除了瘸、靴、嗟三字，其余都是入声字。

③b、d、g、j、z、zh，今音阴平皆入字。上述六个声母拼出的全部阴平字，几乎都是入声字。只有"甫"和"咱"古时是平声。

④d、t、l、z、c、s，与 e 拼，多入字。这六个声母与 e 相拼，大都是入声字。其中发"he"音的字要小心。"禾、何、河、和、荷、菏"六字不是入声字。

⑤zh、ch、sh、r、k，与 uo 拼，入声多。这五个声母与韵母 uo 相拼出来的字全是入声字。

⑥声母 f，拼 a、o，古读入声字音多。f 拼 a、o，都是入声字。

⑦b、p、m、d、t、l，与 ie 拼，不用说。这六个声母与 ie 拼，只有"乜""咩"除外，都是入声字。

上面七条，利用歌诀的方式罗列，为的是简明易记，消除大家对入声字的畏惧心理。下面还有一类是不宜编入歌诀的。比如，有些字文言和白话读音不同。文言读开尾韵，白话读"i""o""u"尾韵，这些字都是入声字。例如：

文言"e"，白话"ei"：黑勒贼

文言"e"，白话"ai"：色册摘窄择

文言"o"，白话"ai"：白帛柏伯麦陌脉

文言"e"，白话"ei"：北

文言"uo",白话"ao":凿落

文言"u",白话"iu":六

文言"u",白话"ou":轴妯熟肉

文言"uo",白话"iao":脚角虐药

    入声字是格律诗学习中的一大难关。要攻克入声字难关,学习方法很重要。现在网络上转载的一段入声字歌诀就很能给人启发。歌诀如下:

六伯黑,不白皙,忑龌龊,没出息。

贷谷麦,织竹席,毒剥削,逐什一。

啬吃喝,食苜蓿,恶服饰,益积蓄。

欲窃物,掘穴窟,昨日暮,跽入屋。

猝突兀,魄觳觫,怕失色,匿帛幕。

急雀跃,脚踬跌,逸角落,鼻憋厥。

忽觉察,戟割截,血沥漉,卒殁绝。

七叔傲,击羯狄,越朔漠,伐弑逆。

啜冽雪,嗑菽粒,历代北,踏石砾。

执节钺,发矢镝,克貊国,若霹雳。

戳魅杰,裂畜腹,抉敌目,酷杀戮。

力搏毕,贼殪毙,得匹驮,值百镒。

复失域,立业绩,获爵禄,锡玉璧。

疾杂学,悦墨翟,执木铎,习八佾。

    该歌诀编收了 168 个入声字,除了部分冷僻字外,很多都是常见入声字,对初学者记忆和辨识非常有帮助。除了歌诀本身的 168 字外,大家还可以从这里出发,借助汉语造字法中形声字的规律去认识更多入声字。例如,知道"白"是入声字,可以类推"百、柏、伯"也是入声字。知道"列"是入声字,可以类推"裂、烈、咧、趔"也是入声字。知道"各"是入声字,亦可以类推"洛、落、络、骆、烙、格、胳、骼"也是入声字。这样类推起来,入声字逐渐就会被掌握,变得不那么可怕了。

第八章　格律诗创作的其它技巧

学习格律诗创作,要掌握许多技巧和知识。约略地讲,首先是声韵,其次是对偶对仗,再次是修辞炼字,最后是谋篇布局,另外就是相关的规则和忌病等。本篇用了大量的篇幅介绍四声、平仄、韵书韵部、律式变换等形式要素;因为对仗是格律诗重要的形式要素之一,所以也做了较多的描述。下面主要介绍格律诗的修辞炼字和谋篇布局方面的知识。

第一节　格律诗的炼字技巧

按照格律诗的声韵规则,利用对偶的技巧,写出来的诗草,一般来说就像一首格律诗了,接下来需要的是对诗草的修饰和润色。

刘坡公先生在《学诗百法》之十六中说:"学习对偶,即为作诗之预备。然对偶虽工,苟不知炼字之法,则易犯涣散之病,全句精形无由可见。前人所以有'吟成五个字,用尽一身心',及'吟成一个字,捻断数茎髭'等说,可见炼字之难,实为学诗者最切要之工夫。"由此看来,掌握了平仄声韵,对仗工稳整齐,还不一定就是好诗,它可能既平庸又涣散,没有任何精彩可言。而有了"炼字"的技巧,往往可以点石成金。

林正三先生在《诗学概要》第七章中说:"诗有极平板,而炼一字顿殊铁者,如'柳色黄金,梨花白雪'原皆为死句,而着一'嫩'字、'香'字遂有生气。""梨花香白雪,柳色嫩黄金"虽然只句炼一字,却收到了点石成金之效。林先生接着又说:"《容斋随笔》亦举王荆公绝句云:'京口瓜洲一水间,锺山秖隔数重山。春风又绿江南岸,明月何时照我还。'据吴中士人家藏其草,初云'春风又到江南岸'于'到'字注曰:'不好',改为'过',复圈去,而易为'入',旋又改为'满'字,如此者十馀字,最后始定为'绿'字。由以上诸例，可证诸古人炼字之审也，故吾人不可不用心以求。"

林先生讲的是宋代诗人王安石修改他的《泊船瓜洲》的故事，一句"春风又到江南岸"的"到"字，先后修改十几字，最终才定为"绿"字，成为千古名句。这一过程就是一个经典的"炼字"例证。可见炼字技巧真正是不可不用心以求的硬功夫。清朝学者袁枚有一首《遣兴》传神而又风趣地表现了这一过程的真髓：

爱好由来下笔难，一诗千改始心安。
阿婆犹是初笄女，头未梳成不许看。

写诗是一个千锤百炼的过程，像王安石那样的文坛泰斗，尚且不能废弃和绕过锤炼、推敲的过程，作为初学者一定要学习古人精益求精、一丝不苟的治学态度，做到"爱好由来下笔难，一诗千改始心安"。

格律诗用字，究竟应该如何锤炼？诗界前辈归纳古人经验，主要分为四种情况：一为炼虚字，二为炼诗眼，三为炼叠字，四为炼重出字法。

一、炼虚字

这里的"虚字"是中国传统的学术概念，与现代汉语的"虚词"不是同一概念。受中国传统文化阴阳五行哲学思维模式的影响，传统学术往往也习惯于两分法。中国文字按传统学术概念，可分为实字与虚字两大类。这种方法相对粗放。它把主动的、有具体独立意义可以解释的概念称为实字，如名词、代名词等；那些古人认为的非主体性因素，而又没有他们认为的具体意义可解的字类，称之为虚字，如动词、形容词、副词、连词、介词、助词、叹词等。诗词中所用的字以名词、动词、形容词居多，而名词的运用相对容易，动词与形容词之运用较难。谢榛《四溟诗话》引用李西涯的话说："诗用实字易，用虚字难。盛唐人善用虚字，开合呼应，悠扬委曲，皆尽于此。用之不善，则柔弱缓散，不可复振。夏正夫谓涯翁善用虚字，若'万古乾坤此江水，百年风日几重阳'是也。"

谢榛引经据典，为的是从理论上说明虚字在古典诗词中的重要性。所以，历代诗词名家，无不在动词和形容词上用功夫，如果虚字运用得巧妙，足以使全篇生色。例如王维《过香积寺》诗：

不知香积寺，数里入云峰。
古木无人径，深山何处钟。
泉声咽危石，日色冷青松。

薄暮空潭曲，安禅制毒龙。

　　此诗第三联之"咽"为动词，"冷"字的原义是形容词，此处形容词活用作动词，如同"春风又绿江南岸"之"绿"字。这两个字的运用，使两句诗变得极为灵动，整首诗也因此活了起来。

　　又如《唐诗纪事》所载的例证：唐代诗僧齐己的《早梅诗》有"前村深雪里，昨夜数枝开"之句。齐己在云游山川时，向诗人郑谷请教。郑谷说："数枝非早也，未若一枝。"齐己折服，拜郑为"一字师"。教与学的往来中，虽然只有一字之改，而早梅之"早"，却境界尽出。

　　至于所炼之字，在诗中之位置没有定规。前人有谓五言宜炼第二、三等字，七言宜炼第二、四、五、七等字。创作实践中，凡诗中字都可以锤炼，不必拘泥于某一两个具体位置。例如：

①炼第一字者　如：

　　醉月频中圣，迷花不事君。（李白《赠孟浩然》颈联）
　　映阶碧草自春色，隔叶黄鹂空好音。（杜甫《蜀相》颔联）

②炼第二字者　如：

　　竹喧归浣女，莲动下渔舟。（王维《山居秋暝》颈联）
　　星垂平野阔，月涌大江流。（杜甫《旅夜书怀》颔联）
　　气蒸云梦泽，波撼岳阳城。（孟浩然《望洞庭湖赠张丞相》颔联）
　　海暗三山雨，花明五岭春。（岑参《送张子尉南海》颈联）
　　云横秦岭家何在？雪拥蓝关马不前。（韩愈《左迁至蓝关示侄孙湘》颈联）

③炼第三字者　如：

　　寒灯思旧事，断雁警愁眠。（杜牧《旅宿》颔联）
　　黄叶仍风雨，青楼自管弦。（李商隐《风雨》颔联）
　　藏舟移夜壑，华屋落泉台。（黄庭坚《王文恭公挽词》颔联）
　　古墙犹竹色，虚阁自松声。（杜甫《滕王亭子》颔联）

④炼第四字者　如：

感时花溅泪，恨别鸟惊心。（杜甫《春望》颔联）
故国魂销吴苑水，行人肠断越溪丝。（王渔洋《姑苏怀古》颈联）
鱼龙夜偃三巴路，蛇鸟秋悬八阵图。（王渔洋《晚登夔府东城楼望八阵图》颈联）

⑤炼第五字者　如：

明月松间照，清泉石上流。（王维《山居秋暝》颔联）
花径不曾缘客扫，蓬门今始为君开。（杜甫《客至》颔联）
人世几回伤往事，山形依旧枕寒流。（刘禹锡《西塞山怀古》颈联）
吴楚青苍分极浦，江山平远入新秋。（王渔洋《晓雨复登燕子矶绝顶》颔联）

⑥炼第六字者　如：

春风春雨花经眼，江北江南水拍天。（黄山谷《元明韵寄予由》颔联）
白日放歌须纵酒，青春作伴好还乡。（杜甫《闻官军收河南河北》颈联）
云鬟罢梳还对镜，罗衣欲换更添香。（薛邕《宫词》颈联）

⑦炼第七字者　如：

青枫江上秋帆远，白帝城边古木疏。（高适《送李少府贬峡中王少府贬长沙》颈联）
海内风尘诸弟隔，天涯涕泪一身遥。（杜甫《野望》颔联）
三楚风涛杯底合，九江云物坐中收。［王渔洋《登金山（之一）》颔联］

诗中之字，有实有虚。古人认为，实字多的语句凝炼，笔力遒健，但显得板滞沉闷，容易使人费解；虚字多的气脉流畅，风神飘逸，让人一目了然，而易流于轻浮与浅薄。问题是如何在实字中画龙点睛地嵌入虚字，使之成为斡旋全诗的枢纽，这才是炼字之要务。

二、炼诗眼

作诗点眼，犹画龙点睛。诗无眼，佳处难寻，龙无睛，神采皆失。所以，学习格律诗创作，既要知道炼字之技，又要知道炼诗眼之法。林正三先生在《诗学概要》第七章说，所谓炼诗眼，"出自江西诗派之论点，虚谷承山谷、居仁之论，主张句中必得有眼云：'未有名为好诗，而句中无眼者。如杜甫诗"吴楚东南坼，乾坤日夜浮"（《登岳阳楼》颔联）之"坼"字与"浮"字，及李白之"人烟寒橘柚，秋色老梧桐"（《秋登宣城谢朓北楼》颈联）之"寒"字与"老"字等。''诗眼'原为江西派诗人之共同主张，然虚谷所论不限一字，更不限于第几字，此论与前述炼虚字之说吻合，唯前述仅限于虚字类，而'诗眼'则不限虚实。另一派主张五言诗以第三字为眼，七言诗以第五字为眼。潘邠老云：'七言诗第五字要响，如"返照入江翻石壁，归云拥树失江村"（杜甫《返照》颔联）之"翻"与"失"字，乃响字也。五言诗第三字要响，如"圆荷浮小叶，细麦落轻花"（杜甫《为农》颔联）之"浮"字与"落"字乃响字也。所谓响者，致力处也。'"

锤炼诗眼的佳例很多。略举如下：

> 孤灯燃客梦，寒杵捣乡愁。（岑参《客舍》颔联）
> 白沙留月色，绿竹助秋声。（李白《题苑溪馆》颈联）
> 夜灯移宿鸟，秋雨禁行人。（张蠙《经荒驿》颔联）
> 风枝惊暗鹊，露草覆寒蛩。（戴叔伦《客舍》颈联）
> 静窗寻客话，古寺觅僧棋。（姚合《寄王度居士八韵》排律第六联）
> 锦江春色来天地，玉垒浮云变古今。（杜甫《登楼》颔联）
> 万里山川分晓梦，四邻歌管送春愁。（许浑《赠河东虞押衙》颔联）
> 莺传旧语娇春日，花学严妆妒晓风。（章孝标《古行宫》颈联）

以上诸例为一类。另外，有一类是着重锤炼实词的例证。如：

> 夜潮人到郭，春雾鸟啼山。（张凡《赠薛鼎臣》颔联）
> 古寺碑横草，阴廊画杂苔。（顾况《废寺》，一说为司空曙《经宝庆废寺》颈联）
> 星河秋一雁，砧杵夜千家。（韩翃《秋夜即事》颔联）
> 野渡波摇月，寒城雨翳钟。（方干《送从史韦郎》颈联）
> 溪云初起日沉阁，山雨欲来风满楼。（许浑《咸阳城西楼晚眺》颔联）
> 残星几点雁横塞，长笛一声人倚楼。（赵嘏《长安秋望》颔联）
> 朝登剑阁云随马，夜渡巴江雨洗兵。（岑参《奉和相公发益昌》颔联）
> 风传鼓角霜侵戟，云卷笙歌月上楼。（许浑《将南行陪崔尚书宴》颔联）

《诗家全体》引裴晋公《夏日对雨》诗"对面雷嗔树,当阶雨趁人"为例,分析炼诗眼技巧的分类说:"'嗔'字、'趁'字见夏雨之快,乃眼也。岑参诗'寒花飘客泪,边柳挂乡愁','飘'字、'挂'字眼突;吴融诗'林风移宿鸟,池雨定流萤','移'字、'定'字眼好;陈简斋《送行》诗'寒月满川分众色,暮林无叶寄秋声'句,'分'字、'寄'字眼工。是亦主张诗眼不拘于第几字,且亦不限为实字之论也。"①《诗家全体》把炼诗眼分为"眼突""眼好""眼工"等,其目的是为了表述方便。事实上很难按照这一标准进行分类。其实,他的举例,是在于说明诗眼的锤炼工夫,不限于第几字,也不限于是虚字还是实字。

在创作实践中,许多诗人的体会是,七言律难于五言律。七言来自民间,字多句长,形式厚实;五言久经文人打磨,形式小巧,较细致。格律诗讲究用字精警、一丝不苟、含蓄蕴藉,句要藏字,字要藏意,字字珠玑,联珠不断。因此,不下一番真工夫是不能奏效的。

三、炼叠字

叠字又称重言。刘勰《文心雕龙·物色》篇云:"诗人感物,联类不穷,流连万象之际,沉吟视听之区,写气图貌,既随物以宛转;属采付声,亦与心而徘徊。故'灼灼'状桃花之鲜,'依依'尽杨柳之貌,'杲杲'为日出之容,'瀌瀌'拟雨雪之状,'喈喈'逐黄鸟之声,'喓喓'学草虫之韵。'皎日、嘒星',一言穷理;'参差、沃若',两字连形。并以少总多,情貌无遗矣。"顾炎武《日知录》云:"诗用叠字最难,《卫风》'河水洋洋,北流活活。施罛濊濊,鳣鲔发发,葭菼揭揭。庶姜孽孽',连用六叠字,可谓复而不厌,赜而不乱矣!古诗'青青河畔草,郁郁园中柳。盈盈楼上女,皎皎当窗牖。娥娥红粉妆,纤纤出素手'。连用六叠字,亦极自然,下此即无人可继。"在具体的诗作中,叠字大都以形容词居多,有状形者、有状声者。当单字不足以穷尽其状态,则改用重言方式来抒发,以这种方式再来写物抒情,两字相叠,能够很好地使人的兴会与神情一起涌现,凝于诗句的用字中,别有一番风味。如:

漠漠水田飞白鹭,阴阴夏木啭黄鹂。(王维《积雨辋川庄作》颔联)

前人极欣赏王维这个四叠字的诗例。翁方纲《石洲诗话》赞道:"右丞此句,精神全在'漠漠阴阴'四字"。郭彦深云:"'漠漠阴阴'用叠字之法,不独摹景入神,而音调抑

---

① 转引自林正三:《诗学概要》第七章"炼诗眼"部分引文。

扬,气格整暇,妙处悉在此四字之中。"①

　　丁丁漏水夜何长,漫漫轻云露月光。(张仲素《秋夜曲》)

　　"丁丁"为状声词,"漫漫"为状形词,两相衬映,将秋夜里秋声、秋色的特征表露无遗。又如:

　　泡泡炉香初泛夜,离离花影欲摇春。(苏东坡《台头寺步月得人字》颔联)

　　赵克宜说:"诗中运用叠字,使其余五字精神毕现,最佳。"②以上诸例说明,叠字如运用得当,足使全篇生色。然而叠字的运用贵在新颖、变化。如果,说杨柳必以"依依"形容,说雨雪必以"霏霏"描绘,即落前人窠臼而殊少韵味。一定要创新出奇,才能创出杰构。如徐师川词有"柳外重重叠叠山"(卜算子)之句,在茂密的烟柳之外,以"重重叠叠"状山之多。而苏颋《扈人鄠杜间》"云山一一看皆异,竹树丛丛画不成"之句,则用"一一"状山之多,一繁一简,一博一约,各得其所,不落俗套。又如黄庭坚《咏雪诗》"夜听疏疏还密密,晓看整整复斜斜"两句之中,十四字诗,八字相叠,大胆新颖,可谓匠心独运。

　　格律诗五言、七言居多,因诗句短小,叠字在句中尤其显眼,同时格外难于处理,相当容易落套。细说起来,五言、七言情况又有不同。范晞文《对床夜话》云:"双字用于五言,视七言为难。盖一联十字耳! 苟轻易放过,则何所取也。"他特别以杜甫诗为例,强调说明:"老杜虽不以此为工,然亦每加之意焉。观其'纳纳乾坤大,行行郡国遥';不用'纳纳',不足以见乾坤之大;不用'行行',则不足以见道路之远。又'寂寂春将晚,欣欣物自私',则一气转旋之妙,万物生成之喜,尽于斯矣! 他如'汀烟轻冉冉,竹日静晖晖','湛湛长江去,冥冥细雨来','野径荒荒白,春流泯泯清',以及'地晴丝冉冉,江碧草离离','急急能鸣雁,轻轻不下鸥','檐影微微落,津流脉脉斜','相逢虽衮衮,告别莫匆匆'等句,俱不泛。至若'霁潭鳣发发,春草鹿呦呦',则全用诗语矣!"此段例析,颇带感情,将老杜诗中叠字精粹,一一罗列,娓娓道来,使人入木三分地领略叠字锤炼之妙。

　　当然,诗中叠字的位置也无定格。有用于句首的,有用于句中的,也有用于句末的,比较随意,可以自由发挥。而叠字的锤炼又是需要功力的。总的来说,五言、七言相比,

----

① 转引自林正三:《诗学概要》第七章"炼叠字"部分引文。
② 转引自林正三:《诗学概要》第七章"炼叠字"部分引文。

五言难于七言,因为五言字少,七言句长,七言诗有更多的表情达意的自由掌握空间。

四、重出字法

重出是指一句或一首诗中,一字或数字再现的修辞方法。刘勰《文心雕龙·炼字》篇说:"重出者,同字相犯者也。诗骚适会,而近世忌同,若两者俱要,则宁在相犯。故善为文者,富于万篇,贫于一字。"行文遣词,诗文创作大都力避重出。殊不知,重出也是一种修辞手法。如苏颋《奉和春日幸望春宫》诗起句云:"东望望春春可怜。"金圣叹评云:"七字中凡下二'望'字,二'春'字,想来唐人每欲以此为能也。"

重出与叠字不同。叠字大都是形容词。或状其形,或状其声,或状其动作等。而重出则不限于此,如前面苏颋诗句中的"望春"是宫殿名,即望春宫之意,"东望望春春可怜"写春光大好,景色可人,决不是"望望"与"春春"的叠字之意。

重出的具体方法有多种。有的在一句之中,有的出现在一联上下句中重出一字。例如:

> 相见时难别亦难。(李商隐《无题诗》首联出句)
> 行尽深山又是山。(李浑《度关岭次天姥岑诗》颔联对句)
> 自去自来堂上燕,相亲相近水中鸥。(杜甫《江村》颔联)
> 但经春色还秋色,不觉杨家是李家。(李山甫《杨柳诗》颔联)
> 此生此夜不长好,明月明年何处看。(苏东坡《中秋月》)
> 春风春雨花经眼,江北江南水拍天。(黄山谷《次元明韵寄子由》颔联)
> 桃花细逐杨花落,黄鸟时兼白鸟飞。(杜甫《曲江对酒》颔联)

有在一句之中重出二字的。例如:

> 春心莫共花争发,一寸相思一寸灰。(李商隐《无题二首之二》尾联)

有一句之中重出三字的。例如:

> 日暮长堤更回首,一声蝉续一声蝉。(许浑《重游练湖怀旧》尾联)

有二句之中重出某些字的。例如:

夫戍边关妾在吴,西风吹妾妾忧夫。
一行书信千行泪,寒到君边衣到无。(陈玉兰《寄夫》)
荷叶生时春恨生,荷叶枯时秋恨成。
深知身在情长在,怅望江头江水声。(李商隐《秋暮重游曲江》)

有四句之中重出某些字的。例如:

终日看山不厌山,买山终待老山间。
山花落尽山长在,山水空流山自闲。(王安石《游锺山》)
一蓑一笠一扁舟,一丈丝纶一寸钩。
一曲高歌一樽酒,一人独钓一江秋。(王渔洋《题秋江独钓图》)
一折青山一扇屏,一湾清水一条琴。
无声诗与有声画,须在桐庐江上寻。(刘嗣绾《自钱塘至桐庐舟中杂诗》)

以上四点,从不同侧面证明了格律诗创作中炼字的重要作用。然而,诗的出色之处,并不仅仅在于字句的求奇出新。所以,沈德潜《说诗晬语》说:"古人不废炼字法,然以意胜,而不以字胜。故能平字见奇,常字见险,陈字见色。近人挟以斗胜者,唯难见而已。"对于其中的辩证关系,我们应该认真把握。

第二节　格律诗的修辞

过去作诗,谈炼字的多,谈修辞的少。其实,炼字、修辞本来就互相关联,难以区分。除了炼字之外,其它修辞手段,如譬喻、映衬、联绵、双关、借代等等,都是格律诗创作需要了解的知识。

一、譬喻

譬喻的功用,在于运用已知材料来说明未知事物,或者以具体事物来比喻抽象理论,使条理分明以加深读者印象。譬喻必须具备的要件,是譬喻者与被喻者必须有共同之点;而其本质截然不同,又有内在的逻辑性,方能成为好的譬喻。如:

自在飞花轻似梦,无边丝雨细如愁。(秦观《浣溪沙》)

离恨恰如春草,更行更远还生。(李煜《清平乐》尾联)
年来愁与春潮满,不信湖名尚莫愁。(王渔洋《秦淮杂诗》)
君当作磐石,妾当作蒲苇;蒲苇韧如丝,磐石无转移。(《孔雀东南飞》)

以上为有关譬喻的诗句例证。然而,为文之道,贵在创新。只有能道人所未道者,斯为善道。如果一味重复前人老调,终非好词,譬喻的道理也是这样。

二、映衬

在诗句的修辞中,两种相反的事物,互为引用,形成强烈的对比,从而收到加深读者印象之效果的方法,称为映衬。如:

事去千年犹恨速,愁来一日即知长。(李益《同崔邠登鹳雀楼》颈联)

感受是抽象的,极难描摹,文学的手法往往是借用具象的事物来表达抽象概念。此诗感叹流年易逝,愁长难却两种抽象感受,借用"千年"与"一日",已经成为鲜明对比,尚且感到不足以表达人生感受,进而再借"速"与"长",更加深其层次。又如:

全家白骨成灰土,一代红妆照汗青。(吴伟业《圆圆曲》)

"白骨"与"红妆"以颜色作映衬,色彩鲜明。

记取僧楼听雪夜,万山如墨一灯红。(易顺鼎诗句)

僧楼夜雪,山墨,雪白,夜黑,灯红,如诗如画,构成强烈对比,董季棠评之为:"末句以数字及颜色作对衬,意境之美,令人神往。"[①]

劝君莫话封侯事,一将功成万骨枯。(曹松《己亥感事》)

以数字作为映衬也是诗家常用格式。"一"代表极少,而"万"代表极多,对比强烈,平增了极深的人生感受。

---

① 转引自林正三:《诗学概要》第七章。

三、联绵

联绵词就是所谓双声叠韵词。双声,即两字之声母相同。叠韵,即两字之韵母相同。诗歌的特色,在于蕴含音韵之美。而双声叠韵之词,读来朗朗上口。所以唐人近体诗中,为使音韵之美臻于极致,每于对偶部分,一句用双声或叠韵,则另一句也就必须与它相对。连绵修辞的方法有三:

1.双声与双声相对　如:

　　信宿渔人还泛泛,清秋燕子故飞飞。(杜甫《秋兴八首》之三)
　　行人刁斗风沙暗,公主琵琶幽怨多。(李颀《古从军行》)
　　田园寥落干戈后,骨肉流离道路中。(白居易《望月有感》)

2.叠韵与叠韵相对　如:

　　水光潋滟晴方好,山色空蒙雨亦奇。(苏东坡《饮湖上初晴复雨》)
　　崔巍枝干郊原古,窈窕丹青户牖空。(杜甫《古柏行》)
　　怅望千秋一洒泪,萧条异代不同时。(杜甫《咏怀古迹》之一)

3.双声与叠韵互对　如:

　　苍茫古木连穷巷,寥落寒山对虚牖。(王维《老将行》)
　　风尘荏苒音书绝,关塞萧条行路难。(杜甫《宿府》)
　　蹉跎岁月心仍切,迢递江山梦未通。(罗隐《赠友》)
　　淅沥篱下景,凄清阶上琴。(长孙佐辅《别故友》)

四、双关

双关指一字、一词或一句兼有二意,而语音相谐,并使读者透过字面领会其弦外之音,感受其心裁巧妙的方法。其法有三:

1.字音之双关　　把本字寄义为另一同音字,作成双关之意。如刘禹锡《陋室铭》:"谈笑有鸿儒,往来无白丁。"借"鸿"为"红",以对下句"白"字。又如孟浩然《裴司士见寻》诗:"厨人具鸡黍,稚子摘杨梅。"借"杨"为"羊"以对上句之"鸡"字。

2.字形之双关　　利用传统的拆字法,用字体结构的拆分,作为语意的双关类型。如王维《春日与裴迪过新昌里访吕逸人不遇》诗:"到门不敢题凡鸟,看竹何须问主人。""题凡鸟"的典故出自《世说新语·简傲》篇:嵇康和吕安是朋友,每当相思就千里命驾,不辞劳苦,以求朋友相会。有一天吕安十分想念嵇康,急切赶来见面,碰巧嵇康不在,嵇康的弟弟嵇喜出门迎接。吕安不喜欢嵇喜,就在门山题写一个"凡(鳳)"字,扬长而去。嵇喜不解其意,心里还很高兴。嵇康回来,嵇喜把这件事讲给他听。嵇康笑了,说:"这是说(你是一只)凡鸟啊。"吕安题"凡(鳳)"字于门,表面是赞,而实质是讥讽嵇喜俗不可耐,不愿与他交往。王维在这里用"凡鸟"典故,虽然也达到字形上的双关效果,但却是活用其义。王维对吕逸人十分仰慕,专程拜访却失之不遇。此处王维活用典故,表达即使没有见到主人,看看他的雅居,熟悉一下他居住的环境,也会使人产生高山仰止的情感。

3.词义之双关　　立足一字或一词的本义,而引出所要表达的另一意思的双关类型。如,贾岛《客喜》诗:"鬓边虽有丝,不堪织寒衣。"由"鬓边丝"引作"蚕丝"解。又如,李义山《天涯》诗:"莺啼如有泪,为湿最高花。"将"啼"字引为"啼哭"之义,而衍出泪湿情状。又如张九龄《咏竹》诗:"高节人相重,虚心世所知。""高节"与"虚心",表面上虽是咏竹,其真意却为歌咏"高人、雅士"的节操与襟怀。再如,杜甫《古柏行》:"志士幽人莫怨嗟,古来材大难为用。""材大"二字,表面上关顾题目"古柏",实际是用以喻人。

五、借代

即不直接说出要说的事物,而借用与它有密切联系的事物来代替的修辞手法。一首诗能否化腐朽为神奇,借代往往能起到很微妙的作用。董季棠先生《修辞析论》中分"借代"为七类,现略述于下:

1.以事物之特征或标志借代事物　　如:

　　九天阊阖开宫殿,万国衣冠拜冕旒。(王维《和贾至舍人早朝大明宫》颔联)

以"衣冠"代表官史,"冕旒"代表天子,即以标志借代事物。

　　誓扫匈奴不顾身,五千貂锦丧胡尘。(陈陶《陇西行》)

以"貂锦"借代为戴貂皮帽、穿锦袍的战士。

> 朱门酒肉臭,路有冻死骨。(杜甫《自京赴奉先县咏怀五百字》)

"朱门"为富贵人家的特征,此处借代为富贵之家。

2. 以事物之所属或所在借代事物　如:

> 甲第纷纷厌梁肉,广文先生饭不足。(杜甫《醉时歌》)

"甲第"指旧时豪门大族的宅院,此指居住于甲第内之豪门富户,以所在借代事物。

> 一声已动物皆静,四座无言星欲稀。(李颀《琴歌》)

以"四座"借代为四座上之人。

3. 以事物之作者或产地借代事物　如:

> 何以解忧,唯有杜康。(曹操《短歌行》)

"杜康"原为古代的酿酒者,此处借代为酒。

4. 以事物之质料或工具借代事物　如:

> 汝阳三斗始朝天,道逢麹车口流涎。(杜甫《饮中八仙歌》)

"麹"原指酿酒的原料,此处借代为酒。

> 田园寥落干戈后,骨肉流离道路中。(白居易《望月有感》)

"干戈"是作战的工具,此处借代为战争。

5. 部分借代为全体　如:

> 六军不发无奈何,宛转娥眉马前死。(白居易《长恨歌》)

"娥眉"借代为女人,此处指杨贵妃。

过尽千帆皆不是,斜晖脉脉水悠悠。(温庭筠《望江南》)

以"帆"代船,是以部分代全体。

6. 特定和普通相代　如:

夜月荷锄村犬吠,晨星叱犊山沉雾。(郑燮《田家四时苦乐歌》)

"犊"是小牛,此处借代为牛,以特定代普通。

千岩竞秀,万壑争流。(晋书《顾恺之传》)

"千""万"泛指众多,并非一定就是"千"或"万"。以定数代不定数,也是以特定代普通,以定数代不定数,这种方法古来习用已久,一直到清人汪中始为点破迷津,他在《述学释三九》上篇云:"凡一、二之所不能尽者,则约之'三'以见其多;三之所不能尽者,则约之'九',以见其极多,此言语之虚数也。史记'管仲三仕三见逐于君;田忌三战三胜;范蠡三致其千金',此不必果为三,故知'三'者,虚数也。楚辞'虽九死其未悔',死不能九也,汉书云:'若九牛之一毛,肠一日而九回',此不必限以九也,故云'九'者,虚数也。推之十百千万等,亦复如是,学古者通其言语,则不谬其文字矣。"

7. 以具体代抽象　如:

渡头馀落日,墟里上孤烟。(王维《辋川闲居赠裴迪》)

以"落日"代夕阳之余光。又如:

古木无人径,深山何处钟。(王维《过香积寺》)

以"钟"代钟声,皆是以具体代抽象。另如:

但愿人长久,千里共婵娟。(苏轼《水调歌头》)

"婵娟"本为美好之女性形象,苏轼以婵娟借代明月,即以抽象代具体的典型用法。

第三节　格律诗的用典

用典是古诗词中常用的一种表现手法。刘勰在《文心雕龙》里诠释"用典"说："据事以类义，援古以证今。"用典的目的是以古比今，以古论今，借古抒怀，给人以典雅含蓄的美感。所谓典故是指"典型故实"。具体地说，包括历史记载的神话传说、历史故事、民俗掌故、寓言逸闻及流传下来的古书成语。一般来说，典故都有确定的典源。使用典故可以使诗歌语言精练，内容丰富，增加表达的生动性和含蓄性，收到言简意赅、余韵盈然的艺术效果。

一、用典的功用
用典的功用有四，略述于下：

1. 使立论有根据　　引述前人之言或事，以验证作者的理论，增强立论的功效。这就是《文心雕龙》所谓的"援古证今"。例如，李商隐《有感》诗：

中路因循我所长，古来才命两相妨。
劝君莫强安蛇足，一盏芳醪不得尝。

其中"蛇足"一词，引自《战国策》："楚有祠者，赐其舍人卮酒，舍人相谓曰：'数人饮之不足，一人饮之有馀，请画地为蛇，先成者饮之。'一人蛇先成，引酒且饮，乃左手持卮，右手画蛇曰：'吾能为之足。'未成，一人蛇成，夺其卮曰：'蛇固无足，子安能为之足。'遂饮其酒。"李诗即以"蛇足"为引证，使之成为立论的根据，表达一种不希望另生枝节的意愿。

2. 委婉表达心声　　诗中有不便于直述的，可借典故来暗示，婉转道出作者心声，即所谓"据事以类义"。例如，苏东坡《仇池石》诗句"欲留嗟赵弱，宁许负秦曲"。即借蔺相如"完璧归赵"的典故，委婉表达出作者之心意。另如《唐诗纪事》卷十六引：宁王李宪见卖饼者之妻明艳动人，而强娶为妾，且十分宠爱。翌年，宁王问："犹忆饼师否？"其妻颔首。宁王召饼师进府，其妻面对故夫，泪流满颊，凄婉欲绝。时有十馀文士在座，意皆感动，宁王命作诗以记其事。王维诗云：

莫以今时宠，而忘旧日恩。

看花满眼泪,不共楚王言。

王维诗借春秋时期息妫夫人的典故,以赞叹女人之坚贞,使宁王深受感动,而卖饼者之妻与故夫团聚。这个典故出自《左传》,庄公十四年,楚文王听信蔡哀侯的挑拨,发兵灭了息国,娶了息侯的夫人息妫,息妫为楚文王生了堵敖和楚成王两个君王,却从来也不说话。楚文王问,她回答说:"我一个女人,却嫁侍两个丈夫,既然不能死,又有什么好说的呢?"所以,当卖饼者之妻终于见到故夫,泪流满面,一言不发,哀婉欲绝时,深受感动的王维写下了"看花满眼泪,不共楚王言"的千载名句。

3.减少语辞之繁累 诗句之组成,应力求经济,尤其近体诗有一定字数限制,用典可减少语辞之繁累。如:

览 古

李商隐

莫恃金汤忽太平,草间霜露古今情。
空糊赪壤真何益,欲举黄旗竟未成。
长乐瓦飞随水逝,景阳钟堕失天明。
回头一吊箕山客,始信逃尧不为名。

此诗表达一种很强的乱世临头忧患感。诗中"长乐瓦飞"指汉之长乐宫。《汉书·平帝纪》有"大风吹长城,东门屋瓦飞旦尽"的记载,此典表达汉朝气象随瓦碎流水不见之情;"景阳钟"之典出自《南史》:"齐武帝数游幸,载宫人于后车,宫内深隐,不闻鼓漏,置钟于景阳楼上,应五鼓及三鼓。宫人闻声早起妆饰。"景阳钟是宫女们早起梳妆的信号,但景阳钟坠,宫女们再也听不到天明时的钟声,该是何等的悲哀。"箕山客"一词指尧时的许由,《庄子》:"尧让天下于许由。许由曰:'天下既已治也,而我犹代子,吾将为名乎?'"又"齧缺遇许由曰:'子将何之?'曰:'将逃尧。'"后两句借用许由典故,表达全身避祸的思想。像这样利用有限文字,即将所要表达的意念呈现在读者眼前,用典,减少了多少语辞的繁累啊。

4.充实内容、美化词句 用典可以使文辞妍丽,声调和谐,对仗工整,结构谨严,既增加外形之美,又丰富诗文的内涵。如李商隐《潭州》:

潭州官舍暮楼空,今古无端入望中。
湘泪浅深滋竹色,楚歌重叠怨兰丛。

> 陶公战舰空滩雨，贾傅承尘破庙风。
> 目断故园人不至，松醪一醉与谁同。

这是一首讽喻诗，作于李商隐由桂林北返回京，途经湖南潭州游陶侃墓、贾谊祠之后。其中"湘泪"一词，引《述异记》里故事："舜帝南巡，死于苍梧。舜妃娥皇女英伤心恸哭，泪下沾竹，而竹色尽斑。""楚歌"一词指屈原《离骚》和《九歌》中，指斥令尹子兰的故事。陶公句，借当年陶侃之战功显赫，以暗讽当今摒弃贤能现象。贾傅句，借贾谊祠中之蛛网尘封，风雨侵凌景象，寄寓人才埋没之感，又切合潭州之地，典中情景，与诗人当时之情景，融成一体，益觉凝练警策，读之令人顿生无限感慨。

二、典故的种类

典故的种类可分三种，即明典、暗典、翻典。分述于下：

1.明典　　指平白易懂，令人一望即知的用典。如：

> 气春江上别，泪血渭阳情。（杜甫《奉送二十三舅录事崔伟之摄郴州》）

"渭阳"一词出自《诗经·唐风》："我送舅氏，曰至渭阳"，用以代"舅氏"二字，即指题目中所送的二十三舅崔伟。又如，陆游的《邻水延福寺早行》：

> 化蝶方酣枕，闻鸡又着鞭。
> 乱山徐吐日，积水远生烟。
> 淹泊真衰矣，登临独悯然。
> 桃花应笑客，无酒到愁边。

其中"化蝶"一词，典出于《庄子·齐物论》："庄周梦为蝴蝶，栩栩然蝴蝶也，自喻适志欤！不知周也。俄而觉，则蘧蘧然周也。不知周之梦为蝴蝶欤！蝴蝶之梦为周欤？"后人遂以"化蝶"或"梦蝶"借喻为"睡觉"。而"闻鸡"一词则出自《晋书》："祖逖与刘琨，共被同寝。中夜闻荒鸡鸣，逖蹴琨觉曰：'此非恶声也。'因起舞剑。"此处借指清晨之意。

2.暗典　　指从字面上看不出用典的痕迹，必须详细揣摩玩味，方能体会的用典。如，元好问的《壬辰十二月驾东狩后即事之四》：

> 万里荆襄入战尘,汴州门外即荆榛。
> 蛟龙岂是池中物,虮虱空悲地上臣。
> 乔木他年怀故国,野烟何处望行人。
> 秋风不用吹华发,沧海横流要此身。

末句出自范宁《穀梁传序》:"孔子观沧海之横流,乃喟然而叹曰:'文王即没,文不在兹乎?'作者以文王之任为己任,故言'秋风不用吹华发,沧海横流要此身。'"暗典的使用,效法前人所用典故的意思,而不一定用其辞,即《文心雕龙》所谓"虽引古事,莫取旧辞"一类。

3.翻典 指反用以前的典故,使之产生意外的效果。比如,杜牧《赤壁怀古》:"东风不与周郎便,铜雀春深锁二乔。"历史上的史实是,东吴军队在周瑜率领下取得了历史性、决定性的胜利,而杜诗反用其典,为之设想一个失败的结局加以感叹,使人耳目一新。

又如李商隐《任弘农尉献州刺史乞假归京》诗:

> 黄昏封印点刑徒,愧负荆山入座隅。
> 却羡卞和双刖足,一生无复没阶趋。

李商隐曾任弘农尉,负责地方的公安司法工作,因为他秉公减免了对冤屈囚徒的处罚,触怒了顶头上司,于是愤而请假归京,为此,他写了这首诗呈送献州刺史。刚直的李商隐宁可挂冠而去,也不愿与逢迎阿谀之辈为伍,难怪他在诗中甚至羡慕被砍去双脚的卞和了。这实在是万般无奈的情况下,"却羡卞和双刖足",用这种极端的方式来表明作者不甘奴颜屈膝之意。其实何尝真愿斩足?不过是采用翻典的方式表达思想情感而已。

三、典故之来源

典故的来源主要有四个:一为比喻,二为引用成辞,三为引史事,四为引古人为此。分别介绍于下:

1.比喻 指将以前的人、地、事、物与当今作比况以说明道理的修辞方法。其中又可以分为以事喻事、以事喻人、以人喻事、以人喻人、以物喻人等五种情形。如,杜甫《别房太尉墓》:

> 他乡复行役，驻马别孤坟。
> 近泪无干土，低空有断云。
> 对棋陪谢傅，把剑觅徐君。
> 唯见林花落，莺啼送客闻。

诗中"对棋陪谢傅，把剑觅徐君"之句，前面一个典故是用晋代谢安与其侄谢玄相对下棋的亲密关系来比喻自己和房太尉的关系。后一句是用春秋时代吴大夫季札挂剑之事，比喻其去墓地吊慰之情及其与房太尉的生死交情。春秋时吴大夫季札去晋国办公务，路过徐国，与好友徐君切磋剑道。从晋国回来时，徐君已死，季札悲痛万分，遂解佩剑挂在坟前树上而去。后人常以"把剑觅徐君"表示早已心许之意。此处乃是以事喻事之类。又如李商隐《为有》：

> 为有云屏无限娇，凤城寒尽怕春宵。
> 无端嫁得金龟婿，辜负香衾事早朝。

诗中"金龟婿"一词，指做官之丈夫，按唐朝官制为九品制，凡品官皆应配龟。三品以上，其龟袋饰金。故后世言做大官的丈夫，即称"金龟婿"。此属以物喻人之类。再如李白《清平调》之二：

> 一枝红艳露凝香，云雨巫山枉断肠。
> 借问汉宫谁得似，可怜飞燕倚新妆。

诗中第四句乃引汉成帝宠幸赵飞燕之故事，以比喻杨贵妃，即以人相喻之例。又如李商隐《寄令狐郎中》诗：

> 嵩云秦树久离居，双鲤迢迢一纸书。
> 休问梁园旧宾客，茂陵秋雨病相如。

此诗属于以事喻人之例，据《西京杂记》云："梁孝王好营宫室苑囿之乐，作曜华之宫，筑兔园……日与宫人宾客弋钓其中。"司马相如游梁园，梁孝王令与诸侯同宿。故本诗之"梁园旧宾客"一词即指司马相如。司马相如是汉代成都人，长于词赋，景帝时为武骑常侍，武帝时召为郎，因通西南夷有功，后拜为孝文园令，因病免职，家居茂陵。所以诗中有"茂陵风雨病相如"之句。又如杜牧《金谷园》诗：

繁华事散逐香尘，流水无情草自春。
日暮东风怨啼鸟，落花犹似堕楼人。

此诗属于引过去之人以比喻今事的例证。诗中引用绿珠跳楼的故事，以喻眼中所见之落花，以人喻物。说的是，金谷园为晋时富豪石崇之别墅，石崇有妾名绿珠，美而艳，善吹笛。佞臣孙秀欲占为己有，石崇不答应，孙秀忌恨于心，后来假借赵王司马伦的名义逮捕石崇。当时石崇正在楼上宴客，武士到门，石崇对绿珠说："吾为尔得罪。"绿珠泪流满面说："当效死君前。"于是纵身跳楼而亡。此诗写诗人路过金谷园遗址，往日繁华不再，触发思古之情，景中有人，景中寓情，写景意味隽永，抒情凄切哀婉。

2.引用成辞 如岑参《奉和中书舍人贾至早朝大明宫》：

鸡鸣紫陌曙光寒，莺啭皇州春色阑。
金阙晓钟开万户，玉阶仙仗拥千官。
花迎剑佩星初落，柳拂旌旗露未干。
独有凤凰池上客，阳春一曲和皆难。

诗中"阳春一曲和皆难"中的"阳春"两字，是引用"阳春白雪"的成语剪裁而成。出自宋玉对楚王问："其为阳春白雪，国中属而和者，不过数十人。"表达的是一种曲高和寡之意。又如钱起《送僧归日本》：

上国随缘住，来途若梦行。
浮天沧海远，去世法舟轻。
水月通禅寂，鱼龙听梵声。
惟怜一灯影，万里眼中明。

其中"一灯影"一词，出自佛教《维摩诘经》："有法，名无尽灯。譬一灯燃千万灯，冥者比明，明终不尽。夫一菩萨开道千百众生，令发阿耨多罗三藐三菩提心。（译为无上正等正觉心）其道意亦不灭尽，是名无尽灯。"作者引此舟中禅灯之光影，比喻日本僧人带法回国，辗转发扬光大之意。

3.引史事 如郑畋之《马嵬》：

> 玄宗回马杨妃死,云雨难忘日月新。
> 终是圣明天子事,景阳宫井又何人。

诗中"景阳宫井"一词,引用南朝陈后主的典故,以比况唐玄宗。景阳宫本为南朝宫殿之名,景阳宫井又名"胭脂井"。隋灭唐朝时,陈后主与张丽华、孔贵嫔二妃,匿于井中被获,因又名"辱井"。又如杜牧《赤壁怀古》:

> 折戟沉沙铁未销,自将磨洗认前朝。
> 东风不与周郎便,铜雀春深锁二乔。

诗中"东风"二字,引用"借东风"的典故,出自《三国志·吴志》:"赤壁之役,周瑜用部将黄盖之计,火攻曹操大军。时东风大作,故得成功。"引用史事表述己见,以言周郎之胜魏,实乘东风之便而已。

4.引古人为比　　如范成大之《虞姬墓》:

> 刘项家人总可怜,英雄无策庇婵娟。
> 戚姬葬处君知否? 不及虞兮有墓田。

本诗就是引用古人相为比喻之例。《史记》中的《吕后本纪》说:"高祖为汉王,得定陶戚姬,爱幸而生如意。欲废太子立如意,不果。孝惠元年,吕太后酖赵王,断其夫人手足,去眼辉耳,饮瘖药,使居厕中,命曰人彘。"此诗引项羽之妻虞姬与汉高祖刘邦的戚姬相为比况,揭示权力与地位苍白、无力的一面。另如王维《辋川闲居赠裴秀才迪》:

> 寒山转苍翠,秋水日潺湲。
> 倚杖柴门外,临风听暮蝉。
> 渡头馀落日,墟里上孤烟。
> 复值接舆醉,狂歌五柳前。

此诗第七句以楚狂接舆比裴迪,第八句以陶潜自比,以示幽闲与淡泊名利。接舆是春秋时的楚国人,姓陆名通,字接舆。昭王时政治无常,乃披发佯狂不仕,时人称为楚狂。孔子适楚,楚狂接舆游其门而歌曰:"凤兮,凤兮! 何德之衰,往者不可谏,来者犹可追……"(《论语·微子》)。陶渊明有《五柳先生传》,故以五柳比陶潜。陶潜字渊明,一字元亮。陶侃之曾孙,曾为彭泽令,故又称陶彭泽。郡守派遣督邮到彭泽,县吏通知:"应束带见之。"陶潜叹道:"我不能为五斗米折腰向乡里小儿。"于是弃官而去。世称靖节先生。

典故包含的意义极其丰富,经历代诗人的引用和精心创造,或深沉浑厚,或含蓄婉转,蕴含着诸多弦外之音,言外之意,反复咀嚼,使人浮想联翩。在学习格律诗的创作中,了解这些典故的渊源,揣摩诗人使用中赋予的新意韵,可以体味到诗词语言的无穷奥妙,从而走进诗词所创设出来的艺术境界。

第四节　格律诗的章法结构

章法亦称结构。文学创作,无论诗、词、曲、赋、骈、散文,都需要注意结构,才能给人美感。俗话说:"文无定法,文成法立。定体则无,大体则有。"这是强调章法布局活的灵魂。一味死守结构,必至平淡无奇,难成佳作。清人沈德潜《说诗晬语》云:"诗贵性情,亦须论法,杂乱无章非诗也。然所谓法者,行其所当行,止其所当止,起伏照应,承接转换,自神明变化于其中矣。若泥定此处应如何,彼处应如何,不以意运法,转以意从法,则死法矣。试看天地间水流云往,月到风来,何处看得死法。"对诗歌的章法,初学者不可不知,又不可过于拘泥成法,束手碍脚,就是这个意思。清人徐增《而淹诗话》也说:"诗盖有法,离他不得,却又即他不得,离则伤体,即则伤气。"由此而知,初学者适宜入其法以求规矩,一旦了然于心,又必须出乎其法,才不致陷于沉滞呆板的境地。

一、起承转合

关于诗之章法,历代论诗诸家,多有专论。现举其要简述如下。

元代文人杨载的《诗法家数》说:"夫诗之为法也,有其说焉;赋、比、兴者,皆诗制作之法也。然有赋起,有比起,有兴起。有主意在上一句,下则贴承一句,而后方发出其意者;有分作两股,以发其意者;有一意作出;有前六句俱散缓,而收拾在后两句者……大抵诗之作法有八:曰起句要高远,曰结句要不着迹,曰承句要稳健,曰下字要有金石声,曰上下相生,曰首尾相应,曰转折要不着力,曰占地步。盖首两句先须阔占地步,然后六句若有本之泉,源源而来矣。地步一狭,犹无根之潦,可立而竭也……律诗要法,曰起、承、转、合。破题或对景兴起,或比起,或引事起,或就题起。总之,要突兀高远,如狂风卷浪,势欲滔天。颔联或写意,或写景,或书事用事引证。此联要接破题,要如骊龙之珠,抱而不脱。颈联或写意写景,书事用事引证,与前联之意,相应相避,要变化,如急雷破山,观者惊愕。结句或就题结,或开一步,或缴前联之意,或用事,必放一句作散场。使如剡溪之棹,自去自回,言有尽而意无穷。"这段论述,鞭辟入里,高度概括了诗词作法及其与章法结构的关系。关于法则特别介绍了起、承、转、合的重要性。

所谓起、承、转、合之说,对于律诗而言,一二句是起联,也叫首联;三四句是承联,亦曰次联或颔联;五六句为转联,亦称颈联或三联;七八句为结联,或称末联。对于绝句而言,则首句为起句,次句为承句,三句为转句,四句为结句。其法各有不同,分析如后:

1. **起**　起者或引事起,或就题起,或对风景起,或比起,总之,要突兀峥嵘,如狂风卷浪,势欲滔天,或如闲云出岫轻逸自在。明谢榛《四溟诗话》云:"凡起者当如爆竹,骤响易彻。"其中分明起、暗起、陪起、反起、引起、兴起等等,试举例说明如下:

①明起　所谓明起,指开口即将题面说出,毫不做作。如杜甫《虢国夫人》:

　　　　虢国夫人承主恩,平明骑马入宫门。
　　　　却嫌脂粉污颜色,淡扫娥眉朝至尊。

此诗题为"虢国夫人",而下笔即直接将题面写出,此法最便于初学。

②暗起　指不见题字,而题的本意就在里边蕴含。如于谦《咏石灰》:

　　　　千锤万击出深山,烈火焚烧若等闲。
　　　　碎骨粉身终不顾,只留清白在人间。

此诗题为"咏石灰",然却不直接道出,只暗中点出题意。留出空间让读者悬想,造成无穷之意味。

③陪起　指先借他种事物,以引出本题来的起句类型。如韩翃《寒食》诗:

　　　　春城无处不飞花,寒食东风御柳斜。
　　　　日暮汉宫传蜡烛,轻烟散入五侯家。

首句不言"寒食",而言"春城飞花",由眼前之景况,而引出题目来,这就是所谓陪起。

④反起　反起之法,在于不从题目正面说起,而从反面引出本题。如司空曙之《喜外弟卢纶见宿》:

静夜四无邻,荒居旧业贫。
　　雨中黄树叶,灯下白头人。
　　以我独沉久,愧君相见频。
　　平生自有分,况是霍家亲。

该诗题旨为"喜",而作者却从静夜无邻,荒居寂寞之景况叙起,而点出外弟之肯来为"可喜"之事。又如钱起《送僧归日本》:

　　上国随缘住,来途若梦行。
　　浮天沧海远,去世法舟轻。
　　水月通禅寂,鱼龙听梵声。
　　惟怜一灯影,万里眼中明。

此诗题为"送僧归日本",而作者却从来处着笔,以引出本题,这种起法,称之为"反起"。

⑤引起　论及引起之法,即不先说题目,而由眼中所见景物,以引出正意。如杜甫《客至》:

　　舍南舍北皆春水,但见群鸥日日来。
　　花径不曾缘客扫,蓬门今始为君开。
　　盘飧市远无兼味,樽酒家贫只旧醅。
　　肯与邻翁相对饮,隔篱呼取尽馀杯。

诗题为《客至》,却先以四周所见景物为衬托,而引出题面。这种方法和陪起相类似。

⑥兴起　兴起是由心中所怀之感想,引出题目本意的方法。与引起不同之处,在于一由眼前所见的景物引出,一自心中所感怀之事物以引出。如李频《渡汉江》:

　　岭外音书断,经冬复历春。
　　近乡情更怯,不敢问来人。

题目为"渡汉江",却就心中所感于旅居岭南之外,年复一年而音讯断绝,以引出题旨,此之谓兴起。另如明高启《梅花》诗:

> 琼姿只合在瑶台,谁向江南处处栽。
> 雪满山中高士卧,月明林下美人来。
> 寒依疏影萧萧竹,春掩残香漠漠苔。
> 自去何郎无好咏,东风愁寂几回开。

此谓之尊题法,亦谓之"颂扬起"。又如袁凯《咏白燕》:

> 故国飘零事已非,旧时王谢见应稀。
> 月明汉水初无影,雪满梁园尚未归。
> 柳絮池塘香入梦,梨花庭院冷侵衣。
> 赵家姊妹多相忌,莫向昭阳殿里飞。

起句以感叹语出之,即谓之"感叹起"也。

清沈德潜《说诗晬语》说:"起手贵突兀,如王右丞'风劲角弓鸣,将军猎渭城',杜工部'茫茫万重山,带甲满天地',岑嘉州之'送客飞鸟外'等篇,直疑高山坠石,不知其来,令人惊绝。"又云:"陈思极工起调,如'惊风飘白日,忽然归西山';如:'明月照高楼,流光正徘徊';如'高台多悲风,初日照北林',皆高唱也。后谢玄晖'大江流日夜,客心悲未央',极苍苍莽莽之致。"清施补华《岘佣说诗》云:"老杜之《登楼》诗:'花近高楼伤客心,万方多难此登临'之句,起得沉厚突兀,若倒装以转作'万方多难此登临,花近高楼伤客心',便是平调,此秘诀也。"以上所述,为近体诗起调的方法。初学者要琢磨、消化,才不至遇到题目,就产生无从下笔的感叹。

2.承　诗之承接方法,应注意题目的紧密关合,并紧接起句之立意,或写景,或抒情,或引事列证,不可松泛,力求一气贯注而成。古人曾说:"要如骊龙之珠,抱而不脱。又如草蛇灰线,不即不离方称佳妙。"这就是承接之要领。次联大体承起联缓急而来,写作方法贵和平匀称。写颔联需要视首联情况。首联急者宜纡缓之,缓者宜坚挺赴之。其中要么景生情,要么情生景。或抒情,或写景,或叙事,都要做到虚实相生。景为实,情为虚,前实后虚,前虚后实。要是专写情或专写景,则难收生动空灵之效。如王昌龄《闺怨》:

　　　　闺中少妇不知愁,春日凝妆上翠楼。
　　　　忽见陌头杨柳色,悔教夫婿觅封侯。

　　此诗题为"闺怨",其主旨在一"怨"字。起句偏不写怨,而从"不知愁"叙起,乃用反起之法,故承句紧接起句,用凝妆上楼以衬映出"不知愁"的意态,语意更显得连贯。

　　3.转　　律诗的转折在第三联,又称颈联。为何为"颈联"名之?盖欲俯仰上下,照顾前后也。在绝句则为第三句,转句在一首诗中占着极为重要的位置,也要求转得有精神,有变化,必须与起承相揖让,更须如疾雷破山,使观者惊愕。且要灵活,而又不可离题太远,能互相照应方为杰作。技巧略述于后:

　　①进一层转法　　就题目本意,推进一层而转,要求与起承关合,以免有突如其来的感觉。如刘方平《月夜》:

　　　　更深月色半人家,北斗阑干南斗斜。
　　　　今夜偏知春气暖,虫声新透绿窗纱。

　　作者于起、承二句正写题面,故第三句即从"月夜"进一层着笔,转到春天气候,以触动春愁,这就叫作进一层转法。

　　②退一步转法　　所谓退一步转法,即根据题目本意退一步来叙说。如司空曙《江村即事》:

　　　　钓罢归来不系船,江村月落正堪眠。
　　　　纵然一夜风吹去,只在芦花浅水边。

　　"纵然"二字有或许如此亦不过如此的意思。既能呼应上文的"不系船、正堪眠",又能照顾下文"只在芦花浅水边"一句,这就是退一步转法的实例。

　　③反转法　　反转之法,即从题目正面意义入手,转为反面之意的表述。如韦应物《淮上喜会梁川故人》:

　　　　江汉曾为客,相逢每醉还。
　　　　浮云一别后,流水十年间。
　　　　欢笑情如旧,萧疏鬓已斑。
　　　　何因北归去,淮上对秋山。

此诗题目本意为喜会故人,而于"欢笑情如旧"中,却感叹年华老去,鬓发斑白,由喜转悲。又如贾至《春思》:

> 草色青青柳色黄,桃花历乱李花香。
> 东风不为吹愁去,春日偏能惹恨长。

起承之"草青柳黄,有色有香",何等乐趣。而转句忽言有愁,是全反上文之意。叫作反转法。

④扩转法　即从题目之本意,扩大范围的转法。如杜甫《月夜忆舍弟》:

> 戍鼓断人行,边秋一雁声。
> 露从今夜白,月是故乡明。
> 有弟皆分散,无家问死生。
> 寄书长不达,况乃未休兵。

本诗题旨,原在一个"忆"字。由"白露明月"转而念及分散于四方的兄弟,这就叫作扩转法。

4.合　在律诗和绝句指尾联和结句。结句又称断句或落句。在绝诗中是第四句,于律诗则为第四联。结句之意,即是将前面三句或三联,作一总结以为收束也。古人云:"合处要风回气聚,渊永含蓄,如剡溪之棹,自去自回,且须言有尽而意无穷。"这里所谓"合处"即指结句而言。白石道人说:"一篇全在尾句,如截奔马,辞意俱尽。如临水送将归,辞尽意不尽。若夫辞尽意不尽,剡溪归棹是已。辞意俱不尽,温伯雪子是已。所谓辞意俱尽者,急流中截后语,非谓辞穷理尽也。所谓意尽辞不尽者,意尽于未当尽处,则辞可以不尽矣。非以长语益之者也。至若辞尽意不尽者,非遗意也,辞中以仿佛可见矣。辞意俱不尽者,不尽之中固已深尽之矣。"[1]沈德潜《说诗晬语》又云:"收束或放开一步,或宕出远神,或就本位收住。张燕公:'不作边城将,谁知恩遇深',就夜饮收住也。王右丞'君问穷通理,渔歌入浦深',从解带弹琴,宕出远神也;杜工部'何当击凡鸟,毛血洒平芜',就画鹰说到真鹰,放开一步,就上文体势行之也。"又就题作结者,如韩偓之《已凉》:

---

[1] 转引自林正三:《诗学概要》第五章。

> 碧阑干外绣帘垂，猩色屏风画折枝。
> 八尺龙须方锦褥，已凉天气未寒时。

此诗题为"已凉"，而结句言"已凉天气未寒时"，呼应题意，是谓之就题作结。由题外作结，如刘禹锡之《蜀先主庙》：

> 天地英雄气，千秋尚凛然。
> 势分三足鼎，业复五铢钱。
> 得相能开国，生儿不像贤。
> 凄凉蜀故妓，来舞魏宫前。

此诗题为"蜀先主庙"，然却以"凄凉蜀故妓，来舞魏宫前"作结，初看似与题目无关，却不脱其范围，而是从题目反面，发挥议论与感慨，所以仍然与题意相合。谢榛《四溟诗话》云："律诗无好结句，谓之虎头鼠尾。"诗词结语，至关重要，必须努力做到风流蕴藉，蕴藉则留有弦外之音，味外之味。

诗的起承转合章法，古今体制无大差别。只是古体不拘对偶，依其自然之音节，可以直抒胸臆。虽有字法、句法，刻意追求者并不多。今体则有一定格式，谋篇用字，遣词造句，除非锤炼无以得工。因此今体诗不像古诗那样高远浑厚。而《诗法家数》又说："绝句之法，要婉曲回环，删芜就简，句绝而意不绝，多以第三句为主，而第四句发之，有实接，有虚接，承接之间，开与合相关，反与正相依，顺与逆相应，一呼一吸，宫商自谐。"

总之，起承转合是创作格律诗必须遵循的基本法则。它是运用于诗词创作中互为依存的有机结合体。无好起，则无好的下文；不紧承，则显得散乱；不转折，则平淡无起伏；不整合，则无意境。因此我们鉴赏、学习古典诗歌，从它的起承转合入手，通过对缜密结构的梳理，就能把握脉络，实现对于作品意旨的领悟。如果我们的习作，把握了这些特征，写出格律诗来就会有一个基本模样。

第三篇　格律诗的吟诵

第一章 吟诵的概念与作用

吟诵是中国古代教育的优秀传统。史书记载,曹植十岁就能以背的方式吟诵《诗经》《论语》及词文赋几十万言,终生保持吟诵习惯。后来做了王子,与朋友相见,往往先沐浴更衣,给友人吟诵诗文以示欢迎,然后再谈古论今。这种现象,宋、明、清各代的童蒙教育阶段已相当普及,吟诵几十万上百万言的蒙童不乏其人,成为中国教育的一大亮色。我们要真正走进格律诗殿堂,学会格律诗的创作,除了熟知格律诗发展变化的历史,娴熟掌握格律诗创作的各种规范,反复习作之外,还要了解一个重要的学习与传承的方法——吟诵,它是学习格律诗的一条重要途径。

第一节 吟诵的概念

什么是吟诵

吟诵是我国传统的基本读书方式。传统的读书方法有多种,如朗读、诵读、默读等。在长期的学习与创作实践中,古人把吟诵作为主要的读书方法,进而又将阅读经史文赋等散文形式的方法称为诵读,将阅读诗词曲等韵文形式的方法称为吟咏,当代学术界则笼而统之将二者都称为吟诵。华锋先生在《吟咏学概论》中开宗明义即阐明这一概念。然后,他说:"吟诵包括了吟咏与诵读;吟咏与诵读都属于吟诵的一部分。"

吟诵,作为读书乃至创作的传统方法,历史悠久而古远,在古代文献中已多有使用。有人统计,《四库全书》提到"吟诵"一词有 139 处[①],而且,其表达的义项和用法与今人

---

① 徐健顺:《吟诵与教育》讲义,未刊本,第 2 页。

的理解基本一致。比如:《隋书》卷五十七《薛道衡传》记载东晋南北朝的文学创作风气时说:"江东雅好篇什,陈主尤爱雕虫,道衡每有所作,南人无不吟诵焉。"又如,宋人魏庆之的《诗人玉屑》中记载的诗人郭祥正的故事,更是生动地记载了吟诵与诗文传习的关系:"(苏)东坡守钱塘,功父过之,出诗一轴示东坡,先自吟诵,声振左右;既罢,谓坡曰:'祥正此诗几分来?'坡曰:'十分来也。'祥正惊喜问之,坡曰:'七分来是读,三分来是诗,岂不十分也。'"郭祥正吟诵其诗,苏东坡评价他是七分读三分诗,虽不无玩笑的意味,从另一角度也可以折射出吟诵确有很强的表现力。

"吟"在汉语中的基本含义是拖长腔,上古与"呻"义近,一般是有曲调的长腔。如《战国策·秦策二》:"今轸将为王吴吟。"东汉高诱注"吟"为"歌吟"。《毛诗序》:"吟咏情性,以风其上。"唐代孔颖达疏:"动声曰吟,长言曰咏,作诗必歌,故言吟咏情性也。"曹丕《燕歌行》:"援琴鸣弦发清商,短歌微吟不能长。"各例都标明了"吟"与音乐性有关,这是一个很重要的特征。"诵"原初是有曲调、有节奏地吟唱的意思。记录我国早期官学教育的《周礼·大司乐》记载:"以乐语教国子:兴、道、讽、诵、言、语。"汉儒郑玄为此作注说:"倍文曰讽,以声节之曰诵。"即兴、道、讽、诵、言、语是国子监传授的功课,都与音乐有联系。其中"讽"的方式大约与吟——拖长腔相近,而诵则有较鲜明的节奏。后世的文化传承中,教学过程大都弱化了音乐性,而吟诵则保留了它的有节奏、抑扬顿挫的形式特征。但是,弱化并不是消失,传统吟诵中保留着许多音乐的元素和基本特征,因此朱光潜先生在他的《诗论》中说:"中国从前的私塾读书都采用朗诵吟咏方式,都带有一定的歌唱意味,文人诵诗也是如此。"

吟诵保持一定的音乐性,按照一定的韵律、节奏去吟咏古典诗词,从教育和文化传承上考察是有其道理的。所以,华锋先生说:"吟诵兼有吟咏和诵读的功能,使用的范围极为宽广,是阅读、学习所有古典诗词文赋的统称,吟诵韵文可以说是吟诵,吟诵散文也可以说是吟诵,因此,我们可以把有节奏、有韵律地吟诵韵文称之为吟咏,把有节奏、有韵律地吟诵非韵文称之为诵读,而将这二者的活动统称为吟诵。吟诵就是我国传统的最主要的读书方法。"[①]

第二节　学习古典诗歌的门槛

中国古典诗歌在上古即形成了"诗言志"的传统。《毛诗序》说:"情动于中而行于

[①] 华锋:《吟咏学概论》,大象出版社2013年版,第16页。

言,言之不足,故嗟叹之;嗟叹之不足,故咏歌之;咏歌之不足,不知手之舞之,足之蹈之。"从创作实践方面讲,我国的古典诗词一向以抒情为主。《诗经》《楚辞》,汉代文人五言诗乃至隋唐的诗作,主流都是抒情诗。因此,中国文人学诗重在表情达意,创造意象,而不是描述事件的来龙去脉。当情意、情志萌动于心,必行于言表而后快,而心与言的转换往往不是一蹴而就,需要深情吟咏,反复玩味,从不断推敲、提炼中得来。所以,吟咏、吟诵一类的方法,就成为人们学习、阅读诗歌和创作诗歌的重要手段。正因为如此,长于吟诵研究的华锋先生称"吟咏是古人学习诗歌的门槛"①。

门槛的比喻非常生动形象,我们要走入古典诗歌的创作殿堂,吟诵是入门不可忽视且必须迈过的门槛。华锋先生之所以这样强调,其原因有三:

一、有利于把握四声

中国古典诗歌注重四声,格律诗讲究平仄,四声的掌握是创作的基本功。以吟咏的方法学习、阅读古典诗歌,有利于四声的把握。古典诗歌,尤其是格律诗和词曲,平仄都是固定的,以吟咏的方法去读,四声清楚,字的四声也就牢牢掌握住了。例如李白的《赠汪伦》:"李白乘舟将欲行,忽闻岸上踏歌声。桃花潭水深千尺,不及汪伦送我情。"与《早发白帝城》:"朝辞白帝彩云间,千里江陵一日还。两岸猿声啼不住,轻舟已过万重山。"这两首诗都是七言绝句,但前一首是仄起,后一首是平起,今人不懂吟咏,往往都用前四字后三字的方法来阅读,其结果肯定是平仄不分,韵律难求。那种不管平仄,一律以上四下三的方式读诗的,是元杂剧丑角念白的方法。吟咏讲究平仄,格律诗的吟咏尤其讲究平仄,绝不能简单处理为前四后三。这不仅会使诗歌失去了它的声律起伏和抑扬顿挫,使吟诵变得呆板而乏味,甚至最终失去它的音乐性和韵律美。

格律诗是如此,词曲要求更严。华锺彦先生在《戏曲丛谭》中说:"平声之音,自缓自舒,自周自正,自和自静,唱者尤重在出声之际,得舒缓周正和静之法。"②"上声出字,须自低处。因上声之字头,必从平起,转腔上挑,乃得上声正位。""去声宜高唱者,人皆知之。""入声唱法,最忌连腔,因入声连腔则似平声矣。"并引沈从绥《度曲须知》说:"阴去宜冒,阳平宜拿,上宜顿腔,入宜顿字。"③当然,这些说法都非常专业,不是我们一般人能掌握的,但它说明了,在古人眼中,四声是多么重要,又是多么复杂。通过吟咏,我们可以较为省力地学习、掌握四声,可以说是一举数得。

---

① 华锋:《吟咏学概论》,大象出版社2013年版,第37页。
② 见《华锺彦文集》(上),河南大学出版社2009年版,第78页。
③ 见《华锺彦文集》(上),河南大学出版社2009年版,第79页。

二、有利于读出诗文气韵

前边已经提到,三分诗七分读的现象某种程度反映了诗歌、散文等文学形式在吟诵和教学中的某种规律和作用,即以吟诵的方法表现古典诗词和散文,的确能把其中的气韵风神读出来。气韵是指文章、书画的风格、意境和韵味。《南齐书·文学传论》说:"文章者,盖性情之风标,神明之律吕也,蕴思含毫,游心内运,放言落纸,气韵天成。"作家创作有不同的天分和风格,诗文所形成的气韵不同,而我国的诗文创作讲究气韵,吟诵也要把气韵读出来才能把握住作品的思想内涵。

要把诗文的气韵读出来,每个字的四声是首先要读准确的,而读准四声最好的方法就是吟诵,由于吟诵有一套读四声的约定俗成的规范,掌握了这套规范更有利于表现诗文的气韵。

古人的诗词曲等韵文讲究气韵。比如,我们可以有许多方式去读李白《早发白帝城》,但是如果按照吟诵要求的方式,更能把这首诗的气韵淋漓尽致地表达出来。吟咏要求首句"朝辞白帝彩云间"须起得高亢,以显示出诗人遇赦之后的喜悦心情。次句"千里江陵一日还"只有读得流畅激宕,才能把江流高下之湍急表现出来,形成一日千里的气势。第三句"两岸猿声啼不住"须吟得轻细,如蜻蜓点水一般,一开即合,方能为下一句做好铺垫。最后一句"轻舟已过万重山"要吟得实大声宏,把告别昨天、迎来新生的心情展示出来。试想,我们若是能如此吟咏,这首诗的气韵不就能准确地表现出来了吗?这首诗的思想文化内涵不也尽在囊中吗?诗词如此,散文亦然。"中华吟诵周"活动中,许多先生采用吟诵方式读散文、骈赋,大气磅礴、气韵生动,给人留下深刻印象。这些都说明了以吟咏的方法去学习、阅读古典诗词,是学习古典诗词的正路。

三、有利于把握感情脉络

我国古典诗歌以抒情为主,以吟诵的方法表现诗歌,具有深入揣度琢磨、反复玩味的特征,有利于把握诗歌的气韵,有利于把握诗歌的感情脉络。这样的过程,增强了诗歌学习的感受,有益于转化成为吟诵者诗歌创作的能力。

以李白《赠汪伦》为例。这首仄起的七言绝句,按照吟诵要求,形成了"四二二四"的吟咏格式。诗人与友人汪伦依依惜别之际,桃花潭的乡亲们以鲜明的节拍,踏地而歌,这种节奏与诗词吟诵的节奏有着内在的契合,情动于中,出口成诵。诗是诗人现场吟诵出来的,所以,感情的线索十分明晰。其基调是喜悦、激动、难舍难分。首句高起,为全诗的吟咏奠定情感基础。"李白乘舟将欲行"的"将"字是平声,有所突出,表明诗人马上将离别时的特殊感受。"忽闻岸上踏歌声"的"闻"字很关键,正是乡亲们的踏歌声触动了诗人,才在一瞬间产生了创作的灵感,"闻"前加上一个"忽"字,传神地记录了这一心路历程。"闻"字又在长吟的节点上,与诗的情境相契合。"桃花潭水深千尺"是过渡,"千"字是平声,通过长吟似可把桃花潭的千尺深度吟出来,为下句抒情打下坚实基础。"不及汪伦送我情"是全诗高潮,全面放开,把诗人与友人、桃花潭乡亲们的深情厚谊倾泻而出。汪伦是诗人的朋友,桃花潭人的代表,所以"汪伦"二字安排在长吟的位置上。"情"字也要排在长吟的位置,用长吟的方式集中地将李白对友人的深情厚谊表现出来,方能传神表现作者的情感。当然,通过吟诵的方式也能够较好地复原和把握诗人创作的感情脉络。可见,吟诵确实有助于诗人情感的定位,对把握诗歌的感情脉络比较有利。

第三节　吟诵与礼乐文化的关系

一、礼乐文化的兴起与商周易代的关系

夏商周三代,中华文明确立了相对成熟的基本样式。其中有继承,也有变革。最为显著的变革是在殷商与周朝改朝换代时期进行的。

首先讲意识形态上的变革,它是后世社会与文化建设的起点。

殷周易代,共同尊奉上帝的周人和殷商人都面临着重新认识上帝的尴尬。殷商人认为,作为天下共主,拥有严格的祭祀制度,率民事神,可谓虔诚至极,而上帝对周人东进杀伐乃至入主中原竟缄口默认,不加惩罚,未免有失公正,因而大惑不解。周人虽以武力战胜了殷商,但也亟须寻找一个合适的理由,说明上帝帮助周人,而不帮助殷人,进而证实周人作为藩臣推翻共主的合理性。聪明的周人成功地解决了这一难题,革命性地把"德"这一政治、文化概念引入宗教、信仰之中,用"皇天无亲,唯德是辅"(《尚书·蔡仲之命》)来回答殷商以前的故有观念,宣布上帝不是随便保佑人的,只保佑有道德、代表天意的人。殷人的祖先凶残暴虐,屠戮无辜,所以上帝不再保佑殷商国祚。我们周人的祖先能修身立德,广施仁政,上帝自然保佑以德化天下。这样,周人不仅为伐商找到了合理的解释,并为周人把原始宗教改革成符合周人最大利益的、具有浓重道德意味的全新的人文宗教提供了理论支持,同时,还为其治国安邦找到了相对长治久安的路线。

其次,建立与意识形态配套的礼乐制度。为了确保新的观念形态得以实行,周人自觉地创建了一套严格的礼乐制度。其核心基于礼与乐两大范畴,是一整套对立统一的

文化、政治制度。礼、乐有分工的不同,即所谓礼以别异,乐以求同。也就是说,礼是用来区别等级名分,建立社会结构的;乐是用来团结内部,维护社会秩序的。前者的延伸,形成了等级制的国家体制;后者的细化,形成了以道德教化为特征的文化体制。因而,礼乐制度的建立成为周人治国安邦的重要政治保障。

周人的礼乐制度,依托以血缘为纽带的宗法制和精致完备的礼乐文化机制,从而流传至清末。经过汉人整理编纂的《周礼》《仪礼》和《礼记》,我们可以看到周代制度的基本面貌。"礼"的基本功能是维护西周政权建立起来的等级制度,这种制度与"授土治民"为特征的分封制结合,形成了中华文化特色的宗法分封制。在这种制度下,天子让嫡长子继承王位,同时,天子依据血缘亲疏、嫡庶尊卑及功劳大小,把王畿(天子直辖的领地)以外的国土和人民分别授予宗室子弟、嫡系姻亲和功臣,分封他们为公、侯、伯、子、男五等诸侯,让他们各建侯国,自备军队,自择官吏,实行政治自治,收藩卫中央政权之效。诸侯再按照宗法制封赐卿大夫以采邑;卿大夫又把部分采邑分给自己的宗室子弟——士;士没有可供再分配的土地,成为最低一级受封的贵族。这种严格的逐级分封受封的政治体制就是"分封制",历史上也称为"封建制"。

这种等级森严的政体,最大的特点就是"不同":贵族的等级不同,拥有的土地、财产不同,居住的房屋面积大小不同,出门时车马仪仗不同,贵族本人的服饰不同。礼制的目的就是要区别这些不同,使之上升为天经地义、不可改变的理念,使人各安其分、各司其职,形成一种"君君、臣臣、父父、子子"的礼制持续。统治者相信:"一日克己复礼,天下归仁焉。"[①]"礼之于正国家也,如权衡之于轻重也,如绳墨之于曲直也。故人无礼则不生,事无理不成,国家无礼不宁。"[②]因而大力维护礼制制度。

"乐"是与"礼"相匹配的一套典章制度。"礼"的区别等级,区别贵贱,反映社会硬控制的一面,缺乏弹性与张力。这种缺陷要靠"乐"的润滑来实现和谐。而"乐"的和谐目标的实现,又依靠"文"——文化、道德的力量来支撑。于是,在礼乐制度中,文化占有不可动摇的道德基础地位。

二、礼乐文化与诗教的关系

由此看来,礼乐文化是周朝治国安邦的基础。而且,"礼"与"乐"如影随形,相得益彰,与"礼别异"的硬控制相比,以道德作引领,以文教为根基的乐文化看似很软,却具有强大的"乐合同"的和谐功能,成为礼乐制度须臾不可离身的法宝。因此,礼乐制度离不

---

① 《论语·颜渊》。
② 《荀子·大略》。

开"乐"文化,"乐"文化除了祭祀、会盟、朝聘、宴饮、出征打仗、凯旋庆功的音乐功能之外,更注重文教诗乐文化,久而久之,诗乐教化成为乐文化的重要特征和有力支柱,使周文化呈现出一种礼仪文教、秩序井然、文明祥和的特征。因此,孔夫子感叹道:"郁郁乎文哉,吾从周。"①

由于周统治者赋予诗乐文化教化百姓的职能,于是《诗经》的地位凸显,成为中国政治和教化的权威经典,成为古代士人修养的必修课和社会的诗教传统。《论语·季氏》记载孔子的儿子孔鲤从庭中走过,孔子问:"学诗乎?"孔鲤答:"未也。"孔子说:"不学诗,无以言。"于是孔鲤开始学习《诗经》,最终成为一代儒者。在这样的文化生态环境中,《诗经》成为一种专门的育人学问——诗教,进而实现了诗与乐和教化密切的结合。历代在重视礼乐文化的同时,自然也十分重视诗乐文化,重视诗歌的教育作用和审美情操培养,重视诗歌的创作、收集、整理与传诵。这种把诗歌、音乐、诗教、乐教与政治、理想、道德、情操培养融合在一起而由历代继承的文化形式,成为中国文化的一种重要特征。

《诗经》所反映的时间,上至殷商末年,下至春秋中叶,上下五六百年;《诗经》的作者囊括了当时社会各阶层的人士;《诗经》的作品出自今天的陕西、山西、河南、河北、山东、湖北、安徽等广袤的土地,在那个语言、文字、音韵没有统一,交通、信息极不顺畅,甚至还处于战争、动乱的时代,这部语言统一、音韵一致、结构完整的诗集,能够产生并流传下来,本身就是一个奇迹。在当时的条件下,奇迹的创造绝非一人能够完成,只能依靠国家行为,只有依靠国家的行政力量,才有可能在几百年中,连续地从事着这一工作。具体完成这一宏大事业的,是一代又一代的周太师。他们首先委派被称为"行人"职官的人到民间采诗,然后用统一的文字、音韵及周人的礼乐观念去修改、加工、润色诗篇,最后再把诗作推广出去。没有他们的努力,就没有《诗经》的传世。

周人为什么这样重视《诗经》的搜集、整理与推广呢? 前人或以为是为了了解、体察民情,或以为是为了满足统治者宴飨享乐,或以为是为了充当教育贵族子弟的教材,这些都有道理,但又都不全面。周人搜集、整理、推广诗的根本目的,就是为了建立起一个完整的、从中央到地方的礼乐文化体系,从而巩固周人内部的团结,加强对全社会的统治。

前边讲到,周王室为了有效地统治各地,大封诸侯,授土治民,实行分封制,让那些与王室有密切血缘关系的贵族和立有军功的臣僚代表王室去管理地方。为了保证分封到各地的贵族不为各地的方言、不同的习俗所异化,王室通过诗歌,用统一的语言、文

---

① 《论语·八佾》。

字、音韵,即所谓的"雅言",来加强中央与地方的联系,用代表王室思想的作品去统一各国贵族们的政治观点、审美意识、道德情操及宗教信仰等。于是,诗在当时被周人视为加强内部团结、实现政治目标、维系中央与地方联系的重要手段。而在汉以后,在儒学的强力推动下,《诗经》与诗教更成为全社会政治与教化的工具。正如闻一多先生所言:

> 诗似乎没有在第二个国度里,像它在这里发挥过的那样大的社会功能。在我们这里,一出世它就是宗教,是政治,是教育,是社交,它是全面的生活。维系封建精神的是礼乐,阐发礼乐意义的是诗。所以,诗支持了那整个封建时代的文化。①

作为支撑整个时代的文化,涉及了社会全面生活历史使命的文化事项,必须有它传播的载体与途径。这就是诗教传统与吟诵传习。吟诵作为传统的、独具特色的读书与学习方式,无论是集中学习,还是个体学习,无论是私塾教育还是后私塾教育;主持吟诵教育的长者,与学习吟诵的学生,都是相对稳定的,老师也好,父兄也好,他们无不对自己教育的对象十分关心、呵护,他们所选用的教材都是最经典的优秀诗文。这些优秀的经典诗文,无不是传统礼乐文化的载体,因此完全可以说,吟诵本身就是传承、传播、弘扬礼乐文化的工具。

首先,吟诵的出现与礼乐文化的出现息息相关,并在一定程度上成为礼乐文化的基础。没有周人的礼乐文化,就没有周人的诗乐文化;没有周人的诗乐文化,就不可能有诗教的崇高地位,吟诵的传统就无从谈起。反过来说,没有吟诵的传统,诗学也不可能如此昌盛,也就形成不了优秀的诗乐教化传统,礼乐文化也更难以发扬光大。可见,吟诵之学对于弘扬礼乐文化的作用居功甚伟。况且在漫长的封建社会,礼乐文化是社会的主流文化,由于诗教传统的作用吟诵教学也一直得到文人学子的青睐。

"五四"之后,礼乐文化被科学、民主的潮流击溃,传统诗教被废止,吟诵之学也很快退出历史的舞台。从这个角度来看,吟诵之学应该是与礼乐文化共进退了。当然,我们今天倡导学习吟诵,并不是倡导恢复礼乐文化。礼乐文化的消失导致吟诵之学的衰亡,吟诵之学的兴盛却不能带来礼乐文化的兴盛。因为吟诵之学仅仅是服务礼乐文化的工具之一,礼乐文化的产生、发展、兴盛直至衰亡,有其特殊的历史文化背景,当其已不复存在之时,礼乐文化也绝无复兴的可能。而吟诵之学却不然,它是一种工具,是一种技艺,如同冶铁术、造纸术、造船术一样,是一种方法,是学习古典诗词的重要手段,所以,吟诵之学在礼乐文化衰亡之时,仍然可以服务于古典诗词的学习,且历久不衰。

---

① 闻一多:《闻一多全集选刊之一·文学的历史动向》,古籍出版社 1956 年版。

吟诵是传统教学方法之一。在清代废除科举制度之前,学习吟诵的目的十分简单,就是为了学习文化,参加科举考试,一举成名、耀祖光宗。对于社会来说,则是客观地弘扬了礼乐文化,为礼乐文化的传承和发展提供了后备人才。古代吟诵的内容也比较集中,就是四书五经和唐诗宋词。科举制度、四书五经本身都是礼乐文化的重要组成部分,所以,吟诵本身也是服务于礼乐文化的重要手段。由于吟诵的过程是学习传统经典的过程,也就必然是礼乐文化的传播过程。

　　吟诵具有一定的模式要求。比如,吟诵时要求按照一定的韵律、节奏,并带有一定的感情色彩,而且要不疾不徐、不温不火,以保持诗文的气韵贯通,按照这个模式进行吟诵的过程,也是培养符合民族文化精神的过程。我们平时所说的谦谦君子,温润如玉;文人气质,君子风度,其培养过程,都不是天生的或一蹴而就的,而是在日常生活中逐渐养成,在朗朗吟诵的过程中自然而然形成的。吟诵的过程,就是培养文明人才的过程。

第二章　吟诵的基本技术[①]

从技术层面分析,吟诵的基本概念主要有三点,即节奏、四声和吟诵与诗词内容的一致性。

第一节　吟诵的节奏

吟诵的节奏涉及什么是节奏,诗词的节奏如何形成,诗歌的节奏与诗歌吟诵的节奏之异同,以及如何把握节奏等一系列理论与技术问题。

一、什么是节奏

节奏是文艺美学中一个非常复杂的问题。从美学的观点来看,"节奏是指有规则反复的一定单位的音或形体运动的分节"。"它是音乐、诗、舞蹈等时间艺术的共同基本形式原理"。[②] 朱光潜先生的《诗论》用了一章的篇幅专门研究诗、乐与节奏的关系。朱光潜先生说:

节奏是宇宙中自然现象的一个基本原则。自然现象彼此不能全同,亦不能全异。全同全异不能有节奏,节奏生于同异相承续,相错综,相呼应。寒暑昼夜的往来,新陈的代谢,雌雄的匹偶,风波的起伏,山川的交错,数量的乘除消长,以至于玄理方面的对称,

---

[①] 此章与下一章关于格律诗吟诵的内容主要参考华锋先生《吟咏学概论》第五章和第七章部分内容,编排时有较大改动与删节,并按本书体例进行了规范。

[②] 日本竹内敏雄主编,刘晓路等译:《美学百科辞典》,湖南人民出版社1988年版,第212页。

历史方面兴亡隆替的循环,都有一个节奏的道理在里面。艺术反照自然,节奏是一切艺术的灵魂。①

可见,节奏的产生,是客观世界在文学艺术中的反映。无论是诗歌、音乐或舞蹈,节奏都在其中起着重要的协调作用。以诗歌为例,节奏无疑是诗歌的生命线,诗歌可以不押韵,但不能没有节奏;可以有无韵之章,不能有无节奏之章。譬如,《诗经·周颂》中的篇章都有鲜明的节奏,但都不押韵,谁也不能说《周颂》不是诗。反过来说,押韵的不一定就完全是诗歌,许多铭、赋、赞、诔,甚至文章都押韵,但由于它们没有诗的节奏,因此,谁也不能说它们是诗歌。因此,对于诗歌来说,节奏是诗歌的生命线。

节奏是如何由"自然"反映到"艺术"的呢?杨公骥先生在《〈诗经〉与〈楚辞〉对后世文学形式的影响》一文中,对这个问题,尤其是诗歌节奏的产生及特点,作了精辟的论述。他说:

节奏是诗的主要特征,诗之所以有节奏,是因为它是由劳动时的呼声演变而来,劳动呼声之所以有节奏,则是伴随劳动动作节奏而形成的。一般劳动的动作是由一来一往两个行动合成:打夯动作是一举一落,伐木动作是一斫一扬,拉锯动作是一进一退。这样,正如今日步兵行进时唱歌,其歌声的节拍必须适应步伐的节拍一样,原始劳动诗歌也必须配合两个行动合成的劳动动作,从而形成由两个节拍合成的四言古诗,如:"伐木丁丁,鸟鸣嘤嘤。"②

杨先生在这里明确指出,上古诗歌是有节奏的;节奏的产生是伴随着劳动动作的节奏而形成的;上古生产劳动节奏简单,上古诗歌一般都是两拍制的。杨先生虽然举的是《诗经》的例子,但依其理论向上推衍,上古劳动歌谣字数较《诗经》更少,但依然有明显的节奏,如著名的《弹歌》:"断竹,续竹;飞土,逐宍。"虽然每句只有两个字,但仍可视为两个节拍,读为:"断/竹,续/竹;飞/土,逐/宍。"

《诗经》的四言诗比《弹歌》一类的上古诗歌字数增多,信息量丰富了,但每句两拍制却没有变化。两拍制应是我国上古诗歌节奏的基本模式。例如"关关雎鸠,在河之洲"(《诗经·关雎》),明显是两个节拍,读时应该是:"关关/雎鸠,在河/之洲"。再如"三之日于耜,四之日举趾"(《诗经·豳风·七月》)也是两个节拍,读时应该是"三之

---

① 《朱光潜全集》第 3 卷,安徽教育出版社 1987 年版,第 124 页。
② 见《杨公骥文集》,东北师范大学出版社 1988 年版,第 353 页。

日/于耜,四之日/举趾"。不仅《诗经》大多数句式如此读,《楚辞》的大多数句式也是如此读。如《离骚》中的"帝高阳之苗裔兮,朕皇考曰伯庸。摄提贞于孟陬兮,惟庚寅吾以降",也都是两个节拍,读时应该是"帝高阳/之苗裔兮,朕皇考/曰伯庸。摄提贞于/孟陬兮,惟庚寅/吾以降"。当然,《诗经》和《楚辞》中都有句式从字面上可以分为三个节拍甚至更多的,例如《诗经》中的"六月食郁及薁,七月烹葵及菽"(《诗经·豳风·七月》)可以读为"六月/食郁/及薁,七月/烹葵/及菽"。楚辞中的"众女嫉余之蛾眉兮,谣诼谓余以善淫"(《离骚》)显然用两拍制解决不了问题,只能分为三个节拍来处理。

张白山先生在《关于七言绝句》一文中也论及节奏问题,他说:

> 前人写律诗或绝句之所以那么讲究平仄,无非是加强诗的音乐节奏感,平仄相间相重的排列,大约与西洋诗利用语言文字音节的强弱、轻重、长短相间相重的抑扬律差不了多少。……诗人为了加强诗的节奏美与音乐效果,有意重复音节,起了反复回环的作用,曼吟低唱,确实非常好听。[①]

张先生从格律诗的特点及音乐美的角度指出,格律诗不仅有其独特的节奏,而且其节奏还符合音乐美,吟诵起来动听悦耳。

二、诗歌节奏与吟诵节奏的关系

诗歌是有节奏的,不管如何看待我国古典诗歌的节奏,不管把我国古典诗歌的节奏点定在何处,学术界在古典诗歌有无节奏的问题上观点是一致的。回到吟诵的立场,诗歌的节奏与诗歌吟诵时的节奏有无区别呢?

1. 诗歌的节奏 从文学的角度来看,诗歌本身应该具有的节奏,是诗歌本身自然天成、能够为读者清晰理解的规律性过程。例如,杜甫《春望》一诗的颈联:"烽火连三月,家书抵万金。"从文学的角度看这一联的节奏点是"烽火/连/三月,家书/抵/万金"。分析这两句的语意,那就是:战争的烽火,持续燃烧,关山阻隔,此时一封平安家书,可谓价值万金。诗歌的节奏与诗歌的分析是一致的,是为诗歌的分析服务的。再如,李白《赠汪伦》的首二句:"李白乘舟将欲行,忽闻岸上踏歌声。"从文学的角度看它的节奏点,应该是"李白/乘舟/将/欲行,忽闻/岸上/踏歌声。"按照诗歌的节奏点去分析诗歌,自然能够很快就把握住诗歌的基本思想。可见,诗歌的节奏是相对固定的,是作者为了明确表达自己的思想而设立的,是为读者准确把握作品思想而服务的。

---

① 张白山:《关于七言绝句》,《文学遗产》1998年第1期。

2.诗歌吟诵的节奏　　即吟诵主体从声音音响的角度看诗歌的节奏,它表现着语音中的诗歌律动。这里有两个问题需要解决:一是吟诵时是否需要节奏?二是诗歌的节奏与诗歌吟诵的节奏二者的关系如何处理?

①诗歌吟诵是否需要节奏　　由于诗歌离不开节奏,节奏是诗歌的主要特征,吟诵时肯定需要节奏。尽管吟诵是跟着感情走的,感情的变化是没有节拍的,但诗歌本身具有强烈的节奏特征,无论是用书面语言还是口头语言将它表达出来时,这一特征都存在。犹如木材具有可燃性,无论将它制为桌子还是椅子,其可燃性的特质不会改变。关于这一点,张白山先生认为:

古人不论写散文或诗歌早就注意到行文的气势,运用语言文字的急促、缓慢,浩瀚流利,顿挫收敛,开阔呼应,吟诵起来,朗朗上口,这就是自然的音节音调。①

根据这一理论,张先生认为杜牧《清明》一诗吟诵起来应该是:

清明——时节——雨纷——纷,
路上——行人——欲断——魂。
借问——酒家——何处——有,
牧童——遥指——杏花——村。

张先生还认为:"七绝分为四顿来吟诵,更是符合呼吸吐纳的规律的,急脉缓受,都有生理的根据。"②可见张先生是极力支持诗歌吟诵需要有节奏这一观点的。

日本学者松浦友久先生认为汉语基本的"拍节节奏"是"两音一拍"③,因此,四言诗是"一句=四言=二拍=无休音"。五言诗是"一句=五言=三拍","句末具有'一音=1/2拍'的休音"。七言诗则是"一句四拍"即"一句=七言=四拍",句末同样具有"一音=1/2拍"的休音。毫无疑问,松浦友久先生认为中国诗歌是有节奏的。按照张白山与松浦友久先生的说法,诗歌吟诵必须按照一定的节奏来进行,这已确定无疑了。至于这个节奏点确定在什么地方则是另外一个问题。

②诗歌的节奏与诗歌吟诵的节奏之关系　　诗歌的节奏与诗歌吟诵的节奏具有相同

---

① 张白山:《关于七言绝句》,《文学遗产》1998年第1期。
② 张白山:《关于七言绝句》,《文学遗产》1998年第1期。
③ 见葛晓音《关于诗型与节奏的研究》,《文学遗产》2002年第4期。

和不同的二重关系,有时二者是一致的,有时二者是不同的。相同与不同是由诗歌的体裁所决定的。例如,《诗经》的节奏与吟诵《诗经》的节奏是一致的,"关关雎鸠,在河之洲",无论是分析还是吟诵,其节奏点都是"关关/雎鸠,在河/之洲"。在这里,文学的分析与吟诵的要求相和谐,因此,诗歌的节奏与诗歌吟诵的节奏也达到完全的一致。

但是,这在古典诗歌中毕竟是少数,更多的诗歌由于自身的原因,文学的节奏与音乐的节奏无法达到一致。例如《离骚》的"朝饮木兰之坠露兮,夕餐秋菊之落英"。进行语言文学的分析,应该将这一句分为三个节拍,即"朝饮/木兰之/坠露兮,夕餐/秋菊之/落英"。而吟诵此诗时,还可以按两个节拍来吟诵,即"朝饮木兰之/坠露兮,夕餐秋菊之/落英"。再如前面所举的杜甫名句"烽火连三月,家书抵万金",在吟诵时就不能按照"烽火/连/三月,家书/抵/万金"来吟诵,因为"火"字、"连"字、"抵"字都是仄声字,从语音的角度说,"平长仄短"是最起码的要求,这是语音要求的底线,不能随意突破。为此,吟诵这两句时,节奏点应该是"烽火连三/月,家书/抵万金"。"三"字、"书"字都是平声,可以拖长拍节,与"平长仄短"的原则不矛盾,可见,诗歌的节奏与诗歌吟诵的节奏有时是不相同的。

应该指出,"连"字、"家"字都是平声,为什么不把它们也列为节奏点呢？这除了"平长仄短"的要求外,还有吟诵习惯,以及吟诵美的问题。以"烽火连三月,家书抵万金"为例,"连"是平声,吟诵时肯定要延长一个节拍,可"连"字后面紧随着的是"三"字,因此,"连"字不应该吟得太长,只能把长吟的任务交给紧随其后的"三"字了。同样,"家"字也不应该吟得太长,而把长吟的任务交给紧随其后的"书"字了。依例可推"李白乘舟将欲行,忽闻岸上踏歌声"吟诵的节奏应该是"李白乘舟/将欲行,忽闻/岸上踏歌声"。这个问题后面还要论述,不再赘言。

三、如何把握诗歌吟诵的节奏

1. 诗歌吟诵节奏的不同观点　　有人认为,诗歌虽然有节奏,但诗歌的内容风格不同,其节奏也就不同,吟咏起来也就无规律可循。例如,朱光潜先生《诗论》就指出:

李白和周邦彦的两首《忆秦娥》虽然同用一个调子,节奏并不一样。只有不懂诗的人才会把"音尘绝,西风残照,汉家陵阙"(李)和"相思曲,一声声是,怨红愁绿"(周)两段同形式的词句,念成同样的节奏。诗的节奏决不能制成定谱,即使定谱,每首诗的节奏亦决不是定谱所指示的节奏。……陶潜和谢灵运都用五古,李白和温庭筠都用七律,他们的节奏都相同吗？这是一个极显而易见的道理,我们特别提出,因为古今中外都有许多人离开具体的诗而凭空论地讲所谓"声调谱"。

乐的节奏可谱,诗的节奏不可谱,可谱者必纯为形式的组合,而诗的声音组合受文字意义影响,不能看成纯形式的。①

朱光潜先生的观点很明确,诗是有节奏的,但诗又是语言的艺术,语言的内涵极为丰富,因此,诗歌是不可能有固定节奏的,诗歌的吟咏更不可能有固定节奏。

不言而喻,朱光潜先生在诗歌有无节奏的问题上虽与张白山先生、松浦友久先生一致,但对诗歌是否有固定节奏,意见却相去甚远,前者主张诗歌无固定节奏,后者力挺诗歌有固定节奏,吟咏是否有固定节奏就更不用说了。

2. 格律诗吟诵的基本节奏　　我们认为诗歌的吟咏应该具有相对固定的节奏。② 吟咏《诗经》有吟咏《诗经》的节奏,吟咏《楚辞》有吟咏《楚辞》的节奏,吟咏乐府诗、古体诗、歌行体均有各自的节奏,吟咏格律诗的节奏尤为鲜明,因为格律诗的形式是固定的,其节奏也是固定的。

从诗歌吟咏时应有固定的节奏来看,本书与张白山先生、松浦友久先生的观点是一致的,但对这一节奏如何把握,又有明显的不同。尤其是格律诗的节奏问题,分歧更大。张白山先生与松浦友久先生都认为七言绝句(因张先生只论及七言绝句)的节奏是一句七言四个拍节,本书则认为格律诗无论是五言或七言,无论是平起或仄起,其吟咏的停顿处都是固定的。平起绝句,除韵字必停顿长吟外,首句停顿长吟处必在第二字,次句停顿长吟处必在第四字,第三句停顿长吟处必在第四字,第四句停顿长吟处必在第二字。律诗重复一遍即可。简言之,吟咏平起绝句时各句停顿长吟处依次是"二四四二"字及韵字。而仄起绝句,除韵字必停顿长吟外,首句停顿长吟处必在第四字,次句停顿长吟处必在第二字,第三句停顿长吟处必在第二字,第四句停顿长吟处必在第四字,律诗重复一遍即可。简而言之,吟咏仄起绝句时各句停顿长吟处依次为"四二二四"字及韵字。所以,"二四四二"和"四二二四"就是格律诗吟诵的基本节奏。

3. 格律诗吟诵节奏的佐证　　将格律诗的吟咏停顿处如此处理的依据,前面已述,不再赘言,仅补充一条证据,这条证据恰恰来自朱光潜先生的《诗论》。朱先生说：

中国人对于诵诗似不很讲究,颇类似和尚念经,往往人自为政,既不合语言的节奏,又不合音乐的节奏。不过就一般哼旧诗的方法看,音乐的节奏较重于语言的节奏,性质

---

① 见朱光潜《诗论》,生活·读书·新知三联书店 1984 年版,第 128 页。另见《朱光潜全集》第 3 卷,安徽教育出版社 1987 年版,第 128 页。

② 见华锋《论古典诗词的吟咏》《也谈七言绝句的吟诵》,《河南大学学报》1999 年第 5 期和《中州学刊》2000 年第 4 期。

极不相近而形式相同的诗往往被读成同样的调子。中国诗一句常分若干"逗"（或顿），逗有表示节奏的功用，近于法文诗的"逗"（cesure）和英文诗的"步"（foot）。在习惯上逗的位置有一定的。五言句常分两逗，落在第二字与第五字，有时第四字亦稍顿。七言句通常分三逗，落在第二字、第四字与第七字，有时第六字亦稍顿。读到逗处声应略提高延长，所以产生节奏，这节奏大半是音乐的而不是语言的。①

朱先生的《诗论》作于1942年，是由多年的讲稿修改而成，此书对于我国诗歌的研究，对于中西诗歌比较的研究贡献甚伟。对本研究课题亦具有指导性价值。朱先生明确告诉我们：

第一，以前的确有一种重视音乐的节奏而轻视语言节奏的吟诗方法。按这种方法，"性质极不相近而形式相同的诗往往被读成同样的调子"，"是一种很呆板的千篇一律的调子，对于快慢高低的节奏，从来不加精细的推敲"。这种方法就是延续了三千多年的吟诵诗歌的方法。虽然"调子"基本上是"千篇一律"，但绝不是不考虑"快慢高低的节奏"，对诗歌的思想内容也是要深思熟虑，反复推敲的。在吟诵格律诗时，不管作者是谁，不管作品风格如何，其节奏停顿处都是一定的。但感情色彩的把握，声音高低的处理，依其内容不同而采用不同的声调吟诵也是吟诵的本来之义。

第二，朱先生谈到五言的停顿处一般是在第二、四、五字，七言的停顿处一般是在第二、四、七字，与吟诵实践中的停顿长吟处是一致的，只不过，我们所说的或为"二四四二"及韵字，或为"四二二四"及韵字，比朱先生所言更为细致更为具体罢了。五言诗的二、四字处一般都在节奏点上，需要时自然应该长吟；第五个字如果是韵字，自然更得长吟；即使不是韵字，是一句的结尾处，也可以适当长吟。七言诗的第二、第四字都处在节奏点上，需要时自然应该长吟；第七个字如果是韵字自然应该长吟，即使不是韵字，也应该适当长吟；第五个字，在大多数情况下都是需要特别强调的，这就是我们平时所说的第五字"要响"。诗人在第五字处要特别着力，吟诵时也应该特别着力，尤其是第五字是平声时，更应该着力。

第二节　四声与吟诵的关系

四声是汉语本身固有的一种语言规律，狭义上专指古汉语的"平、上、去、入"四种声

---

① 见朱光潜《诗论》，生活·读书·新知三联书店1984年版，第136页。另见《朱光潜全集》第3卷，第135页。

调。汉语声调的产生由来既久，一般认为周秦时期已有原始四声的存在。由于汉语四声调值各不相同，其起伏抑扬、长短错落特性的存在，决定了汉语言天生具有诗性与乐性特征，这也决定了四声与吟诵关系的建立。

一、佛教流传与四声确立

1. 转读佛经与四声定名　　关于佛教流传与四声概念所确立的关系，语言学者刘静分析说：

汉语究竟从何时起就有声调存在，现在还无法断言。但周秦时期就有声调是无可怀疑的，因为那时的诗歌已是按照声调押韵了。不过汉以前，人们还不知道有四声。直到南北朝齐梁间骈体文盛行，六朝文人又受佛教徒"转读"佛经的影响，逐渐察觉到自己的语言中也有声调的存在。[①]

对于转读佛经与四声定名的关系，陈寅恪先生说得较为精辟。陈先生的《四声三问》发表于1934年《清华大学学报》，文章说：

所以适定为四声，而不为其他数之声者，以除去本易分别，自为一类之入声，复分别其余之声为平上去三声。综合通计之，适为四声也。但其所以分别其余之声为三声者，实依据及模拟中国当日转读佛经之三声。而中国当日转读佛经之三声又出于印度古时声明论之三声也。……故中国文士依据及模拟当日转读佛经之声，分别定为平上去之三声。合入声共计之，适成四声。于是创为四声之说，并撰作声谱，借转读佛经之声调，应用于中国之美化文。此四声之说所由成立，及其所以适为四声，而不为其他数声之故也。[②]

也就是说，四声出现的直接原因并不是语言、语音、声调等理论研究的结果，而是受当时语言实践的影响而产生，即与当时转读佛经有关。对此，郭绍虞先生《永明声病说》认为陈寅恪先生的观点"固极有理"，同时，又从诗歌的歌唱与吟诵的角度补充了陈先生之说：

---

① 刘静：《汉语音韵学纲要》，陕西师范大学出版社1999年版，第31页。
② 陈寅恪：《金明馆丛稿初编》，生活·读书·新知三联书店2001年版，第367页。

我们更须知道四声之应用于文辞韵脚的方面,实在另有其特殊的需要。这特殊的需要,即是由于吟诵的关系。吟诵,则与歌的音节显有不同,而用韵也更有分别。自诗不歌而诵之后,即逐渐离开了歌的音节,而偏向到吟的音节。于是,长短句的体制觉得不甚适合了;于是对于韵的分析也不得不严了。此意,在顾炎武《音论》,江永《古韵标准例言》中均曾说过:顾氏谓:"古之为诗者主乎音者也;江左诸公之为诗,主乎文者也。文者一定而难移,音者无方而易转。"他所谓"音"者,即是歌的音节;所谓"文",即是吟的音节。吟的韵须分得严,故一定难移;歌的韵可随曲谐适,故无方易转。所以江氏谓:"如后人诗馀歌曲,正以杂用四声为节奏,诗歌何独不然。"在四声分别既已明晰之后,而词曲用韵尚且可以平仄互叶,那么推知四声分别以前,尽管在语音方面已有声调之殊,而诗歌用韵,却并不欲其分别之严。所以当时四声之分,虽是音韵学上的事情,而永明体却利用之以定其人为的声律者,正因当时之诗重在吟诵而不重在歌唱的缘故。①

　　由此可知,四声的概念确立于齐梁时期,此前虽然没有四声概念的表述,但历代的学人已积累了丰富的语言、语音、音韵、声调等方面的知识,为四声的出现奠定了坚实的基础。齐梁时期佛学盛行,转读佛经的优美曲调,刺激了学人依照转读佛经的曲调来吟诵传统诗歌的尝试,这毕竟是对传统的诗歌歌唱的一个重要改革,除了技术上的难度外,不仅需要理论层面的支撑,还需要得到社会的普遍认可,方可实现"约定俗成"。

　　于是,雅好文学艺术的权贵就起了重要的作用。所谓竟陵王子良的善声沙门的聚会,实际就是权贵聚集了时代的精英,研究如何把佛经的转读与诗歌的吟诵结合起来,以制定诗歌吟诵的规则。制定诗歌吟诵的规则,首先必须制定诗歌写作的规则,如果诗歌的写作没有公认的规则,诗歌的吟诵就不可能有共同遵守的规则。况且,《诗经》的四言体、《楚辞》的骚体、汉魏的乐府体,以及两汉以来文人的五言诗,以乐府旧题抒写新内容的模式、拟乐府等形式,诸多模式的诗歌可谓五花八门,不可能以沙门转经的一种模式去吟诵。以沙门转经的模式去吟诵《诗经》,就不可能吟诵《楚辞》;能吟诵《楚辞》,就不可能吟诵乐府诗。事实上,以沙门转经的模式吟诵传统的诗歌都不能达到理想的效果。因此,那些既精通语音、音韵、音调,又长于诗歌创作,且对沙门转经非常喜爱的文人便承担起创作一种全新诗体的历史重担——新诗体必须是既能继承悠久的诗歌传统,又能与优美的沙门转经相接轨,正是在这种思想指导下,全新的永明体得以问世。为了使这种诗体能够得到人们的普遍认可并规范创作,后来又创立了"四声八病"之说。事实上,正是这几次善声沙门的雅约之会,四声的概念才得以逐渐流传,并为全社会所

---

① 郭绍虞:《照隅室古典文学论集》,上海古籍出版社1983年版,第224页。

接受。可见,四声概念的确立不仅是传统语言、音韵、语音、声调发展的必然产物,也是受到佛经转读影响的产物,更是为了适应诗歌吟诵需要的产物。

2.吟诵模式的学术价值 如何评判四声产生之后所形成的吟诵模式的学术价值呢? 郭绍虞先生认为:自有四声之后,我国古典诗歌始由"歌"变为"吟"。胡适先生也持这一观点。胡适先生说:

大概诵经之法,要念出音调节奏来,是中国古代所没有的。这法子自西域传进来,后来传遍中国,不但和尚念经有调子;小孩念书,秀才读八股文章,都哼出调子来,都是印度的影响。①

朱光潜先生对胡适先生诵诗调子是"中国古代所没有"一说虽持有怀疑态度,但也认为"后来学童秀才所'哼'的调子受了和尚诵经的影响,也许是事实"②。在我们看来,我国古代诗歌的吟诵古来有之,而且直到五四新文化运动之前未曾中断。四声之学问世之前,吟诵应该是较为自由、灵活,甚至可以说是随心所欲的。四声之学产生之后,出现了一种与沙门转经韵律较为接近的、几乎是专门服务于永明体的全新的吟诵方法,这应该就是郭先生所说的"吟诵",也是胡适先生所说的"哼"的方法。这种方法,受四声的严格限制,比传统的吟诵模式应该是要求严格,中规中矩,但有极强操作性的吟诵模式。

随着永明体的逐渐成熟,至初唐后期形成标准的格律诗后,其吟诵的技巧也日臻成熟,并成为我国古典诗歌吟诵的重要形式。所以,不是说四声出现之后,我国古典诗歌才由"歌"变为"吟"的。"歌"的功能是用诗,"吟"的功能是学诗、教诗,二者的功能在四声产生之后,不但没有混为一体,反而是更加泾渭分明了。伴随着全新的诗歌体裁而形成了全新的吟诵模式。客观地说,这种专门服务于永明体的吟诵模式,只是在我国传统吟诵的百花园中,又增添了一株鲜美的奇葩而已,决没有取代传统诗歌的吟诵模式,最明显的实例就是乐府诗当时依然能够歌唱(乐府诗失去歌唱的功能是唐代后期的事)。即使是乐府诗的歌唱后来在文人中失传,但乐府诗的吟诵依然存在,并世代都有流传。可见四声的出现,是在传统诗歌吟诵的基础之上,又增添了一种新的吟诵模式,而不是所谓开创我国古典诗歌由"歌"到"吟"的新纪元。

---

① 转自朱光潜《诗论》,生活·读书·新知三联书店1984年版,第257页。另见《朱光潜全集》第3卷,第247页。

② 转自朱光潜《诗论》,生活·读书·新知三联书店1984年版,第257页。另见《朱光潜全集》第3卷,第247页。

二、四声的区别

了解了四声产生的背景之后,就知道四声的问世必然会走向与诗歌吟诵的结合。但是,四声与吟诵的关系前人极少论及。大概在前人看来,如果每个字都能按照正确的方法去读、去吟,其结果自然就是优美动听的,没有必要去做专门的研究。当然,这个正确的方法包括语音的强弱、高低、长短、轻重诸多因素。所以,在我们研究四声与吟诵的关系之前,有必要先回顾一下关于区别四声的传统认识。

最早的关于四声的解释当推唐释审琪所引《元和韵谱》的话:"平声者哀而安,上声者厉而举,去声者清而远,入声者直而促。"

顾炎武在《音论》里说:"平声最长,上去次之,入则诎然而止,无馀音矣。"

据赵元任的《国音新诗韵》,五声的标准读法如下:"阴声高而平。阳声从中音起,很快地扬起来,尾部高音和阴声一样。上声从低音起,微微再下降些,在最低音停留些时间,到末了高起来片刻就完。去声从高音起,一顺尽往下降。入声和阴声音高一样,就是时间只有它一半或三分之一那么长。"

流行的四声歌诀也说:"平声平道莫低昂,上声高呼猛烈强,去声分明哀远道,入声短促急收藏。"①

郭绍虞在《声律说考辨》中对流行的四声的解释,事实上已说明四声有长短、高低之别,而且是平声最长,上去入三声都没有平声长,这也是"平长仄短"说最重要的依据。郭先生说:

我们可以说永明体的声律是外形的声律,是人为的声律,是适合于当时简单的新体小诗的声律,但这种声律,是从文字上读音调值的基础上产生的,决不是从乐律上所定五声音阶的比较音高产生的。就调值讲,当时的所谓四声,是把每个字的读音,分为平上去入四种:昔人有分四声法的歌诀,即所谓"平声平道莫低昂",谓此类读音一直可以延长下去,所以称"平",也即是说在语音学上所谓高平调和高升调;"上声高呼猛烈强",谓此类读音向上有高呼之象,所以称"上",这即现在语音学上所说的降升调;"去声分明哀远道",谓此类读音有向下逐渐消失之象,故以哀远道喻之而称为"去",这即语

---

① 以上引文均见朱光潜《诗论》,生活·读书·新知三联书店1984年版,第162~165页。另见《朱光潜全集》第3卷,第159~162页。

音学上所谓全降调;"入声短促急收藏",谓此类读音短促,有急于收藏之意,故以"入"字代表之。①

依照以上引文的观点,我们可以判定,四声在长短、高低、轻重、强弱诸方面的确有别。但由于四声属于音韵学的一部分,本身就是一门艰深的学问,而文章仅仅是研究四声在吟诵中的作用,不可能对四声做专门全面的研究。再加上中古时期平上去入的四声与今天说的阴平阳平上去的四声是两个不同的概念,北方语系与南方语系的四声亦有区别,正如朱光潜先生所说:

我们通常笼统说"四声",但是南音的四声是平上去入,北音无入声,四声是阴平阳平上去。如果再细分,广东有九声,浙江、福建有些地方有八声,江苏有些地方有七声,西南中部各省有五声,北方只有四声。如果拿长短、高低、轻重做标准来分四声,各区域的读法不一律(比如同是平声,北平人比成都人和武汉人读得较短,入声普遍很短而长沙人读得很长),也很难得到普遍的结论。②

可见四声问题涉及面很广,远远超出我们对吟诵研究的范围,而且有越扯越乱之嫌,故不在此展开。只要弄清楚四声有长短、高低、轻重、强弱的区别就足够了。

三、四声在吟诵中的作用

四声有长短、高低、轻重、强弱之分。这些分别不仅古今有所不同,而且不同地区也有差别。在那个交通不畅,信息闭塞,文化保守的时代,"三里不同俗,五里不同音"是很普遍的现象。所以,我们不能以一个地区的语言现象去否定其他地区的语言现象,也不能把一个地区的语言规律当成所有地区的普遍规律,更不能将在一个地区制定的一条与该地区语言现象相适应的语言规则视为放之四海而皆准的语言规则,而只能在大量的吟诵活动中,寻找各地区在吟诵时基本遵守的规律,从而找出吟诵与四声的关系,制定出既符合四声自身特点,又符合吟诵客观现实的游戏规则。也就是说,古人是根据四声特点来进行吟诵的,我们则是根据吟诵的现实去寻找四声对吟诵的制约与支持的。

1.现实吟诵活动中四声的长短　　吟诵中存在四声的长短区别。台湾陈启雄先生

---

① 郭绍虞:《照隅室古典文学论集》,上海古籍出版社 1983 年版,第 258 页。
② 朱光潜:《诗论》,生活·读书·新知三联书店 1984 年版,第 161 页。另见《朱光潜全集》第 3 卷,第 159 页。

是著名学者、吟诵大师。他在吟诵王翰《凉州词》时,其节奏停顿处非常明显,同时又富于变化。为了说明问题,我们将全诗录于下,在陈先生有意长吟之处,以……或…标明。

葡萄……美酒夜光杯……,欲饮琵琶……马上催……。
醉卧沙…场……君莫笑……,古来……征战几人回……。

葡萄的"萄"字属于下平声豪韵,琵琶的"琶"字属于下平声的麻韵,沙场的"沙"字属于下平声的麻韵,"场"字属于下平声的阳韵,古来的"来"字属于上平声的灰韵。可见陈先生有意长吟之处,皆为平声。"沙场"二字都是平声,二字皆可长吟,但二字紧密连在一起,若是都长吟,会显得节奏松散,影响了吟诵的音乐美,所以,陈先生在"沙"字处虽是长吟,但比"场"字还是缩短了半拍,将长吟的空间让给了"场"字。至于"杯""催""回",因是韵字,自当长吟,无须赘言。

再如周笃文先生所吟杜甫《蜀相》,其长吟之处,亦皆是平声。为说明问题,亦仿照前例,将周先生所吟《蜀相》列于下面:

丞相祠堂……何处寻……,锦官……城外柏森森……。
映阶……碧草自春色……,隔叶黄鹂……空好音……。
三顾频繁……天下计……,两朝……开济老臣心……。
出师……未捷身先死……,长使英雄……泪满襟……。

诗中"堂""官""阶""鹂""繁""朝""师""雄"皆为平声;"寻""森""音""心""襟"皆为韵字,自当长吟。可见,周先生亦是在平声及韵字处适当长吟。不仅陈、周两先生如此,笔者所接触到的吟咏名家无不如此,可见在平声处适当长吟是普遍遵循的原则之一。事实上,关于这个问题,华锺彦先生早有研究,并得出明确结论。华先生说:

近体诗有格律的限制,读近体诗也必须按照自古相传的规律来读。过去对此规律是口耳相传的,近数十年来,知道近体诗读法的人越来越少了。有人说,五言诗每句都要上二字一顿,下三字一顿,即所谓上二下三;七言诗则上四下三。众说纷纭。这说法不符合诗的音乐性的规律,违反"平长仄短"的基本原则,特别是七言诗一概上四下三的错误读法,更为普遍。所以1982年在西安唐代文学学会上,苏仲翔教授说:"句句用上四下三的读法,我们是不要的。"看来过去很习惯的读法,现在变成很新鲜的学问了。①

吟咏之法,本非专门高深学问。过去师弟之间,教读唐诗,口耳相传,习以为常,自然人人会通。自"五四"以后,特别是解放以还,无人提倡,吟咏之声日渐稀少,只有胡乱诵读,安蔽乖方。故欲振拔旧闻,难于开辟新径,甚至"平长仄短",反成了专门学问,世有知音,能不为之捧腹。②

华先生对于吟咏之学的重大贡献之一,就是提出吟咏应该遵循传统的"平长仄短"的原则,"平长仄短"的原则已为吟诵界同仁所接受。不仅吟诵格律诗如此,吟诵古体诗如古诗、乐府诗、歌行体等诗歌及之后的词、曲,一般均应遵循这一原则。吟诵产生于四声之前的诗歌如《诗经》、《楚辞》、汉乐府等,则不一定遵守。

2.现实吟诵活动中四声的高低　　关于这个问题,朱光潜先生说:

四声有高低的分别,从前人似乎都忽略过去。近代语音学者才见出它的重要。刘复以为高低是四声的最重要的分别,甚至是唯一的分别。他说:"我认为四声是高低造成的……我们耳朵里所能听见的各声的区别,只是高低起落的区别;实际上长短虽然有些区别,却不能算得区别。"……四声有高低的分别大概不成问题,成问题的是高低的测定。③

四声高低的测定的确是很复杂、很困难的,甚至比四声的长短更难以把握。一般来说,对四声的长短尚可凭借听力有所感受,而对音高则难以做出正确的判断。一般人在分析四声的高低时往往受语言环境的影响,而难以对其本身的音高做出科学的判断。对四声高低的测定,既不是根据一两个人嗓门的高低分析就能得出结论的,也与说话时人的思想情绪无关,而与南北不同地区的语音习惯有密切关系,因此四声的测定,必须通过大量的仪器测试才能得出科学的结论。朱光潜先生在其《诗论》中说:

四声的高低难判定,不但因为各地发音不同,尤其因为每声在它的习惯的音长之

---

① 《唐诗的赏析与吟咏》,《华锺彦文集》(中),河南大学出版社 2009 年版,第 876 页。
② 《再论唐诗的吟咏》,《华锺彦文集》(中),河南大学出版社 2009 年版,第 817 页。
③ 朱光潜:《诗论》,生活·读书·新知三联书店 1984 年版,第 163 页。另见《朱光潜全集》第 3 卷,第 160 页。

内,不能维持一律的音高,有时前高后低,有时前低后高,有时起伏不平。①

尽管四声的高低难以测定,但在现实的诗歌吟诵中,四声的高低依然是客观的存在,并于诗歌的吟诵中起着重要的作用。吟诵永明体及后来的格律诗时能朗朗上口,就是四声的高低起了重要作用,吟者按照四声的高低,自然就能吟得抑扬顿挫,委婉动听。一般来说,吟诵时是平高仄低。但在吟诵的实践中也不尽然。一般说来,"阴平较高,阳平较低",是有一定道理的,为了说明问题,我们不妨以杜甫《八阵图》为例,说明四声的高低的确对吟诵有着重要的影响。

《八阵图》是一首典型的仄起五言绝句,其平仄音韵都十分严格,很适合做分析的例证,原诗如下:

> 功盖三分国,名成八阵图。江流石不转,遗恨失吞吴。
> —｜——｜,——｜｜—。——｜｜,｜｜｜—。

严格来讲,分析四声对吟诵的影响,应该用精密的仪器记录下东南西北若干熟悉掌握方言的人,以不同的方言吟诵这首诗后,再加以比较。目前尚达不到这一要求。在没有掌握更为详尽的音值数据的情况下,只能依据我们的吟诵实践来对这首诗进行详细剖析。尽管如此,也可以看出四声的高低在吟诵时所起的作用。

通过对杜甫《八阵图》的音韵分析,可以看出四声的确有高低,而且四声的高低对诗歌吟诵起着十分关键的作用。诗歌吟诵是感情的表达,为了将诗中感情表达出来,很大程度上需要通过四声的强弱表现自己的感情。例如"功盖三分国",就必须起得高,否则不足以表现出诗人对诸葛武侯的敬仰。再如"海内存知己,天涯若比邻"与"烽火连三月,家书抵万金",这两句的平仄结构完全相同,但吟诵起来高低强弱完全不同。这不仅是由诗的内容所决定的,更是通过四声的强弱来实现的。

3.吟诵活动中四声的轻重、强弱 四声的轻重、强弱作用有多大,学术界对此认识的分歧远远超过了对四声的长短、高低的认识。顾炎武《音论》说:"其重其急则为入为上为去,其轻其迟则为平。"②依顾氏所言,平声较轻,二种仄声字都重于平声,显然认为四声是有轻重之别的。刘复先生在《四声实验录》则持相反的观点,他认为:"无论哪一

---

① 朱光潜:《诗论》,生活·读书·新知三联书店1984年版,第163页。另见《朱光潜全集》第3卷,第161页。

② 转引自朱光潜《诗论》,生活·读书·新知三联书店1984年版,第165页。另见《朱光潜全集》第3卷,第162页。

声都可以读强,也都可以读弱,而其声不变。"①问题又回到对四声讨论的起点。

经过我们在吟诵实践中的观察,汉语本身就存在轻重、强弱之别。这个区别不是你声音高了,嗓门大了,就是强了,就是重了,而是有些字压根没法读重,没法读强,这是汉语自身的特质所决定的。例如"葡萄"的"萄","琵琶"的"琶"都不可能读重、读强。尤其是我们在吟诵古典诗歌时,对轻重、强弱的要求更高,因为这还涉及音乐美的问题。例如我们在吟诵"葡萄美酒夜光杯,欲饮琵琶马上催"二句时,如果把"萄"字和"琶"字读重、读强了,不仅违背了吟诵的基本要求,而且破坏了吟诵的音乐美,使人听了感到难受,感到不和谐。当然,这个例子比较极端,但至少说明轻重、强弱不是一个面人,你想怎么捏就怎么捏。《元和韵谱》也好,流行的四声歌诀也好,都明确点出四声在轻重、强弱方面是有一定差异的,只不过这是前人根据自己的语感而得出的结论,没有经过精密仪器的测定而已。尽管如此,这个结论还是很有价值的。朱光潜先生认为:

就大体说,发四声时所出的力有强弱,所得的音自有轻重之分。读上入二声似比读平去二声较费力,所以较重,如《元和韵谱》以及四声歌诀所指示的。不过这还是臆测,各区域发音不同,同一声的轻重容易有出入,还待精细的测验去断定。②

可见朱先生也赞同四声是有轻重、强弱之别的。虽然他认为"各区域发音不同,同一声的轻重容易有出入",但这只能说明由于不同地区的发音不同,同一声的轻重可能有所不同,不能说明同一声调没有轻重的区别。也就是说,同一声调在不同地区肯定有轻重的区别,至于是什么样的区别还难以确定。因此,我们的结论十分明确,四声的确有轻重、强弱的区别。

综上所述,四声的产生对我国古典诗歌的创作及吟诵,具有重大意义。正是由于四声的产生,才形成了永明体诗歌;有了永明体诗歌,才有了唐代的格律诗。格律诗不仅是我国古典诗歌中形式最为整齐、要求最为严格、最具有审美意义、在汉文化圈中影响最大的诗体,而且对词体的形成与发展,起了重大作用。也正是由于四声的出现,我国的古典诗歌才正式由"歌"转为"吟"。格律诗的吟诵,因其形式简单易学,便于操作,成为传统吟诵中唯一被保存下来的"活化石"。四声对吟诵的影响之大可想而知。

---

① 转引自朱光潜《诗论》,生活·读书·新知三联书店1984年版,第165页。另见《朱光潜全集》第3卷,第163页。

② 转引自朱光潜《诗论》,第165页。另见《朱光潜全集》第三卷,安徽教育出版社1987年版,第163页。

第三节 吟诵必须注重诗歌的思想内容

节奏和四声对吟诵的影响非常大，我们讨论的节奏、四声与吟诵的关系，就是在研究形式对吟诵的影响与制约。在吟诵的实践中，除了形式对吟诵会产生重大影响，作品的内容对吟诵也会产生重大的影响。为什么说一部已完成的作品，其思想内容会对吟诵产生重大影响呢？

一、题材对吟诵的影响

吟诵与作品的主题有密切的关系，这种观念由来已久。过去私塾先生在指导学童读书时爱说：读书必须有感情，吟诵《出师表》不哭不忠，吟诵《祭十二郎文》不哭不慈，吟诵《陈情表》不哭不孝。可见，吟诵时必须考虑到作品的内容，吟诵韵文时更是如此。

从我国古典诗歌的传统题材来看，题材对诗歌的吟诵有重大的影响。我国传统诗歌以抒情为主，其题材自然就会影响到诗篇所要抒发的情感，也就是说，诗篇的主题决定了所要抒发的感情。王立先生曾将我国古典诗词的传统题材分为十大类型，即惜时主题、相思主题、出处主题、怀古主题、悲秋主题、春恨主题、游仙主题、思乡主题、黍离主题及生死主题。① 尽管学术界对此说有不同的意见，但这并不妨碍我们以之研究古典诗词内在的主题与外在的吟诵之间的关系。十大主题说至少说明了以抒情诗为主的诗词作品所抒之情的主题背景是不同的，主题背景不同，所抒之情自然也就有所不同。例如，惜时主题与悲秋主题，主题背景完全不同，所要表达的思想感情也就全然不同；所表达的思想感情不同，势必影响到吟诵时的感情处理。

很显然，惜时主题与思乡主题内容的不同，直接影响到吟诵的不同处理。吟诵惜时主题时，应该以感伤、悲凉为主；吟诵思乡主题时，应该以思念、关切为主。可见吟诵时的情感把握，是由诗篇的主题所决定的。当诗篇的主题确定之后，吟诵的情感基调就已定位。仅就惜时主题与思乡主题的对比分析，就不难看出：我国古典诗歌分为叙事诗和抒情诗两大类，抒情诗占有绝对的优势；抒情诗依据其内容之不同，可以分为若干主题不同的类型；主题不同的诗篇所要表达的思想感情也不相同；即使同一主题的诗篇，感情抒发的侧重点也有所不同。而这一切，对诗歌的吟诵都有重要的影响。

---

① 王立：《中国古代文学十大主题》，辽宁教育出版社1990年版。

二、内容决定吟诵的基调

诗歌作品的内容决定了吟诵的基调。一部已经完成的作品,其思想内容已经确定,意味着作品的主旋律业已确定,吟诵这首诗歌的基调就应该已经确定。吟诵的目的是为了更好地理解作品、欣赏作品,如果不能把握住作品的主题,就无法理解作品,无法真正地欣赏作品。作家在完成作品的过程中,为更好地渲染主题,已充分使用了音韵、平仄等手段,这些手段为渲染主题都起了重要作用。正确的吟诵,就是要充分展示出作者是如何通过这些技术手段来渲染主题的。

如《诗经·王风·黍离》是《诗经》中非常有代表性的诗作,为了说明问题,特将原诗的第一章及译文引录如下:

彼黍离离,	田间禾苗绿油油。
彼稷之苗。	行行高粱露出头。
行迈靡靡,	慢慢走啊慢慢走,
中心摇摇。	心中烦闷心中愁。
知我者,	知我心者知我意,
谓我心忧。	说我心中无限忧。
不知我者,	不知我心不理解,
谓我何求。	以为我在把啥求。
悠悠苍天,	老天爷啊老天爷,
此何人哉!	是谁葬送我宗周![1]

原诗共三章,诗人采用了极为规范的复沓手法,章与章之间只是对应地变换了几个名词以渲染、强化主题,仅引录一章以说明问题。本诗是东周初年,一位周大夫行役路过西周都城镐京时所作。大约诗人幼年生活在镐京,那时应该是楼台宫殿,鳞次栉比,富庶繁华。而展现在诗人眼前的不仅没有这一切,甚至连废墟也不存在了,所看到的是一片茂盛的禾黍,诗人不由自主地发出斗转星移、沧海桑田的感叹。"悠悠苍天,此何人哉!"这撕心裂肺的呼喊,道出诗人内心巨大的痛苦和无边的忧愤,可见本诗的主旋律应该是悲怆、痛苦、忧愤的。千百年来,本诗正是以充满悲怆、忧伤的旋律震撼了每一个读者的心灵。"黍离之悲"作为亡国之思的代名词,成为我国古典文学的传统题材之一。

---

[1] 译文见华锋等人《诗经诠译》,大象出版社 1997 年版,第 112 页。

掌握了《诗经·王风·黍离》一诗所表达的基本思想,吟诵这首诗的基调也就基本确定了,应该是以低沉的旋律,缓慢深切地吟诵全诗。1984 年唐代文学学会年会上,美国密执安州大学教授、美籍华人李珍华先生吟咏此诗,基调就是如此。李先生深沉的吟诵,诠释了诗歌悲怆、忧愤、痛苦的主题,感染了每一个听众。《光明日报》曾发表过一篇文章,说著名教授郭绍虞先生七七事变后在北京教书时,日本人想让郭先生到日本人办的学校任教,遭到断然拒绝。日本人蛮横地说:要么你到日本人的学校教学,要么就不能在北京教书。郭先生回答说,不教便不教。第二天,先生给学生上了最后一节课。临下课时,动情地吟咏了《诗经·王风·黍离》一诗。先生自然是激愤万分,学生更是泣不成声。可见,要吟诵好一首古典诗歌,必须掌握诗歌的基本思想。

第四节　吟诵应该充分发挥音乐手段

我们认为传统吟诵与音乐演唱有相同和不同的双重关系,但这并不妨碍在吟诵时,尽可能多地使用音乐手段来加强吟诵的艺术效果。吟诵本身就是按照一定的节奏与韵律来吟诵古典诗词的,自然少不了音乐的因子,在吟诵古典诗词时,尽可能多地使用音乐手段,肯定可以提高吟诵的效果。

一、注意字正腔圆

历史上许多著名的吟诵大家,其本身都极具音乐天赋,是名极一时的音乐大师。《后汉书·蔡邕列传》说其"好辞章、数术、天文,妙操音律"。他在《释诲》中塑造的"扬衡含笑,援琴而歌"的胡老①,实际就是自身形象的再现。蔡邕是一位顶尖级的史学家、文学家、音乐家,也是一位吟诵大师。魏晋之际名士阮籍"博览群籍,尤好庄老。嗜酒能啸","尝于苏门山遇孙登,与商略终古及栖神导气之术,登皆不应,籍因长啸而退。至半岭,闻有声若鸾凤之音,响乎岩谷,乃登之啸也"。② 如阮籍八十二首《咏怀诗》其一:"夜中不能寐,起坐弹鸣琴。薄帷鉴明月,清风吹我襟。孤鸿号外野,翔鸟鸣北林。徘徊将何见,忧思独伤心。"足见阮籍不仅是一位诗人、音乐家,也是一位吟诵名家。谢灵运既是我国文学史开创山水诗派的第一人,也是一位吟诵高手,《宋书》本传说他"少好学,博

---

① 以上引文分别见《后汉书·蔡邕列传》,中华书局 1965 年版,第 1980 页、1989 页。
② 以上引文分别见《晋书·阮籍传》,中华书局 1974 年版,第 1359 页、1362 页。

览群书,文章之美,江左莫逮"①。其《会吟行》句:有"六引缓清唱,三调伫繁音。列筵皆静寂,咸共聆会吟。会吟自有初,请从文命敷。……"②说明谢灵运的确是一名吟诵大家。当代吟诵大师,大都音乐基础良好,比一般人能更好地学习、掌握吟诵的技巧,吟出优美动听的诗篇。唐圭璋先生与华锺彦先生都是20世纪著名的吟诵大师,二人都通晓音乐。1952年除夕,在东北师大联欢晚会上,二人曾联袂演出《长生殿·弹词》,一人吹箫,一人演唱,一时传为佳话。③ 当然,音乐与吟诵毕竟不同,吟诵只能借用音乐训练的某些手段,不能照搬音乐全部的方式方法。首先要解决的问题就是字正腔圆。

关于这个问题,陈少松先生在他的《古诗词文吟诵研究》中作了很精辟的阐述:

所谓"字正",就是要求吟诵时吐字发音准确、清楚响亮。

汉字的每个音节一般包括声母、韵母和声调三个部分,吐字发音准确,具体地说就是既要做到声母、韵母的发音部位和发音方法准确,又要做到声调准确。……吐字发音的清楚是以准确为前提的,如果发音的部位和方法不准确,这样发出的字音必然不清楚。另外,吟诵一首作品时,发调的音高必须定得恰如其分,倘若定得过高,吟下面更高的音时就发不出或声嘶力竭;定得过低,吟下面更低的音时也会发不出,或虽发得出但令人听不清楚。……吐字发音的响亮与否主要取决于口腔、鼻腔、胸腔等共鸣的大小:共鸣大,声音自然响亮;反之,则不响亮。……吟诵时要使发出的字音清楚响亮,还有一点必须做到:出音有力。④

可见吟诵时能够做到"字正"是很不容易的,不仅需要汉语语音学的知识,而且需要一定的乐理知识。做吟诵理论研究时,对这一问题做深入的、理论性的研究是非常必要的。在实际吟诵中,如果按照陈先生的方法去吟诵,定能取得理想的吟诵效果。但我们在现实中,往往会遇到许多实际问题,如何解决也是十分重要的。

1."字正"的标准 "字正"的"正"以什么为标准?是普通话还是方言?众所周知,我国民间有"五里不同俗,十里不同音"之说。秦朝做到了"书同文",但仍无法做到"语同音"。不仅是秦代做不到,就是在今天,我们尽举国之力努力奋斗半个多世纪,也只能做到普通话与方言并存的局面。既然如此,"字正"之"正"就有两个标准:一个是普通话的标准,一个是方言的标准。即吟诵时每个字的发音,或符合普通话标准,或符

---

① 《宋书·谢灵运传》,中华书局1974年版,第1743页。
② 谢灵运:《会吟行》。
③ 见《华锺彦文集》(下),河南大学出版社2009年版,第1186页。
④ 陈少松:《古诗词文吟诵研究》,社会科学文献出版社1997年版,第207~218页。

合方言标准,二者只要能居于其一,就可视为"字正"。2009年中华吟诵周活动时常州派的吟诵、粤语的吟诵、闽南语的吟诵等,都是典型的方言吟诵,丝毫没有影响各位大家吟诵的效果,反倒因之更增添了几分艺术的魅力。既然使用普通话或方言都可以进行吟诵,那么,我们怎样看待方言和普通话的吟诵呢? 是二者平分秋色,还是以方言为主?

①坚持推广普通话的国策 这一工作已进行了半个多世纪,取得了丰硕的成果。我们在研究、推广吟诵时,必须保持与推广普通话的国策的高度一致,在一切可能的条件下,都尽可能地使用普通话。尤其是在电台、电视台上,更应该以普通话为主,决不能与国家的文化政策背道而驰。

②方言吟诵的地位 方言吟诵可以满足某一个方言区的吟诵,不能满足所有方言区的吟诵。即在粤语区使用粤语吟诵自然可以满足粤语区吟诵爱好者的诉求,但不能满足闽南语地区吟诵爱好者的诉求,也不能要求其他方言区的吟诵爱好者都使用粤语吟诵。方言的吟诵只局限于方言区,很难越界推广方言吟诵,可见方言的使用还是有一定限制的。

③方言吟诵应该得到保护 保护主要体现在区域文化活动时方言的使用。保护方言就是保护文化的多样性,营造良好的文化生态。从某种意义上说,保护地方文化就是保护全民族的文化,没有地方文化也就没有全民族的文化。新中国成立以后,尊重、保护地方文化一直是我们的国策之一,尊重、保护方言也是我们的国策之一。但尊重、保护方言与推广普通话并不矛盾。我们认为,在全面推广普通话的前提下,制定政策,有力地保护方言,在使方言成为区域语言交流的工具之一的基础上,进一步把方言作为语言研究的对象,这样才能使业已流传几千年的方言得以流传下去。保存方言的吟诵,是保护方言的措施之一,这也是我们尊重、支持以方言进行吟诵的重要原因。

2. 关于"腔圆"问题 陈少松先生说:

所谓"腔圆",就是要求吟诵时声音饱满、圆润、优美和腔调婉转、圆活、动听。前人常用"珠圆玉润"来形容演员歌唱的声腔之美,我们认为,出色的吟诵,其发声和行腔也应该是"珠圆玉润"的。

要使吟诵达到"腔圆"的要求,对吟诵者来说,得下番功夫,努力解决好"调其气""准其情""精于技"三个问题。[①]

要想成为一名吟诵大师,的确应该在"气""情""技"上下功夫。结合吟诵学习、训

---

① 陈少松:《古诗词文吟诵研究》,社会科学文献出版社1997年版,第216页。

练实际,补充如下要点:

①掌握基本规则为先　与"字正"一样,"腔圆"虽然不是普及吟诵时应该掌握的基本知识,却是吟诵第二个层次的要求,更是优秀吟诵大家所需要掌握的基本技能。对于绝大多数的吟诵爱好者来说,"腔圆"是掌握吟诵的基本常识之后的事情。正如许多初学太极拳的人,总想知道练这个动作时,应该是吸气还是呼气,结果是顾住了呼吸忘记了动作,顾住了动作忘记了呼吸。吟诵也是如此,初学阶段,什么也不用考虑,就按照吟诵的基本规则,大胆地去吟。当吟诵的基本要领掌握了之后,再考虑"气""情""技"等问题。

②各种技巧的统一观　在以往的吟诵实践中所遵守的基本规则,事实上与"腔圆"的要求不谋而合。例如"调其气",就是要掌握好吟诵的节奏,掌握好"换气"。且以陈先生文中所举实例来说明。陈先生认为在吟诵杜牧《泊秦淮》时,除了在每一句句末应该换气之外,在每一句句中也应该有一个地方换气,还可以有一处"偷气"。所谓"偷气",就是指在吟诵过程中,在没有中断吟诵的情况下,利用呼吸的瞬间,换上半口气。

为说明问题,我们将陈先生的"换气""偷气"处注明于下。

烟笼(换气)寒水(偷气)月笼沙(换气),
夜泊秦(偷气)淮(换气)近酒家(换气)。
商女(偷气)不知(换气)亡国恨(换气),
隔江(换气)犹唱(偷气)后庭(偷气)花。

可见吟诵此诗时,其节奏停顿除了各句押韵处之外,应该是首句的第二字,次句的第四字,第三句的第四字,第四句的第二字,这几处也正是这首绝句各句的"换气"之处及押韵之处。从节奏的角度和与"调其气"的角度看,二者是殊途同归。至于"偷气",实际上就是吟诵前一个字词与吟诵后一个字词时,做一极为短暂的停顿。也就是说,在"换气"处可以停顿两个节拍,那么在"偷气"处就只能停顿一个节拍,甚至半个节拍。

以《泊秦淮》为例,详细研究"偷气"的使用。首句"烟笼寒水月笼沙",在"烟笼"处做了停顿,但后面还有"寒水月笼沙"五个字,若只用一口气肯定比较吃力,故在这五个字中必须做一次停顿,吟"寒"字时刚换完气,用不着,因此,偷气的任务就落在"水"字上。但"水"字是上声纸韵,依照"平长仄短"的原则,不应停顿,故只有以偷气的方式做短暂的停顿,以便攒足了气,将"月笼沙"一气吟出。次句"夜泊秦淮近酒家",自然该在"淮"字处换气,但在"淮"字前面也应该有一停顿处。一般来说,应该是在"泊"字处偷气,但"泊"字是入声药韵,而紧连着的"秦"字是平声真韵,这样,偷气的任务就由"秦"

字完成了。第三句"商女不知亡国恨",自然是在"知"字处换气,那么在何处偷气合适呢?"女"字是上声语韵,"不"字是入声物韵,两个字都是仄声,都不适宜停顿。还是选择在"女"字处停顿为好。最后一句"隔江犹唱后庭花",在"江"字处停顿换气,在"唱"字处稍作停留偷气是自然的了。因为是全诗的最后一句,诗人所要表达的思想及情感都在其中,非长吟不能将诗人的深情宣泄出来,所以"花"字必须长吟。为在吟"花"字时有充足的力量,在"庭"字处可做短暂的停留,偷一口气,将吟诵的效果提升到最佳状态。而且"庭"字本身就是平声青韵,也适宜长吟。可见,"调其气"是有其音韵学依据的,与我们的吟诵应该有节奏的观点是一致的。

"准其情"说与我们前面所提"声情并茂"说一致,此处不再赘言。进一步分析杜牧《泊秦淮》换气、偷气的地方,就会发现,换气之处都是在这一句的节奏点上,就是格律诗自然应该停顿之处。偷气的地方也是在每一句的二、四字处,可见二、四字是非常重要的所在。由此可知,换气、偷气都是在每一句的二、四字处。格律诗的二、四字的位置,或者是节奏点,或者是偷气之处,这是格律诗吟诵的一个重要规律。而在第四个字处做偷气处理,尤为重要。因为七言格律诗的第五个字要"响",属于关键字之一,在第四个字上或换气,或偷气,都是为了必要时使第五个字能"响"起来,一定要引起我们的注意。

华锺彦先生在《唐诗吟咏的研究》一文中说:

鲁迅说:诗要"易唱、动听"。所谓易唱,是指诗的本体声韵谐调,而不拗口。像"荒池菰蒲深,闲阶莓苔平"(见陆龟蒙《夏日闲居作四声诗寄袭美·平声》——引者注)都用平声,是不容易吟唱的。所谓"动听",是指诗的吟咏,要求声清韵响,字正腔圆,或高下疾徐,或抑扬顿挫,或爽朗流利,或细曲深沉,处处与诗的情意切合,才算动听。……所以谈起吟咏,既要求平长仄短,声韵谐调,又要求钻研揣摩全诗情意,务求声情一体,表里一致,即元曲所谓"唱得曲情"。①

音乐演唱艺术的"字正腔圆"是为吟诵服务的,应在遵守吟诵基本规律的前提下,最大可能地提升吟诵的艺术效果。因此,我们不能对初学吟诵的人提出"字正腔圆"的要求,而只能在其基本掌握吟诵规律之后,才能要求其尽可能做到"字正腔圆"。这也就说明了为什么在"五四"之前,无数私塾、家族的学堂所进行的吟诵教育,基本上都没有对"字正腔圆"的要求,他们只需要通过吟诵来学习、欣赏古典诗文,以此将传统文化一代代传下去,使受教育者提高个人修养,具有君子风范而已。而从来没有将吟诵作为一种

---

① 见《华锺彦文集》(中),河南大学出版社2009年版,第688~689页。

表演艺术来看待,尽管许多人的即兴吟诵也常常得到满堂喝彩,他们也从不为之所动。因此,"字正腔圆"是为提升吟诵艺术效果服务的,而不是为初学吟诵的人准备的,这一点我们必须强调。

二、适当注意音高

关于音高的问题,陈少松先生也有论述。陈先生说:

吟诵一首作品时,发调的音高必须定得恰如其分,倘若定得过高,吟下面更高的音时就发不出或声嘶力竭;定得过低,吟下面更低的音时也会发不出,或虽发得出但令人听不清楚。①

可见,发调的高低与音乐的修养有密切关系。陈先生所提出"发调"高低的问题,犹如平时集体唱歌一样,起得太高或太低,都会唱着唱着就唱不下去了,高明的领歌员总是能够根据演唱队伍的水平,将歌的"调"起得不高不低,让所有参加演唱的人都能舒舒服服地唱下来。吟诵也是如此,"发调"发得适中,才能使吟者舒舒服服地把诗词吟下来,才能准确地把作品的思想情感表达出来。这里面有三个问题值得关注:

1. 发调的高低与诗词的内容的关系　　中国的古典诗歌大多是以抒情为主,因此,诗歌的内容与发调的高低自然有着密切的关系。如果一首诗歌的内容是感伤的,这类诗篇的情感曲线应该是向下移动的,诗歌的结尾部分往往是感情的最低沉处。吟诵发调可以适当起得高一些,以防止吟到结尾部分发不出声,或者即使发出声来,也低得令人听不清楚。同样,如果一首诗歌的内容是高昂的,这类诗篇的情感曲线应该是向上移动的,诗歌的结尾部分往往是全篇的最高潮。吟诵发调可以适当放低,以防止吟到最后时顶不上去,甚至不得不声嘶力竭地去喊,这不仅失去了吟诵的音乐美,也不符合培养吟诵者君子风范的要求。所以,准确把握诗歌作品的主题,把握住作品的感情基调,是判断发调高低的关键。

例如,杜甫《登高》就是一首十分感伤的诗作,最后一句"潦倒新停浊酒杯",显然是全诗感情的最低点。深秋时节,登高怀远,本来就令人感到悲伤,尤其是此时人间所有的不幸都降临到自己的头上:孤独、寂寞、贫穷、多病、失职、羁旅在外,更让人接受不了的是,连酒都不能喝了,这对诗人是多么大的打击啊!所以吟到这一句时,肯定是感情低落到了极点。如果吟诵这首诗时发调起得过低,最后一句就可能吟不出来。

---

① 陈少松:《古诗词文吟诵研究》,社会科学文献出版社 1997 年版,第 215 页。

再如，李白《赠汪伦》表达了诗人对友人汪伦的深情厚谊，首句"李白乘舟将欲行"，这本是一个叙述句，故不能起得太高，也不能起得过低，但受诗篇主题的限制，应该以中等偏上的高度"发调"，这才符合诗篇的情感基调，符合吟诵叙事诗的基本要求，也为后面感情高潮的到来留下足够的空间。由此可见，作品的思想内容、感情基调与"发调"的高低有密切关系。

2. 发调的普遍规律　　中国的古典诗歌，体裁上多是以抒情为主，情感上多是以感伤为主；就内容而言，不管十大主题说全面与否，它至少囊括了传统诗歌的主要题材，可见，中国传统的诗歌创作有其规律性，吟诵自然也就存在规律性，吟诵时发调也就存在规律性。传统吟诵时由于受题材和体裁的限制，发调很少起得高亢，一般选择中平的高度；随着吟诵的展开，逐渐滑向低沉，最后在低沉的旋律中结束。久而久之，低沉的吟诵成为吟唱古典诗歌的主要模式。这大概就是"浅吟低唱"的来源吧。可见，发调中平应该是吟诵古典诗歌的一个重要的、带有普遍规律的特点。

例外当然有。北朝乐府民歌《敕勒歌》就是一例，特将原诗录于下：

敕勒川，阴山下。天似穹庐，笼盖四野。

天苍苍，野茫茫，风吹草低见牛羊。

诗的作者是生活在马背上的游牧民族，诗人依傍在雄伟的阴山脚下，瞭望着一望无际的敕勒平原，一种热爱生活、热爱北国风光的激情油然升起，不禁纵情高歌起来。在诗人眼中，敕勒平原坦荡辽阔一望无际，晴朗的天空更是广袤无垠，无边的天与无尽的地在天边地缘处以天覆盖了地的形式结合在一起，仿佛是一个巨大的穹庐覆盖着浩瀚苍茫的草原。正因为天地空阔辽远，而且天呈现给我们的深青澄澈，故而"苍苍"；地展示给我们的是秋草茂盛，故而"茫茫"。此二句不仅是写景，也反映出诗人面对无尽的时空所感悟的生命的短暂与个人的渺小，一种孤独、寂寞、悲凉、感慨的心情油然升起，令人感觉到诗人难道要探寻宇宙的奥秘或生命的未来吗？但巧妙的是，诗人没有在探索宇宙奥秘和生命未来的思路上继续迈进，笔锋一转，又回到现实，回到茫茫的草原上，诗人以盛赞丰盛的秋草，导出全诗最精彩的点睛之笔："风吹草低见牛羊。"风吹草低方能见到牛羊，一是说明草原雨水丰沛、秋草茂盛，更是说明草原一派和谐安详、六畜兴旺的和平景象。没有在广袤的大草原生活过，哪能有此神来之笔？吟诵此诗，必须考虑到本诗的创作背景：在辽阔无垠的敕勒草原，一个人的声音，一发出来，马上就消失在无尽的空间，不可能有"浅吟低唱"一说，因此发调应该起得高一些。不仅发调要起得高一些，而且前四句都应该在高声调上运行。"天苍苍，野茫茫"二句，音调开始下移，一是要为结句做铺垫,所以声调要下沉;二是这两句要表现出诗人心中的苍凉、孤独之感,声调必须下沉。最后一句"风吹草低见牛羊"由于有了前两句的铺垫,可以在高声调上结束。

可见,吟诵古典诗歌,只有真正把握住诗篇的主题,把握住诗篇的创作背景,把握住诗篇的感情基调,才能将吟诵的效果提升到最佳值。

3. 注意鼻音的使用 适当地使用鼻音,可以增强吟诵的艺术效果,这是所有经常吟诵的人都知道的。王宁先生在《吟与唱》一文中说:"吟诵的乐音延长时多用鼻音——这是因为,哼出来的声音与内心更为贴近。所以,吟声像是乐声,实则仍是语声——与心同步的语声。"其实,绝大多数人在吟诵时,很难把吟出来的声音与内心的感情紧密地结合在一起,但都能巧妙地使用鼻音。

吟诵古典诗歌和音乐的演唱有许多契合之处,只要熟悉了音乐演唱的基本要求,掌握了吟诵的特点和规律,很快就能窥其门径,将吟诵与音乐演唱适当结合起来,从而登堂入室。

三、适当地配乐

吟诵与音乐是同源异流。早期的吟诵与音乐有着密切的关系,与乐器也有着密切的关系。许多吟诵活动,甚至教学都与乐器有着密切的关系。《尚书·夏书·益稷》有"夏击鸣球、搏拊、琴瑟以咏",意思是敲起玉磬,打起小鼓,弹起琴瑟,来为吟诵配乐吧。《论语·先进·子路曾皙冉有公西华侍坐章》记载了孔子与弟子们交流对志向的理解。当孔子问曾皙"点,尔何如"时,出现了"鼓瑟希,铿尔,舍瑟而作"的场面,说明之前孔子在与学生交谈时,曾皙一直在一边鼓瑟伴奏。《战国策》和《史记》都记载了荆轲出发行刺秦王前,与友人在易水边饯别时动人的场景:"至易水上,高渐离击筑,荆轲和而歌,为变徵之声,士皆垂泪涕泣。又前而为歌曰:'风萧萧兮易水寒,壮士一去兮不复还。'"后来吟诵时使用乐器伴奏的记载就更多了。高适《别韦参军》有"弹棋击筑白日晚,纵酒高歌杨柳春";高适《听张立本女吟》有"自把玉钗敲砌竹,清歌一曲月如霜",可见古人有适当地将吟诵与乐器伴奏结合起来的习惯。因此,适当地将吟诵与乐器伴奏结合起来,不仅可以提高吟诵的艺术效果,而且乐器伴奏也有助于更准确地发声和发音。但吟诵时使用乐器伴奏,还必须明确以下两点:

一是乐器伴奏仅仅是为了提高在大庭广众之下吟诵的艺术效果。因为吟诵基本不具备演唱的功能,它只是一种读书方法,是供文人自娱自乐的一种活动方式,所以,"浅吟低唱"是其主要特征。古人在吟诵时伴以琴瑟箫笛,显然是礼乐文化传统的余绪,但更多的还是为了更好地自娱自乐。当然,有乐器伴奏与没有乐器伴奏的吟诵效果肯定不同,但古人吟诵的目的不是给别人表演的,所以,吟诵时并不一定要乐器伴奏。说白了,用诗必须配以乐器,学诗则不一定配以乐器。今天,为了恢复、宣传、普及吟诵,为了扩大吟诵的影响,适当地使用乐器是完全应该的。更重要的是,不应把吟诵视为自娱自乐的个人行为,而应把它视为继承传统国家、弘扬民族文化的大事来看,为提升吟诵品格,适当使用乐器是适宜的。

二是根据上述的观点,在初学吟诵的时期,不必考虑使用乐器伴奏。目前尚没有私塾式的教学条件,也很少有父子师徒一对一简洁的教学条件,吟诵只是作为传统国学常识的一部分让学生了解,只能以最少的时间讲述吟诵的最基本常识,而不可能给学生讲述的同时,还有乐器伴奏。客观地说,在教授吟诵时,能有乐器伴奏,这在古代也不多见。今天,就个人来说,除了极少数既是音乐专家,又是吟诵专家的人可以一边弹琴,一边吟诵之外,绝大多数的吟诵爱好者只能是在没有乐器伴奏的情况下自娱自乐,绝大多数的场合也不需要乐器伴奏。

学习吟诵完全可以借鉴学习音乐时的方法,音乐在吟诵和实践中从来没有中断过,历代吟诵大家都没有离开过礼乐文化的社会背景,都在脚踏实地、循序渐进地推进着各自的艺术实践。尤其是19世纪以来,西方的音乐理论传入我国后,音乐的学习和训练更为科学化与现代化,积累了培养音乐人才丰富的经验,为今天的学习者提供了更好的条件。从学习吟诵的角度来看,音乐训练的胸腹式呼吸方法、合理使用共鸣的方法都非常值得吟诵爱好者借鉴。这些基本技能对于提高吟诵的艺术美感和艺术表现力,都是不可或缺的条件。

第三章　格律诗的吟诵

格律诗吟诵的研究,是目前古典诗词吟诵研究中最为成熟的一部分。华锺彦先生在20世纪80年代,已撰写多篇论文,研究格律诗吟诵的规律及基本理论,为今天的研究奠定了坚实的基础。我们仅仅是在华锺彦先生研究的基础上,对格律诗吟诵做了一个系统梳理而已。这里有三个问题:格律诗的分类,格律诗的吟诵,学习格律诗吟诵的意义。

第一节　格律诗的分类

关于格律诗的分类,历来有许多说法。从字数分,可分为五言和七言;从句数的多少分,可分为绝句和律诗;在研究吟诵时,有人提出可分为平起平收,平起仄收,仄起仄收,仄起平收。这些分法都有道理。华锺彦先生认为,唐诗是我国诗歌发展的高峰,格律诗又是唐诗发展的高峰,因此,应将格律诗的吟诵研究放在首位。华先生从吟诵的客观实际出发,提出格律诗应该分为八类:五言平起绝句,五言仄起绝句,五言平起律诗,五言仄起律诗,七言平起绝句,七言仄起绝句,七言平起律诗,七言仄起律诗。平起或仄起的判定全看第一句的第二个字:第二个字是平声,就是平起;第二个字是仄声,就是仄起。有人提出第一句的第一个字就可以确定平起或仄起,但精于诗词创作的华先生对此予以否决,认为:格律诗写作时讲究一、三、五不论,二、四、六分明,仅看第一个字是不行的。为了说明问题,现将这八类格律诗各举一例于下:

五言平起绝句例,卢照邻《曲池荷》:

浮香绕曲岸,圆影覆华池。常恐秋风早,飘零君不知。

五言仄起绝句例，杜甫《八阵图》：

功盖三分国，名成八阵图。江流石不转，遗恨失吞吴。

五言平起律诗例，杜甫《登岳阳楼》：

昔闻洞庭水，今上岳阳楼。吴楚东南坼，乾坤日夜浮。
亲朋无一字，老病有孤舟。戎马关山北，凭轩涕泗流。

五言仄起律诗例，杜甫《春望》：

国破山河在，城春草木深。感时花溅泪，恨别鸟惊心。
烽火连三月，家书抵万金。白头搔更短，浑欲不胜簪。

七言平起绝句例，李白《早发白帝城》：

朝辞白帝彩云间，千里江陵一日还。
两岸猿声啼不住，轻舟已过万重山。

七言仄起绝句例，李白《望庐山瀑布》：

日照香炉生紫烟，遥看瀑布挂前川。
飞流直下三千尺，疑是银河落九天。

七言平起律诗例，杜甫《宿府》：

清秋幕府井梧寒，独宿江城蜡炬残。
永夜角声悲自语，中天月色好谁看。
风尘荏苒音书绝，关塞萧条行路难。
已忍伶俜十年事，强移栖息一枝安。

七言仄起律诗例,杜甫《登高》:

风急天高猿啸哀,渚清沙白鸟飞回。
无边落木萧萧下,不尽长江滚滚来。
万里悲秋常作客,百年多病独登台。
艰难苦恨繁霜鬓,潦倒新停浊酒杯。①

搞清楚格律诗依据吟诵的需要应该分为此八类,对于了解、研究格律诗的吟诵大有裨益,因为它直接关系到格律诗吟诵的节奏。这在下面要专门论及。

第二节　格律诗的吟诵

吟诵能流传三千多年,绝非偶然,自有其内在的规律,格律诗的吟诵尤为如此。华锺彦先生在《唐诗吟咏的研究》中说:

吟咏之法,历代相传,本非高深学问,故无专著研究。时至今日,能吟者甚少。几乎成为绝学。过去师弟之间,教读唐诗,必先吟咏,口耳相传,习以为常,自然人人会通。自"五四"以后,无人教导,无人提倡,有好之者,而无师承,只得胡乱诵读,往往七言则四字一顿,五言则二字一顿,和戏台上的上场诗相似,不讲学问,不分平仄,安徽乖方,师心自用。世有知音能不为之捧腹! 故欲振拔古法,比创新路还难。尽管如此,还要努力推行古法。《孟子》说:"弈之教人射,必志于彀(把弓拉满),学亦必志于彀。大匠诲人必以规矩,学者亦必以规矩。"有了规矩就有道路可循,循序而进,无事不成。②

我们今天的研究就是要找出前人吟诵格律诗的规律。前辈学者根据语言、音韵及诗歌自身的特点,再加上人的生理需要,提出除了韵字必须停顿长吟外,在诵读一句诗时一定要有一个停顿处,在吟诵一句诗时也必须有一处停顿处。我们知道,五言诗每句有五个字,七言诗每句有七个字,吟诵停顿放在什么地方呢? 华锺彦先生提出,这个停顿处就落在每一句的平声字上。乐府诗、歌行体形式较为自由,其吟诵停顿处也就相对

---

① 以上例句皆见《华锺彦文集》(中),河南大学出版社 2009 年版,第 822~823 页。
② 《华锺彦文集》(中),河南大学出版社 2009 年版,第 689 页。

自由些；格律诗形式工整谨严，有规律可循，因此其吟诵停顿处也是工整谨严，章法俨然，不容有丝毫的"违规"。经过研究和归纳总结，华锺彦先生提出平起的绝句，不论是五言或七言，除了韵字必吟外，第一句的吟诵停顿处一定在第二个字，第二句的吟诵停顿处一定在第四个字，第三句的吟诵停顿处一定在第四个字，第四句的吟诵停顿处一定在第二个字。也就是说，平起绝句各句吟诵停顿处在各句的第二、第四、第四、第二字上，简单地说就是"二四四二"及押韵处。律诗重复一遍即可。仄起的绝句，不论五言或七言，除了韵字必吟外，第一句的吟诵停顿处一定在第四个字，第二句的吟诵停顿处一定在第二个字，第三句的吟诵停顿处一定在第二个字，第四句的吟诵停顿处一定在第四个字。也就是说，仄起绝句各句吟诵停顿处在各句的第四、第二、第二、第四字上，简单地说就是"四二二四"及押韵处。律诗重复一遍即可。

为了说明问题，还以上面八首诗的例子，看一下格律诗的吟诵停顿处究竟是怎样的。为方便初学吟诵者，我们在应吟诵停顿处做一"△"标记，以引起注意。熟悉之后，自然不必添足。

第一首五言平起绝句例，卢照邻《曲池荷》：

浮香绕曲岸，圆影覆华池。常恐秋风早，飘零君不知。
　△　　　　△△　　　　△　　　△　　△

第二首五言平起律诗例，杜甫《登岳阳楼》：

昔闻洞庭水，今上岳阳楼。吴楚东南坼，乾坤日夜浮。
　△　　　　△△　　　　△　　　△　　△

亲朋无一字，老病有孤舟。戎马关山北，凭轩涕泗流。
　△　　　　△△　　　　△　　　△　　△

第三首五言仄起绝句例，杜甫《八阵图》：

功盖三分国，名成八阵图。江流石不转，遗恨失吞吴。
　△　　△　　△　　　△　　　　　△△

第四首五言仄起律诗例，杜甫《春望》：

国破山河在,城春草木深。感时花溅泪,恨别鸟惊心。
　△　　　△　　　△　　△　　　　　　△△

烽火连三月,家书抵万金。白头搔更短,浑欲不胜簪。
　△　　　△　　　△　　△　　　　　　△△

第五首七言平起绝句例,李白《早发白帝城》:

朝辞白帝彩云间,千里江陵一日还。
　　△　　　△　　　△　　　△

两岸猿声啼不住,轻舟已过万重山。
△　　　△　　　　　　△

第六首七言平起律诗例,杜甫《宿府》:

清秋幕府井梧寒,独宿江城蜡炬残。
　　△　　　△　　　△　　　△

永夜角声悲自语,中天月色好谁看。
　　△　　　△　　　△

风尘荏苒音书绝,关塞萧条行路难。
　　△　　　　　△　　△

已忍伶俜十年事,强移栖息一枝安。①
　　△　　　△　　　△

第七首七言仄起绝句例,李白《望庐山瀑布》:

日照香炉生紫烟,遥看瀑布挂前川。
　　△　　△　　△　　　△

飞流直下三千尺,疑是银河落九天。
△　　　　　　△　　△

---

① 以上例句皆见《华锺彦文集》(中),河南大学出版社2009年版,第822~823页。

第八首七言仄起律诗例,杜甫《登高》:

风急天高猿啸哀,渚清沙白鸟飞回。
　△　　△　　△　　　　△
无边落木萧萧下,不尽长江滚滚来。
　△　　　　　　　　△　　△
万里悲秋常作客,百年多病独登台。
　　△　　　△　　　　　△　　△
艰难苦恨繁霜鬓,潦倒新停浊酒杯。
　△　　△　　　△　　△　　△

华先生所言解决了许多人说不清道不明的问题。那就是格律诗的吟诵除了押韵处必吟之外,每句至少要有一处吟诵停顿处。依其平仄不同,吟诵停顿处分别在"二四四二"处和"四二二四"处。道理虽然简单,许多会吟诵的人,却知其然不知其所以然。华锺彦先生一语点明问题的要害:只有这样吟才能满足诗句内在的平仄搭配需要,才符合诗歌吟咏的音乐需要。"文字间的平仄相配,就是在吟咏间的长短相配。配合恰当,则珠玉铿锵;配合不当,则哑然落调。"①这也正是沈约所说的"高言妙语,音韵天成,皆暗与理合,匪由思至"②。

为了深入了解格律诗的吟诵,可以对如何吟诵这八种类型诗体的过程逐一进行深入研究。

第一首卢照邻的《曲池荷》,是一首五言平起绝句。在唐代,写五言平起绝句的不多,写得好的就更少了,这首《曲池荷》应该是唐代五言平起绝句中的精品了。"浮香绕曲岸,圆影覆华池",显然是写池塘、荷花的恬静、幽美,"浮香"二字,仿佛把我们带到曲池旁,不仅能看到圆润的荷叶,而且能闻到荷花香甜的花香。诗的意境是何等幽美,诗人的心境是何等轻松。吟诵这两句,无须提气用力,只要按照吟诵格律诗的要求轻轻地、缓缓地吟来,就能将诗人的心境清楚地表达出来。如果按照前两句的意境写下去,这将是一首十分优美的咏荷诗。但卢照邻一生仕途坎坷,命运多舛,他很少有闲情逸致去吟风弄月。果然,在诗人看到幽美的池荷之后,想到的是,秋风一起,花败叶残,"浮香""圆影"不再,只留得满塘枯枝败叶。于是笔锋陡转,"常恐秋风早,飘零君不知",抒

---

① 引自《华锺彦文集》(中),河南大学出版社2009年版,第689页。
② 引自《华锺彦文集》(中),河南大学出版社2009年版,第689页。

发了诗人对荷花今日光彩照人、香飘四溢,不知明天就成枯枝败叶的感叹;也隐喻了自己亦曾才华横溢、诗名远扬,但现在是仕途坎坷,疾病缠身,命运不可预知的悲凉身世。吟诵这两句,感情应该转向低沉,尤其是"零"字、"知"字,更要长吟,方能将诗人内心的酸苦、抑郁都倾泻出来,方能把诗人要表达的深沉思想感情表达出来。

第二首五言平起律诗《登岳阳楼》是杜甫的名作。唐代宗大历三年(768年),杜甫漂泊到湖南岳州。此时的诗人,穷愁潦倒,困顿孤苦,体弱多病,来日无多(此诗应是诗人去世前两年的作品),尽管如此,诗人依然以忧国忧民为念,不考虑个人的生死前程如何。吟诵此诗,想诗人那时的处境及思想境界,更令人哀伤感动。吟诵此诗时除了按照平起五言律诗规律抑扬顿挫外,"岳"字、"无"字,"孤舟""戎马""涕泗"等词,都是诗人用情极深之处,尤应加重情感的投入。感伤是这首诗的主旋律,关键是如何在感伤的情绪中将诗人爱国忧民的情怀表现出来,这就必须深入了解诗篇的结构及思想内涵。首联"昔闻洞庭水,今上岳阳楼",诗人以"昔""今"做对比,不仅写出自己所处的位置,而且说明自己久已向往洞庭水和岳阳楼。洞庭水和岳阳楼都是天下名胜,文人墨客无不心仪之,诗人自然也不例外,故落笔就以"昔""今"表明对名胜的倾心向往。颔联"吴楚东南坼,乾坤日夜浮",写出了洞庭湖壮观的气势,实为千古名句。这两句看不出诗人内心的感伤与悲哀,相反,却表现出诗人开阔的视野和宽广的胸怀。因此这两句要吟得雄厚开朗,才能把诗人登上岳阳楼的喜悦之情抒发出来。颈联"亲朋无一字,老病有孤舟",这两句宣泄了诗人羁旅在外、孤独寂寞、年老体弱、疾病缠身的烦恼、痛苦,仿佛人生所能遇到的灾难、痛苦,都落在诗人的身上,而诗人又把这些一下都倾泻出去。因此,吟诵时定要把握住诗人此时的心情,以缓慢的节奏、低沉的语调,将诗人的情感准确无误地表达出来。颔联和颈联的情感迥然不同,感情落差极大,吟诵时应特别注意。尾联是全诗的重点,也是全诗吟诵的难点。面对壮丽的大好河山,诗人由热情赞美,联想到个人的际遇;由感伤个人的际遇,联想到国家百姓的前途,不由自主地发出"戎马关山北,凭轩涕泗流"的感叹。在诗人看来,个人是不幸的,国家也是不幸的;是国家的不幸,导致个人的不幸;哀悼个人的不幸,也就是哀悼国家的不幸;哀悼国家的不幸,同样是哀悼个人的不幸。所以,"凭轩涕泗流",既是哀悼国家的不幸,也是哀悼个人的不幸,诗人已经将一己的际遇与国家的前途紧紧连在一起了。吟诵此两句,一定要把对国事的关心通过"戎马"的吟诵表现出来,音高可适当提升,但也不宜过高。同样,对"涕泗"的处理也是如此。我们知道"戎马""涕泗"都是仄声,仄声是不能长吟的。因此,吟诵这几个字时,只能提高声调,不能拉长节拍。这是吟诵时应该特别注意的。

第三首杜甫的《八阵图》是一首标准的五言仄起绝句,表达了诗人对诸葛武侯的敬仰及对他未能完成统一天下之大业的惋惜。分析此诗,必须了解杜甫的生平及思想深处的纠结。诗人出生于一个奉儒守官的家庭，年轻时就志向高远，一生都有"致君尧舜上，再使风俗淳"，"许身一何愚，窃比稷与契"之豪情壮志，去世前两年还有"戎马关山北，凭轩涕泗流"之叹。诸葛亮则历来是中国古代文人"达则兼济天下，穷则独善其身"的楷模，更是杜甫心目中的偶像，他在许多诗中都表达了对诸葛武侯的崇敬，对他未能完成统一天下之大业而感到遗憾，"出师未捷身先死，长使英雄泪满襟"便是例证。可见，诗人常常以咏叹诸葛武侯抒发其怀才不遇的感慨，《八阵图》亦反映了诗人内心深处的纠结与感叹。

首句"功盖三分国"，落笔就是对诸葛武侯的全力颂扬。诸葛亮的《隆中对》是建立蜀汉政权的理论基础，出山后，南征北战，终于实现了三分天下的理想，建立了蜀汉政权，使刘备有了安身之处。"功盖三分国"是对诸葛亮的最大肯定。因此，吟诵此诗，应起得高昂，将对诸葛武侯的满腔热情，一下子倾泻出来。"功"字本身就是上平声东韵，宜吟得实大声宏。因"功"字吟得响亮，尽管"盖"字是去声泰韵，但"盖"字顺着"功"字的发音，不用着力，自然也不会吟得太低。而且"盖"字后面的"三"字与"分"字，一个是下平声覃韵，一个是上平声文韵，都是平声，"盖"字夹在三个平声字的中间，想低也低不了多少。"三"字是平声，前面是一个去声字，自然音调可以提高，节奏可以延长。但后面的"分"字也是平声，曼声长吟的任务主要落在"分"字上，故"三"字吟得可以比"盖"字长，但又不能过长，应该把长吟的任务放在"分"字上。本来"国"字为入声职韵，不能长吟，但"国"字位于句末尾声，处于换气的位置，也不能戛然而止，应给它一定的空间，否则无法与下一句区分开了。要把第一句与第二句明显地区别开来，在吟"国"字时还得适当有点长度；同时，在"国"字的长吟突然中断后，不要立即吟诵"名成八阵图"，而要有一个明显的空拍，一个明显的停顿，这样，句与句就区别开了，也不违反吟诵的基本原则。

次句"名成八阵图"，是紧接着首句"功盖三分国"继续对诸葛亮歌功颂德，但又有所不同。首句是从宏观的角度，赞颂诸葛亮在确立魏蜀吴三分天下、鼎足而立过程中的丰功伟绩；此句则是从行兵布阵、战略技术的角度，称赞诸葛亮有经天纬地之才，鬼神不测之术。因此吟诵起来，亦应是精神饱满、情绪激昂的。"名"字是下平声庚韵，自然可以长吟，而且可以放声长吟，但后面的"成"字也是下平声庚韵，因此，长吟的任务就落在"成"字上。吟诵这两个字，应该趁着吟诵上一句的气势，纵情高歌。"名"字可以起得高昂，声音宜放得开、吟得实；"成"字在音高上不必与"名"字攀比，但可以长吟。一个以高昂取胜，一个以悠长取胜。"八"字是入声黠韵，"阵"字是去声震韵，都不宜长吟，"图"字是上平声虞韵，又是韵脚，自然应该长吟。在诗人看来，诸葛武侯赖以成名的是鬼使神差地在江边巧设八卦阵。一座八卦阵，可抵挡东吴的十万精兵。因此，吟诵"八阵"二字,虽不能长吟,但也要着意强调,甚至可以在"阵"字处做一个技术偷气,一来表示强调,二来攒足了气力,为长吟"图"字做充足的准备。

第三句"江流石不转",表面看很简单,近乎大白话:江水日夜奔腾,永无止息;而诸葛武侯巧设的八卦阵,却如中流砥柱一般,任凭江水和时间的冲击,巍然屹立在江边。细品,其蕴涵却十分丰富,这里面有三层意思。一是对诸葛武侯巧设的八卦阵现状的描写:经过几百年江水的冲刷,八卦阵依然屹立在江边。据《荆州图副》和刘禹锡《嘉话录》载,八卦阵聚细石成堆,高五尺,六十围,纵横棋布,排列为六十四堆,始终保持原来的样子不变。即使夏天被大水冲击淹没,水落之后,依然如故。① 二是表达了诗人对诸葛武侯的敬仰之情。诗篇以流动的江水和屹立的八卦阵做对比,说明历史是流淌的,而伟人的业绩是不朽的。江水奔流,大浪淘沙,多少人都如流星一般,转瞬即逝,只有像诸葛武侯那样的巨星,才能永远放射出耀眼的光芒。三是诗人将诸葛武侯的伟大业绩提升到哲学层次上加以思考,犹如王昌龄的"秦时明月汉时关,万里长征人未还"一样,浓缩了历史与现实的距离,把读者带入历史的时空隧道之中,明月如旧,关塞依然,而守关戍边的将士已换了一代又一代,历史的沧桑之感油然升起。"江流石不转"一句亦然。江水奔腾,日夜不息,遥想诸葛武侯当年巧设八卦阵,是何等高妙,而今虽说物是人非,但诸葛武侯的伟大业绩,仍光照千古。据吴小林先生考证,"石不转"源自《诗经·邶风·柏舟》"我心匪石,不可转也",既显现杜甫的文学功力,又是用典不隔的佳例。此句是说:尽管几百年过去了,我对诸葛武侯的崇敬,从来没有丝毫的变化。历史与现实,英雄与伟业,全都呈现在读者面前。因此,吟诵此句,在保持高昂、亢奋的基础上,还应该表现出一种沧桑之感,音调适当有所降低,速度适当有所减慢。做这样的艺术处理,是因为此句依然在对诸葛武侯进行历史的评价,依然在对诸葛武侯进行歌颂,吟得高亢,才能与前面的情感基调保持一致。但此句毕竟是对历史的回顾和对历史的总结,因此不宜吟得过于高亢,高度有所降低,速度有所放慢,才能把历史的沧桑感表现出来。更重要的是,下一句要表达对诸葛武侯未能完成统一天下之历史重任的遗憾,如果不在此句上过渡一下,势必造成音高的暴跌,从而破坏了吟诵的和谐之美。

尾句"遗恨失吞吴",是诗人情感最为纠结的部分。诗人崇敬诸葛武侯,赞美诸葛武侯,但也对他未能完成统一天下之大业而感到遗憾和惋惜。诗人认为,诸葛亮之所以没能完成统一天下之大业,是因为刘备自不量力,贸然讨伐东吴。讨伐东吴的失败,不仅破坏了魏、蜀、吴三国鼎立的平衡局面,而且使蜀汉政权的元气大伤,从而失去了统一天下的实力。诸葛亮以后虽曾六出祁山,只不过是尽人事而已。还应该看到,诗人感叹诸

---

① 以上文献见《唐诗鉴赏辞典》吴小林先生文章,上海辞书出版社1983年版,第565页。

葛武侯事业未竟,何尝不是感叹自己蹉跎一生,不仅没有实现"稷与契"的业绩,甚至连为国建功、为民出力的理想也难以实现,细想起来,岂不是更大的悲哀吗?因此吟诵此句时,感情一定要沉重,令人产生苦闷、抑郁、凄凉的感觉,才算达到理想的艺术效果。为了达到理想的艺术效果,"吞"字处本应该长吟,此时却不宜吟得过长。一是因为下面的"吴"字要长吟,两个长吟放在一起,又都吟得很长,有节奏过于缓慢之嫌。二是诗人认为刘备讨伐东吴本身的失误,葬送了诸葛武侯统一天下的理想,是个遗憾终生的事,不值得纵情高歌,故吟诵"吞"字时,应该长吟,却要适当地有所压缩,将心中所有的郁闷、遗憾、感伤,通过长吟"吴"字而宣泄出来。

总之,吟诵此诗,除了按照吟诵五言仄起绝句的一般方法,在第一句的第四个字、第二句的第二个字、第三句的第二个字、第四句的第四个字及韵字处均加以长吟外,一定把握住该诗的基本思想、情感基调,知道了诗人的所想、所思、所憾,才能把本诗吟得声情并茂。

第四首五言仄起律诗《春望》,亦是杜甫的名篇,创作于唐肃宗至德二载。当时安史之乱尚未平息,诗人还被困在长安城中,国难深重,家书断绝;困守孤城,转动不得;忧国忧民,满腔愁思,全部寄托于诗篇中,主题十分鲜明。吟诵此诗,除了按照五言仄起律诗抑扬顿挫的要求去吟诵之外,还须注意一些细节。

首联"国破山河在,城春草木深",是诗人以白描的手法真实表现了沦入安史叛军之手多时的首都长安的凄惨现状。一个"破"字、一个"深"字,叫人顿时想到山河破碎,国都沦陷敌手,城池残缺,遍地荒草芜棵触目惊心的景象。诗人在安史之乱前曾旅居长安十年,对长安的情况十分熟悉。那时的长安,六街三市,繁花似锦;阆苑琼楼,美不胜收。今昔强烈的对比,自然使诗人感慨万分。在对现实感叹的背后,是山河依旧,物是人非;是春天又来了,希望还在。所以吟诵此二句,需要掌握住诗篇的情感基调,不能起得太高,也不能起得过低。"山"字是上平声删韵,"河"字是下平声歌韵,都是应该长吟的,按照吟诵的一般规律,"河"字自然应该长吟,调值亦应高一些;"山"字可以吟得稍微短一些,调值应该低一些。此处要表现出诗人对故都的思念、对未来充满希望,故"山河"二字可以适当提升一下音高,与后面的"城春草木深"形成一个对比,表现出诗人对理想坚定不移的信念。同样,"春"字亦是诗人用情极深之处,须特别注意。

颔联"感时花溅泪,恨别鸟惊心"含义极为丰富。平时我们都说,花鸟鱼虫与闲情逸致是同义词,与赏心悦目是同义词,鸟语花香是人们最喜欢的自然环境,但在诗人看来,由于山河破碎,妻离子散,姹紫嫣红的奇花异草不但不能令诗人心情愉悦、流连忘返,反而使其想到如此良辰美景不仅不能与家人同赏,不能与朋友同游,而且还身陷囹圄,没有自由的境地,这是多么令人心酸悲痛的事啊!想到此,诗人能不潸然泪下?古人说:

忧愁不能看花,看花满眼泪,那不是花能令人流泪,是心有伤心事。"感时花溅泪"与"看花满眼泪"所反映的心境是一样的。同样,鸟鸣虽然是自然界最美妙的音响之一,但在诗人听来,反而有心惊肉跳之感,这不是鸟鸣的声音变了,是诗人的心情与平时截然相反所致。如同我们平时可以接受锣鼓喧天,鼓乐齐鸣,但在心烦意乱或悲伤烦闷时,就会斥之为"噪音"。还有,为什么花能使人流泪,却不能使人心惊,而鸟鸣却能令人心惊呢?因为看花流泪之间有一个联想的过程,在联想过程中,诗人浮想联翩,不能自已,以至于潸然泪下。鸟鸣是直接刺激到人的听觉神经,比联想刺激要强烈得多,因此,看花可以流泪,听到鸟鸣能令人心惊。在了解此联丰富的文化意蕴之后,应该知道吟诵此二句时,除了"时""惊"及韵字"心"必须长吟外,"花"字是下平声麻韵,自然可以长吟,但由于前面的"时"字已经长吟了,此处不宜吟得过长,适当加重一下语气,以示强调。"鸟"字为上声篠韵,本来不能长吟,但"鸟"字前面的"别"字是入声屑韵,不能长吟,"惊"字在节奏点上,必须长吟,"鸟"字在此句中作用甚为重要,因此在不违反吟诵原则的前提下,给"鸟"字一点点空间还是可以的,而且在吟"鸟"字时,可以婉转一些,以示由于鸟鸣而引起心惊。

颈联"烽火连三月,家书抵万金"写得情真意切,感人至深,而且词义明晰,一目了然,真可谓千古名句。吟诵时,除了按照五言仄起律诗的规则进行吟诵之外,还要特别注意"连"字和"万"字。"连"字是下平声先韵,本来就可以长吟,此处适当长吟,既表明战火时间之长,也表现了诗人对亲人思念之深,为下一句的吟诵做了铺垫。"万"字是去声愿韵,自然不宜长吟,但此处为了强调战火纷飞的年代,一封家书有无与伦比的价值,故可适当提升"万"字的音高,这样就能准确把握住诗人的思想情感,就能吟出最佳效果。

尾联"白头搔更短,浑欲不胜簪"是诗人对国家动乱的担忧,对眼前颓景的感伤,对异地亲人的思念,对自己前程的迷茫总的宣泄,因此用情极深。如果用问答的形式解读此两句,可做如下阐释:头发为什么会白?年纪越来越大了,而且日夜发愁,头发自然要白了。为什么发愁?国事、家事及自己的事,事事令人愁。发愁为什么要挠头?挠头正是心事重重却又无可奈何的下意识动作。为什么会"搔更短"?天天愁,天天挠头,头发自然越来越少了。头发少到什么地步了?少到连簪子都别不上去了。这样的阐释可能过于直白了,但此时诗人身陷囹圄,报国无门,岁月蹉跎,思念亲人,一心的愁苦,又岂是一个"愁"字了得!吟诵此二句,"头"字、"胜"字、"簪"字自然应该长吟,"搔"字是下平声豪韵,虽然前面的"头"字已做了长吟,但"搔"字仍可以适当长吟,以表示诗人是天天搔首,经常搔首,这也为下一句做了铺垫。"簪"字一定要长吟,甚至可以做加长的长吟,只有如此,才能将心中的忧愁、酸苦,一并宣泄出来。

总之，吟诵此诗，在注意到诗篇情感基调的同时，一定要注意体会诗人情感的细微变化。只有这样，才能达到吟诵之目的，才能取得理想的艺术效果。

第五首李白的《早发白帝城》是七言平起绝句。本诗作于唐肃宗乾元二年（759年），李白因附逆永王璘罪流放夜郎，行至白帝城获释，惊喜交加，旋即从白帝城出发，东下江陵。诗篇充分抒发了诗人喜悦欢畅之心情。我们知道，李白虽为诗人，但在政治上并不甘于寂寞，不然就没有"仰天大笑出门去，我辈岂是蓬蒿人"之语了。安史之乱爆发时，李白本来在庐山上隐居，永王璘诚心诚意邀请他出山，他也认为是一展宏图的机会来了，便欣然投在永王璘的麾下。不料，永王璘在统治集团内部的斗争中失利，李白也罹祸在身，其心情的沮丧可想而知。没有料到，才流放至白帝城，就峰回路转，获释而还，喜悦之情可想而知。

"朝辞白帝彩云间，千里江陵一日还"，一下子将白帝城与江陵的距离、落差和盘托出。"彩云间"不仅写出白帝城所处地理位置之高，而且写出诗人离开白帝城时的心情。白帝城是诗人流放所经之地，诗人刚来到时，心情沮丧、郁闷，自然无心欣赏白帝城的风光。现在要以无罪之身离开白帝城，白帝城的一切自然都是美的。"彩云"不仅是写白帝城朝霞之美，白帝城地理位置之高，更是衬托出诗人心情之欢乐畅快。"千里"本来是说白帝城与江陵距离之遥远，但由于后面有一个"一日还"，反倒成为李白船行速度之快的诠释与说明，更是诗人归心似箭的写照。吟诵时，除了按照七言平起绝句的规律在"辞""间""陵"字及"还"字进行长吟之外，还须注意本诗抒发的情感十分高昂、喜悦，因此起调可以适当抬高，尤其是"彩云间"三个字，应该是吟诵的高潮之处。造成的音响效果是从高处起调，旋即向更高处发展，然后由高向低处过渡。尤其要提出的是，为表现出"千里江陵一日还"的气势、意境，吟诵此句时应该是以轻盈、快捷的语调吟出，使人听了我们的吟诵，仿佛置身在李白乘坐的轻舟一样，有顺江而下，日行千里之感。这样吟诵的效果，完全符合诗篇所描述的从高高的白帝城，顺江而下，直达江陵的艺术效果。以吟诵的方法诠释诗篇的意境，与以文学分析的方法表述诗篇的意境应该异曲同工。事实上也是如此，我们这样吟诵，才能够准确体会诗人所要抒发的真实情感。

"两岸猿声啼不住"有些费解。前人在解析此句时说："妙在第三句，能使通首精神飞越。"吴小如先生认为此句"境界更为神妙"。"猿啼"出自《水经注》，说舟行至三峡，"每至晴初霜旦，林寒涧肃，常有高猿长啸，属引凄异，空谷传响，哀转久绝"。故行驶在三峡的渔夫皆歌曰："巴东三峡巫峡长，猿鸣三声泪沾裳。"可见高猿长啸是令人感到伤感的凄凉之音。李白此时心情愉悦，情绪激昂，反倒冒出"高猿长啸"，于情于理都很难讲得通。但结合李白从追随永王璘，到获罪流放，再到意外获释的过程，就十分清楚了。李白追随永王璘的本意是为了杀敌报国，立功沙场，一展自己的才能。站错队、跟错人绝非主观用意,也不是自己所能决定的。为此获罪对于李白来说实在是天大的冤枉,尽管已意外获释,但委屈的心境岂能一下就消除?此时写猿啼,既是实写眼前之景,又是写心中之情。眼前之景就是两岸猿声此起彼伏,哀转久绝。心中之情应该是:自己无辜罹罪,真是冤枉至极。虽然侥幸获释,但毕竟是一个有过"附逆"的经历、被"特赦"的罪人,一心报国反而落了个"附逆"之罪,清白之身已被玷污,想到这里,诗人又怎能高兴得起来?以凄婉的"猿声"来表达自己内心复杂的感情。况且,事情已经过去了,过去的就让它过去吧。如同两岸空谷传响的猿声一样,尽管哀鸣不已,但自己的快舟还是在飞速前进。如果一定要说此句"神妙"或"精神飞越"的话,那就是妙在诗人在抒发喜悦欢畅的情感时,流露出对无辜罹罪的遗憾。鉴于此句的文化心理背景如此复杂,吟诵时应该格外注意,既不宜高亢欢畅,亦不能婉转缠绵。相反,吟诵此句时,应该是语气轻盈,音调舒缓,如同蜻蜓点水一样,一沾即开。"啼"字为上平声齐韵,自然可以长吟。虽然前面的"声"字作为节奏点已经做过长吟,但为了表示诗人听到猿声后复杂的心情,还是应该做长吟处理。只有如此,方能准确表达诗人内心的真情实感。

最后一句"轻舟已过万重山",诗人的感情又由短暂的抑郁转回喜悦的现实。前人说,从白帝城至江陵,轻舟顺流而下,犹如御风而行,朝发夕至,虽奔马亦不能及也。诗人的轻舟,亦是如此,转瞬之间,已掠过千山万岭。可见此句首先就是实写诗人舟行的情况。从另一个角度看此句,轻舟掠过万重山还继续前进,又有诗人战胜险恶的环境,还要继续前进的决心和信心。无数的委屈、坎坷、困难、苦恼、郁闷、痛苦,都将像"万重山"一样远远地被甩在身后,自己的未来应该是像轻舟一样,乘风破浪,"直挂云帆济沧海"。因此吟诵此句,音高应该超过前一句,以示情绪的高涨。尤其要吟好"万"字,"万"字虽然是去声愿韵,不可以长吟,但在这里它不仅表现出诗人舟行之快,而且要表现出诗人已将所有的痛苦、麻烦都远远丢在脑后,所以"万"字吟得实大声宏,才能表现出诗人已经翻过昨天那一页,对未来充满了坚定的信心。为了将"万"字吟得实大声宏,还得吟好"过"字。"过"字是去声的个(箇)韵,虽不能长吟,但可以做一个技术"偷气",以便攒足了力气,实大声宏地吟好"万"字。"重"字是上平声冬韵,自然可以长吟,但与之紧邻的"山"字为删韵字,必须长吟,因而,"重"字在顺接实大声宏的"万"字后,为了表现对"万"字的重视,可以适当长吟,但又不能吟得过长;在使之不影响"山"的吟诵的同时,还要再做一次技术"偷气",为吟好"山"字做好充分的准备。可见,此句的吟诵还是有一定难度的。

总之,在绝大多数吟者看来,本诗反映了诗人获释后顺江下江陵的喜悦心情,吟诵此诗,应该起得高昂,吟得欢畅。但他们没有看到诗人在喜悦、兴奋的同时,尚有一丝无奈的委屈和抑郁。因此,在吟诵时,如果一直在高音区运走,就无法把诗人在"两岸猿声啼不住"一句中所要表达的情感真实、全面、淋漓尽致地表达出来。吟诵本来就是学习、欣赏诗词创作的,在吟诵的过程中真切细微地体会诗人的真实感情,是吟诵的主要任务之一,只有把握住诗歌的思想感情,才能进行准确的吟诵;只有准确地吟诵,才能准确地再现诗人的思想情感。

第六首杜甫《宿府》为标准的七言平起律诗,是杜甫在严武幕府中值宿时所作。杜甫从乾元二年(759)离开华州,至广德二年(764)已失官达五年之久,好在老友严武新任成都尹兼剑南节度使,成了一方诸侯,仍没有忘记老朋友,举荐杜甫为检校工部员外郎,兼节度使参谋。这样,漂泊多年的诗人总算有了一枝之栖,暂时解决了温饱之忧。然而,国事蜩螗,关山戎马,仍时时萦绕在诗人心头;再加上值班宿府,与诗人的性格、理想相距甚远,故有此诗。此诗情感的主旋律应该是抑郁、感伤的,不能把自己有了一枝之栖而感到欣慰当作诗篇的主旋律。

首联"清秋幕府井梧寒,独宿江城蜡炬残",点明创作的时间、地点及诗人此时的心情。时间好说,一个"清秋"就把诗人创作此诗的时间说得十分清楚。但诗人为了加重眼下已是初秋,又用了"井梧寒"三个字。"井"字用得很好,井与井水都与凉、冷、寒有关。在炎炎夏日,一旦临近井边,就会感到丝丝凉气;秋风一起,临近井边则会感到阵阵寒气。"井"字又是在七言律诗第五字的位置上,宋人魏庆之《诗人玉屑》说:"七言诗第五个字要响……所谓响者,致力处也。"①又说:"盖五字诗以第三字为眼,七字诗以第五字为眼也。"②"梧"指梧桐树,在木本植物中梧桐落叶最早,古人有"梧桐一叶落,天下尽知秋"之说。可见,井、梧的使用,增加了清秋的寒意,使人吟诵此诗时,也能感受到一丝凉意。"独宿"二字是本诗的诗眼,本诗的题目是"宿府",是说自己在节度使即帅府值班留宿,"独宿"则是说,自己是一个人在帅府留宿,而不是与家人共同住在帅府。一个人住在帅府,孤独、寂寞自不可免,这才在前面加一个"独"字。后面来一个"蜡炬残",只有孤独寂寞之人,才能看着蜡炬一点点烧残;反过来说,看着蜡炬一点点烧残的人,一定是非常孤独寂寞的。可以说,首联是紧扣诗篇的主题全面展开,围绕诗篇的主旋律而缓缓道来。吟诵此二句,除了按照七言平起律诗应该抑扬顿挫之处进行长吟停顿之外,还应该特别注意"井梧"二字,井字是上声梗韵,本来不能长吟,为了强调清秋之寒,可以适当提高其音高,以示重视。"梧"字是上平声虞韵,自然可以长吟,此处又要强调它的语言本意的作用,不仅在语调上可以适当提高,而且应该长吟,把清秋的寒气尽量倾泻出来。"独宿"二字虽是全诗的诗眼,但"独"字是入声屋韵,"宿"字也是入声屋韵,这两

---

① 魏庆之:《诗人玉屑》,上海古籍出版社1959年版,第140页。
② 魏庆之:《诗人玉屑》,上海古籍出版社1959年版,第173页。

个字都不能长吟,只能以提高语调的方法来强调对这两句的重视。

颔联"永夜角声悲自语,中天月色好谁看"是在前一句的基础之上,进一步抒发抑郁、感伤之情。前一句说诗人是"独宿"帅府,此句就是所见、所闻、所思、所语。所见的是一轮圆月当空,所闻的是戍守江城的军中传来阵阵凄凉的号角声,所思的是如此明月夜自己却要在帅府当值无法与亲人团聚,所语的自然是满腔的遗憾、苦闷、凄凉、烦恼。吟诵时,除了按照七言平起律诗的要求抑扬顿挫之外,一是要注意"悲"字,"悲"字是上平声支韵,本来就可以长吟,这里要表达诗人悲戚的心情,也应长吟,其长度甚至可以超过"声"字,以表示对主旋律的扣合。二是要注意"月"字,"月"字是入声月韵,不能长吟,但"月"字在这里又非常重要,不仅是诗人眼前之景,而且是诗人情感寄托之所在,所以可以用提高调值的方法处理。同样,"好"字在这里为上声皓韵,不宜长吟,也用提高调值的方法以示强调。

颈联"风尘荏苒音书绝,关塞萧条行路难",此两句是由"中天月色好谁看"自然过渡而来。因为"中天月色好谁看"已暗含对亲人的思念,故此联便接着抒发对亲人的思念,并由家事扩展到国事。而家事、国事本来就是相互掺搅在一起的,是社会的动荡使得自己背井离乡,远离亲人;思念亲人就是对现实的关注与抨击。诗人的思路十分清晰,逻辑思维十分缜密,是"风尘荏苒"使得"音书绝",是"关塞萧条"才导致"行路难",可见诗人不仅是把家事、国事结合在一起考虑的,而且明确判断是国事影响了家事,国事决定了家事,只有国家和平安定了,家庭才能和睦安康。吟诵时,应该在感伤、抑郁的基础上,增加几分深沉及缠绵,以抒发对国事的关注,对亲人的思念。为达到这样的艺术效果,除了该长吟停顿必须停顿长吟外,语速可适当放慢。"音书"二字,在这一句中是重点。"音"字是下平声侵韵,自然可以长吟;"书"字是上平声鱼韵,同样可以长吟。为表达诗人对亲人的关心、思念,此二字均可以长吟,只有长吟,方能表现出诗人的绵绵情思。但此二字在音高上又有所不同,"音"字可以略高于"书"字,形成有致的错落。"萧条"二字是此句的重点,从文意上讲,是"关塞萧条"造成了"行路难",因此也是吟诵的重点。"萧"字是上平声萧韵,可以长吟,但后面的"条"字在节奏点上,必须长吟,因此"萧"字按长吟的一半处理较为恰当。"条"字也是上平声萧韵,本身就在节奏点上,自然须得长吟,而且"条"字前面的"萧"字,后面的"行"字,都是平声,都可以长吟。为显示节奏点的重要,一定要适当加长,并与前后两个字的吟诵有所区别。"行路难"乃是诗人的伤心处,语调不宜高扬,反而应该低沉。"行"字是下平声庚韵,虽然可以长吟,但由于前面的"萧条"都已长吟,故不宜再长吟,较一般的长吟短一半为宜。只有这样,才能吟得情意绵绵,深切感人。

尾联"已忍伶俜十年事,强移栖息一枝安"写得较为苦涩,而又心事重重,与杜诗的一般风格迥然有别。"伶俜"是诗人自言居无定处,四处奔波飘零。"十年事",言自天宝十四载(755)安史之乱开始,到广德二年(764),恰为十年。"强移"有姑且相就,勉强相就之意。"栖息一枝"语出《庄子·逍遥游》:"鹪鹩巢于深林,不过一枝",意为自己姑且将剑南节度使的幕府当作临时的栖息之地吧。诗人自安史之乱后,先身陷乱贼囹圄之中,又四处漂泊流离,友人给了他安身之地,又举荐他为检校工部员外郎,应该满足了。但诗人自幼就有"许身一何愚,窃比稷与契""致君尧舜上,再使风俗淳"的远大志向,并不满足于一个检校工部员外郎、一个小小的幕府参谋的位置。况且,在幕府工作得也不是很得意,不仅不能大展宏图,还得在帅府值班留宿,让诗人很难接受。所以,吟诵此两句,不仅应该紧扣主旋律,而且还应多几分忧郁、彷徨,方能把诗人内心思想情感真切地表现出来。尤其应该注意的是,"已忍伶俜十年事"句的平仄要求是"仄仄平平平仄仄",但"十"字是入声缉韵,"年"字是下平声先韵,两个字的平仄颠倒了。这是因为第五个字"十"该平未平,导致下一个应该是仄声的就不得不改用平声,这样才能达到平仄搭配协调,这也就是格律诗的拗救原则。吟诵时,由于"十"字是入声字,不能长吟,尽管十分重要,在这里只能加重语气、提高调值,不可长吟。"强"字此处读上声养韵,本来不宜长吟,但为了将诗人把幕府视为一栖之地的情感表现出来,还是应该用加重语气、提高调值的方法,予以重读,这样才能把诗人复杂的感情表现出来。

总之,此诗吟诵的难度较大,只有全面、深刻地掌握诗篇的主题,掌握诗人感情复杂的脉络,处理好一些细节问题,才能吟好此诗。

第七首李白《望庐山瀑布》,这是一首十分壮美的七言仄起绝句。是诗人游庐山时,看到庐山瀑布奇观时心有所感而作。所写奇景句句入神,字字飞动,当是李白七言绝句的代表作之一。

首句"日照香炉生紫烟",香炉,是指庐山香炉峰。乐史《太平寰宇记》说:香炉峰"在庐山西北,其峰尖圆,烟云聚散,如博山香炉之状"。但是,香炉峰到了李白的笔下,就成为一座气象生动的、立体的图案。香炉峰不仅真成了一座顶天立地的香炉,而且在阳光下还喷射出团团紫色的烟雾。一个"生"字,使静止的画面变为动态的画面,仿佛能使人看到时聚时散的烟雾,围绕着香炉峰构成一幅幅珣美绚丽、五色缤纷的画卷。除了节奏点"炉"字、韵字"烟"字应该长吟外,关键字"生"字也应该长吟。"生"字是下平声庚韵,本来就能长吟,又在七言诗第五字的位置上,自然更应该长吟了。当然,在"炉"字、"生"字均已长吟后,"紫"字就必须轻轻带过。"紫"字本来就是上声纸韵,不宜长吟,再加上前面的"炉"字、"生"字,后面的"烟"字都要长吟,所以"紫"字一定要轻轻带过。而且,轻轻将"紫"字带过,方能使人产生烟雾缥缈缭绕、时散时聚的想象,体会出优美、轻曼、奇幻的意境。

次句"遥看瀑布挂前川",写得气势磅礴。远远望去,汹涌澎湃的瀑布犹如一条长长的白练,从山的最高处呼啸而下,直达山脚下的长河。一个"挂",把全句盘活了,仿佛是一个顶天立地的巨人,手持白练当空舞,并不经意地将白练挂在山顶,与诗人其他的名句"俱怀逸兴壮思飞,欲上青天揽明月""素手把芙蓉,虚步蹑太清""举手可近月,前行若无山"一样,写的是何等气魄,何等潇洒,吟诵此句时,在节奏点上的"看"字及韵字"川"字上,自然应该长吟。"挂"字在句中非常重要,但"挂"字是去声卦韵,不能长吟,只能适当提高"挂"字的调值和音高。同时,将长吟的任务放在"前"字上,"前"字是下平声先韵,自然可以长吟,但"前"字后面是韵字"川"字,故"前"字虽然可以长吟,但为了照顾后面的"川"字,不使人感到吟得过于缓慢,以至于分不清原有的节奏,"前"字只能适当拖长,不宜长吟。如果"看"字、"川"字都是长吟一拍的话,"前"字只能吟半拍,将长吟的任务交给后面的"川"字。

第三句"飞流直下三千尺"。如果说前一句"遥看瀑布挂前川"是写静态的瀑布,那么,"飞流直下三千尺"则是写动态的瀑布,而且写得气韵生动、活灵活现。尤其是"飞"字,将瀑布从山顶上喷涌而下的奇景,和盘托出。再加上"直下"二字的使用,令人感受到瀑布自天而降,无遮无拦的壮观景象。吟诵时,首先要注意的是"飞"字。"飞"字在文学分析中占有重要地位,由于它是上平声微韵,自然可以长吟;但"飞"字后面是节奏点"流"字,必须长吟,因此,就不得不委屈"飞"字了,只能吟半拍,将长吟的任务交给"流"字了。同时,还必须注意"三"字也是位于第五个字上的字,应该也是诗人"致力处",一个"三"字,不仅写出了山高水长,也写出了水势浩大,况且"三"字是下平声覃韵,故不仅要长吟,而且语气应该适当加重。这样,才能把诗人对庐山瀑布的赞美之情,真切地表现出来。

最后一句"疑是银河落九天",真可谓"想落天外,惊人魂魄"①。诗人描述了静态的瀑布和动态的瀑布之后,感觉白练也好,飞流也好,都不足以形容壮美的庐山瀑布,意犹未尽,又以奇幻之笔,再一次描述庐山瀑布。在诗人的笔下,飞流直下的瀑布,不是悬挂在中天的白练,不是从山顶上奔驰而下的湍流不息的山泉,而是天上直接倾落下来的银河之水。"银河落九天",表明自己对庐山之高、瀑布之壮观的真实感受,那水不是来自山间,而是来自天上。李白是一个心胸极为宽广、视野极为开阔的诗人,天地宇宙无不纳入他的笔下,"黄河之水天上来","太白与我语,为我开天关","举杯邀明月",都是诗人独自活动在天地宇宙之间。可此处诗人为什么不说就是"银河落九天",而说"疑是"呢?因为前面两句,"遥看瀑布挂前川"与"飞流直下三千尺"把庐山瀑布写实了,因此

---

① 见《唐诗鉴赏辞典》赵其钧先生文章,上海辞书出版社1983年版,第330页。

诗人在这里才用了"疑是"。而一个"疑是",倒给人模模糊糊、似是而非的感觉,产生了新奇而又真实的艺术效果。吟诵此句,除了节奏点"河"字和韵字"天"字必须长吟外,还必须注意七言律诗第五个字位置上的动词"落"字。"落"字是入声药韵,不能长吟,但它在此句中又非常重要,只能以加重语气、提高调值的方法显示它重要。与之紧相连的"九"字是上声有韵,也不能长吟,因此,在吟"落"字时,除了加重语气,提高调值外,还可采用偷气的方法,适当延长一下拍节,为下面长吟"天"字做好准备。

纵观此诗,这是一首纯描写自然景观的诗作,吟诵时,不像吟诵其他诗人的诗作,既要考虑诗篇的写作背景,又要考虑诗人当时的情感因素,还要考虑诗人的用典。本诗就是纯粹的写景,即从静态的瀑布、动态的瀑布及想象中的瀑布,立体地、多方面地、多角度地、全方位地表现了庐山瀑布的壮观景象。因此吟诵此诗,应该起得高昂,吟得欢畅,凡是诗人感到惊奇、开心之处,能长吟处一定长吟,该加重语气之处一定加重语气。只有这样,才能把诗人热情拥抱大自然的喜悦心情,淋漓尽致地表现出来。

第八首杜甫《登高》,这是杜甫七言律诗的代表作,也是古往今来对仗最为工整,感情最为丰富,用语最为精妙的一首七言律诗。华锺彦先生认为:

本诗是杜甫流寓夔州之作,时值秋深,登高怀远,国家多难,久客不归,老病穷愁,滚滚而来,愁中断酒,愁更加深。全诗一气呵成,八句皆对,初不经意,巧夺天工。前人比作"海底珊瑚",自然瘦劲,精光万丈,力拔千钧,盖不为过。①

前人对此诗评价甚高,《诗薮》言此诗:"自当为古今七言律第一,不必为唐人七言律第一也。元人评此诗云:'一篇之内,句句皆奇;一句之中,字字皆奇。'"《唐诗选脉会通评林》云:"此篇声韵,字字可歌。"《唐宋诗醇》说此诗:"气象高浑,有如巫峡千寻,走云连风,诚为七律中稀有之作。"《杜诗镜铨》云:"高浑一气,古今独步,当为杜集七言律诗第一。"②细读此诗,的确如此。本诗作于唐代宗大历二年(767),时诗人流寓夔州,逢秋日登高,见眼前秋景,闻耳边秋声,想羁旅在外,叹老病孤舟,悲因病戒酒,伤世事艰辛,仿佛人世间一切的烦恼不幸,都加在诗人的身上。悲伤感慨之余,方有此作。

首联"风急天高猿啸哀,渚清沙白鸟飞回",落笔便是秋风、秋景、秋声,奠定了全诗感伤悲戚的基调。平时人们提起秋天,总是说"秋高气爽""天高云淡",诗人却说"风急天高",一下子把人们带入深秋时节,仿佛能感受到呖呖秋风,从身旁吹过。猿鸣本来是

---

① 《华锺彦文集》(中),河南大学出版社 2009 年版,第 691 页。
② 陈伯海:《唐诗汇评》,江苏教育出版社 1995 年版,第 1181 页。

夔州经常可以听到的,并能令人产生悲戚的联想。此时已是深秋,故猿鸣更成为哀鸣了。天高、风疾、猿鸣,沉重的话语压得我们几乎喘不过气来,故诗人在下一句作了适当的调整。渚清,沙白,鸟在空中轻轻飞过,给人以舒缓之感,此两句对仗之工整自不必多说,难得的是,感情的舒张也是配合适度。吟诵此诗,因语调慢慢向下移动,故不宜起得过低,甚至可适当高一些。首句"风急天高"起得适中偏高,不仅可以为下面的吟诵做铺垫,而且能显现出秋风飒飒的艺术效果。"猿啸哀"奠定了全诗悲切的基调,故第五个字"猿"字应该重读。"猿"字是上平声元韵,本来就可以长吟,此处不仅要长吟,而且要加重语气,为全诗的悲戚氛围奠定基础。"清"字位于节奏点,自然应该长吟,而且由于第一句有些过于沉重,在此句要适当放松一些,因此"清"字可在原有的基础上,适当再延长半拍,以缓解紧张的气氛。"鸟"字虽处在七言律诗第五字的位置上,但它是上声篠韵,而且鸟飞应该是无声无息,无影无踪的,不像猿鸣,人人皆可闻之,因此"鸟"字不仅不能长吟,而且不能重读,只能轻轻带过,将长吟的任务放在上平声微韵的"飞"字上。"飞"字虽可长吟,但不宜重读,以显示鸟在空中轻轻划过。这样吟诵,才能张弛有度,疾徐适中,为吟好全诗奠定坚实基础。

  颔联"无边落木萧萧下,不尽长江滚滚来",写得极为精彩洗练,对仗极为工整严谨,不愧为千古名句。前人在评述此二句时认为,妙在"无边""不尽"四字上。一个"无边"将漫山遍野的秋景纳入视野,一个"不尽"又将日夜湍流不息的长江融入诗的画面。落木岂非年年、处处都有？长江不是年年月月日日呼啸奔流而下？这几乎是人们年年天天看到的自然景象,但诗人把这极为普通的自然景观,浓缩到一联十四个字中,而且用语这么简洁精当,真是前无古人。吟诵此二句,除了节奏点"边"字、"江"字及韵字"来"字应该长吟外,还要特别注意"萧萧""滚滚"两个联绵词。"萧"字是下平声萧韵,本来就可以长吟,但两个"萧"字连用,不能全部长吟。按一般规律,都是第二个字长吟,但此处不同,第一个"萧"字位于第五字位置上,应该长吟;第二个"萧"字,只能一掠而过,不可长吟。但是"滚滚"二字就不能这样处理了。虽然第一个"滚"字处在该句当中第五字位置上,理应重读,但"滚"字是上声阮韵,不能长吟,依据联绵词第二个字可以长吟的原则,我们可以在第二个"滚"字处长吟。长吟第二个"滚"字还有一个好处,可以在这里换口气,为长吟"来"字做充足的准备。

  颈联"万里悲秋常作客,百年多病独登台"是全诗的一个转折点,诗篇的前四句全是写景,当然,景中有情,情景交融。自颈联开始,重点则是在抒情,抒情之中亦有写景,同样是情景交融。我们知道,《诗经》就有伤春悲秋题材的诗篇,自宋玉的《九辩》问世后,悲秋成为我国文人写作的传统题材之一,文人悲秋,是感叹春秋代序,年华不再。诗人的悲秋更是感叹时光飞驰,事业无成。一个悲秋就已经让人心烦意乱,心绪惆怅,更何况诗人此时是背井离乡,羁旅在外,自然是更为悲切感伤了。"万里"与"常作客"是相呼应的,"万里"是说离家之远。"常作客"是说出门在外时间之长。不仅如此,诗人此时已是年过知天命,体弱多病,孤独寂寞之际,独自登高望远,更是悲从中来。这个感叹体弱多病之"悲"、寂寞登台之"悲",与悲秋之"悲"、远离故土之"悲"重叠在一起,形成巨大的悲伤冲击波,困扰着诗人的心灵,吞噬着诗人的情感。那无边的悲伤,犹如不尽的落叶和不息的江水,推排不去,拂之还来。可以说,自颈联起,诗人的感伤情结又上升到一个新的台阶。吟诵此句,除了节奏点"秋"字、"年"字及韵字"台"字应该长吟外,还应该注意"常"字,"常"字处于七言律诗第五字的位置上,本身就很重要;而在这里用"常"字又表明,自己是长年客居异乡,深秋时节,自然更是怀念故土。况且"常"字是下平声阳韵,本来就可以长吟,为突出"常"字的重要作用,此处一定要长吟。"百年多病独登台"句的"多"字是下平声歌韵,可以长吟,虽然前面的"年"字已经做了长吟处理,但此处为了强调体弱多病,可以长吟半个拍节。"独"字位于七言律诗第五字的位置上,自然有特殊的意义,但"独"字是入声屋韵,无法长吟,只能适当加重语气,以示强调。长吟只能交给下平声蒸韵的"登"字。可是"登"字后面是灰韵字"台"字,所以只能给"登"字半个拍节的长度,长吟的任务还是落在韵字"台"字上了。总之,吟诵此句的难度较大,应该仔细琢磨诗人的感情走向,把握好情感尺度,方能准确地吟诵此句。

尾联"艰难苦恨繁霜鬓,潦倒新停浊酒杯",诗人走完了悲伤情感的旅程,也将悲伤情绪抒发到极致。国家的动荡不安,生活的穷愁潦倒,仕途的艰辛坎坷,离别的相思怀念,使得诗人双鬓苍苍,未老先衰。这个"老"应该说不是生理上的老,而是心理上的老。适逢深秋,诗人羁旅在外,穷愁潦倒,体弱多病,孤独寂寞,登台眺远,人世间的一切不顺都落在诗人的身上。更使诗人无法接受的是,由于身体的缘故,连酒也不能喝了,这让诗人情何以堪? 杜甫一生嗜酒,在杜诗中,有100多处提及"酒"。如"白日放歌须纵酒""平生一杯酒""酒酣耳热忘白头"都是与酒有关的诗句。一生爱酒,嗜酒如命的诗人,因病不得不戒酒,这对他心灵上的打击应该说要多大就有多大,甚至可以说戒酒是压倒诗人的最后一根稻草。可见此二句是诗人艰苦岁月、苦难生活的总结,是诗人对不公正的上天最后的倾诉。吟诵此二句,语速应该适当放慢,语调应该沉重悠长。除了注意节奏点"难"字、"停"字及韵字"杯"应该长吟外,还应注意"繁霜"二字及"浊酒"二字的处理。"繁"字是上平声元韵,"霜"字是下平声阳韵,此二字都可以长吟;但"繁"字在七言律诗第五字的位置上,更重要些,故"繁"字长吟一拍,"霜"字只能长吟半拍。"浊"字是入声觉韵,"酒"字是上声有韵,都不能长吟。"浊"字虽然处在七言律诗第五字的位置上,却是入声字,不能长吟,而且诗人感叹的是自己不能喝酒了,因此,"浊"字只能通过加重语气、提高调值来表示。"酒"字虽然是入声,不宜长吟,但在这里,它集中了诗人的全部忧愁、烦恼、悲伤和苦闷,因此,可以破例延长半拍。非如此吟诵,不能将诗人巨大的悲愤倾泻出来,不能把失去对酒的依赖后内心的急躁、烦恼表现出来。

总之,吟诵这首诗的难度较大,正确吟诵好这首诗的难度更大。只有深入了解这首诗产生的背景,深入体会诗人创作此诗时的情感基础,才能吟诵好此诗。

综上所述,格律诗的吟诵有一定的难度,它有严格的吟诵规则,一般情况下,不能违背吟诵规则。正因为它有吟诵规则,就要求格律诗的吟诵必须中规中矩,不能随意越轨犯规。但也正是它有吟诵规则,反倒使格律诗的吟诵模式简单化了,简单到只有八种模式,而我们一旦掌握了这八种模式,就可以在格律诗的王国里,自由咏吟。

但是,格律诗也不是完全符合格律的,有许多名家,甚至大家的格律诗也不一定完全符合格律。例如王维《渭城曲》:"渭城朝雨浥轻尘,客舍青青柳色新。劝君更尽一杯酒,西出阳关无故人。"我们细读便知第二句"客舍青青柳色新"与第三句"劝君更尽一杯酒"不粘,也就是说第三句第二个字没有随同第二句第二字用仄声。因此,这首诗虽然属于七言平起绝句,但不能套用"二四四二"的模式吟诵,必须按照诗篇平仄的实际情况进行吟诵。同样,李白《登金陵凤凰台》为七言平起律诗:"凤凰台上凤凰游,凤去台空江自流。吴宫花草埋幽径,晋代衣冠成古丘。三山半落青天外,二水中分白鹭洲。总为浮云能蔽日,长安不见使人愁。"细读便知第三句"吴宫花草埋幽径"与第二句"凤去台空江自流"不粘,第五句"三山半落青天外"与第四句"晋代衣冠成古丘"不粘。这样,吟诵时就不能按照"二四四二"的模式去套,必须按诗篇平仄的实际情况吟诵。

第三节　学习格律诗吟诵的意义

学习诗歌的吟诵有意义,学习格律诗吟诵的意义更为重要。因为学习好格律诗的吟诵可以更好地欣赏、体会这些优美的诗篇,吟诵这些诗篇可以给我们带来愉悦和宁静,吟诵这些诗篇有益于我们的身心健康。除此之外,学习好格律诗吟诵的重要意义还有以下四点。

一、提高写作格律诗的能力

学习好格律诗的吟诵,有助于提高我们写作格律诗的能力。格律诗不同于其他诗歌的关键就在于它有严格的格律,掌握格律诗的格律在于掌握格律诗的平仄及押韵;掌握格律诗的平仄及押韵,不能靠硬背"平平仄仄平平仄",更重要的是在学习、背诵大量优秀、经典诗篇的过程中,熟悉、掌握格律诗的平仄及押韵。这也就是人们常说的"熟读唐诗三百首,不会吟来也会诌"的道理所在。从上述如何吟诵格律诗的例证中,可以看出,平仄对格律诗的吟诵具有多么重大的意义。如果能熟练地吟诵一首格律诗,自然也能熟练地掌握这首格律诗的平仄押韵;如果能熟练掌握格律诗的吟诵,熟练掌握格律诗的平仄押韵,自然能够掌握格律诗的创作及修改;掌握了格律诗的创作及修改,对于格律诗的继承与发展,善莫大焉。这也就是朱光潜先生在《谈美书简》中所说的:

过去我国学习诗文的人大半都从精选精读一些模范作品入手,用的是"集中全力打歼灭战"的办法,把数量不多的好诗文熟读成诵,反复吟咏,仔细揣摩,不但要懂透每字每句的确切意义,还要推敲出全篇的气势脉络和声音节奏,使它沉浸到自己的心胸和筋肉里,等到自己动笔行文时,于无意中支配着自己的思路和气势。[①]

特别应注意朱光潜先生提及的要"熟读成诵,反复吟咏",尽管这个"吟咏"不一定是我们所说的吟诵。但可以肯定,熟读成诵对学习格律诗写作有很大的帮助,按照严格的方法去吟诵诗歌,对诗歌的写作就有更大的帮助了。朱自清先生在《〈唐诗三百首〉指导大概》一文中说:"现在高中学生不能辨别四声也就是不懂平仄的,大概有十之八九。""不懂平仄的,只要多读,熟读,多朗吟,也能欣赏那些声调变化的好处,恰如听戏多的人不懂板眼也能分别唱的好坏,不过不大精确就是了。"[②]现在的学生,对四声都比较陌生,以吟诵的方法去熟读格律诗,有助于补上四声这一课。如:杜甫《自京赴奉先县咏怀五百字》押的是入声韵,背会了这首诗,就能记住一批入声字。正确的诵读,正确的吟诵,对于我们学习诗歌、写作古典诗歌的用处都是很大的。

国务院副总理马凯同志在 2011 年 1 月 19 日《光明日报》上发表的《谈谈格律诗的"求正容变"》的长篇文章,全面论述了格律诗的形式、传统、审美及走向,为格律诗在新时代的发展添加了活力。马凯同志提出:

格律诗,最讲究声调和押韵。声韵,是格律诗的"乐谱",它使节奏美插上了音乐的翅膀。正是借助了有规律的韵脚,使全诗的联句之间相互照应,在全诗中发挥着整体性、稳定性的作用;正是借助了有规律的韵脚,看似参差无序的音节"贯穿成一个完整的曲调",同一韵的声音间隔出现,往复回应,使人听起来悦耳动听,产生一种和谐回环的美感;正是借助了有规律的韵脚,使人读起来朗朗上口,比起其他任何诗作更便于人们

[①] 《朱光潜文集》第 5 卷,安徽教育出版社 1987 年版,第 302~303 页。
[②] 《朱自清全集》第 2 卷,江苏教育出版社 1996 年版,第 212 页。

吟诵和记忆。

马凯同志精彩的论述,说明格律诗的写作与格律诗的吟诵有着密切的关系,是格律诗特有的节奏、声调、韵脚使得格律诗吟诵起来极具音乐之美感。因此,格律诗的吟诵能够流传千古,正是它自身的特点所形成的。在新时代格律诗的写作应该"求正容变",格律诗的吟诵应该服务于格律诗的创作,以之推进格律诗的创作,使格律诗这朵奇葩,在我国文化百花园中开得更加鲜艳。

二、格律诗的吟诵是活的文化化石

自古以来,我国传统文人的吟诵只有技术层面的传承,而没有理论层面的研究,吟诵的传承只能依靠父子师徒之间的口耳相传。这个传承很显然是非常脆弱的,一旦有变,一种吟诵的方法就可能失传。对于文人来说,这个变数极大,战争、饥荒、疾病的发生,统治者的爱好,甚至一种新曲调的流行,都可能影响到传统吟诵的传承。上古诗歌由于内容和结构过于简单,其吟诵的方法就早已失传。从《诗经》时代开始,我国古典诗歌的吟诵与歌唱就是两种不同的方法:一个是文人学子学习《诗经》使用的吟诵方法,另一个是宫廷乐工、歌伎演唱《诗经》的方法。两种方法虽有交叉,但基本上各自使用各自的方法去学习、传播。歌唱《诗经》的方法虽然曾盛极一时,但随着《楚辞》楚声在汉代的兴盛而逐渐淡出文人的视野。不过,《诗经》毕竟是"五经"之一,是统治者非常喜爱并竭力推崇的诗体,文人的歌唱虽然逐渐弱化消失,但"颂诗"的演唱,由于其典雅庄重的形式,缓慢沉稳的节奏,为历代统治者所青睐,其基本曲调,成为历朝历代统治者举行祭祀大典时必须使用的乐曲。但《诗经》的吟诵,并没有因为《诗经》的歌唱在文人中逐渐式微而消失。相反,在汉代大力推进诗教的浓烈文化氛围中,吟咏、诵读不仅在师生、父子之间,而且在全社会广为流传——吟咏依然是传授《诗经》的主要手段。而《诗经》的歌唱,只有在朝会、祭奠活动中,才可以一睹尊容。由此可见,《诗经》的吟咏与歌唱从一开始的一致而逐渐演变为两股道上跑的车。

同样,当乐府诗出现之后,在文人之中,《楚辞》的歌唱逐渐消失,《楚辞》的吟诵在文人中依然存在。格律诗出现之后,乐府诗、古诗包括歌行体诗歌的歌唱在文人中也逐渐失传,但乐府诗、古诗包括歌行体诗歌的吟诵依然存在。我们所说的这些诗体的歌唱是指在文人中的歌唱逐渐失传,而不是说乐府诗、古诗包括歌行体的歌唱已经彻底消失,因为在乐工、歌伎之间,歌唱乐府诗、古诗包括歌行体,甚至"楚辞体"的,都还大有人在。但是,这个"歌唱"已经不是传统意义上的歌唱了,而是极具表演性质的演唱了。因为真正传统意义上的文人歌唱已经不存在了,文人学子传授乐府诗、古诗包括歌行体诗歌的吟诵仅仅作为一种读书方法而存在,已不具备任何表演性。这也就是文学史上所说的中唐之后,乐府诗唱法失传的真相。

中唐之后,文人是怎么传承乐府诗、古诗包括歌行体等诗歌的呢?可以肯定,尽管文人歌唱乐府诗、古诗包括歌行体的方法已经失传,但在父子、师徒之间,传授乐府诗、古诗包括歌行体的读法,依然采用的是吟诵。吟诵作为学习、欣赏诗歌的方法,其地位始终没有被动摇。中唐之后,乐府诗的唱法失传,这是指文人的唱法,或者说是传统的专业唱法已经失传。这种专业唱法是指每一首乐府诗有每一首的唱法,如《短歌行》有《短歌行》的唱法,《关山月》有《关山月》的唱法,《蜀道难》有《蜀道难》的唱法,彼此不能混淆,甚至工尺谱①都有严格的规定。正是因为太复杂了,难度太大了,这些唱法在文人之中才逐渐失传。

文人在学习、欣赏、传授乐府诗、古诗包括歌行体时,没有必要把自己搞得那么苦,故而采用了比较随意的吟诵方式来学习、欣赏、传授乐府诗、古诗包括歌行体。也就是说,乐府诗、古诗包括歌行体的唱法,以前是统一的,无论是谁,要唱《短歌行》,就必须按照其唱法去唱,不得任意改变,你唱不准别人要说你唱跑调了;要唱《关山月》就必须按照《关山月》的调子去唱,你唱跑调了一定被同行嘲笑。中唐之后,乐府诗、古诗包括歌行体诗歌的歌唱分为两种:一种是乐工、歌伎们的演唱,还多少保留了传统演唱的方法;一种是文人歌唱的方法。前一种方法继续沿着演出娱乐化的方向前进;后一种方法逐渐为文人学习、欣赏、传授乐府诗、古诗包括歌行体诗歌的吟诵所同化。久而久之,文人歌唱乐府诗包括古诗、歌行体等诗歌的方法失传,带有歌唱痕迹的吟诵有一部分流传下来。今天吟诵乐府诗、古诗包括歌行体诗歌的模式多种多样,吟诵格律诗的模式却基本相同,之所以如此,就是因为吟诵乐府诗、古诗包括歌行体诗歌的模式有多种多样,吟诵格律诗的模式却基本相同;之所以如此,就是因为吟诵乐府诗、古诗包括歌行体诗歌没有一个固定的模式,没有一个统一的传承,有的偏重于"吟",有的偏重于"唱",在一定程度上可以说是"百花齐放、百家争鸣"了。乐府诗、古诗包括歌行体诗歌吟诵的多样性从侧面反映了格律诗吟诵的稳定性。

格律诗吟诵的稳定性就在于它在一千多年的流传中,没有发生太大的变化,基本上保持了原生态的模式,是活的文化化石。唐人吟诵格律诗的方法,与我们今天吟诵格律诗的方法,应该是基本相同的。今天吟诵格律诗的方法,是唐人吟诵格律诗方法的继承

---

① 工尺谱:中国传统的记录乐谱的方法。因用工、尺等汉字记写唱名而得名。它与许多重要的民族乐器的指法和宫调系统紧密相连,在民间音乐中应用广泛。工尺谱最初由管乐器的指法符合演变而成。近代常见的工尺谱,一般用合、一、上、尺、工、凡、六、五、乙等字作为表示音高的基本符号。

与发展,华锺彦先生提出要"用古法吟咏唐代近体诗",就是用唐人吟咏格律诗的方法去吟咏格律诗。可以从三方面加以分析。

首先,从理论上说,由于格律诗有固定的格式,因此格律诗的吟诵也有固定的模式。格律诗的固定格式就是我们前面所说的五言平起绝句、五言平起律诗、五言仄起绝句、五言仄起律诗、七言平起绝句、七言平起律诗、七言仄起绝句、七言仄起律诗八种,因此,格律诗吟诵也就是这八种形式。而格律诗的写作模式自它产生那天起,一千多年就没有变化;那么,格律诗吟诵的模式,一千多年也应该没有太大的变化。

其次,从调查、搜集到的老一辈学人吟诵文献资料来看,乐府诗、古诗包括歌行体诗歌的吟诵都有所不同,但格律诗的吟诵,无论是南腔还是北调,方言还是普通话,吟诵的基本形态都是一样的。平起的格律诗,无论是五言也好,七言也好,绝句也好,律诗也好,其节奏点都是在第一句的第二字,第二句的第四个字,第三句的第四个字,第四句的第二个字(律诗重复一遍)。仄起的格律诗,五言也好,七言也好,绝句也好,律诗也好,其节奏点都是在第一句的第四个字,第二句的第二个字,第三句的第二个字,第四句的第四个字(律诗重复一遍)。不管个人的出身如何、师承如何、语音如何,大家都自觉地遵守了平长仄短、依字行腔的客观要求(至于诗无达诂,个人对诗歌内容有不同的理解,对诗歌的情感基调采取不同的处理,不在讨论的范围之内)。吟诵格律诗的这种要求,可以说是格律诗的吟诵规则。如果一种吟诵规则,能为所有参加者所接受,说明这个吟诵规则具有很强的适用性;一种吟诵规则流传一千多年,仍能为人们所接受,说明这个吟诵规则具有很强的合理性。一个具有很强的适用性与很强的合理性的吟诵规则,使得格律诗的吟诵,在一千多年来没有像其它诗歌吟诵那样,大起大落,更没有被时代所淘汰,这种文化现象无疑具有非常高的研究价值。从某种意义上说,格律诗吟诵的规则就是格律诗吟诵的基本理论,格律诗之所以能延续到今天,靠的就是这一基本理论。虽然这是在20世纪80年代才由华锺彦先生所发现并证实,但在以往的吟诵实践中,它一直是客观地存在并为吟诵者所严格遵循的,只不过当时的人们是知其然不知其所以然罢了。完全可以说,从《诗经》到《楚辞》,从乐府诗、古体诗到格律诗,再到词的吟诵,只有格律诗的吟诵有比较明晰的理论,并使格律诗的吟诵得以流传。所以,我们说研究、传承格律诗的吟诵,具有重大的理论意义和现实意义,格律诗的吟诵是活的文化化石。

再者,前辈学人的吟诵实践,证实了格律诗的吟诵具有悠久的历史传统。许多前辈学人尽管出身、经历、师承不同,但在对待吟诵格律诗的规律上,意见却是一致的。如叶嘉莹先生师承顾随先生,高文先生师承胡小石先生,学统完全不同,但吟诵格律诗时平仄的节奏点却完全一致。有许多是在家中跟父母、爷爷奶奶、姥姥姥爷学的吟诵,在吟诵古文、古诗时可能有些差异,甚至是各吟各的调,可一吟诵格律诗就不约而同地"达成"某种一致。其实,那就是受到共同法则的约束。华锺彦先生在《唐诗吟咏的研究》一文中说:

  1979年春,日本友人吉川幸次郎教授来访,我受命在洛阳接待他。他就认为《登高》是他最爱的一首好诗,我们就共同吟咏于龙门道上,自首至尾,抑扬顿挫,丝毫不差。①

  他在《和日本人吉川教授远赠新诗》的自注中说:

  共诵《登高》:在龙门道上,我与吉川同车,因问:"吉川先生最喜杜诗哪一首?"答曰:"《登高》。"因而共同吟咏,自首至尾,抑扬节奏全同,相视而笑。②

  华锺彦先生在诗文中的记载完全相同,说明先生与吉川幸次郎先生共同吟咏《登高》一诗,二人吟咏的抑扬顿挫完全一致的事实是不容置疑的。虽然目前还不清楚吉川先生的吟咏是学自日本本土还是在北大时学的,或者兼而有之,但有一点是肯定的,那就是吉川幸次郎先生格律诗的吟咏与华锺彦先生的吟咏是完全一致的,也就是说与我国传统的吟咏是一致的。吉川是1928年留学北京大学的,此时五四运动已过去9年,当时的北京大学肯定不会开设专门研究吟咏的课程,甚至先生们在课堂上涉及吟咏的也不多。相反,吉川先生在京都帝国大学求学时的老师狩野直喜先生可能对他影响甚大。狩野直喜先生是汉学京都学派的代表人物,与王国维先生私交甚笃。吉川先生1931年回国后,就职于京都帝国大学,全面继承了狩野直喜先生的衣钵。所以,吉川先生吟诵渊源,肯定有来自日本学人的因素。我们暂且不考虑日本学人吟诵格律诗方法的渊源来自何时何处,两国学人对格律诗吟诵的认识、格律诗吟诵的方法是一致的,这是一个事实。由此可见,格律诗吟诵的传统,不仅在国内得到继承,在国外也得到了一致继承。这完全是因为这种吟诵理论、这种吟诵方法正确地反映了格律诗吟诵的现实。

  综上所述,格律诗吟诵的确具有极为重要的意义。通过格律诗吟诵的研究,可以拓展到研究所有诗歌的吟诵,进而深入研究吟诵理论,正确认识什么是传统吟诵,这对于我们的吟诵事业是大有裨益的。

---

① 《华锺彦文集》(中),河南大学出版社2009年版,第691页。
② 《华锺彦文集》(下),河南大学出版社2009年版,第1163页。

三、格律诗的吟诵最容易学习、推广

如前所述,格律诗的吟诵只有简单的 8 种,熟练掌握了这 8 种诗体的吟诵方法,就可以举一反三。例如我们掌握了杜甫《八阵图》的吟诵,就应该会吟王之涣的《登鹳雀楼》;我们掌握了杜甫《春望》的吟诵,自然也应该会吟王勃《送杜少府之任蜀州》;我们掌握了李白《望庐山瀑布》的吟诵,也应该会李白《赠汪伦》的吟诵;能吟杜甫的《登高》,也一定能吟杜甫的《蜀相》。只要是格律诗,包括唐以后的格律诗,都可以用这种方法去吟诵。

然而,乐府诗每一个题目都有一种唱法,每一个词牌也都有各自的唱法,这些唱法在文人之中已经基本失传,所以要大规模地推广乐府诗、古诗及词曲的吟咏,显然有极大的难度。而格律诗的吟诵则不然,由于格律诗模式有限,历代传承的线索非常清楚,吟诵的规律十分明显且容易掌握,因此推广起来就十分容易。况且格律诗的吟诵,虽说是 8 种,实际上只有 4 种,因为绝句重复一遍就是律诗。掌握 4 种吟诵方法,对于绝大多数人来说,都不是什么问题。所以,推广格律诗的吟诵比推广乐府诗、古诗、词曲等的吟咏要容易得多。

当然,推广格律诗的吟诵同样会遇到一个对诗歌情思理解的问题,有人就以诗篇的情思的不同,提出应该以不同的方式进行吟诵。朱光潜先生在《诗论》一书中也认为:

> 李白和周彦邦的两首《忆秦娥》虽然同用一个调子,节奏并不一样。只有不懂诗的人才会把"音尘绝,西风残照,汉家陵阙"(李)和"相思曲,一声声是,怨红愁绿"(周)两段同形式的词句,念成同样的节奏。诗的节奏决不能制成定谱。即依定谱,每首诗的节奏亦决不是定谱所指示的节奏。[①]

那么,怎样看待这一问题呢?其实,格律诗也好,各种词牌也好,都是一种固定的诗歌模式,当然可以反映复杂的社会生活。例如七律是格律诗的一种形式,不同的作家以七律可以创作出不同的作品。"忆秦娥"是一个词牌,不同的作家可以填写不同情感的词作。就是一个作家,完全可以用七律创作出来风格完全不同的作品,用同一词牌填写内容风格完全不同的词作。在写作过程中,不管要表达什么样的思想感情,只要是写一首七律,就必须遵守七律的平仄进行写作,否则,写的就不是七律。如果要填一首"忆秦

[①] 朱光潜:《诗论》,第 128 页。另见《朱光潜全集》第 3 卷,安徽教育出版社 1987 年版,第 128 页。

娥"，就必须按照"忆秦娥"的要求去填写，否则，填的就不是"忆秦娥"。格律诗包括词曲的特殊规定和对写作的严格要求，使得我们在吟诵这些诗词时，也必须遵守它固有的规定，不得随意"越轨"。所以，古诗不一定都有"定谱"，但格律诗肯定有它的"定谱"。

例如《闻官军收河南河北》与《登高》都是杜甫创作的七言仄起律诗，思想感情完全不同。可是在吟诵这两首诗歌时，还必须遵守吟诵七言仄起律诗的要求，其平仄停顿处，其节奏点都应该是一样的。因为这两首诗在形式上完全一致，区别仅在于这两首诗的情感基调不同，表达的思想感情不同，因此在形式处理上虽然可以相同，但在感情处理上则是迥然有别。正如我们包包子，可以包肉的，可以包素的，还可以包荤素包子。包子是形式，包子馅是内容，是本质。内容可以变化，形式不能变化，形式一变化，那就不是包子了。至于包子的褶应该是19个还是21个，是全封闭的还是开口的倒无所谓了，这些对包子的基本形式没有太大的影响或者说这些都是传统包子的变异。由此可见，格律诗的吟诵肯定有"定谱"，这个"定谱"决定着格律诗的抑扬顿挫，决定着格律诗吟诵的平仄停顿处。而格律诗感情的不同，则是通过音高、调值的变化来体现的。

四、格律诗的吟诵有助于学习词曲的吟诵

格律诗的产生在中国韵文发展史上是一件大事。不仅使诗歌的创作从相对随意的状态变为十分严谨，而且为词曲的产生奠定了坚实的基础。没有格律诗就没有词曲，这是人所共知的。既然格律诗的创作影响到词曲的产生，格律诗的吟诵也必然影响到词曲的吟诵。在笔者看来，词曲的吟诵受格律诗的吟诵影响最突出之处就在于，词曲中律句的吟诵受格律诗吟诵的影响，完全可以按照格律诗吟诵的方法去吟诵词曲中的律句。

我们知道，格律诗是非常讲究平仄安排的，这种平仄安排最基本的要求是句子中间的平仄必须相互交错，而且这个交错必须在每一句的偶数字上。无论是七言还是五言，均是如此。如王昌龄《芙蓉楼送辛渐》各句偶数字的平仄安排是：

寒雨连江夜入吴，平明送客楚山孤。
　　仄　平　仄　　平　仄　平
洛阳亲友如相问，一片冰心在玉壶。
　　平　仄　平　　仄　平　仄

再如杜牧《泊秦淮》各句偶数字的平仄安排是：

烟笼寒水月笼沙，夜泊秦淮近酒家，

　　　　平　仄　平　　　仄　平　仄
商女不知亡国恨,隔江犹唱后庭花。
　　仄　平　仄　　　平　仄　平

再如刘长卿《逢雪宿芙蓉山主人》各句偶数字平仄安排是:

日暮苍山远,天寒白屋贫。柴门闻犬吠,风雪夜归人。
　仄　平　　平　仄　　　平　仄　　仄　平

再如卢照邻《曲池荷》各句偶数字平仄安排是:

浮香绕曲岸,圆影覆华池。常恐秋风早,飘零君不知。
　平　仄　　仄　平　　　仄　平　　平　仄

　　可以看出,七言绝句中每一句的偶数字的平仄都是交错的,或仄平仄,或平仄平,律诗重复一遍即可。五言绝句中每一句偶数字的平仄也是交错的,或平仄,或仄平,律诗重复一遍即可。这种平仄交错的句式,一般称为律句。吴丈蜀先生认为:"凡是符合这种平仄交错规则的,就称为律句。不符合这个规则的,称为拗句。"①当然,拗句还有一种形式,不符合平仄交错规则的拗句只是拗句形式中的一种。诗句中出现有规律的平仄交错,是为了满足音乐的要求。因为诗句中出现平仄交错的局面,能使字音高低错落,有起有伏,律句吟诵起来,自然更是悦耳动听。格律诗的吟诵能流传千古,律句功不可没。

　　律句不仅使诗吟诵起来悦耳动听,而且它也规范了词曲中律句吟诵的模式。例如范仲淹《渔家傲·塞下秋来风景异》的上半阕是:

塞下秋来风景异,衡阳雁去无留意。
　仄　平　仄　　　平　仄　平
四面边声连角起,千嶂里,长烟落日孤城闭。
　仄　平　仄　　　　　平　仄　平

---

① 吴丈蜀:《诗词曲格律讲话》,河南人民出版社1986年版,第101页。

很显然,第一句、第二句、第三句、第五句都符合律句的标准,符合律句的标准自然可以按照格律诗律句的模式去吟诵。再如苏轼《卜算子·缺月挂疏桐》的上半阕:

缺月挂疏桐,漏断人初静。谁见幽人独往来,缥缈孤鸿影。
仄平　　仄平　　仄平仄　仄平

《卜算子·缺月挂疏桐》上半阕的四句都是律句,是律句就能按照律句的模式去吟诵。词是如此,曲亦然。所以我们说学会格律诗的吟诵,对学习词曲的吟诵有极大的帮助。关于这个问题,在词曲吟诵研究中有专门的论述,此处不再赘言。

总之,学习、推广格律诗的吟诵具有重大的意义,尤其是在对吟诵基本理论尚不十分明了,对吟诵古诗、乐府诗的传承线索尚不十分清晰的情况下,学习、推广格律诗的吟诵尤具意义。因为格律诗是唯一有一定吟诵理论、有一定吟诵传承的古典诗歌,我们完全可以以学习、研究格律诗吟诵为基点,逐步推广到学习、研究古诗及乐府诗,同时,对学习、研究词曲的吟诵也有一定的帮助。

附录一　平水韵常用字表

《平水韵》是宋代以后使用的诗韵系统。据考证,宋金对峙的公元1223年,金朝平水书籍(山西平水地方管理图书印刷的官员)王文郁根据时代要求编《新刊韵略》,将《广韵》206韵缩略为106韵。稍晚于王文郁,据信是南宋理宗淳祐十二年(1252年),平水籍人刘渊编刊了《壬子新刊礼部韵略》,共107韵。《礼部韵略》是宋朝官颁的权威韵书,北宋景祐四年(1037年)朝廷颁布过206韵的《礼部韵略》,为科举官韵。在宋金对峙的年代,北方金朝的音韵改革影响到南宋,因而有刘渊主持的《壬子新刊礼部韵略》问世。刘渊和王文渊的韵书基本一致,107韵和106韵的区别只在于上声的"拯""迥"相近的两韵部是否合并。到元代初年阴时夫编《韵府群玉》定106韵版本为《平水韵》,有明一代沿用不辍。清初张廷玉奉诏编修《佩文韵府》,全部吸纳《韵府群玉》的学术成果,使《平水韵》成为清朝科考官韵。

本韵表初衷是用《佩文韵府》诗韵的原文,以期给读者提供一个真实而又完整的诗韵体系。但该诗韵是用繁体字编纂,出版时繁体、简体不能同时存在,所以本表改以上海古籍出版社出版的《佩文诗韵》为底本进行简化。简化以通行的《现代汉语词典》为标准,并参照目前通行的简体版《平水韵常用字表》做了增删补益,凡繁体韵目进行简化或各韵部中的韵字简化后容易产生歧义时,一律注出,并以页下注的方式表达,使之较普通的简化本更明晰准确,并具有更高的参考价值。本韵表取消了原韵表中的异体字。保留了两读字和多读字的原注文,凡同一字有两种读音而收入两个韵部,或同一韵字两个声调以上者,在不同韵部或不同声调中注明其不同意义,并标明"某韵异";一字两读而意义相同者,则注明"某韵同"。

上 平 声

上平：一东
东同铜桐筒童僮瞳中(中间,送韵异)衷忠虫冲终戎崇嵩菘弓躬宫融雄熊穹穷冯(姓,蒸韵异)风枫丰充隆空(空虚,董、送韵异)公功工攻蒙笼(董、送韵异)聋栊珑洪红鸿虹丛翁葱聪骢鬃通蓬篷烘潼蒙胧眬(送韵同)峒狨沨巄(董韵异)梦(不明,送韵异)讧瞳鲖(肿韵异)妐忡鄼釭(车毂内外口之铁圈,江韵异)彤芃苳恫(哀痛,送韵异)总(丝数名,董韵异)逢(鼓声,冬韵异)侗(童子、无知,董韵异)窿悾(江韵同)朦幪(董韵同)咙庞(充实,江韵异)潩丛种种盅溁(绛韵同)狨泛①(陷韵同)冡泽(江、绛韵同)莑(董韵同)绒

上平：二冬
冬农宗锺钟龙舂松冲容蓉庸封胸雍(和谐、姓,宋韵同)浓重(重复,肿、宋韵异)从(跟从、听从,宋韵异)逢(相遇,东韵异)缝(缝衣,宋韵异)踪茸(草生貌,肿韵异)峰蜂锋烽笻慵恭供(供给,宋韵异)琮淙(水声,江韵同、绛韵异)依松凶墉佣溶(肿韵同)镕邛共(通供、恭,宋韵同)憧(心神不定,绛韵异)颙喁(鱼口露出水面哑动貌,虞韵异；应和声,虞韵同)邕壅(宋韵同)纵(纵横,宋韵异)龚枞脓松匈凶汹(肿韵同)讻禺(虞韵同)丰蚣蹱蹬(江韵同)恟(肿韵同)冬肜橦(江韵异)

上平：三江
江杠矼釭(东韵异)扛窗邦缸降(降伏,绛韵异)泷双庞(东韵异)腔撞(绛韵同)幢(绛韵异)桩淙(冬韵异,绛韵异)泽(冬、绛韵同)橦(冬韵异)庄豇垿梆蹬(冬韵同)悾(东韵同)

上平：四支
支枝移为(作为,真韵异)垂吹陂(堤岸、湖泊,真韵异)碑奇宜仪皮儿(小孩,齐韵异)离(别离,霁韵异)施(设施、施加,真韵异)知驰池规危夷师姿迟(久、缓,真韵异)龟

---
① "泛"简化前为"汎"。

(乌龟,尤韵异)眉悲之芝时诗棋旗辞词期祠基疑姬丝司(官司,寘韵同;姓、州名独用)葵医帷思(动词、语气词,寘韵异)滋持随痴维厄麋螭麾埤弥慈遗(丢失、遗留,寘韵异)肌脂雌披嬉尸狸炊湄篱兹差(参差,佳、麻韵异)疲茨卑辞亏蕤陲骑(动词,寘韵异)曦歧岐谁斯私窥熙欺疵赀笞羁彝髭颐资糜饥衰锥姨楣夔只①涯(佳、麻韵同)伊追缁箕椎罴篱厘萎(寘韵同)匙澌脾坻(荠韵异)治(寘韵异)骊(齐韵同)妳飔尸怡尼(僧尼、山名,质韵异)漓累(贯也、缠绥,寘韵异)匜(纸韵同)牺饴而推(推移、推究,灰韵异)縻璃祁绥絺羲蠃肢骐觜(纸韵同;诹觜独用)狮奇嗤毗咨堕(毁坏,哿韵异)其其(代词、语气词,寘韵异)醨睢(音虽,水名,寘韵异)睢(音灰,张目,纸韵同)漓蠡(瓠瓢,齐韵同,荠韵异)噫(叹词,卦韵异)馗(同逵,尤韵异)锜(有足釜、锯子,纸韵异)胝绥迤(纸韵异)蛇(逶蛇,麻韵异)淇淄丽(鱼丽、高丽,荠韵异)牦(豪韵同)弥(纸、霁韵同)筛嘶氏(月氏,纸韵异)痍貔比(皋比,纸、寘韵异;比邻,平仄通用)贻鹂(齐韵同)瓷鹚铍嵋怩熹孜台(我,灰韵异)蛊瞿禅丕琪耆衰惟猗剂(契据,荠韵异)茬(趋以采荠,荠韵异)提(齐韵异)牦(肴韵同)祇庳(下,纸韵同、荠韵异)居(语助词,鱼韵异)栀澌(尽,齐、荠韵异)踦(脚跛,纸韵异)蠵(齐韵同)戏(于戏,寘韵异)锤(灰韵异)劓(歌韵异)崎跹磁郿醨(纸韵同)离佳锱虽蚑(寘韵同)秄(纸韵同)仔(纸韵同)寅(真韵同)麒棋委(委蛇,纸韵异)蜞刿(纸韵同)棰(竹名,纸韵异)崎隋(隋朝,哿韵异)觯(寘韵异)觜(星宿名,纸韵异)緦萑(草多貌,寒韵异)狒逶踟瓯倭(顺貌,歌韵异)嵯(山不齐,歌韵异)祎诐(寘韵同)纰(瑕纰,纸韵异)榿兹赍觿黎犁(以上五字同齐韵)漓郦

上平：五微

微薇晖辉徽挥翚韦围帏闱违霏菲(芳菲,尾韵异)妃绯飞非扉肥腓威祈旗畿机几(几微、庶几,尾、寘韵异)讥矶玑饥稀希晞衣(名词,未韵异)依沂巍归诽(尾、未韵同)痱(风病,未韵异)欷(欷歔,未韵同)豨(尾韵同)溦葳叽斐颀碕圻晰

上平：六鱼

鱼渔初书舒居(居处,支韵异)裾车(麻韵同)渠蕖余予(我,语韵异)誉舆馀胥狙(御韵同)锄疏(御韵异)蔬梳虚嘘(御韵同)徐猪闾庐驴诸除(扫除,御韵异)储如(御韵同)墟菹琚与(语气词,御韵异;容与,语韵同)畲(麻韵异)苴苴(麻子、包裹,麻、语韵异;履苴,语韵异)樗摅于(语气词,居、虞韵异)茹(御、语韵异)疽且(语气词,马韵异)沮(水名,语、御韵异)蛆挈榈胪稰(语韵同)砠淤(御韵同)胠妤睢谞(语韵同)椐(御韵同)纾

---

① "只"简化前为"祇"。

(语韵同)踽(踽踽,药韵同)璩潏屠(匈奴休屠王,虞韵异)筮歔锄据龉(虞、语韵同)舆(语、御韵同;唯"酾酒有藇"作仄声)疋(足,马韵异)咀(犹嘘也,语韵异)湑(语韵同)徐(行貌,语韵同、麻韵异)涂徐沏(御韵异)虑(地名、木名,御韵异)

上平：七虞

虞愚娱隅刍无芜巫于盂腥衢儒濡襦须株诛蛛殊铢瑜榆谀愉腴区(藏物处,尤韵异)驱(遇韵同)躯朱珠趋扶符凫雏敷夫肤纡输(负、纳财,遇韵异)枢厨俱驹模谟蒲胡湖瑚乎壶狐弧孤辜姑觚菰徒途涂(泥、污,麻韵异)荼图屠(屠杀、浮屠,鱼韵异)奴呼吾(自称,麻韵异)梧吴租卢鲈炉芦苏酥乌污(水浊不流,麻、遇韵异)枯粗都铺(铺陈,遇韵异)禺(冬韵同)嵎诬竽吁盱瞿(鹰隼视、瞿塘峡、姓,遇韵异)需殳俞逾觎臾臾渝岖蒌(蒿,尤韵同,麌韵异)娄䁖(曳娄、邾娄,尤韵异)夫苻莩桴(竹筏,尤韵异)俘柎迂姝蹰拘摹醐(遇韵同)醐糊蝴酤(宿酒,麌韵同,遇韵异)鸪沽呱菟(於菟①,遇韵异;玄菟,平仄通用)笯(麌韵同)弩舻柤泸栌蚨觥(尤韵同)姁扶玞裯(禅衣,豪、尤韵异)蚼母(淳母,有韵异)毋杅吁芙嶀喁(声相和,冬韵同,余异)齵颅轳句(青句、须句,尤、遇、宥韵异)戳醹(麌韵同)邾洙褕(襜褕,萧韵异;后衣,萧韵异)瘉(病,麌韵同,余异)蝓鞣枹(尤韵同)陬膜(南膜,药韵异)嫫筿瓠(瓜名、器名,遇韵同,余异)庱恶(语气词,遇、药韵异)髑跃腧芋(大、茂盛,遇韵异)姁(姁偷,遇韵异)欤呕(悦言,尤韵异)駈(车马驰,尤韵异)咮(鸟嘴,宥韵同、遇韵异)喻(呕喻)枸(立木,麌韵异)㰉臑(嫩软貌,豪韵异)跦腧(尤韵同)袾龉(鱼、语韵同)葫忦(大、傲,麌韵异)瓿(有韵同)于(叹词,鱼韵异)孺帑(子、鸟尾,养韵异)㹜(麌韵同)麌(母鹿,麌韵同,余异)

上平：八齐

齐(齐整,霁韵异)脐黎(支韵同)犁(支韵同)藜黧蠡(支韵同,荠韵异)鹥(支韵同)妻(夫妻,霁韵异)萋凄凄(悽)堤羝鞮低诋(荠韵同)题(额、品,霁韵异)提(提携,支韵异)荑缔锑蜻绨瑅䃅(支韵同)鹈媞(媞媞,荠韵异)缇(荠韵同)折(折折,屑韵异)笾鸡稽笄兮奚嵇蹊傒徯(荠韵同)倪霓(锡韵同)醯西栖犀渐(散声,支、寘韵异)嘶撕梯脾批(反手击打,屑韵同;批示、削,独用)脐齑赍(霁韵同)挤(排挤,霁韵同)迷麑泥(泥土、泥水,霁韵异)溪圭闺睽奎携畦觿(支韵同)蠵(支韵同)骊(支韵同)鹂(支韵同)凄褆(纸韵异)繄儿(姓,支韵异)㬥㣬(崦㣬,纸韵异)栖

---

① "於菟",古代楚人称虎。

上平：九佳

佳街鞋牌柴（木柴，寘韵异）钗差（差使，支、麻韵异）崖涯（支、麻韵同）阶偕谐骸排乖怀淮豺侪埋霾斋娲（麻韵同）蜗（麻韵同）娃（麻韵同）哇（麻韵同）皆揩蛙（麻韵同）楷（孔林木，蟹韵异）槐

上平：十灰

灰恢魁隈回徊槐枚梅媒煤瑰雷催摧堆陪杯醅嵬推（排、推进，支韵异）开哀埃台苔该才材财裁（裁度、裁缝，队韵异）来莱栽（种，队韵异）哉灾猜胎台（三台，支韵异）腮孩陔脦（脦隈，尾韵异）悝（孔悝、李悝，独用；忧，纸韵同）莓缞崔裴培（培养、培植，有韵异）坏骀（驾骀、台骀，贿韵同）垓陔毸皑傀（偯傀，纸韵异）焞（盛貌，元韵异）欸（应答声、叹声，贿韵同，余异）诙煨锤（治玉，支韵异）桅唉夋才[①]颏（贿韵同）能（三足鳖、三能，蒸韵异）漼（霜雪积聚貌，贿韵异）隗（郭隗，独用；高，贿韵同）捼（歌韵同）抬磓

上平：十一真

真因茵辛新薪晨辰臣人仁神亲（爱、亲近，震韵异）申伸绅身宾滨邻鳞麟珍瞋尘陈春津秦频苹颦银垠（地垠，文韵同、元韵异）筠巾困（轸韵同）民珉缗贫淳醇莼纯（纯粹，元、先、轸韵异）唇（脣）伦纶（丝纶，删韵异）轮沦匀旬巡驯钧均臻榛姻宸寅（支韵同）嫔旻彬鹑皱遵循振（振振，震韵异）甄（陶、先韵同，余异）禋岷谆（震韵同）椿询恂峋湄莘垔屯（难、卦名，元韵异）驺呻粼磷（砰磷，震韵异）辚濒闽囷逡畯填（久、先、震、霰韵异）泯（轸韵同）忞洵诜骃祗洇傧（敬，震韵异）磷夤荀郇迍竣（先韵同）蓁娠（震韵同）呻㻞（震韵同）蓁纫筠（轸韵同）峋抡（元韵同）蹎（震韵同）畛（轸韵同）嶙（轸韵同）瞵（轸韵同）崛（轸韵同）斌氤

上平：十二文

文闻（听，文韵异）纹蚊（䘉，震韵同）云氛分（分别，问韵异）纷芬焚坟（坟墓，吻韵异）群裙君军勤斤（斧斤、斤两，问韵异）筋勋熏曛醺荤耘云芸棼汾雰氲员（幅元、先，吻韵异）欣芹殷（删、闻韵异）沄（元韵同）昕缊（纷缊，元、问韵异）煴贲（大，元、寘韵异；三足龟，元韵同）炘纭郧妘肦殷懃谨唪瘽堇（黏土，吻韵异）垠（地垠，真韵同、元韵异）龈鄞（真韵同）雯溳鈖

---

① "才"简化前为"纔"。

上平：十三元

元原源鼋园猿辕垣烦繁(多,寒韵异)蕃樊翻旛喧萱喧冤言轩藩魂浑温孙门尊樽存蹲敦(敦厚,寒、队、愿韵异)墩礅屯(聚,真韵异)豚村盆奔论(评论,愿韵小异,虚用作平声)坤昏婚阍痕根恩吞沅湲湲(删、先韵)媛(婵媛,霰韵异)援(引,霰韵异)膰燔爰袢矾幡墦繙番(更番,歌韵异)璠反(断狱、平反,阮韵异)谖啍焞(灼龟炬,灰韵异)塤鸳宛(大宛国,阮韵异)掀鞬(盛弓矢器,铣韵异)昆琨鹍鲲缊(绋,文、问韵异)扪荪飧惇苞贲(虎贲,文、真韵异；三足龟,与文韵同)伦惀(盛弓矢器,铣韵异)根垠(垠堮,真、文韵异)謇抡(真韵同)蕴(蕴藻,吻、问韵同)颟(霰韵同)犍(先韵同)杬芫阢阮(五阮,阮韵异)袁洹(水名,寒韵异)晅晋(寒韵同)鹓怨(雠,愿韵异)蜿(蜿蜿、蟠蜿、蜿蜷,阮韵异)沄(文韵同)焜(郁热,愿韵异)昆瑻辒亹(水流峡中两岸若门,尾韵异)噂饨臀棔喷(真韵同)纯(白茅纯束,真、先、轸韵异)

上平：十四寒

寒韩翰(羽翰,翰韵异)丹殚单(单一,先、铣韵异)安鞍难(不易、木难,翰韵异)餐滩(水滩,翰韵异)坛檀弹(弹射、弹劾,翰韵异)残干(干犯、阑干)肝竿干①(干燥、桑干,先韵异)阑栏澜(波澜,翰韵同；余异)兰看(翰韵同)刊丸桓纨端湍酸团抟攒官观(看,翰韵异)冠(名词,翰韵异)鸾銮栾峦欢宽盘蟠漫(大水貌,翰韵异)干②(井干,翰韵异)汗(可汗,翰韵异)郸叹(翰韵同)摊(摊开,翰韵异)姗珊玕奸刓剜棺钻(虚用,翰韵异)盘镘(瓦匠工具,翰韵作墁,同)谩(翰、谏韵同)瞒潘蹒胖(体胖,翰韵异)弁(快乐,《诗经·小弁》,霰韵异)拦完岏莞(席子草,潸韵同)髋般(一般,删韵异)磻拌(捐弃)擀萑萑(萑苇,支韵异)汍芄繨攒敦(屯聚,元、队、愿韵异)宿繁(繁缨,元韵异)曼(路远,头曼单于,愿韵异)馒鳗疼忓谰(诋,翰韵异)岠洹(洹洹,元韵异)智涫涤

上平：十五删

删潸(删韵同)关弯湾还(先韵异)环镮鬟锾寰闤班斑颁般(班师,寒韵异)蛮颜奸菅攀顽山鳏间(中间,先韵异)艰闲(同本韵同)娴悭孱(先韵同)潺(先韵同)殷(赤黑色,文、吻韵异)湲(元、先韵同)纶(草名、纶巾,真韵异)扳讪(谏韵同)患

---

① "干"简化前为"乾"。
② "干"简化前为"榦"。

下 平 声

下平：一先

先(名词,霰韵异)前千阡笺(牋)鞯天坚肩贤弦烟燕(地名,霰韵异)莲怜田填(填塞、鼓声,真、震、霰韵异)钿(霰韵同)年颠巅牵(牵引、忺牵,霰韵异)妍研(研究,独用；研磨,与霰韵同)眠渊涓边编玄县(悬挂,霰韵异)泉迁仙鲜(新鲜、朝鲜,铣韵异)钱(货币,铣韵异)煎(煎熬,霰韵异)然延筵毡鳣(铣韵作鳝)膻禅(静、禅宗,霰韵异)蝉缠(虚用,霰韵异)连联涟篇偏便(安适、腹部肥满、善辩,霰韵异)绵全宣镌穿(通,霰韵异)川缘(因缘,霰韵异)鸢铅捐旋(回旋、斡旋,霰韵异)娟船涎鞭筌专砖圆员(人员、官员,文、问韵异)乾(天、乾卦,寒韵异)虔愆骞权拳椽传焉芊溅(水激流貌,霰韵异)舷咽(咽喉,屑韵异)零(先零,青韵异)阗骈鹃甄(姓,独用；余与真韵同)挺梃鋌翩扁(小舟,铣韵异)平(辨治,庚韵异)牷嬛(便嬛,庚韵异)沿还(同旋,删韵异)悁鳊诠痊悛遄卷(卷去、大卷,铣韵异)观挛弮(连弩,霰韵异)戋千纯(投壶算仪,真、元、轸韵异)袄蜎(蜎蜎者蠋,铣韵异)痃畋佃(治田,同畋,霰韵同；余异)磧蹎滇胼蜒潺(删韵同)孱(删韵同)婵僝梗瑄璇颛湲(元、删韵同)犍(元韵同)褰骞鄢嫣骿单(单于,寒、铣韵异)峻(真韵同)鄢(地名,阮韵同)籼鹯扇璇键(锁钥,铣韵同)蜷棉鲢

下平：二萧

萧箫挑(取、荷,豪、筱韵同)貂刁凋雕迢条髫跳蜩苕调(调和,尤、啸韵异)枭浇聊辽寥撩僚(官僚,筱韵异)寮尧峣幺宵消霄绡销超朝潮嚣(喧嚣、隗嚣,豪韵异)樵骄娇(女态,筱韵异)焦蕉椒燋(持火使燃,药韵异)饶桡(楫,效韵异)烧(爇,啸韵异)遥姚摇(动摇、招摇、扶摇、步摇,啸韵同；余异)瑶韶昭(明,筱韵异)招飚标(标举,独用；树梢,与筱韵同)镳瓢苗描猫要(要约、要挟,啸韵异)腰邀鸮乔桥侨妖夭(筱、皓韵异)漂(漂浮、浏漂,啸韵异)飘翘翛佻(筱韵同)徼(徼幸、求,啸韵异)鹩(鹪鹩,啸韵异)僥哓哨(口不正,啸韵异)枵熛(屋、沃、药同)娆(娇娆,啸、筱韵异)陶(皋陶,豪韵异)瀌(尤韵同)嫋(葽嫋,啸韵异)橇(屑韵同)劭(啸韵同)潇骁獠(夜猎,同獠,巧、皓韵异)撩料(料理、小嫠,啸韵同)獠(皓韵同)硝皛鹪繇(咎繇,尤、宥韵异)鹞鹞(雉名,啸韵异)愮褕(皇后衣,虞韵同；余异)钊髟(长发,尤韵同；咸韵异)蟜轿(啸韵同)殍荞嘹(嘹亮,啸韵异)垚怞(尤韵异)逍怊燎(庭燎,啸韵同；筱韵异)樵剽(中钟,啸韵异)锹

下平：三肴

肴殽巢交郊茅嘲钞(钞写,效韵异;钞略,通用)包胶(胶庠、姓,独用;胶粘,与效韵同)爻苞梢蛟庖匏坳敲(效韵同)胞抛崤铙骹炮筲哮捎茭淆泡跑硗聱篍(巧韵同)咬啁(啁嘐,尤韵异)教(使、令、让,效韵异)咆牦(支韵同)嗃(吹管声,效、药韵异)佼(同交,巧韵异)抓姣(淫乱,巧韵异)掊(以手、爪或工具扒物或掘土,有韵异)窌(深空貌,效、有韵异)脬飑(风声,觉韵异)枹(树名,虞、尤韵异)鄗(敖鄗,皓、药韵异)唠

下平：四豪

豪毫操(操持,号韵异)绦氂刀萄猱褒桃糟漕(卫邑,号韵异)旄(旌旄,号韵异)袍挠(巧韵同)蒿涛皋号(呼号,号韵异)陶(甄陶、姓,萧韵异)翱鳌敖曹遭糕篙羔高嘈搔毛艘滔骚韬缫(缫丝,皓韵异)膏(名词,号韵异)牢醪逃槽濠劳(勤劳,号韵异)洮叨绸(缠裹,尤韵异)慆牦(牛尾,支韵同;余异)芼(水草,号韵异)䄂褶袍(贴身短衣,虞、尤韵异)饕骜(骏马,号韵异)獒熬臊韬匋涝(飞涝,皓韵同;号韵异)殽淘尻挑(挑选,萧、筱韵异)嚣(傲慢貌、诋毁貌、地名,萧韵异)臑(动物前肢,虞韵异)捞嗥嘈臯(古皋字,有韵异)蠔蚝

下平：五歌

歌多罗河戈阿和(和谐,个韵异)波科柯陀娥蛾鹅萝荷(荷花,哿韵异)何过(经过,个韵异)磨(琢磨,个韵异)螺禾窠哥娑(婆娑,哿韵异)驼佗沱(滂沱、江沱,哿韵异)峨(哿韵同)他那(何、多、安,个韵异)苛诃珂轲(哿、个韵同)痾莎蓑梭婆摩魔讹骡靴坡颇(不平,哿韵异)瑳(哿韵同)疴瘥(病,卦韵异)莪俄拕(哿韵异)傩(驱傩,哿韵异)呵么(哿韵同)涡窝茄(古荷字,麻韵异)迦(释迦,麻韵异)伽磋(个韵同)佐跎番(番番,麻韵异)蹉搓驮(虚用,个韵异)醝献(酒尊名,愿韵异)嶓蜾倭(灰韵同)矬箩锅倭(古代日本,支韵异)啰嵯(嵯峨,支韵异)剉(支韵同)柯(脱粒、打豆之农具,麻韵异;柯锁,麻韵同)矬锣

下平：六麻

麻花霞家茶华沙车(鱼韵同)牙蛇(龙蛇,支韵异)瓜斜邪芽嘉瑕纱鸦遮叉葩奢楂琶衙(官衙,鱼、语韵异)赊涯(支、佳韵同)夸巴加耶嗟遐笳差(相差,支、佳韵异)蟆蛙(佳韵同)哗虾茄(五茄、茄子、芰荷,歌韵异)挝枷(农具,歌韵异;枷锁,歌韵同)哑(呕哑、咿哑,马、陌韵异)娲(佳韵同)爬杷蜗(佳韵同)爷芭鲨娃(佳韵同)枒哇(佳韵同)洼丫苴(水中浮草,鱼、语韵异)污(污尊抔饮,虞、遇韵异)驾夸裟些(少,个韵异)权岈哆(张口,

哿真韵同;马、纸韵异)碫爹(哿韵同)梛咤(达利咤,祃韵异)桦(祃韵同)琊划迦(互令不行,歌韵异)揶吾(允吾,虞韵异)婼(婼羌,药韵异)佘

下平：七阳

阳杨扬香乡光昌堂章张(开、施,漾韵异)王(君王,漾韵异)房芳长(短长、擅长、长远,养、漾韵异)塘妆常凉霜藏(藏匿、收藏,漾韵异)场央泱(泱泱,养韵异)鸯秧狼床方浆觞梁娘庄黄仓皇装肪殇襄骧相(相互,漾韵异)湘缃箱厢创(创伤,漾韵异)忘(漾韵同)芒望(漾韵同)尝偿(漾韵同)樯枪(武器,庚韵异)坊囊郎唐狂强(米中虫、强壮、强大,养韵异)肠康冈苍(养韵小异)匡荒逛行(行伍、复姓中行、太行,庚、漾、敬韵异)妨(漾韵同)棠翔良航飏(漾韵同)倡伥羌庆(福,敬韵小异)姜僵缰疆粮将(发语词、送、干将,漾韵异)墙桑刚祥详洋旸徉伴梁量(称量、商量,漾韵异)羊伤汤(热水、商汤,漾韵异)鲂樟彰漳璋猖商防(漾韵同)筐煌凰徨蝗惶璜榔(养韵同)廊浪(沧浪、聊浪、博浪、乐浪、庄浪,漾韵异)档沧纲亢(颈、督亢、陈亢,漾韵异)吭(养、漾韵同)钢丧(持服,漾韵异)糠肓潢(天潢、银潢,漾韵异)簧忙茫傍(侧旁,漾韵异)汪臧琅当(担当、遇、抵敌、马当、武当,漾韵异)珰庠裳昂郭障(障泥,独用;余与漾韵同)糖疡锵汤铛硠杭邙赃湟滂溏砀(漾韵同)将(同锵,漾韵异)攘(窃、除,养韵异)跄鸧瓤枋螗抢(拒、突、飞掠,养韵异)螳踉眶炀(铄金,漾韵异)铠洸彭(大、通旁,庚韵异)蒋(苽蒋,养韵异)亡殃嫜鲳蔷喤(喤喤,庚韵异)幛镶钫嬬搪彷蚄胱磅膀螃

下平：八庚

庚更(更改、更漏、率更,敬韵异)羹粳坑盲横(纵横,敬韵异)觥彭(鼓声、姓,阳韵异)棚亨英瑛烹平(平正,先韵异)评(敬韵同)枰京惊荆明盟(盟誓,敬韵异)鸣荣莹兵兄卿生甥笙牲擎鲸黥迎(迎接、迎逢,敬韵异)行(行走,阳、漾、敬韵异)衡耕萌氓甍宏茎罂鎣莺樱泓橙(果名,径韵异)争筝清情晴精睛(眼珠,梗韵异)菁晶旌盈楹瀛蠃赢营婴缨贞成盛(以器装物,敬韵异)城诚呈程声征正(正月、箭靶中心,敬韵异;三正、正朔,平去通用)钲轻(轻重,敬韵异)名令(使令、脊令、丁令,敬韵异)并(合并、并州,敬韵异)倾紫琼赓撑瞠枪(阳韵异)峥苹猩勍珩蘅铿硁嵘丁(伐木丁丁,青韵异)嘤鹦铮琤砰怦绷伻轰訇瞠蜻桢蛏侦(敬韵同)桯顷(头不正、西顷,梗韵异)嫈(嫈嫈在疚,先韵异)榜(矫弓器,养、敬韵异)狞拼赪嫏(嫏嫏,青、迥韵异)蝾玶娙(女子身材长而美,青韵异)请(认领、通"情",梗韵异)

下平：九青

青经(经籍,独用;经纬;雄经与径韵同)泾形刑硎型陉妌(女官名,庚韵异)亭庭(阶庭、洞庭,径韵异)廷(径韵同)霆茳(迥韵同)蜓(蜻蜓,铣韵异)渟樗停丁(地支名、姓、鱼枕,径韵异)宁钉(钉子、铃钉,径韵异)玎仃馨星腥醒(酒醒、梦醒,迥、径韵异)惺俜娉(娉婷,敬韵异)灵龄铃苓伶泠零(零雨、奇零,先韵异)玲舲翎鸰瓴囹聆听(径韵同)厅汀冥溟(海、小雨,迥韵异)螟铭瓶屏(屏风,梗韵异)萍荧萤荥扃坰町(畦町,迥韵同;余异)酃桯瞑(合目,霰韵异)暝(径韵同)娙(美好,庚、迥韵异)

下平：十蒸

蒸烝(径韵小异)承丞惩澄陵凌绫菱冰膺鹰应(应该,径韵异)蝇绳渑乘(乘驾,径韵异)塍升胜(胜任,径韵异)兴(起、兴盛,径韵异)缯凭仍兢矜征(征召、证明、征敛,纸韵异)凝(凝结,径韵小异)称(称赞、称量,径韵异)登灯僧崩增曾憎罾层嶒能(贤能,灰韵异)棱朋鹏弘肱麎腾滕藤朕恒凭(径韵同)冯(马行疾、欺陵、徒涉、同"凭",东韵异)症瞢塍淜

下平：十一尤

尤邮优忧流斿旒留(停留,宥韵异)榴骝刘由油(脂油、水名,宥韵异)游犹悠攸牛修羞秋楸周州洲舟酬仇柔侜畴筹稠丘邱抽瘳湫(水池、龙湫,筱韵异)遒收(收捕、收取,宥韵小异)鸠不(疑问词,虞、物韵异)搜驺(驺御、驺虞,虞韵异)愁休囚求裘球仇浮谋牟眸俅矛侯猴喉讴鸥瓯楼娄(奎娄、谐离娄,虞韵异)陬偷头投钩沟鞲幽虬彪疣绸(绸缪、绸直,豪韵异)遛浏瘤(宥韵同)鳅湫啾酋售(宥韵同)蹂(使润湿,有、宥韵异)揉搜叟(淅米声,有韵异)邹咻(喧嚷,麌韵异)泅裯(被子,豪韵异)帱啁(鸟叫声,肴韵异)球逑桴(栋梁、鼓槌,虞韵异)糇欧(鸡鸣声、姓,有韵异)搂驱牏(虞韵同)阄髅蝼兜句(曲、句芒、句龙、句繇,虞、遇、宥韵异)妯惆菆篝䉛呕(小儿语,虞韵异)偻缪(绸缪,宥、屋韵异)诹(虞韵同)薮(萧、宥韵异)偻(虞、宥韵同)枹(虞、肴韵同)樛齁嗖(有韵同)蒌(虞韵同,麌韵异)噍(燕雀叫声,萧、啸韵异)蟉(有韵同)彪(萧韵同,咸韵异)尤蚰卣(有韵同)涑(瀞,屋韵异)调(早晨,萧、啸韵异)㐌怮(萧韵同)龟(龟兹,支韵异)滮(萧韵同)督(宥、觉韵同)区(量器,虞韵异)穀(屋韵同)苵

下平：十二侵

侵寻浔林霖临(由上看下、卦名,沁韵异)针(盐韵异)箴斟沉(古作沈)沈(即"沉"、

绿沉,寝、沁韵异)碪深(深浅,沁韵异)淫心琴禽擒钦衾吟(沁韵同)今襟衿金音岑阴簪骎琳琛椹谌忱壬任(堪、负荷,沁韵异)黔(盐韵同)钦歆禁(胜任、忍受,沁韵异)喑(哑,沁韵异)森参(参商、参差,覃、勘韵异)芩淋郴妊(沁韵同)祲(日旁云气、祲祥,沁韵异)湛(久雨,覃、豏韵异)

下平：十三覃
覃潭谭县参(参考、参谋、参加,侵、勘韵异)骖南楠男谙庵含涵函(包容,咸韵异)岚蚕探贪眈(感韵同)耽湛(乐,侵、豏韵异)龛堪弇谈惔甘三(数目,勘韵异)酣篮柑惭坩蓝担(负荷,勘韵异)郯邯醓蚶憨(痴,勘韵异)淦(上淦,独用;余异)痰婪淹(俭韵异)庵颔(面黄,感韵同;余异)襳澹(复姓澹台,勘韵异)坛

下平：十四盐
盐(海盐,艳韵异)檐廉帘嫌严(咸韵同)占(占卜,艳韵异)髯谦纤签瞻蟾炎添兼缣沾尖潜(藏、水名,艳韵同;姓、独用)阎镰嶦(帷幕,艳韵异)黏粘淹(陷韵小异)箝甜恬拈砭(艳韵同)铦詹渐(流入、淹没、润泽,俭韵异)殱黔(侵韵同)钤厌(安详、饱,艳、叶韵异)厌帘沾(沾沾,独用;余与艳韵同)蚺占薕针(针虎,侵韵异)阉腌枯(艳韵同)

下平：十五咸
咸函(匣、函崤,覃韵异)缄岩谗(陷韵同)衔岩帆(船帆,陷韵异)衫杉监(监察,陷韵异)凡馋巉(豏韵同)镵(农具,陷韵同)芟喃嵌(感韵同)掺(掺掺女手,豏韵异)搀髟(屋翼,尤韵异)严(盐韵同)

上　声

上声：一董
董动孔总(合、皆,东韵异)笼(竹器,东韵同)汞桶空(洞穴,东、送韵异)懵(东韵同)拢洞(颤洞、洞洞,送韵异)挏蠓(蠓蠓,东韵异)珙(石次于玉者,讲韵同;余异)菶(东韵同)懂捧侗(佣侗,东韵异)

上声：二肿

肿种(种类,宋韵异)踵宠陇垄拥壅(冬、宋韵同)冗茸(阘茸,冬韵异)重(轻重,宋韵异)冢奉捧勇涌踊甫俑蛹恐(恐惧,宋韵异)拱珙栱巩竦悚耸汹讻恼溶(冬韵同)悀(冬韵同)鲖(冬韵同)

上声：三讲

讲港棒蚌项玤(地名,独用;余与董韵同)沣

上声：四纸

纸只咫是枳砥氏(氏族,支韵异)靡彼毁委(支韵异)诡傀(怪异,灰韵异)髓累(积累,寘韵"累"异)妓绮此徙庋(寘韵同)莼(支韵同)髀(周髀筭经,独用;大腿骨,荠韵同)尔弭弥(支、齐韵同)婢庳(支韵同、寘韵异)侈弛豕紫捶棰(马鞭,支韵异)揣(揣测,哿韵异)企(寘韵同)旨指视美訾(支韵同;余异)否(泰否、臧否,有韵异)兕几姊匕比(比较、并列,支、寘韵异)姒轨水唯止市恀征(宫征、蒸韵异)喜已纪跪技蚁(尾韵同)迤(迤逦,支韵异)鄙篚晷宄子梓矢雉死履垒诔癸沚趾芷峙以已苢(苢)似耜汜姒巳祀史使(令,寘韵异)驶耳珥(寘韵同)理里(寘韵同)李俚鲤起杞屺跂(寘韵同)士仕柿俟始(寘韵小异)峙痔齿矣拟耻溓㘭(坍塌,寘韵异)襧(越襧,齐韵异)锜(釜、兵器架,支韵异)廌(蟹韵同)玺迤酾(支韵同)哆(麻、哿、马、寘韵义俱相通)跬靠仉痞坻(陇坂,荠韵同;支韵异)諰(齐韵同)酏旎址悝(忧,灰韵同;余异)娌庉(支韵同)刲(支韵同)踦(足胫、偏倚,支韵异)秄(支韵同)倚被(被子,寘韵异)痏你仔

上声：五尾

尾鬼苇蚁(支韵同)卉(未韵同)虺(虺蛇,灰韵异)几(几多,微、寘韵异)亹(亹亹,元韵异)伟炜豨(微韵同)篚斐诽(微、未韵同)菲(葑菲、菲薄,微韵异)俳岂匪玮蜚(虫名,未韵同;余异)唏

上声：六语

语(言语,语韵异)圉圄御龉(鱼、虞韵同)敔吕侣旅纻苎抒宁(古代宫室门屏之间)杼伫与(党与、取与,鱼、虞韵异)予(赐予,鱼韵异)渚煮汝茹(鱼、御韵同)暑鼠黍杵处(居处、审处,御韵异)贮褚糈(鱼韵同)谞(鱼韵同)湑(鱼韵异)女(男女,御韵异)许拒距炬怟钜苣所楚(丛木、国名,御韵异)础阻俎沮(沮止、愧沮,鱼、御韵异)举莒叙序绪藇

(酾酒有荚,御韵同;香草,鱼、御韵并同)屿墅衙(鱼韵同,麻韵异)旅柤著(大门与屏风之间,御、药韵异)巨讵(御韵同)跙苴(履苴,麻韵异,鱼韵同;余异)榉柜溆纾(鱼韵同)去(去除,御韵异)

上声：七麌

麌(麌麌,独用;余与虞韵同)雨(风雨,遇韵异)羽禹宇舞父府鼓虎古股贾(商贾,马韵异)蛊土吐(遇韵小异)圃(遇韵同)谱庾户树(动词,遇韵异)煦(遇韵同)琥怙嵝(有韵同)蒟(遇韵同)昁怦咻(噢咻,尤韵异)醹(虞韵同)椱(虞韵同)咀篓(尤、有韵同)弩罟肚妩蝺枸(枳枸,虞、有韵异)邬辅组乳弩补鲁橹睹竖腐卤数(计算、数落,遇、觉韵异)簿姥普侮五虎斧聚午伍缕部柱矩武脯苦(苦味,遇韵异)取(有韵同)抚浦主杜祖堵愈怙扈雇(九雇,遇韵异)虏父(通"甫",男子美称)甫腑俯怃(怃然、眉怃,虞韵异)簠佑诂牯酤(虞韵同)怒(遇韵同)踽浒诩栩炷(遇韵同)拄剖(有韵同)鹉咨(虞韵同)瘉愈(病愈,独用;病,虞韵同)伛偻(尤、宥韵同)蒌(草可烹鱼,虞、尤韵异)莽(养韵同)

上声：八荠

荠(荠菜,支韵异)礼体米启醴陛洗(洗涤,铣韵异)邸底诋(齐韵同)抵柢(霁韵同)坻(陇坂,纸韵同;支韵异)弟(兄弟,霁韵异)悌娣(霁韵同)递(霁韵同)涕济(济水、济济,霁韵异)蠡(虫蛀木、追蠡、彭蠡,支、齐韵异)稽(齐韵异)髀(霁韵同)榮髀(大腿骨,纸韵同;余异)祢溪(齐韵同)眯弥(支、纸韵同)醍缇(齐韵同)

上声：九蟹

蟹解(卦韵同)骇买洒(大瑟,独用;余与马韵同)楷(楷模,佳韵异)獬廌(纸韵同)奶锴摆罢(祃韵同)拐矮伙(哿韵同)

上声：十贿

贿悔(悔吝,队韵小异)改采(队韵异)彩海在(虚用,队韵异)罪宰醢载(年,队韵异)铠(队韵同)恺待怠殆倍猥隗(高,灰韵同;余异)傀傀(灰韵同)蕾僤脢腿蓓鼐(队韵同)颏(灰韵同)骀(哀骀,灰韵异)欵(欵乃,独用;余与灰韵同)汇漼(水深、鲜明、垂泪、摧毁,灰韵异)璀每亥乃

上声：十一轸

轸敏允引(引导,震韵异)尹尽忍准(平、度量,屑韵异)隼笋盾(盾牌,阮韵异)闵悯

泯(真韵同)菌箘(真韵同)蚓靭(震韵同)诊(震韵同)畛(真韵同)朡叁哂肾脤牝赈窘蜃陨殒蠢紧狁纯(边缘,先韵异)愍吮(铣韵同)朕(缝隙,寝韵异)稹困(真韵同)黾嶙(真韵同)

上声：十二吻
吻粉蕴愤隐(隐藏,问韵异)谨近(远近,真、问韵异)悃忿(愤怒、不平,问韵异)槿堇坋(土地肥沃、土高起,文韵异)听龀(震韵同)刎蚠殷(雷声,文、删韵异)

上声：十三阮
阮(姓、国名,元韵异)远(辽远,愿韵异)晚苑返反(反复,元韵异)阪损饭(喂饭,元韵异)偃堰(愿、霰韵同)衮遁稳蹇(卦名,独用;余与铣韵异)巘(铣韵同)婉菀(物韵同)宛(蜿蟺,元韵异)踠宛(宛然、委婉,元韵异)畹(愿韵同)琬阃捆鲧捆绲很恳垦畚圈(养兽之所,愿韵异)盾(赵盾,轸韵异)卷(愿韵同)鄢(先韵同)混沌棍

上声：十四旱
旱暖管满短馆(翰韵同)盥(翰韵同)缓碗盌款懒伞卵(鹖韵异)散(闲散、药散,翰韵异)伴诞罕(罕、网、稀罕、罕车、罕旗、姓,翰韵异)浣断侃(翰韵同)算疃缵暵(翰韵同)但衎(衎衎,翰韵异)坦袒亶秆悍(翰韵同)懒纂徽

上声：十五潸
潸(删韵同)眼简版产限撰(具、撰述,铣韵异)栈(栈道、栈车,铣韵异)绾(谏韵同)赧孱柬拣(霰韵同)莞(莞尔,寒韵异)

上声：十六铣
铣善遣(遣送、放逐,霰韵异)浅典转(旋转、转动,霰韵异)衍(大衍、篾衍、水名、地名、人名,独用;丰衍、游衍,霰韵同)犬选(选择,霰韵异)冕辇免展茧辩辨篆勉剪翦卷(先韵异)显践践(霰韵同)畎(霰韵同)喘藓软巘(阮韵同)搴(姓,独用;余与阮韵同)演栈(棚、潸、谏韵异)舛扁(门匾、扁圆、卑,先韵异)谝(屑韵同)阐兖变(婉娈,霰韵异)跣腼鲜(少,先韵异)吮(轸韵同)辫件琏捻鳝单(单父、姓,寒、先韵异)猰褊蜓(蝘蜓,青韵异)珍腼巘(元、霰韵同)蚬缅沔湎研(足久行生硬皮,霰韵异)键(先韵同)黾(黾池,轸、庚韵异)辗(辗转,霰韵异)搴(先韵同)鹃(先韵同)恒洗(姑洗,荠韵异)癣狷(霰韵同)钱(农具,先韵异)趁(趁,震韵异)隽撰(白撰、同"选",潸韵异)鞭(元韵同)匽宴(安,霰

韵同;余异)

上声：十七筱
筱小表鸟了晓少(多少,啸韵异)扰绕娆(扰,萧、啸韵异)绍杪秒沼眇矫蓼(辛菜,屋韵异)皦皎瞭朓杳窈袅(药韵小异)窕挑(挑拨、挑战,萧、豪韵异)掉(啸韵同)湫(低下、地名,尤韵异)肇缥渺纱藐娇(同"矫",萧韵异)标(树梢,萧韵同;余异)悄愀缭僚(通"嫽",好,萧韵异)昭(其音昭昭,萧韵异)夭(夭折,萧、皓韵异)佻(萧韵同)燎(火烧,啸韵同;余异)赵兆

上声：十八巧
巧饱卯昴狡爪鲍挠(豪韵同)搅绞拗(拗折、手拉,效韵异)佼(好,肴韵异)姣(美,肴韵异)咬炒铰筊(肴韵同)

上声：十九皓
皓宝藻早枣老好(美好,号韵异)道稻造(创造、大造,号韵异)脑恼岛倒(倒下,号韵异)祷(号韵同)捣抱讨考燥扫埽(号韵同)嫂槁潦保葆堡褓䴖稿草暤昊浩颢镐鄗(邑名,药韵同,肴韵异)懆滈璪皂袄缫(五彩丝绳、玉器之彩色垫板,豪韵异)蚤澡灏栲媪夭(动植物初生者,萧、筱韵异)杲缟(号韵同)橑(萧韵同)磝套涝(豪韵同,号韵异)

上声：二十哿
哿火舸瑳(歌韵同)䩙哆(麻、纸、马、真韵俱通)柁拕(歌韵同)沱(淡沱,歌韵异)我娜傩(行动有度,歌韵异)荷(负荷,歌韵异)可坷(个韵同)轲(歌、个韵同)左(左右,个韵异)果裹朵锁琐堕(落,支韵异)垛惰(个韵同)妥坐(行坐,个韵异)么(歌韵同)裸蠃跛簸(个韵同)颇叵(不可,歌韵异)祸伙(蟹韵同)颗砢那(哪,歌韵同,个韵异)卵(旱韵同)娑(馺娑,歌韵异)脞爹(麻韵同)𢯢(歌韵同)揣(摇,纸韵异)隋(落,支韵异)

上声：二十一马
马下(上下,祃韵异)者野雅瓦寡社写泻(倾泻,祃韵异)夏(大、中夏,祃韵异)冶也把贾(姓,虞韵异)假(真假,祃韵异)舍(舍得、施舍)赭𠌥厦碬惹若(般若、兰若,药韵异)踝姐哆(麻、纸、哿、真韵俱同)哑(不能言,麻、陌韵异)且(苟且、聊且,鱼韵异)瘕(麻韵同)疋姹(祃韵同)洒(蟹韵同)

上声：二十二养

养(养育,漾韵异)痒鞅怏(漾韵同)泱(泱莽,阳韵异)像象橡仰(仰望、仰慕,漾韵异)朗奖桨敞枉强(勉强,阳韵异)沆荡(荡涤,漾韵异)放(同"仿",效仿,漾韵异)仿俎两(再次、二,漾韵异)帑(金帛所藏,虞韵异)说傥(倜傥,漾韵异)曩杖响掌党想榜(标榜、题榜,庚、敬韵异)爽广(广大、地名,漾韵异)享丈仗(凭仗,漾韵异)幌晃莽(麋韵同)襁纺蒋(国名,阳韵异)攘(扰,阳韵异)盎(漾韵同)脏苍(苍茫,阳韵异)长(长幼、消长,阳、漾韵异)上(上升、向上,漾韵异)网荡(荡荡、姓,漾韵异)壤赏往仿罔蟒吭(阳、漾韵同)魍抢(头抢地,漾韵异)慌厂慷犷(犷平,梗韵异)向榔(阳韵同)莠

上声：二十三梗

梗影景井岭领境警请(乞请、请教,庚、敬韵异)屏(屏去、屏蔽,青韵异)饼永骋逞颖颍顷(庚韵异)整静省(省略、禁中、中央官署)省(查看)幸颈郢猛炳杏丙邴(地名、合适貌,敬韵同;余异)打哽秉鲠耿憬荇犷(大,养韵异)并(敬韵同)皿靓(敬韵同)矿黾龟(蛙黾、畛、铣韵异)鲠冷靖檠(敬韵异)睛(眐睛,庚韵异)

上声：二十四迥

迥炯茗挺梃艇铤町(青韵同)醒(青、径韵异)溟(溟涬,青韵异)酊娗(娗奵,青韵异)奵泂莛并等鼎顶胫(径韵同)肯濘(径韵同)拯酩

上声：二十五有

有酒首(元首、初始,宥韵异)手口母(父母,虞韵异)后(后来、后嗣,宥韵小异)柳友妇斗狗久负厚(宥韵同)叟(老叟,尤韵异)走(快走,宥韵小异)守(宥韵小异)绶(宥韵同)右(左右,宥韵异)否(否定,纸韵异)丑受牖偶耦阜九后(君、姓,宥韵异)咎(罪咎,豪韵异)薮吼(宥韵同)帚垢亩舅纽藕朽臼肘韭剖(麋韵同)诱牡缶酉扣(宥韵同)欧(同"呕",呕吐,尤韵异)笱瓿(麋韵同)黝踩(践踩,宥韵;尤韵异)取(麋韵同)钮狃(宥韵同)掊(通"剖",击打,豪韵异)莠丑苟糗某玖拇纣纠卣(尤韵同)枸(枸杞,虞、麋韵异)忸浏(尤韵异)赳蚪培(垒培,灰韵异)擞嵝(麋韵异)扣篓(尤、麋韵异)趣(趣马,遇韵异)陡科羑琇(宥韵同)蟉(尤韵同)寿(宥韵同)殴

上声：二十六寝

寝饮(饮食,实用,沁韵异)锦品枕(枕席,实用,沁韵异)审甚(沁韵同)廪衽(卧席,

沁韵异)衽稔禀葚(桑葚,侵韵异)沈(国名、姓,侵、沁韵异)凛懔噤(沁韵同)朕(天子自称,轸韵异)荏恁谌婶

上声：二十七感

感览榄胆澹(恬澹、浓淡,同"淡",覃、勘韵同)唅坎惨憯敢颔(面黄,覃韵同；余独用)糁撼毯橄(削版牍,艳韵异)菡萏(勘韵同)喊(豏韵同)掩黪眈(覃韵同)橄錾(勘韵同)嵌(咸韵同)

上声：二十八琰

琰焰敛险俭检脸染掩点簟贬冉苒陕谄奄渐(渐次,盐韵异)玷忝剡潋(艳韵同)芡闪歉(豏韵同)广狳(艳韵同)魇魇俨

上声：二十九豏

豏槛范减舰犯湛(湛湛、露盛貌、澄清,侵、覃韵异)斩黯范掺(揽,咸韵异)阚(虓阚,勘、陷韵异)喊(敢韵同)滥(泉水涌出貌,勘韵异)歉(俭韵同)巉(咸韵同)

去　声

去声：一送

送梦(梦寐,东韵异)凤洞(空洞、洞天、洞庭,董韵异)众瓮弄贡冻痛栋仲中(射中、中的,东韵异)粽讽恸鞚空(空缺,董韵异)控哄(绛韵同)恫(偬恫,东韵异)赣鞚(东韵同)哄甏(东、蒸韵同)衷(衷戎师、折衷,东韵同；余异)淞(冬韵同)

去声：二宋

宋重(尊重,冬、肿韵异)用颂诵统纵(操纵,冬韵异)讼种(耕种,肿韵异)综俸共(共同,冬韵异)供(清供、实用,冬韵异)从(侍从,冬韵异)缝(衣缝,冬韵异)雍(冬、肿韵同)雍(雍州,冬韵异)封(封爵、封函,与冬韵同；余异)恐(猜疑,肿韵异)

去声：三绛

绛降(升降,降韵异)巷撞(江韵同)虹(东韵同)泽(东、江韵同)哄(送韵同)憧(戆

憧,冬韵异)幢(舟车帷幔,江韵异)潼(东韵同)湩(冬、江韵小异)

去声：四寘

寘置事地意志治(支韵小异)思(乡思、诗思,支韵异)泪吏赐字义利器位戏谑,支韵异)至次累(连累)伪寺瑞智记异致备肆翠骑(名词,支韵异)使(使者,纸韵异)试类弃饵媚鼻易(难易,陌韵异)缮坠醉议翅避笥帜粹侍谊帅(将帅,质韵异)厕寄睡忌贰萃穗二臂嗣吹(鼓吹、歌吹,实用,支韵异)遂恣四骥季刺驷柶泗识(标识,职韵异)痣志寐魅邃燧隧谥植(职韵同)炽织(名词,职韵异)饲食(食物,职韵异)积(积蓄,陌韵异)被(覆盖,纸韵异)芰懿悸觊冀暨(及、至、与,未韵异)洎溉薿(至,未韵异)愧匮馈篑(卦韵异)蒉(草织盛器,卦韵同；余异)比(党比、大比,纸韵异)庇痹陂(支韵同)泌(质韵同)秘赘挚觯(支韵同)渍稚迟(等待,支韵异)埴(职韵同)崇豉珥(纸韵同)示饲嗜自眦(霁韵同)苡痢莉致轾轡彗(扫帚,独用；彗星,霁韵同)肄惴喂(贿韵异)瘖企晒(卦韵同)为(因为、为了,支韵异)贲(装饰、卦名,文、元韵异)腻施(施与,支韵同；设施之施专属支韵；又见后)遗(赠送,支韵异)豉(纸韵同)槌哆(麻、纸、哿、马韵俱通)值柴(积聚,佳韵异)出(出之,质韵小异)萎(支韵同)澌(澌减,支、齐、佳韵异)坻(堂内土台,纸韵异)蚑(支韵同)眡(直视,黠韵异)蚝累(支韵异)其(彼其之子,支韵异)异倅(队韵同)屣(纸韵同)锤施(给予、施舍,支韵同；延续、改易,支韵异)庳(有庳,支、纸韵异)挚睢(恣睢,支韵同)司(主司,支韵同；余异)陂(倾危,支韵异)塈(未韵同)几(期望、征、尾韵异)近(往近王舅,吻、问韵异)始(刚刚,纸韵小异)术(通"遂",质韵异)里(纸韵同)眸(质韵同)瑟(质韵同)德(通"直"和"植",职韵异)

去声：五未

未味气贵费沸尉(官名,物韵异)畏慰蔚(荟蔚,物韵异)魏纬胃渭汇谓讳卉(尾韵同)毅溉(队韵同)既暨(诸暨,寘韵异)衣(动词,微韵异)忾(叹息,队韵同；余异)欷(微韵同)墍(寘韵同)诽(微、尾韵同)霨(物韵同)痱(痱子,微韵异)藟(尾韵同)翡悁气

去声：六御

御处(处所,语韵异)去(来去,语韵异)虑(思虑,鱼韵异)誉(语韵同)署据驭曙助絮著(著名、显著,语、药韵异)豫箸恕与(参与,通"预",鱼、语韵异)遽疏(奏疏,鱼韵异)庶诅预茹(鱼、语韵同)语(告诉之,语韵异)踞锯狙(鱼韵同)沮(沮洳,鱼、语韵异)洳(沮洳、涟洳,鱼韵异)饫淤(鱼韵同)胠(鱼韵同)除(除去,鱼韵异)觑蒮(香草,鱼、语韵同；醽酒有萸,语韵同)如(鱼韵同)椐(鱼韵同)女(以女妻人,语韵异)讵(语韵同)楚(木

名、利,语韵异)嘘(鱼韵同)

去声:七遇

遇路辂赂露鹭树(树木,麌韵异)度(权度、风度,药韵异)渡赋布步固锢素具数(数量,麌、觉韵异)怒(麌韵同)务雾鹜(屋韵同)骛附兔故顾雇(雇佣,麌韵异)句(章句,麌、宥韵异)墓暮慕募注澍驻炷(麌韵同)祚裕误悟寤住戍库护屦诉蠹妒惧趣(趣向、意趣,物韵异)娶铸绔胯(祃韵同)傅付谕妪芋(食芋,虞韵异)捕哺污(污秽,麌、麻韵异)怖屦(安置,药、陌韵异)措错(举措,独用;错金,药韵同)醋仆(僵、倒,宥韵小异)赴酺(虞韵同)恶(憎恶,虞;药韵异)互孺怖煦(麌韵同)寓酤(卖,虞、麌韵异)瓠输(输送,虞韵异)吐(麌韵小异)铺(商铺,虞韵异)溯履塑捂瞿(惊视,虞韵异)驱(虞韵同)诉菟(菟丝、菟葵,虞韵异;元菟,虞韵同)呴(言语呴呴,虞韵异)嫠吁属(犀甲七属,沃韵异)作(造,个韵同,药韵异)酗雨(雨落下,麌韵异)获(鱼获,药韵异)镀冨(麌韵同)足(足恭,沃韵异)苦(困苦,麌韵异)蓲(麌韵同)咮(鸟鸣声,虞、宥韵异)姹

去声:八霁

霁制计势世丽(美丽、附丽,支韵异)岁卫济(渡、成功,荠韵异)第艺惠慧币桂滞际厉涕(荠韵同)契(书契、神契,屑韵异)弊毙帝蔽敝髻锐裔袂系祭(祭祀,卦韵异)隶闭(屑韵同)逝缀(连缀,屑韵异)翳制替砌细税塯例誓筮诣砺励继脆谛系睿毳剂(调剂,支韵异)曳睇憩慧(寘韵同)睨翳(屑韵同)贳(祃韵同)柢(荠韵同)逮(安和,队韵异)芮掣(牵曳,屑韵异)蓟妻(以女妻人,剂韵异)挤(剂韵同)跐(寘韵同)弟(孝弟,荠韵异)达契题(凝视貌,齐韵异)潎(鱼游貌,屑韵异)睥膉(荠韵同)嚖递(荠韵同)愒(休息,泰韵异)鱖(月韵同)粝(泰、曷韵同)蹶(勤勉,月韵异)齐(通"剂"、火齐,齐韵异)说(劝说,屑韵异)离(附离,支韵异)荔泥(阻滞,齐韵异)蜕(泰韵同)赘俪揭(提起衣服,屑韵异)嘤泄(泄泄,屑韵异)娣(荠韵同)薜捩(琵琶拨子,屑韵异)蛎羿谜缔(齐韵同)悷苶螮浙切(一切,屑韵异)医

去声:九泰

泰会带外盖(覆盖、发语词,合韵异)大(个韵同)旆濑赖籁蔡害最贝霭蔼沛艾兑丐柰奈(个韵同)绘桧脍浍狯(卦韵同)会侩郐荟磕(合韵同)太癞粝(曷韵异)濡蜕(霁韵同)酹(队韵同)狈愒(玩愒,霁韵异)眜(队韵同)

去声:十卦

卦挂懈隘卖画(图画,陌韵异)瘥(病愈,歌韵异)派债怪坏诫戒界介芥械薤拜快迈

话败稗哂(真韵同)噫(打嗝,支韵异)瘵屆疥玠湃虿聩恝杀(降、消灭,黠韵异)哙嘬喝(阴喝,曷韵异)解(进士发送入京、押解、解报,蟹韵异)祭(地名,霁韵异)箦(草纤盛器,真韵同;其余独用)稗眦喟狯(泰韵同)带砦篑(真韵同)唄寨

去声：十一队
队内塞(边塞,职韵异)爱辈佩代退载(乘载,贿韵异)碎态背秽菜对废诲晦昧碍戴贷配妹喙溃黛吠逮(及,霁韵异)慨岱肺溉(未韵同)耒慨忾(未韵同)块乂硙赛刈耐悖(月韵同)暧敦(祭器,元、寒、愿韵异)愦铠(贿韵同)焙在(所在、行在,贿韵异)再孛(月韵同)瑁(玳瑁,号韵异)酹(泰韵同)镦徕(劳徕,灰韵异)裁(裁定、体裁,灰韵异)采(采邑,贿韵异)回(迂回,灰韵异)栽(筑墙木板,灰韵异)北(分开,职韵异)劾(职韵同)玳淬(真韵同)悔(改悔,贿韵小异)霭昧(泰韵同)

去声：十二震
震信印进润阵镇填(星名,真、先,霰韵异)刃顺慎鬓晋骏闰峻衅振(振奋、拯救,真韵异)俊舜吝烬讯胤仞殡傧(傧相,真韵异)迅瞬谆(真韵同)蔺浚徇殉赈(赈济,轸韵异)觐畯摈珉(真韵同)仅认遴衬瑾趁(追逐,铣韵异)龀(吻韵同)汛磷(薄、灭损、瑕疵,真韵异)躏浚堇(真韵同)赈靷(轸韵异)引(同"靷"、曲引、韵文文体,轸韵异)瞵(真韵同)诊(轸韵同)胗(轸韵同)稹(霰韵同)亲(分亲、亲家,真韵异)

去声：十三问
问闻(声誉,文韵异)运晕韵训粪奋忿(吻韵同)酝郡分(名分,文韵异)紊汶愠靳近(切近之,吻、真韵异)靳(斤斤,文韵异)员(姓,文、先韵同)缊(精缊、敝缊,文、元韵异)隐(隈隐、隐几,吻韵异)

去声：十四愿
愿论(议论,元韵小异)怨(怨恨,元韵异)恨万饭(米饭,阮韵异)献(进献、歌韵异)健寸困顿建宪劝蔓券钝闷逊嫩贩愿溷(溷浊,元韵异)远(推而远之,阮韵异)巽曼(引、长、美,寒韵异)喷(元韵同)艮敦(困敦、敦丘,元韵异)绻(阮韵同)鄢褪畹(阮韵同)堰(阮、霰韵同)圈(地名,阮韵异)

去声：十五翰
翰(书翰,寒韵异)岸汉难(患难、诘难,寒韵异)断(断绝,旱韵同;决断,旱韵异)乱

叹(亦作嘆,寒韵同)干观(卦名、宫观、京观、容观,寒韵异)散(离散、散布,旱韵异)畔旦筭玩烂贯半案按炭汗(汗水、流汗,寒韵异)赞漫(水漫、汗漫、烂漫、散漫,寒韵异)冠(动词,寒韵异)灌爨窜幔粲灿璨换焕唤悍(旱韵同)弹(弹丸,寒韵异)惮段看(寒韵同)判叛腕涣奂绊惋钻(锥子,实用,寒韵异)缦(缯帛无纹饰,谏韵异)锻瀚焊骭(胁,谏韵异)胖(祭祀用半边牲肉,寒韵异)暵(旱韵同)讕(寒韵同)衎(衎衎,旱韵异)泮裸干(枝干、筑墙版,旱韵异)谩(寒、谏韵同)澜(寒韵同)摊(按,寒韵异)侃(旱韵同)馆(旱韵同)滩(水奔流,寒韵异)晏(谏韵同)盥(旱韵同)

去声：十六谏

谏雁患(删韵同)涧闲(空隙、阻隔,删韵异)宦晏(翰韵同)慢办盼豢栈(栈道、栈车,潸韵同,铣韵异)惯赝串苋绽幻讪(删韵同)叩绾(潸韵同)骭(胫骨,翰韵异)缦(弦、糺缦缦,翰韵异)谩(寒、翰韵同)汕(删韵同)疝瓣篡铲栅(陌韵同)瓣扮

去声：十七霰

霰殿面县(郡县,先韵异)变箭战扇(门扇、扇子,先韵异)煽膳传(经传、驿传,先韵异)见(看见)见(显现)砚选(中选、铨选,铣韵异)院练炼燕(燕子,先韵异)宴(铣韵同)卷(书卷,先韵异)贱电篡荐绢彦掾甸便(便利,先韵异)眷麪(麪)线倦羡堰(阮、顾韵同)奠遍(徧)恋啭眩钏倩(美好,敬韵异)卞汴弁(帽、惊惧、颤抖,敬韵异)怙咽(咽、吞咽)片禅(封禅、禅让,先韵异)谴绚谚线(边缘,先韵异)颤擅援(援救、马援,元韵异)媛(美女,元韵异)佃(先韵同;陆佃,独用)钿(先韵同)淀缮狷(铣韵同)煎(甲煎,先韵异)旋(绕,先韵异)瑱(震韵同)喑穿(贯穿,先韵异)茜甗(元、铣韵同)溅(液体迸射,先韵异)楝拣(删韵同)缠(实用,先韵异)牵(挽舟绳索,元韵异)先(先到,元韵异)衒炫眴(真韵同)善(善待,铣韵异)遣(遣车,铣韵异)研(研磨,先韵同;余异)猭(先韵同)瞑(瞑眩,青韵异)填(厚重貌,真、先、震韵异)蚬(铣韵同)变(顺,铣韵同)盷(铣韵同)衍(丰衍、游衍,铣韵同;余异)辗(水碾,铣韵异)转(动词,铣韵异)饯(铣韵同)

去声：十八啸

啸笑照庙窍妙诏召劭(萧韵同)邵要(紧要,萧韵异)曜耀调(迁调、声调、租庸调法,萧、尤韵异)钓吊(吊唁,锡韵异)叫燎(庭燎,萧韵同;烧,筱韵异)少(老少,筱韵异)徼(游徼、边徼,萧韵异)眺陗诮料(意料、物料,萧韵异)肖尿剽(剽悍、剽掠,萧韵异)掉(萧韵同)鹞(鸷鸟、铁鹞子军,萧韵异)轿(萧韵同)烧(野烧、山烧,萧韵异)疗噍(嚼,萧、尤韵异)漂(漂絮,萧韵小异)醮骠笤醨(药韵同)绕(卷取物貌,筱韵异)娆(嬈娆,萧、筱

韵异)眺獥(锡韵同)摇(萧韵同)蘷(草盛貌,萧韵异)鹩(鹑类,萧韵异)敫(歌,药韵异)哨(巡哨、哨哨,萧韵异)约(要约、契约,药韵异)嚼(病呼声、萧韵异)趯

去声：十九效

效教(教训,肴韵异)貌校孝桡(栋桡、枉桡,萧韵异)闹淖豹爆(觉韵同)罩拗(执拗,巧韵异)窖酵嘄(嗥叫,药韵异)稍乐(喜好、三乐,觉、药韵异)效较(比较,觉韵异)钞(钱钞,肴韵异)炮疱敲(肴韵同)桌(觉韵异)觉(睡醒,觉韵异)窌(地窖,肴、宥韵异)胶(胶粘,肴韵同;余异)

去声：二十号

号(号令,豪韵异)帽报导盗操(节操、琴操,豪韵异)噪灶奥告(告诉,沃韵异)诰暴(残暴,屋韵异)好(嗜好,皓韵异)到蹈劳(慰劳,豪韵异)傲耗眊(觉韵同)耄躁涝(旱涝,豪、皓韵异)漕(漕运,皓韵异)造(造就、造诣,皓韵异)冒(覆盖、冒充,职韵异)悼焘倒(颠倒,皓韵异)骜(桀骜,豪韵异)瑁(天子所执瑞玉,队韵异)媢(皓韵同)缟(皓韵同)懊澳(深澳、水名,屋韵异)膏(动词,豪韵异)犒郜芼(左右芼之,豪韵异)凿(挖凿、凿子、榫眼,药韵一同一异)埽(皓韵同)祷(皓韵同)瀑(暴雨,屋韵异)旄(通"耄",豪韵异)靠糙

去声：二十一个①

个贺佐作(遇韵同,药韵异)逻坷(哿韵同)轲(歌、哿韵同;余异)驮(实用,歌韵异)大(泰韵异)饿奈(泰韵异)那(语助词,哿韵异)些(语气词、楚些,麻韵异)过(超越、过错,歌韵异)和(唱和、调和,歌韵异)挫课唾播簸(哿韵同)磨(磨石,歌韵异)懦(愞、铩韵异)糯座坐(缘坐,哿韵异)破卧货磋(歌韵同)浼左(通"佐",哿韵异)锉惰(哿韵同)

去声：二十二祃

祃驾夜下(自上而下,马韵异)谢榭罢(蟹韵同)夏(夏季,马韵异)暇霸(五霸,陌韵异)灞嫁赦借(陌韵同)藉(草垫、慰藉、蕴藉、凭借,陌韵异)炙(陌韵同)蔗假(休假,马韵异)化舍价射(乡射、大射,实用,陌韵异)射(仆射,陌韵异)骂稼架诈亚娅跨髊咤(发怒声、咤食,麻韵异)怕讶诧蜡胯(遇韵同)姹(马韵同)卸贳(霁韵同)泻(吐泻、盐碱地,马韵异)砑靶乍桦(麻韵同)杷(农具,麻韵同;余异)坝

---

① "个"简化前为"箇"。

去声：二十三漾

漾上(上下,养韵异)望(阳韵同)相(细看、相助,阳韵异)将(将帅,阳韵异)状帐浪(波浪,阳韵异)唱让旷壮放(放逐、散失,养韵异)向(方向、志向)向(地名、姓)仗(兵器、仪仗,养韵异)畅量(量器、限量、打量、思量,阳韵异)葬匠障(步障、屏障,独用;障碍、保障,阳韵同)谤尚涨饷样藏(物藏、宝藏,阳韵异)舫访贶养(供养、奉养,养韵异)酱嶂抗当(合理,阳韵异)酿亢(星名、干旱、刚强、匹敌,阳韵异)况脏瘴王(王天下,阳韵异)鬯谅亮妄怆创丧(死亡、丧失,阳韵异)帐两(车辆,养韵异)圹宕怃忘(阳韵同)傍(依傍,阳韵异)砀(阳韵同)恙吭(阳、养韵异)炀(炙烤、炽热,阳韵异)飏(阳韵同)张(供设、铺张,阳韵异)阆胀行(排行、刚强貌,阳、庚、敬韵异)广(兵车名、广轮,养韵异)悢烫(高温产生痛感、加热使升温,阳韵异)炕长(多余,阳、养韵异)创(创始、创建、创作、惩治,阳韵异)诳醠彷(同"傍")掠(药韵同)妨(阳韵同)旺荡(茛荡渠,养韵异)潢(装饰,阳韵异)防(堤防,阳韵同;余异)怏(养韵同)偿(阳韵同)荡(摇船,养韵异)盎(养韵同)仰(依靠,养韵异)挡傥(侥幸,养韵异)

去声：二十四敬

敬命正(不偏、正确,庚韵异;三正、正朔,通用)令(法令、好,庚韵异)政性镜盛(茂盛,庚韵异)行(德行,阳、庚、漾韵异)圣咏姓庆(福庆、庆贺,阳韵小异)映病柄郑劲竞净竟孟迸聘诤泳请(朝请、延请,庚、梗韵异)倩(请、女婿,霰韵异)硬靓(梗韵同)晟獍更(再,庚韵异)横(强横,庚韵异)榜(船桨、划船,庚、养韵异)迎(迎接,庚韵异)娉(婚娉,庚韵异)轻(轻快、轻便、轻视,庚韵异)并①(梗韵同)评(庚韵同)邴(姓,独用;梗韵同)证侦(庚韵同)并(专,庚韵异)盟(盟津,庚韵异)

去声：二十五径

径定听(聆听,青韵同;等候、听从、听任,独用)胜(胜负,蒸韵异)磬应(答应,蒸韵异)乘(车乘、邑乘,蒸韵异)媵赠佞称(秤、称心,蒸韵异)罄邓甑胫(迥韵同)莹(精明,庚韵异)证孕兴(比兴、高兴,蒸韵异)经(经纬、雉经,青韵同;余异)泞(迥韵同)宁醒(青、迥韵同)廷(青韵同)锭庭(径庭,青韵异)钉(动词,青韵异)暝(青韵同)烝(气上行,蒸韵同;余异)剩凭(蒸韵同)凝(凝结,蒸韵小异)镫橙(凳子,庚韵异)凳蹬亘

---

① "并"简化前为"併"。

去声：二十六宥

宥候堠就授售(尤韵同)寿(有韵同)秀绣宿(星宿,屋韵异)奏富兽斗①漏陋守(为之守,有韵小异)狩画寇茂懋旧胄宙袖岫柚(柚子,屋韵异)覆(覆盖,屋韵异)复(又、再,屋韵异)救厩臭幼佑祐右(同"佑",有韵异)侑囿(屋韵同)豆窦逗溜瘤(尤韵同)留(宿留,尤韵异)构遘购透瘦漱嗽镂(雕镂,虞韵异)贸走(疾步,有韵小异)副(居第二位、辅助,屋、职韵异)诟究凑缪(错缪,尤屋韵异)簉疚灸畜(牲畜,屋韵同;余异)枢繇(占卦爻辞,萧、尤韵异)骤首(自首、东首,有韵异)皱绉戊句(勾、勾当,虞、尤、遇韵异)瞀(尤、觉韵同)咮(鸟嘴,虞韵同;遇韵异)蹂(有韵同;尤韵异)姆廖又馏蔻伏(禽鸟孵卵,屋韵异)收(丰收之物,尤韵异)狃(有韵同)犹(犹豫,尤韵同;余异)后(落后,有韵小异)油(浩油、油光,尤韵异)仆(顿,遇韵小异)后(皇后,有韵异)厚(有韵同)扣(有韵同)琇(有韵同)吼(有韵同)绶(有韵同)读(句读,屋韵同;余异)辐(辐辏,屋韵异)偻(尤、麌韵同)

去声：二十七沁

沁饮(饮之,寝韵异)禁(禁止、宫禁,侵韵异)任(能够、任用、身任,侵韵小异)荫谶浸衾(妖气,侵韵异)潘鸩枕(以枕枕之,寝韵异)衽(衣襟,寝韵异)赁临(哭临、吊临,侵韵异)渗喑(喑哑,侵韵异)纴闯妊(侵韵同)噤(寝韵同)吟(侵韵同)深(深浅,侵韵同)甚(寝韵同)沈(即"沉",侵、寝韵异)

去声：二十八勘

勘暗滥(泛滥、滥词,豏韵异)啖担(担子,覃韵异)憾缆瞰阚(视、地名、姓,豏韵异)三(三复、三思,覃韵异)暂荅(感韵同)掺(侵、覃韵异)澹(水波摇荡,覃、感韵异)淡憨(憨劲、憨害,覃韵异)堑(感韵同)淦(新淦,覃韵同;余异)

去声：二十九艳

艳剑(陷韵同)念验赡店占(占据,盐韵异)敛(俭韵同)厌(满足,盐、药韵异)滟焰潋(俭韵同)垫欠(陷韵同)椠(书版、渐渐,感韵异)僭幨(披衣,盐韵异)砭(盐韵同)潋(俭韵同)殓盐(腌制,昔昔盐,盐韵异)沾(水名,盐韵同;余异)兼(盐韵同)念胁(妨、惬韵异)俺潜(潜藏,盐韵同;余异)悆(俭韵同)

---

① "斗"简化前为"鬪"。

去声：三十陷

陷鉴监(监视,咸韵异)泛(泛,东韵异)梵帆(动词,咸韵异)忏阚(犬声,豏、勘韵同)谗(咸韵同)镵(农具,咸韵异)剑(艳韵同)欠(艳韵同)淹(淹没、水厓,盐韵小异)站

入 声

入声：一屋

屋木竹目服福禄谷熟穀肉族鹿腹菊陆轴逐牧伏(潜伏、拜伏,宥韵异)宿(信宿,宥韵异)读(诵读,宥韵异)犊渎牍椟黩穀复(往复、复兴,宥韵异)粥肃育六缩哭幅(布帛面幅,职韵异)斛戮仆(沃韵异)畜(饲养、积聚、制止,独用;牲畜,宥韵异)蓄叔淑菽独卜馥沐速祝簏镞蹙筑穆睦啄覆(反复、覆败,宥韵异)鹜(遇韵同)曲秃縠扑鹜澳(水边弯曲处,号韵异)辐(车辐,宥韵异)瀑(瀑布,号韵异)竺筑簇暴(同"曝",号韵异)掬濮鞠匊郁蠲复①蓿塾朴(丛生树木,觉韵异)蹴煜碌碌踘毓舳柚(杼柚,宥韵异)蝠昱蕧(芦蕧,职韵同)辘趣(趣踏,锡韵异)夙蝮匐(匍匐,职韵同)俶缪(谥法,同"穆",尤、宥韵异)蓼(蓼莪,筱韵异)倏燠(萧、沃、药韵异)斛(量器、觳觫,觉韵异)囿(园囿,宥韵同)菖苜茯涑碡髑副(剖,宥、职韵异)戮(尤韵同)孰

入声：二沃

沃俗玉足(手足、满足,遇韵异)曲粟烛属(附属、嘱咐,遇韵异)辱狱绿毒局欲束鹄蜀促触续督赎笃浴酷缛瞩躅褥旭蓐欲项梏蠋局掬勖渌誉牿鹄告(忠告,号韵异)燠(萧韵同)仆

入声：三觉

觉(觉悟,效韵异)角桷珏较(车较、重较,效韵异)榷岳乐(音乐,效、药韵异)捉斲(药韵同)朔数(屡次,麌、遇韵异)卓涿倬琢剥趵爆(效韵异)驳邈骛(尤、宥韵异)兑眊(号韵同)雹骲璞朴(朴素,屋韵异)墣雹(雹雹,肴韵异)确觳(盛脂器,屋韵异)浊擢镯棹(树枝直上貌,效韵异)濯幄喔偓握药(白芷,药韵同)握渥踔(效韵同)逴(远貌、超越,药

---
① "复"简化前为"複"。

韵异）荤学

入声：四质

质日笔出（出入，真韵异）室实（充实、诚实，职韵异）疾术（技术、叶术，真韵异）一乙壹吉秩密率律逸佚失漆栗毕恤蜜橘溢瑟（真韵异）膝匹述黜跸（真韵同）弼七叱卒（终、尽，月韵异）虱悉谧轶（超轶、侵轶，屑韵同）诘帙戌栉昵窒必侄（侄子，屑韵异）蛭（屑韵同）泌（真韵同）秫苾蟀嫉唧筚佾怵帅（统帅，真韵异）瀒聿姞驲郅桎汔（潜藏、深，物韵异）踤茁（草芽，黠、屑韵同）鬻蛞（蟛蛞，屑韵同）溧汩（水流疾行，月韵异）尼（阻止、亲近，支韵异）墼（烧土为砖，职韵异）蒺拮（拮据，屑韵同）

入声：五物

物佛拂屈郁乞掘（月韵同）讫吃绂黻弗莩髴（未韵同）诎崛勿熨厥（突厥，月韵异）汩（汩穆，质韵异）迄魩（月韵同）不（不是、不可，尤韵异）屹芴菀（阮韵同）倔尉（尉迟，未韵异）蔚（州名、蔚蓝，未韵异）

入声：六月

月骨发阙越（超越、国名，曷韵异）谒没伐罚卒（杂卒，质韵异；又，仓卒，质韵异）竭（屑韵同）窟笏钺歇发突忽袜勃蹶（癫蹶、竭蹶，霁韵异）鹘（黠韵同）筏厥（其，物韵异）蕨掘（物韵同）阀殁粤悖（队韵同）兀碣（屑韵同）卒（仓卒，同"猝"，质韵异）猝橛羯汨（汨没、决汨、汨汨，质韵异）咄（曷韵同）忽捽渤凸（屑韵同）齕（屑韵同）滑（乱、滑稽，黠韵异）刖（黠韵同）孛（队韵同）喝（曷韵同）矻核饽醏撌桅（大杖，屑韵异）鳜（霁韵同）阏（单阏，曷韵异）蝎（曷韵同）楬堀愲鮊（物韵同）曰讦（屑韵同）

入声：七曷

曷达（到达、通达）达（音踏，放恣、欢跃）末阔活钵脱夺褐割沫拔（拔起、挺拔，黠韵异）葛囮渴拨豁括聒抹秣遏挞栝萨掇（屑韵同）喝（喝斥、棒喝，卦韵异）跋魃獭（黠韵同）撮怛阏（阻止、阻塞，月韵异）刺辣秸铍泼越（疏越、越席，月韵异）斡剟（屑韵同）捋鸹（黠韵同）鸹（月韵同）袜适刺咄（月韵同）粝（霁、泰韵同）妲

入声：八黠

黠札拔（提拔、抽拔，曷韵同）猾鹘（月韵同）八察杀（杀戮，卦韵异）刹轧刖（月韵同）鹘（曷韵同）夏秸嘎茁（茁壮，独用；余与质、屑韵同）楬（楬、敢豆，月、屑韵异）瞎獭（曷韵

同)刮帕刷颉(克扣,屑韵异)滑(柔滑,月韵异)

入声：九屑

屑节雪绝列烈结穴说(说讲,霁韵异)血舌洁别缺裂热决铁灭折(拗折、折断,齐韵异)拙切(切割、确切、深切,霁韵异)悦辙诀泄(泄露,霁韵异)咽(哽咽,先韵异)噎杰别哲鳖设啮劣碣(月韵同)挈(霁韵同)谲玦截窃缀(拘束、牵制、中止,霁韵同)阅讦(月韵同)餮瞥蹀楔耋抉挈洌捩(拗断、扭转,霁韵异)楔蟞褻㖿蔑蠛捏酨(霁韵同)茁(质、黠韵同)竭(月韵同)契涅(铣韵同)疖龁(月韵同)涅颉(颉頡、仓颉,黠韵同)撷撤跌蔑浙澈(澈冽,霁韵异)澈蛭(质韵同)揭(高举、长,霁韵异)垤孑孽凸(月韵同)闭(霁韵同)阒蘖薜楬(月韵同;黠韵异)轶(质韵同)蜺桀刷辍迭皦(邀,陌韵异)愶侄(侄姪,质韵异)浏掇(曷韵同)剟(曷韵同)准(隆准,轸韵异)棁(梁上短柱,月韵异)拮(质韵同)蛣(质韵同)批(批亢、批鳞,齐韵同;余异)橇(萧韵同)絜

入声：十药

药薄恶(善恶,虞、遇韵异)略作(兴起,遇、个韵异)乐(快乐,觉、效韵异)落阁鹤爵弱约(约束、期约、俭约、绰约,啸韵异)脚雀幕洛壑索郭博错跃若(如果、顺、尔、语气词,马韵异)缚酌托削铎灼凿却络鹊度(谋划,遇韵异)诺萼囊漠钥著(衣著、附著、土著,语、御韵异)虐掠(漾韵同)获(收割庄稼、陨簴,遇韵异)泊搏钥藿嚼勺酪谑廓绰霍烁镬莫(无、不、茂,陌韵异)铄缴谔鄂亳恪箔攫涸痄鹗龠郝骆膜粕镆妁拓铸鳄格(废、阻,陌韵异)昨酢斫摸貊珞愕柞(木名,陌韵异)恶寞膊斮(觉韵同)皭(鲜明貌,号韵异)魄(落魄、旁魄,陌韵异)礿(觉韵同)鄀(邑名,皓韵同;肴韵异)㗱(严厉貌,肴韵异)熇(箫、屋、沃韵同)厝(砺石,遇、陌韵异)驿泽(格泽,遇、陌韵异)袤(妐袤,筱韵异)各猎昔(通"错",交错,遇、陌韵异)蹐(通"蹠",鱼韵异)芍婼(不顺,麻韵异)煽(光闪耀,啸韵异)都燋(烧灼,萧韵异)逴(远行、逴逴,萧韵异)

入声：十一陌

陌石客白泽(山泽、润泽,药韵异)伯迹宅席策碧籍格(资格、感格,药韵异)役帛戟璧驿麦额柏魄(魂魄,寘韵异)积(积聚,寘韵异)脉夕液册尺隙逆画(筹划、疆画,卦韵异)百辟赤易(周易、辟易,寘韵异)革脊获翮屐适(舒适、到往,锡韵异)帻剧虎碛隔益栅(谏韵同)窄核(克核、综核,月韵异)覈(核实,屑韵异)掷责坼惜僻癖辟挾腋释舶拍索择摘(锡韵同)射(射击、厌弃、无射,祃韵异)绎怿斥奕弈帟迫疫译昔(今昔,药韵异)瘠赫炙(祃韵同)谪虢腊硕藉(狼藉、耕藉,祃韵异)翟(阳翟,锡韵异)嗌亦鬲(鬲津、胶鬲,锡

韵异)骼只鲫(职韵同)珀借(祃韵同)啧踱场帼掴峥席擘檗跖汐哑(笑声,麻、马韵异)柞(除草,药韵异)摭咋吓却剌(刺绣、划船,真韵异)百(音陌,勉力)莫(莫莫,药韵异)蓦厝(地名,遇、药韵异)霸(通"魄",祃韵异)霹(锡韵同)

入声：十二锡

锡壁历枥击绩笛敌滴镝檄激寂翟(山雉,戎翟,陌韵异)觋逖籴析晢溺觅摘狄荻幂鹢戚涤的䘵吃甓霹(陌韵同)沥雳疬惕踢剔砾鬲(古盛器,陌韵异)汨适(专注,陌韵异)嫡啇迪䴔郦(支郦、姓,支韵异)趯(恭喜貌,屋韵异)淅蜥吊(至,啸韵异)霓(齐韵同)嗷(啸韵同)倜塥

入声：十三职

职国德(德行,真韵异)食(饮食,真韵异)蚀色力翼墨极息直得北(南北、败北,队韵异)黑侧饰贼刻则塞(充满、阻塞,队韵异)式轼域殖植(真韵同)敕饬棘惑默织(组织、促织,真韵异)匿亿臆忆特勒劾昃仄稷识(知识,真韵异)逼克唧(质韵同)即拭弋陟测冒(贪,号韵异)翊抑恻肋亟殛忒螣(害虫,蒸韵异)洫蹐熄寔稙啬埴(真韵同)蔌(屋韵同)萄(屋韵同)鲫(陌韵同)幅(行縢,屋韵异)副(剖开、分割,宥、屋韵异)或翌堲(憎恶、风堲,质韵异)

入声：十四缉

缉辑戢立集邑急入泣湿习给十拾什袭及级粒揖汁笈(叶韵同)蛰笠执汲吸絷葺苙岌翕歙(吸气,叶韵异)裛(叶韵同)浥熠挹潗悒廿挹戢

入声：十五合

合塔答纳榻合杂腊蜡匝阖蛤沓榼鸽踏飒拉眔搭鞳(洽韵同)溻盇盖(地名、姓,泰韵异)跲嗑磕

入声：十六叶

叶帖贴牒接猎妾蝶迭箧涉鬣捷颊楫摄蹑谍堞协侠荚晔厌(驱邪,盐、艳韵异)惬飒睫浃笈(缉韵同)慑蹀挟铗屦喋(喋喋不休,洽韵异)𥳑(洽韵同)燮镊餍叶(音摄,地名、姓)烨耷褱(缉韵同)歙(县名,缉韵异)魇(俭韵同)辄捻躞婕聂雯䧞

入声：十七洽

洽狭峡硖法甲业邺匣压鸭乏怯劫胁（胸胁、威吓，艳韵异）插锸闸押狎袷掐箑夹恰眨呷箠（叶韵同）柙郟霅（叶韵同）喋（唼喋、啑喋，叶韵异）钾

附录二　中华新韵（十四韵）

一麻　a,ia,ua

阴平

啊腌扒叭巴芭岜疤笆粑豝嚓叉杈差咖瓜胍哈花哗加茄（又皆韵阳平）迦痂枷耞珈袈嘉佳家傢葭猳咖夸姱啦妈摩蟆趴葩杉沙挲莎（又波韵阴平）痧鲨纱砂他她它哇洼蛙娲虾丫呀鸦哑桠查楂喳呱欻旮呵笳拉蓝吗蚂仨裟砂跁渣揸馇挓（又波韵阴平）

派入阴平的入声字：
阿（又波韵阴平）八捌擦插锸夯哒嗒鎝褡发（又去声入）夹嘎刮括栝鸹拉邋抹掐袷蒯撒杀刹铩煞（又去声入）刷跶塌溻䄸踏挖呷瞎鸭压押扎匝咂拶吒咤浃聒挖答

阳平

啊茶查搽嵖猹楂楂碴楂苴坨蛤华哗骅铧麻蔴蟆拿扒杷爬钯耙笆琶娃霞遐瑕暇（又去声）牙伢芽岈玡蚜崖涯睚衙

派入阳平的入声字：
拔茇菝跋魃察檫达鞑沓怛妲笪靼答跶乏伐垡砝阀罚嘎滑划猾夹浃郏荚铗蛱恝戛颊见拉匣狎挟柙侠峡狭硖辖黠杂砸扎札轧炸闸铡喋（又读dié）劄

上声

把靶礤叉衩（又去声）蹅镲打剐寡哈贾假瘕卡佧咔咯侉垮喇俩马吗玛码蚂哪

卡(qiǎ)洒傻耍瓦佤苴哑扠雅砟咋诈鲊爪

派入上声的入声字:

法砝甲钾岬胛胛撒靸塔獭鳎眨

去声

坝把弝爸耙罢霸灞汊衩(又上声)岔侘鲅诧差姹大尬卦诖挂鲑褂罣化划话桦价驾骼架假嫁稼挎胯落跨蚂祃骂那娜怕下夏嗄厦(又音shà)罅暇亚咤乍蚱痄氩挜炸榨瓦砑

派入去声的入声字:

刹发(又阴平入)珐划刺腊蜡瘌辣镴呐纳肭衲钠捺帕恰洽袷卅飒萨嗒歃煞(又阴平入)箑霎拓沓跶挞闼嗒遢褟濌踏蹋袜腽吓轧压揠栅

二波 o,e,uo

阴平

波播菠玻嶓搓磋蹉瑳多哆呙锅过埚涡坡颇陂莎唆娑梭挲睃嗦嗍蓑拖它扡萵倭唷涡窝蜗蹉阿婀痾哥歌戈呵科蝌柯疴苛珂稞轲颗屙菏棵髁了么呢车奢赊畬遮亿猞

派入阴平的入声字:

拨鲅趵钵般嶓饽剥逴踔戳撮咄剟掇裰郭崞聒蝈豁劐擭挦泊泼钹说缩托佗脱喔拙捉苛桌倬涿焯作嘬鸽割搁喝磕瞌榼

阳平

脖嵯瘥瘳矬嵯罗萝啰逻腡猡锣椤箩骡螺谟无(又姑韵阳平)馍嫫摹模麽摩磨嬷蘑磨魔那挪娜傩婆鄱繁(又寒韵阳平)皤驮佗陀坨驼柁砣鸵酡跎祭鼍鹅蛾娥莪俄峨哦讹和禾何河荷阁膜婆皤沱浕哪捼

派入阳平的入声字:

字荸伯驳帛勃泊柏勃钹铂亳舶博鹁浡渤搏箔魄(又去声)膊踣薄(又去声)醇槲襆礴夺度(又姑韵去)铎踱怫佛掇裰剟国掴帼馘腘虢鹹活耠灼汋茁踔卓斫浊酌浞涿着凿啄琢(又音zuò)椓缴蠋擢濯镯勺昨作笮阁葛(又上声入)蛤颌合涸盒膜拙梲捽貉曷盍阖壳德得额阁葛鹖鹝则礷蛰革格鬲隔嗝槅滆塥镉骼纥劾阂核翮壳咳颏舌责择咋泽啧帻舴簧赜折(又音shé)哲辄蛰谪摺磔辙翟宅

上声
跛簸（又去声）脞朵垛躲崋果菓蜾裹火伙夥裸瘰叵颇笸所嗩锁琐妥椭我倭左佐坷可砢舸尺（又齐韵上声入）扯恶惹舍者赭哿岢喏

派入上声的入声字：
桲抹索撮葛（又阳平入）渴庹

去声
薄（又阳平入）簸（又上声）播措错剉厝挫锉堕剁舵惰跺垛过货祸和磨蘑懦糯破偌些唾卧涴硪坐座阼怍柞胙做醋祚饿哦个贺荷课驮社舍射赦麝这柘蔗鹧箇贺髁猞库

派入去声的入声字：
檗擘妠啜馞嗻婥毫绰辍龊歠或获惑霍漷豁嚯膜镬藿蠖嬳诺擴括栝适蛞筈阔廓鞟落泺荦酪烙抹袜蓦嚜睋喔凿怍酢柞洛骆络珞硌跞濢漯万（又寒韵去声）末歿沫陌冒脉莫眜秣貊漠寞靺貘镆瘼默缪茉诺擶朴迫珀粕魄弱若箬蒻爇偌勺妁烁铄朔硕蒴搠数槊芍蟀拓柝萚跅魄（又阳平入）沃偓握幄渥斡龌作恶亚鄂谔萼遏崿愕腭咄锷噩鳄各喝壑鹤溘嗑乐（又豪韵去声）虼熇赫策册测侧厕侧彻坼掣撤澈拆阨颏扼呃轭垩恶虼赫吓掘客刻克可绋勒肋泐讷热色瑟塞涩穑设涉摄慑特慝忒忑螣忒戺浙跖侧垞褐郝楬垃喳这剠

三皆 ie, üe

阴平
爹阶皆喈嗟街湝乜咩些靴耶倻椰楷偕掖

派入阴平的入声字：
瘪憋鳖跌节疖结接秸揭噘撅捏撇瞥切缺阙贴怗帖楔歇蝎削薛噎曰约

阳平
瘸斜邪偕谐鞋携爷耶茄伽鲑飱椰

派入阳平的入声字：
别蹩迭垤昳絰瓞谍堞臿揲喋牒叠碟蝶艓蹀孑节讦劫刦杰诘拮洁结桔桀捷偈玦觉绝倔桷掘崛脚觖厥劂谲獗蕨橛噱爵矍夔嚼爝攫协胁挟絜颉撷缬襭穴学噱（又音jié）

上声
瘪姐解(又去声)咧且写也冶野苤

派入上声的入声字：
噘咧撒血雪铁帖

去声
界介届戒诫芥疥借卸藉解(xiè)械谢解(又上声)榭薤獬邂澥瀣曳夜蚧趄蟹懈炝

派入去声的入声字：
倔列劣冽垍掠烈鬣裂猎鴷趔躐略掠灭蔑蠛陧聂枿涅啮嗫嵲镊颞蹑蘖孽糵虐疟切妾怯窃挈惬慊揭锲箧却悫雀确阕鹊阙榷饕帖泄泻绁屑亵渫燮蝶血谑咽晔烨掖曳邺液谒腋馌餍业页叶月乐刖轫玥玥岳栎钥说(又音yuè)钺阅悦跃越粤龠瀹爚樾

四开　ai,uai

阴平
开哎哀埃娭唉欸掰偲钗差揣呆该陔垓荄赅乖揩腮罱鳃筛酾(又齐韵去声)衰(又微韵阴平)摔(又上声)苔(又阳平)台(又阳平)抬歪灾哉栽甾斋

派入阴平的入声字：
拍摘拆塞

阳平
挨骏皑癌才财材裁侪柴豺还(又寒韵阳平)孩骸徊怀淮槐踝来莱崃徕涞埋霾俳排徘牌簰台(又阴平)邰苔(又阴平)抬骀炱鲐

派入阳平的入声字：
百宅翟(又齐韵入)

上声
嗳矮蔼霭捭摆采彩睬踩揣逮歹傣改海醢剀凯垲闿恺铠慨楷锴蒯买乃艿奶氖迺甩摔(又阴平)崴载宰崽拐窄

派入上声的入声字：
百柏伯佰

去声
艾(又齐韵去)爱僾隘碍嗳嗌瑷叆嗳败拜稗呗采莱蔡縩虿瘥踹膪嘬大代岱迨给玳带殆贷待怠埭袋逮碍戴黛丐芥钙盖溉概欬怪亥骇害坏忾会块快侩郐哙狯浍脍筷鲙徕赉睐赖濑癞籁劢迈卖奈柰萘耐鼐褦派湃塞赛晒帅率(又齐韵去入)太汰态泰钛外再在载债砦祭寨瘵拽

派入去声的入声字：
麦脉塞

五微　ei, ui(uei)

阴平
微欵陂杯卑背悲碑鹎衰(又开韵阴平)崔催摧缞吹榱炊堆敦诶飞妃非菲啡鲱绯鲱虭扉霏鲱归圭龟(又尤、文韵平声)妫规邦扳闱硅黑嘿傀瘣瑰鲑灰诙忼挥咴恢袆珲隳晖辉翚麾徽隳亏封岿勒悝盔窥胚伾绥侟醅尿(又豪韵去声)虽荽眭濉忒推危委崴威透偎隈葳椳煨溦巍蝛薇佳追骓锥椎

阳平
欻垂陲捶椎槌棰倕锤诶箠肥淝腓回茴徊洄蛔奎逵馗隗葵揆骙暌魁戣暌蝰累雷嫘缧擂檑礌镭嬴罍夔玫枚眉莓脢梅嵋猸湄邳媒楣煤酶锢霉糜陪培赔没襄蕤绥隋随遂谁颓韦为圩贼违围帏沩桅唯帷惟薇维嵬巍潍闱

上声
北欸瓃诶匪悱棐菲诽榧斐篚翡蜚给轨匦氿宄庋诡垝诡鬼姽癸晷悔虺毁傀跬累耒诔垒磊蕾儡蘲癗美镁每浼馁蕊水髓腿伟纬苇唯玮炜洧韪尾娓委诿萎痿洧猥嘴

派入上声的入声字：
北

附录二 《中华新韵(十四韵)》 309

去声

欿贝狈钡邶吹备背褙被辈孛悖倍焙蓓惫燠糒鞁鞴碚褙鐾臂萃脺啐淬綷悴瘁粹翠脆毳对怼憝碓兑队苐肺沸狒痱废吠柜刽桧刿贵桂跪鳜会惠哕秽海晦慧蟪彗篲喊醖卉汇蕙阓讳恚贿哕烩绘荟浍桧嚖匮篑喟馈溃愦愧聩泪类累颣肋酹擂妹昧寐魅瑁痗袂媚内沛霈旆帔佩配辔芮枘锐瑞睿蚋汭睡税说悦岁祟谇檖遂碎晬隧燧穗邃退倪蜕未味胃谓猬熨畏喂渭尉蔚慰卫位遗(又齐韵阳平)魏为坠缀惴縋赘醉最罪醉蕞晬楒

六豪 ao iao

阴平

垇凹熬包苞胞孢剥鲍煲褒标彪骠镖瘭飙操糙蕉镳漉膘杓焱骉摽操抄怊钞超剿(又上声)刀叨忉刁汈蛸雕貂叼碉碉鲷高皋羔槔睾膏篙糕蒿薅嚆交艽郊茭浇娇姣骄胶椒蛟焦蕉教跤樵鲛嶕礁噍鹪盗醪尻捞撩(又阳平)猫喵孬抛脬泡剽漂镖飘缥螵僄悄(又上声)硗跷锹劁敲雀撬缲搔骚缫臊捎烧梢稍筲艄蛸叨涛滔掏淊韬弢饕慆佻祧肖枭枵哓骁逍虓鸮消宵绡萧硝销削蟏蛸翛箫潇霄魈歊嚣哮幺约夭吆妖要喓腰邀遭糟钊招照嘲啁着朝

派入阴平的入声字:
约剥削

阳平

豪敖璈遨嗷廒葵熬隞獒聱翱鳌謷鏖螯鳌薄雹曹槽蟳漕嘈晁巢朝嘲潮号嗥毫壕濠貂嚎蠔嚼劳崂痨牢捞唠醪聊辽疗撩(又阴平)僚潦寥嘹獠寮缭嫽燎憭镣 毛矛茅牦旄酕锚髦蝥蟊苗描瞄饶桡蛲猱峱刨咆狍庖炮袍匏跑嫖朴瓢藻乔侨荞峤桥硚翘谯苃鞒憔樵瞧荛桡蛲饶峣挠荞韶勺咷梼逃洮桃陶萄梼嗨淘绹醄鼗条昭苕调笤髫蜩鬈鲦崤淆爻侥肴轺峣陶姚窑遥摇徭猺瑶飖鳐轺凿着

上声

袄媪拗饱宝保鸨葆堡褓表俵婊裱草懆吵炒导岛捣倒祷椅蹈杲搞缟槁罟镐稿藁好郝佼狡拣狡饺绞铰湫晈搅脚角剿(又阴平)儌徼缴考拷栲烤老佬姥栳潦了蓼燎憭卯峁泖昴

铆杪邈眇秒淼渺藐舀恼脑瑙鸟茑嬲袅跑殍漂摽缥瞟巧悄（又阴平）雀愀扰绕娆扫嫂少讨挑窕鼗小晓筱杳舀咬夭窈早枣蚤澡璪藻爪找沼

派入上声的入声字
邈

去声

奡坳燠拗昪傲奥鏊澳懊鳌报刨抱趵豹鲍暴瀑曝爆鳔操燥眆到悼帱倒盗道稻吊锦钓窎调掉铫蕫告诰好号昊耗浩滈淏皓镐嗥颢灏叫峤觉校轿较教窖酵噍挢爝嗷嚼徼藠铐犒靠涝唠络酪落烙耢嫽尥料燎撂廖昊钉镣茂冒贸耄袤帽媢瑁貌瞀懋妙庙缪闹淖尿（又微韵阴平）溺泡爆炮疱票傈漂剽骠俏诮峭窍翘撬鞘绕扫臊埽瘙少邵劭绍哨潲稍套跳眺粜孝哮肖笑效校啸要鹞钥瀹勒曜耀乐（又波韵去入）皂灶造慥糙噪簉燥唣躁召兆诏笊赵棹旐照罩召肇曌

七尤　ou iu(iou)

阴平

抽紬瘳丢都兜蔸勾句佝沟枸（又上声）钩缑篝韝鞲句纠鸠究赳阄湫啾锹蝤鳅扤抠呕溜熘搂哞妞区讴沤瓯欧殴呕鸥丘邱龟（又微、文韵平声）秋蚯湫楸鹙鳅鞦收搜嗖锼馊廋溲飕艘偷修脩休咻庥羞鸺貅馐髹优攸忧悠呦幽麀舟州诌侜周洲粥啁赒辀诹邹耶緅驺诹陬鲰

派入阴平的入声字：
粥

阳平

俦帱畴筹踌惆绸稠裯仇愁雠侯喉猴餱瘊鍭流留榴骝刘浏瘤琉硫旒鹠遛镏飗鎏娄楼偻蒌喽耧蝼髅牟眸谋蛑缪鍪牛抔掊裒囚仇犰求虬泅俅璆酋逑遒赇裘璆蝤柔揉糅煣蹂鞣头投骰尤犹疣鱿莸铀由邮油柚游猷繇蝣

派入阳平的入声字：
妯轴（又姑韵阳平入）

上声

丑瞅斗抖蚪陡枓否缶苟岣狗枸(又阴平)吼笱九久玖韭灸酒口柳绺搂嵝篓某纽钮扭忸杻狃偶呕藕掊糗手首守叟瞍薮擞嗾朽宿(又去声)友有酉卣莠牖黝帚肘走

去声

臭凑辏腠豆逗痘读窦斗脰垢构购勾彀诟够媾逅后候厚堠臼柏舅就僦鹫疚旧咎救厩枢叩扣箍寇蔻溜馏遛陋镂瘘漏露谬缪拗耨沤怄受授寿狩售绶瘦擞嗽透秀绣锈岫袖臭嗅溴宿(又上声)又右幼有佑侑柚囿宥诱釉蚴鼬咒纣宙绉冑昼皱甃骤籀酎奏揍

派入去声的入声字：

肉兽六(又姑韵去入)

八寒 an ian uan van

阴平

安氨唵桉庵谙鹌鞍鹌扳班颁斑攽般搬瘢癍参骖餐觇搀幨襜川穿氽搌镩丹担单眈酖耽郸聃禅儋殚瘅箪端帆番蕃幡藩翻干(又去声)甘杆玕肝柑竿痄尴关观(又去声)纶官冠矜(又文韵阴平)倌棺瘝鳏顸酣憨鼾欢貛獾骥刊看勘龛堪戡宽髋颛囡番潘攀三叁山芟杉删衫姗珊栅舢扇跚煽潸膻门拴栓酸坍贪摊滩癱湍弯剜湾蜿豌糌簪占沾毡旃粘詹谵鹯瞻专砖颛钻(又去声)趱边砭扁笾编煸蝙鳊蓗鞭参(又文韵阴平)骖餐掂偵癫滇颠巅戋尖奸歼坚间肩艰监兼菅笺渐溅犍湔缄蒹煎缣鹣搛燂韉鲣机韉捐涓娟脧圈鹃镌蠲拈薅扁偏篇牑翩千仟阡芊扦迁佥钎牵铅悭谦签愆鸢骞搴褰磏詹褰悛焌夸天添餂仙先纤氙忺籼掀铦酰跹锹鲜暹骞轩宣谖萱揎喧瑄煖襺暄儇咽恹殷胭烟焉崦阉阏奄淹腌湮鄢嫣燕鸢智鸳冤渊鸳箢

阳平

寒残蚕惭单鋋馋谗婵禅孱缠蝉廛儃潺澶镡蟾镵巉躔传船遄橼攒凡矾烦墦蕃攀樊燔燔繁(又波韵阳平)蘩邗汗邯含函晗焓晗涵韩还(又开韵阳平)环桓圜阛寰缳鬟郇萱洹貆澴辕兰岚拦栏婪阑蓝谰澜褴篮斓镧峦娈孪鸾脔滦銮蛮谩蔓馒瞒鞔鳗鬘男南难喃楠爿胖(又唐韵去声)般盘磻磐蹒蟠蚺然燃髯坛昙倓剡谈弹(又去声)覃谭痰潭檀团抟咱

丸纨完玩顽刓汍抚烷奁连怜帘莲涟联裢鲢廉濂镰鬑磏眠绵棉年粘黏鲇便(又去声)骈胼蹁钤前虔钱钳乾捐潜黔犍权全佺诠荃泉辁拳铨痊倦筌蜷醛鳈鬈颧田佃畋恬钿甜湉填阗闲贤弦咸挦涎娴衔舷痫鹇嫌玄悬旋漩璇延蜒严言芫妍岩炎沿铅研盐阎筵颜檐元园员(又文韵阳平)沅垣湲袁原圆鼋援媛(又去声)缘猿源塬嫄羱辕橼

上声

俺铵唵埯坂板版钣蝂舨惨黪产划浐啴谄铲阐舛喘胆亶疸掸短反返杆秆赶敢感橄撖澉鳡莞馆琯莞管罕喊醵缓坎侃欿坎槛颥款窾览揽缆榄罱溇壥懒卵满螨赧腩蜢暖冉苒染阮软朊伞散糁馓闪陕掺志坦钽袒毯疃宛莞挽娩菀晚脘惋婉绾琬皖碗拯昝噆攒趱斩飐盏展崭辗转纂

贬窆扁匾藊碥褊典点碘踮拣茧柬俭检捡笕研减剪睑铜简跰谫戬碱蕲蹇謇卷锩琏敛脸免丏免沔黾勉娩冕佝渑涵缅腼脶捻辇碾撵浅遣谴缱犬畎绻叁殄淟餂觍腆舔冼显险蚬崄毯猃筅跣铣鲜藓燹选晅烜癣奄夺俨衍弇掩剡厣郾蝘齴眼琰演偃鼹远

去声

犴岸按案鞍暗黯办半扮伴拌绊湴瓣灿掺粲孱忏颤串钏窜篡爨石(又齐韵阳平入)旦担但诞菭啖淡惮弹(又阳平)氮蛋髵瞫禫瘅澹段断缎缎椴煅碫锻簖犯饭范贩梵泛畈干(又阴平)旰绀淦骭赣惯观(又阴平)贯冠掼涫裸盥灌瓘鹳罐汉扞汗旱捍菡颔翰撼憾悍焊瀚幻换奂宦涣唤浣患焕痪鬓摄輽溷睆看崁嵌墈阚瞰烂滥曼谩蔓幔墁漫慢嫚缦熳镘乱难判拚泮盼叛畔袢散讪汕苦钐疝 单赸剡掸扇掞善禅骟鄯墡缮擅膳嬗赡蟮鳝涮蒜算叹炭探碳彖万忨腕蔓暂錾赞占栈战站绽湛颤(又音 chàn)蘸传钻(又阴平)转(又上声)啭赚(又音 zuàn)撰篆僎譔卞弁抃汴忭苄变便(又阳平)遍辨辩辫缏电佃甸阽店坫垫钿淀恬奠殿靛簟癜见件间饯建荐健牮贱剑涧监舰渐楗瞷谏践铜键腱溅鉴键槛僭箭卷隽倦狷绢桊鄄圈眷练炼恋殓链楝潋眄丏廿念埝片骗欠纤綪槫芡茜堑嵌慊歉劝券揝县岘现宪苋限线陷馅羡缐献腺霰券洤眩炫绚眩旋渲楦楦厌砚咽彦艳晏唁宴验谚堰雁焰焱滟釅餍鷃諺燕赝嬿苑怨院垸媛(又阴平)楥瑗愿

九文　en, in (ien), un (uen), ün (üen)

阴平

奔(又去声)贲锛宾彬傧斌滨缤槟濒豳参(又先韵阴平)抻郴伦琛嗔瞋春椿蝽村皴踆惇吨墩礅敦蹲恩分芬吩纷汾氛棻雰根跟昏荤阍惛婚巾斤今衿金津袊矜(又寒韵阴平)筋禁襟军均龟(又微、尤韵平)君钧皲麇坤昆崑裈堃焜琨髡鹍锟鲲抡拎闷喷拼姘钦侵亲衾骎嵚囷逡森申伸身呻砷优诜参绅珅莘娠深槮燊孙荪狲飧吞暾温瘟心芯辛忻昕欣䜣锌新歆薪馨鑫勋埙熏薰獯曛醺窨(又去声)因阴茵洇絪荫音姻氤殷堙喑阇愔禋晕缊氲熅赟贞针侦浈珍帧胗真桢砧祯榛斟甄獉溱榛箴臻迍肫窀谆尊遵樽鳟

阳平

岑涔臣橙尘辰沉忱陈宸晨谌纯莼唇淳鹑渭醇存蹲坟汾棼焚濆獖痕贲浑珲馄混哏魂邻林临淋琳粼磷潾嶙遴霖辚瞵鳞麟仑伦论抡囵纶轮门扪们民岷旻岷缗您盆湓贫频嫔颦芹芩矜秦覃禽勤懃擒噙螓裙群麇人壬仁任神什屯囤饨豚臀文纹炆闻蚊雯旬郇寻巡询洵荀荨峋浔恂鲟循吟垠龈猊闉崟银淫寅蟫鄞贫嚚霪云匀芸员(又寒韵阴平)沄纭昀畇筼耘筼

上声

本苯畚碜踸蠢刌忖盹蜳粉衮绲滚磙鲧很狠仅尽卺紧堇锦谨槿瑾槿肯垦恳啃捆阃悃壸凛廪懔檩皿闵抿黾泯闽悯敏潣愍品梱锓寝忍荏稔损笋隼榫沈审婶哂矧吮刎抆吻紊稳尹引饮蚓殷隐瘾允狁陨殒怎诊枕轸畛疹袗缜准墩撙

去声

奔(又阴平)坌笨俸摈殡膑鬓偬衬疢龀称趁榇讥寸囤沌钝炖盾顿遁分份奋愤忿偾粪瀵亘艮棍恨诨圂混溷恩仅妗尽进近劲荩晋赆烬浸琎唫浸靳禁缙觐殣噤俊菌郡峻馂浚骏焌竣裉困吝赁淋蔺躏闷焖懑恁嫩论喷牝(又齐韵上声)聘呠沁亲刃认仞任纫韧饪妊纴衽润闰肾甚渗椹葚蜃慎顺舜瞬问汶璺搵囟信衅训迅汛讯驯徇逊殉浚巽蕈喷印饮荫胤窨孕运郓晕酝缊韫韵蕴熨谮圳阵鸩振朕赈揕震镇

十唐　ang, iang, uang

阴平

肮邦帮梆浜仓伧苍沧鸽舱昌倡菖猖阊伥创疮窗当珰铛（又音 chēng）裆筜方坊芳枋邡钫冈岗（又上声）扛刚杠矼肛纲钢缸釭罡堼光咣胱夯荒肓炾慌江将姜豇浆僵蚕缰疆康慷糠匡劻诓恇筐忙乓雱滂膀枪戗戕将跄腔蜣锵镪嚷丧桑伤汤殇商舫墒熵双泷霜孀骦鹴汤铴糖蹚噇镗蹚汪乡芗相香厢湘缃箱襄骧镶央泱殃鸯秧鞅眶脏臧张章獐彰嫜璋樟蟑妆庄桩装

阳平

卬昂藏长场（又上声）苌肠尝常偿徜裳嫦床幢防坊妨肪鲂房行（又庚韵阳平）吭远杭绗航颃皇黄凰徨遑徨湟惶煌锽潢璜蝗篁磺蟥簧鳇扛狂诳鵟郎狼阆琅榔稂廊娜榔硠银粮锒螂良俍莨凉梁椋量粮梁踉邙芒忙杧盲氓茫磁铓牻囊馕娘彷庞逢旁艕膀磅螃强（又上声）墙蔷嫱樯襄瀼禳瓢唐堂棠塘搪糖溏瑭樘膛糖蟮螳廊亡王（又去声）详降庠祥翔扬阳羊疡飏炀杨旸佯疡徉洋

上声

绑榜膀厂场昶惝敞氅闯挡党谠仿访彷纺舫岗（又阴平）港广犷怳恍晃谎幌讲奖桨蒋耩膙朗两俩魉莽蟒漭曩攮髈抢强（又阳平）镪襁壤攘嚷嗓搡磉颡坱怏赏爽塽帑倘淌惝傥躺网柱罔往惘魍享响饷飨想鲞仰养氧痒咗长涨（又去声）掌奘（又去声）

去声

盎蚌棒傍谤蒡搒镑磅稖怅畅唱创怆当宕荡垱挡砀档菪放扛篑戆逛沆巷晃滉榥匠降虹将洚绛张弶强酱犟糨亢伉抗闶圹纩旷况邝矿贶框眍浪莨阆凉悢谅辆靓量晾谅跟攘酿胖（又寒韵阳平）呛戗炝跄让瀼丧上（又上声）尚绱烫趟忘望妄望量向项巷相象像橡怏样恙烊漾（又音 shàng）脏奘（又上声）葬藏丈仗杖账帐涨胀障幛嶂瘴壮状僮撞幢

十一庚　eng, ing(ieng), ong(ueng), iong(üeng)

阴平

庚井伻崩祊绷嵭冰兵槟(又音 bīn)屏桱玒称蛏铛頳撑噌瞠灯登噔蹬橙丁仃叮玎盯钉疔酊靪丰风封枫疯峰烽葑锋蜂更庚耕赓鹒羮亨哼精茎惊京经睛泾荆菁旌晶粳兢鲸坑吭硁铿蒙抨怦砰烹嘭乒俜娉青轻氢倾卿圊清蜻鲭扔僧升生声牲胜(又去声)笙甥鼪厅汀听翁嗡兴星狌惺腥应英莺婴撄嘤罂缨璎樱鹦媖瑛膺鹰曾增憎缯罾鱛正(又去声)争征怔挣峥狰钲症烝睁铮筝东冲充忡翀舂憧艟匇苁囱枞葱骢璁聪熜冬咚鸫工弓公功攻供肱宫恭蚣躬龚觥哄轰哄訇烘薨埄駉肓空倥崆箜忪松淞崧嵩凇恫通(又去声)嗵痌凶兄芎匈汹怓胸佣痈拥邕庸慵鄘雍墉镛壅臃鳙中忪忠终钟盅衷螽宗综棕踪鬃

阳平

层曾嶒成丞呈枨诚承城宬乘盛程惩裎塍酲澄(又去声)橙冯逢缝(又去声)恒姮桁珩横衡蘅楞棱伶灵苓蛉图泠玲令(又上去声)瓴铃鸰凌陵聆菱棂蛉羚翎羚绫棱零龄鲮酃岷虹萌蒙盟甍瞢朦濛曚朦朦檬名茗明鸣冥铭洺冪溟暝瞑螟能拧咛狞柠凝苊朋膨堋澎彭棚蓬硼鹏篷髼平冯评坪苹凭枰洴缾屏瓶萍勍情晴檠擎黥绳疼腾誊𦞆藤廷亭庭停蜓婷霆刑行(又唐韵阴平)形邢陉型荥盈萤莹营萦楹滢蝇潆嬴赢瀛虫重崇从丛尝惊琮弘红吰闳宏泓荭虹闳洪翃鸿黉龙茏咙泷胧眬胧聋笼隆癃窿农侬哝浓脓秾邛穷茕穹藭筇琼蛩跫戎茸荣绒容嵘蓉溶瑢榕融同彤佟苘峒桐砼垌佟烔鲖岭橦僮铜童潼瞳朣曈艟雄熊喁颙

上声

蓁埄绷丙秉柄饼炳屏禀鞞逞骋等戥顶酊鼎讽唪埂耿哽绠梗鲠井阱刭颈景儆憬璟警冷令(又阳、去)岭领猛蜢艋蒙獴锰懵蠓酩捧顷请檠謦省眚町侹挺艇蒡瀞醒擤影郢颍颖拯整宠董懂巩汞拱珙栱哄唝炯迥泂炯煚颎窘孔恐倥陇垄拢笼冗怂耸悚竦统捅桶筒永咏泳勇涌俑恿蛹踊肿种冢踵总偬(又去声)

去声

泵进绷(又上声)蚌蹦并病摒蹭秤偁邓凳嶝澄磴瞪镫蹬订钉定碇锭凤奉俸缝更横啈劲径净胫痉竞竟婧敬靖静净境獍镜另令(又阳、上)愣孟梦命宁佞拧泞棒碰庆箐磬罄圣胜晟乘盛剩瓮蕹兴杏幸性姓荇悻婞应映硬塍综铿赠甑正（又阴平）证郑怔诤政挣症铮冲铳动冻侗栋洞恫胴陈垌硐共贡供讧哄濷空控輡弄讼宋送诵颂恸痛通（又阴平）用佣中仲众种重纵棕

十二齐　i, er, ü

阴平

氐低羝堤提几（又上声）讥叽饥玑机乩肌矶鸡奇屐（又入声）剞筓姬基期赍犄嵇畸跻箕稽齑畿羁咪眯妮丕邳批纰坯披砒䐆妻栖凄萋期攲梯蹊欹兮西希茜郗稀熙牺唏㶷晞傒豨僖嘻奚嬉熹樨羲蹊牺犀曦醯巇齯伊铱衣医依祎吚猗漪噫繄居车且苴拘驹俱罝疽据琚趄睢裾区佉驱袪蛆躯焌趋黢吁圩盱须虚嘘墟胥湑谞訏迂纡淤

派入阴平的入声字：

逼嘀滴苖圾芨唧积屐（又阴平）击缉激禛劈噼霹七柒戚缉喊漆剔踢夕吸汐昔析矽岁息悉蜥晰淅惜晰禽晳锡熄噏膝螅歔腊塞蟋一壹揖曲屈掬鞠镉离蛐欻戌

阳平

厘狸离骊梨犁鹂喱蓠漓缡璃嫠謦藜黎鲡罹篱鬻蠡弥迷眯猕谜糜麋靡（又上声）蘼釄尼泥坭呢妮輗怩倪霓猊鲵麑皮陂疲枇芘狉毗蚍陴埤啤琵脾裨蜱黑貔鼙齐祈圻芪岐荠祁其奇跂衹俟耆颀脐斻萁畦跂崎淇骐骑琪琦棋蛴祺锜萁旗蕲鳍麒鬐黄绨提啼鹈騠缇稊题醍蹄仪纪夷痍匦迤饴怡宜荑贻沂诒眙簃姨胰廖蛇移遗（又微韵去声）颐椸疑嶷彝儿而驴闾梧劬渠蕖瞿蘧氍臞衢蘧鸲徐于予玙玙余欤盂臾鱼竽舁俞谀娱艅雩渔隅揄喁畲逾腴渝愉瑜榆虞愚觎舆窬髃

派入阳平的入声字：

荸鼻狄迪的获敌涤嫡翟（又开韵阳平入）镝及伋吉岌汲级极即佶诘亟革茇急疾棘殛戢集蒺楫辑崱蹐瘠藉籍给脊习席觋袭媳峫隰檄熄锡局桔菊焗踼橘曲（又上声入）

上声

匕牝（又文韵去声）比沘妣秕彼醴俾鄙氏邸诋坻抵砥骶几己虮掎挤麂礼李里俚逦悝澧鲤理娌蠡米芈弭敉靡（又阳平）拟你旎纪伾否吡痞屺岂企启杞起绮棨？稽体洗铣玺徙喜葸葆躧禧蟢已以苡尾矣苣迤蚁倚椅旖踦尔耳迩饵珥柜咀沮苣枸矩举榉龃踽蒟吕侣铝

旅屡偻缕膂褛履女敢取娶龋许诩栩湑糈醑与予屿伛宇羽雨俣禹语圄龉圉庾瘐龉瑀俣

派入上声的入声字：

笔给戟脊匹癖擗劈乞乙曲（又阴平入）

去声

币闭庇诐阕泌毖毙陛狴庳敝婢睥薜荸秘箅蔽脾裨痹弊髀避躄臂比费地弟的娣茚第帝谛蒂棣睇缔递计记伎纪芰技系忌际妓季剂垍荠洎济既觊继偈祭偈悌寄慧蓟趿骑髻霁鲚漈暨冀屦骥厉吏丽励利例疠砺狸櫄隶戾唳荔俪俐疠莉苈粝罿痢泥昵腻睨屁睥媲气弃妻契砌器憩汽剃屉涕绨替悌裼嚏戏（又齐韵阴平）饩系细盼褉亿义艺呓刈忆艾（又开韵去声）议衣（又阴平）羿易诣谊翌肄裔翊意臆毅薏劓殪翼癔懿瘗缢殪二贰巨句聚惧讵苣拒具炬沮矩俱倨据距惧飓锯距屦遽瞿醵虑滤女趣去觑序叙酗绪潊絮煦婿与玉驭芋妪雨语预喻御寓裕愈豫谕澦遇誉饫

派入去声的入声字：

必壁毕苾荜哔筚滗澼幅弼愎腷煏辟碧祕壁躄鬻襞璧薜的迹寂绩稷鲫髻力历立呖沥枥栗砾皪疬笠雳溧跞傈篥汩觅宓密蜜幂谧嘧溺辟僻澼甓譬迄讫泣葺碛倜逖惕趯却阅鸟隙瀹潟一壹弋仡圪亦杙抑邑佚役译逆易峄佾泬怿绎柂轶疫弈奕挹悒逸益嗌熠溢镒埸蝎剧律绿率氯（又开韵去声）恶衄阈旭畜蓄恤续蓿勖洫玉郁育昱狱钰浴域欲阈尉煜毓鹬鹬燠鹫熨滪峪

十三支　（-i），零韵母

阴平

哧蚩鸱絺眵筶摛嗤痴媸螭魑呲差疵跐齜尸师诗鸤虱絁狮蓰施著酾（又开韵阴平）司丝私噝鸶斯鿶偲飔厮澌撕嘶之知支氏芝吱枝肢栀胝秖脂蜘仔吱孜咨姿兹赀资訾（又上声）泃嗞缁辎給粢辇滋赼觜锱觜髭菑鲻

派入阴平的入声字：

吃失虱湿只汁织

阳平

池弛驰迟坻持匙篪墀踟篪词此茨祠瓷辞慈磁雌鹚糍时

派入阳平的入声字：

拾十石（又寒韵去声）实识食蚀觙湜执直侄值职埴植殖絷跖摭踯

上声

齿侈哆耻豉褫此泚史使矢豕始驶屎死止汩芷沚祉只枳咫旨指酯抵纸织黹子仔籽姊秭此紫訾（又阴平）籽梓滓

派入上声的入声字：

尺（又波韵上声）

去声

炽翅眙啻次伺刺赐士氏示世仕市式似事势侍试视贯柿拭是恃莳逝誓筮舐弑谥啫噬巳四寺似姒汜咒饲铜耜祀泗俟食笥嗣肆至识帜制轾治峙致智痣滞豸置雉稚踬自豸挚贽志质字瓷眦渍

派入去声的入声字：

彳叱斥赤饬敕拭饰适室释螫轼郅帙质栉陟桎贽挚轾秩掷鸷炙蛭日

十四姑　u

阴平

逋晡初粗都阇嘟夫肤玞柎廊孵敷估姑咕沽孤轱觚鸪眾菇菰蛄辜酤呱觚箍乎呼戏（又齐韵去声）糊刳矻枯骷撸噜铺痡殳书抒纾枢姝殊梳舒摴樗摅毹输疏蔬苏稣酥乌圬邬污呜於钨巫恶（又去声）朱洙侏诛茱珠株诸铢猪蛛槠潴橥租菹

派入阴平的入声字：

出督忽惚嗯淴哭窟仆扑噗叔倏菽淑窣突秃葖屋

阳平

刍除厨锄滁蜍橱篨蹰躅雏徂殂凫扶孚罘苻俘浮蚨桴符涪蜉鞭郛狐弧和壶葫猢瑚糊糊蝴醐湖瓠鹕卢芦庐垆炉泸栌轳胪鸬颅舻鲈模奴孥驽匍莆脯葡蒲如茹儒薷嚅濡孺襦蠕图荼徒途涂菟屠酴无（又波韵阳平）毋芜吾吴梧唔梧蜈麌

派入阳平的入声字：

醭毒独顿读渎椟牍黩犊髑弗佛艴茀幅袱觮拂彿苚怫芾伏洑茯栿绂被服菔匐福蝠辐幞襆囫斛縠鹘醭璞濮孰赎塾熟秫俗竹术(zhu)竺逐烛舳瘃躅足卒崒族镞

上声

补捕哺堡(又豪韵上声)处杵础楮储楚褚肚堵赌睹父甫抚拊斧府俯釜辅脯頫腑腐簠古诂股牡贾罟蛄蛊鼓瑕瞽虎浒唬苦鲁橹氇瞄掳卤母牡亩拇姆姥努弩胬埔圃浦溥普谱氆汝乳暑黍署鼠数薯曙土吐午五伍忤庑忤怃妩武侮捂牾鹉舞主拄渚煮褚麈诅阻组俎祖

派入上声的入声字：

卜笃谷骨鹄毂(又阴平入)縠鹘汨榾朴蹼辱属(又音zhǔ)蜀嘱瞩属

去声

布怖步埠部埔蔀簿处醋杜肚妒妬度渡镀蠹父讣付负妇附咐阜驸赴服副蝮赋傅富鲋缚赙固故顾堌崮雇锢痼户护沪戽扈互冱岵怙瓠库裤绔路赂潞露鹭辂暮幕募墓慕怒铺戍树竖怒塑庶数墅潄澍腧素嗉愫诉溯愬兔吐堍唾菟务杌悟误晤雾恶坞鹜骛戊寤婺焐仵苎助住纻僦贮杼注驻柱炷著蛀铸霔箸

派入去声的入声字：

不丁畜蓄触朒黜俶绌諔怵搐滀促簇蔟蹙蹴猝猝复腹蝮覆缚馥鳆筑梏誉酷六(又尤韵去入)陆录菉鹿渌绿琭禄碌睩蓼僇辘漉麓戮簏箓酼木目沐苜牧睦幕穆霂瀑曝入蓐缛褥溽沭怵术束述夙肃速宿骕粟谡蓿鹔觫缩簌物勿兀杌筑祝

附录三　学生习作

2012学年上学期,应郑新安教授之约为对外汉语专业学生开设选修课"走进格律诗殿堂"。格律诗乃华夏国粹,封建时代文人皆能为之,蔚为壮观,以至于成为国人骄傲,然当今学文学者却鲜有通家,实为憾事。本人从事古代文学教学三十余年,深知此时推广格律诗之不易,且时代渺远,文化断裂,学生学习中确有诸多困难。为便于学生学习,故将自己学习之心得体会,总结成一套歌诀用于教学,以方便学生记诵、掌握。此次尝试,计30节课,教师讲授7次,学生讨论4次,学生课堂讲授2次,复习1次,进入考试。开课前曾做摸底,学生中无人掌握诗词格律,虽有7个同学提交了7首诗,然无一符合格律。经过一学期学习,期末考试有作格律诗一首的要求,学生中大多竟基本掌握,有些习作还表现出极好的诗歌感觉,诵读起来,令人兴奋。为使学生进一步掌握格律诗创作规律,特将试卷中的临场习作加以评点,肯定成绩,指出问题,切磋技巧,集之成册,以示留念。愿同学再接再厉,志存高远,遨游于格律诗殿堂,不断提高审美能力,发扬光大我华夏国粹,在切磋琢磨中成长为真正的文化人。

一、绝　　句

伤　春

完颜双双

杨柳多情雨却愁,落花有意水偏流。
谁知儿女英雄事,几度西风几度秋。

点评:"杨柳多情雨却愁,落花有意水偏流",愁思细腻,用典不隔。对比手法的运用,使诗歌大增其色,宛转萦绕,不绝如缕。前两句写景,后两句抒情,写景起承自然,抒情转合深沉流畅,全诗浑然一体,有味道,耐咀嚼。末句"几度西风几度秋",娴熟运用"重出"修辞方法,收到极佳之艺术效果。

春 色
孟春颖

满川秀色碧空连,烟柳婆娑鸟语传。
一度东风人更醉,还招春雨洗春山。

点评:此诗创造了很好的意境,属于典型的"形象思维"的作品,"还招春雨洗春山"一句诗意盎然,耐人寻味,是习作中上好的佳品。

春去夏来
苏丹丹

四月柔风梳细柳,蹁跹倩影舞清湫。
犹怜春去残阳远,闲唱渔歌荡晚舟。

点评:"闲唱渔歌荡晚舟",优哉游哉。

闲情偶记
石 玥

雨打黄花香满径,霜敲红叶景方浓。
四时各有千秋色,静坐闲观屋院中。

点评:炼字有特色:"雨打""霜敲",状物摹风颇有声色,反衬出人闲庭院静,别有一种闲情逸致。

醉忘歌
杜 葛

醉忆星眸皓齿颜,青丝倩影比当年。
谁人欲饮忘情水?满腹相思苦亦甜。

点评：一首不错的情思诗，已懂得写诗要用形象思维。

忆项羽
盖 品

沉舟破釜踏秦关，意纵豪情勇冠先。
怎奈兴亡如梦幻，八千将散楚声寒。

点评：诗风谐古意，境界感人深。此子通诗韵，天生写物真。

夜梦还乡
孟 贝

杨柳依依细雨停，繁花正茂引流莺。
和风入夜吹乡梦，又逐东风到汴京。

点评：好诗，真梦境。

相 思
陈 丽

满腹乡愁复可休，徘徊梦里泪空流。
逢春只见蓬藤绕，燕子还时故地游。

点评：好诗，耐人咀嚼，颇有味道。望继续开掘自己的诗才！

夏
李远征

今夏又如期，闲庭渐起蝉。
日高深树影，风热短人眠。

点评：此诗起势似平，渐臻佳境。"日高深树影，风热短人眠"不仅写得真切自然，而且对仗工稳，确是一首上好习作。

秋　思
高　阳

残阳缓缓醉黄昏,万里浮云伴月魂。
莫怨庭前秋色逊,朱槿落尽又逢春。

点评:高阳同学对古诗有较好的理解能力和表达能力。诗歌有意境且有亮色,望努力创作更多更好的佳作。末句"槿"字应平而仄,属白璧微瑕。

月夜念子
师强强

晚风圆月天微凉,慈母家中泪满腔。
只愿归途多坦道,好教爱子早还乡。

点评:甲式七绝。师强强具有很独特的诗歌感觉。文风通俗流畅,感情真挚动人。惜首句未做到平起仄收(甲式律出句格式),末句未做到平起平收——"好教"两字为仄起,"教"字属两读字,因此此句可以通融。

启　红
朱　琎

少时红衣美额妆,对镜理鬓贴花黄。
凯旋扬鞭为心想,唯剩新坟诉衷肠。

点评:此诗不合格律,诗还蛮有味道,只是稍给人跳的感觉。

咏　荷
张小丽

山青石径幽,水漾涧溪流。
击楫三江月,观荷九泽羞。

点评:好作品!"楫"字今读阳平,而古为入声,恰合格律,题目改为"观荷"更恰切。

春日洛阳行
李浠荣

假日携朋洛水边，千年壁刻誉人间。
春风四月曛人暖，万朵牡丹映碧天。

点评：习作认真，精神可嘉。第四句为乙式句犯孤平，"牡"字应平而仄。

二、律　　诗

怀　乡
张嫣然

尝凭温酒熨思愁，未觉轻寒上小楼。
时雨蒙蒙听冷暖，停云蔼蔼换春秋。
几倾盘内家乡泪，又见栏间昨日鸥。
芳草无情任衰去，松江不废自东流。

点评：好诗。

无　题
韦洋旸

山街野馆铜桥遇，晚景林中爨作翁。
一启黄粱新雨后，三缄白雨晓霜中。
庭花丽水郎官印，禁柳昆山御史骢。
散后书函冯妇虎，惊蛇老圃舞春风。

点评：诗风老到，疑似古人。

云
毛美玲

晴日娇羞褪彩妆，清姿倒映小池塘。
碧空野鹤飞还住，影下游鱼闲纳凉。

借得青梭添絮绒，裁来云朵做衣裳。

多情只恐曛风起，吹尽仙踪无处藏。

点评：清新流畅，挥洒自如，状物形象细腻，诗风轻盈可人。

风　筝
郭雅颜

三月春风巧，桃花纸来闲。

摇身能万里，放眼既千山。

漠漠清云路，悠悠只鸟还。

与君牵一线，无意落仙班。

点评：状物，写景，诗境均佳，难能可贵。颔联第二句"即"字改"既"好，已然的意思。尾联第二句"不君"改为"无意"更加情真意切。此二处改动更符合平仄要求。

舟行暮色
王建转

翠色连荒岸，轻烟入远楼。

花铺春水面，对影摇扁舟。

碧水拂心动，微风散落愁。

薄云遮柳月，纵目静凝眸。

点评：此诗诗意、诗味、诗境俱佳，虽颔颈两联对仗欠工，仍不失为习作中的佳品。

咏　蝉
张夂凡

羽翼薄如绵，身羸志却坚。

多年居暗土，此刻见光天。

闲饮风中露，悠弹月下弦。

树高声更远，知己在谁边。

点评：此篇创作认真，形象完整，尾联抒情，很有诗意，是首不错的习作。该生选用甲式律格式创作。首句应为仄起仄收,因此,"绵"字虽好,却不合律,建议改为仄声的"锦"字。"薄如"二字今读平声,古为入声,都是仄声字,因是初习作,可忽略不计。作为常识应有所了解。

偶 思
严 晰

青云非吾愿,隐逸亦心唯。
眼倦春光隐,眉低潋滟微。
朝云方出岫,夕阳布余晖。
此种乾坤内,何能辨是非。

点评:此"思"朦胧,此"思"绪乱,很好表达出来了。首联对句改为"隐逸亦心违"更准确,整首诗前后也更完整。

咏高渐离
刘忠青

含毫思壮士,易水独荆轲。
把袖怀知己,萧萧唱筑歌。
平愁将筑灌,饮恨奈其何?
是以今人愧,江湖侠骨薄。

点评:感情真挚,聪慧自然,见识独到,别具诗才。

五 月
卢 阳

农家五月倍时忙,南国插秧北麦黄。
酷日低悬肤欲裂,微风远遁汗湿裳。
辛苦数月收成渺,无计青年尽别乡。
愿使天公多惠赐,城乡同走富康庄。

点评:善于利用已学知识,联想能力强,这是会学习的重要特征。

游故乡抒怀

柳鸽鸽

残阳铺故道,野径觅遗声。
不见村童戏,唯闻鸟兽鸣。
危堤拦恶水,断壁没新蘅。
喟叹千川异,余心复不平。

点评:诗风古朴,别具诗情。

乡　愁

薛丹丽

日暖梓桑绿,风拂花草迷。
石桥映圆月,流水如乡思。
谷鸟三声寂,惊还仍忆昔。
故人识旧道,何日是归期。

点评:乡愁之境还是写出来了,对初学者来说是次成功的尝试。颔联改为"石桥圆映月,流水细如丝"平仄全合且诗意平添,建议改。"风拂花草迷"中"拂"为入声字,初学时也应知道。

春日有感

张金平

莺啼婉转(啭)入芳林,晓梦渐(正)酣却被惊。
花映初红香满径,柳裁新绿笑相迎。
平生爱问多情事,冬去春来草自青。
纵使繁华终散去,不须惆怅怨东风。

点评:此为丁式七律。诗语自然,文风流畅,为习作中的佳作。

古　风

田　蓓

海岸升明月,烛灯影里摇。

相辉别自去,悲楚入眉梢。
攒泪几千度,思君恨可少。
无言知此世,郁郁玉颜憔。

点评:确有古风味道。

旅　宿
王　玲

旅馆凭栏倚,悲情暗自燃。
寒灯思故友,断雁惹愁颜。
对镜空空想,看消怎独全?
疏钟潜夜至,始似梦中还。

点评:此诗写羁旅愁思,有几分味道。"寒灯思故友,断雁惹愁颜"一联写得好!结句夜伴疏钟,始似梦还,在一片怅然中作结,有篇终结浑茫之妙。惜颈联对仗不够工稳。

花　逝
王丽敏

花落时节故友逢,僻园幽径自从容。
盛时燕舞恃娇宠,残暮莺飞扰清梦(梦清)。
片片西飞又向东(东向),凄风夜雨泣残红。
昨朝唱尽阳春颂,今日枝头半壁空。

点评:此诗为乙式七律形式。诗味和诗境都还不错。颔联对句(第四句)押仄声韵,为律诗之忌,建议将六、七两字互调,"清"为平声庚韵,合律却没做到一韵到底。颈联出句(第五句)为丙式句,应仄起仄收,如将六、七两字调改为合平仄,又实现了五拗六救,效果极佳。

春景如画
赵　颖

春风拂面不觉寒,回转艳阳挂朗天。
天雁南归山染绿,地苗抽叶燕呢喃。

万花竞艳蜂蝶舞,像锦云霞伴纸鸢。

更喜牧童牛背坐,新枝做哨劲吹欢。

点评:此诗为丁式七律,清新自然,生动活泼,状景如画,首句"觉"字为入声字;颈联对仗白璧微瑕,仍是习作中的佳例。

秦淮追古
杨艳红

千年帝都物华休,十里秦淮意蕴留。

夫子庙内烟袅袅,乌衣巷中意悠悠。

群儒贡院诗文秀,八艳幽兰歌舞稠。

画柱雕栏依旧在,摇红烛影人非昨。

点评:此首怀古习作基础很好。作为丁式七律,首联出句第四字不合律,是为基础不牢,建议改为"千年帝苑物华休",以保证首句合律。颔联出句"内"字应平而仄,建议改为"中"字;对句"中"字应仄而平,则可改为"内"字。尾联原作不押韵,根据一韵到底的原则,改为"已非红袖伴风流",既可押原来的"尤"韵,又可承原作"人非昨"之意。

毕业季有感
刘 侠

蝶飞燕舞闹同前,水静云息景定然。

念想当年折柳日,拾留憾事入难眠。

蚊蛙怎晓人之恨,夜半声声心已乱。

不了同窗何变化,平安体健梦起航(扬帆)。

点评:刘侠同学有很好的诗歌感觉,把毕业季的周围环境及个人感受写得形象到位。第六句乙式句应为仄起平收。"乱"字为仄声,既不合本句格律,又不合格律诗押平声韵的一般要求,建议改。末句为丁式句——平平仄仄仄平平,第六字应平而仄,可改为"扬帆",为全诗增加些许亮色。另外,第三句的"折"字今音为平而古为入声字。作为习作虽可忽略不计,长久发展来看还是能掌握为好。

登嵩山记（甲式律）

王志颖

青山矗地遥相望，曙雀无情湿敝裳。
众人皆随大道去，唯余偏为小径狂。
枝繁刺臂如针器，石乱迷眸似断肠。
故若可观天下景，屡攀歧路有何妨？

点评：一、此诗自题"甲式律"，可见通过学习，对格律诗的律式已初有认识，但应用起来还有不那么得心应手的感觉。如颔联出句"人""大"与对句"径"三字都在不能变通之位而未做到"二四六分明"。二、写诗忌泥实，应多在形象思维上下功夫。总之，作为初学已经不错，望继续努力。

游园春思

孙 鹏

春风桃李花开日，杨柳抽新细雨时。
此景奈何不常在，三春去后竟谁知。
正是年少应鸿志，红日犹斯中天时。
莫等落花流水去，青丝白雪悔恨迟。

点评：此诗励志，文句亦通顺，惜不合格律，对后七句微调后可成为一首甲式律：

春风桃李花开日，杨柳抽新细雨时。
此景奈何不常在，三春去后竟谁知。
风华年少应鸿志，红日犹斯正午时。
莫等落花流水去，青丝白雪悔来迟。

此诗调整各句词序后，又动了五字，有点味道了，请在对比中找感觉。

秋 风

杨要龙

阵阵秋风入梦寒，床头辗转不成眠。
天涯浪迹三千里，漂泊人间已数年。

凤雏卧龙终黄土，麒麟冢虎也难言。
韶华易逝雄心老，一世情深半世缘。

点评：此诗颇有味道，写出了人世沧桑的感觉。作为乙式七律，颈联出句应为仄起仄收的丙式句，"雏"字、"黄"字应仄而平，应予修正。